앨리스
Alice

앨리스
Alice

김규원 · 강철규 · 김기영 극본

호우야

윤태이 · 김희선
31세, 1989년생, 한국대 물리학과 교수

"아니, 왜 자꾸 나만 보면 울어요?"

여섯 살 때 미적분을 풀고 열다섯 살 때 한국대 물리학과에 수석 입학한 천재. 막강 자존심과 까칠함, 한번 친해지면 더 까칠한 예측불허 매력의 소유자. 화려한 외모와 넘치는 열정 때문에 사람들이 자신을 오해한다 생각하지만 사실 오해 받을 짓을 많이 한다. 과학으로 세상을 바꾸고 싶은 욕심과 도전 정신을 가진 당찬 여성 과학자.

이런 그녀 앞에 이상한 남자가 나타난다. 한창 예쁜 나이라 자신하는 그녀에게 쉰 살이 넘었냐고 묻고, 아들을 출산했는지 묻는 재수 없는 형사. 스토커처럼 쫓아다니다가도 가끔 자기를 보며 우니 이제는 이 남자의 정체가 궁금할 지경.

박진겸 · 주원 29세, 서울남부경찰서 형사 2팀 경위

"내 엄마가 아니더라도 내가 엄마 지켜줄게. 내가 꼭 지켜줄게."

시간여행 과정에서 거쳐야 하는 방사능 웜홀을 지난 뒤 태어난 아이. 여섯 살
때 무감정증 진단을 받는다. 자신은 물론 타인의 감정조차 이해할 수 없어 외
톨이가 되지만, 엄마 선영은 진겸의 유일하고 완벽한 친구가 되어준다.
2010년 10월, 선영이 누군가에게 살해당한 채 발견된다. 무감정증 진겸은 살
아오며 한 번도 간절함을 가져본 적 없었다. 그런 진겸에게 유일한 목표가 생
겼다. 엄마를 죽인 범인을 잡는 것. 그래서 진겸은 경찰대에 진학하고 경찰이
된다.
그리고 2020년, 엄마를 죽인 범인을 추적하던 진겸 앞에 한 여자가 나타난
다. 엄마와 똑 닮은 모습의 '윤태이'.

박선영 · 김희선 2010년 사망 당시 40대 초반, 진겸의 엄마

> "엄마만 믿어. 엄마는 진겸이를 위해서라면 뭐든지 할 수 있어."

2050년, 시간여행 시스템 앨리스의 기본 원리를 구축한 과학자 '윤태이'. 앨리스에 대한 예언이 1992년에 존재한다는 사실을 알고 충격에 빠진다. 예언서의 진위 여부를 밝히기 위해 동료이자 연인인 민혁과 함께 1992년에 도착해 예언서 소유자로 알려진 장 박사를 찾아간다.

민혁과 함께 바로 2050년으로 복귀하려 했지만 자신이 임신 중이라는 사실을 뒤늦게 알고 복귀를 망설인다. 방사능으로 덮인 웜홀을 통과한 태아가 정상일 확률이 희박하기 때문. 민혁은 아이를 지워야 한다고 주장하지만 태이는 아기를 위해 민혁과 자신의 미래를 포기하고 1992년에 남아 '박선영'이라는 이름으로 아들 진겸을 출산한다.

유민혁 · 곽시양　　30대 초반, 시간여행자, 앨리스 가이드팀 팀장

"92년에 헤어진 게 나에겐 1년 전 일인데, 태이에게는 29년 전 일이잖아."

2050년, 시간여행에 성공한 미래인들은 시간여행자가 머무는 공간 '앨리스'를 건설하고 시간여행 상품을 판매하기로 한다. 그러던 중 시간여행이 파괴된다는 내용의 예언서가 있다는 소문이 퍼진다. 앨리스는 예언서를 찾기 위해 두 명의 스태프를 1992년으로 파견한다. 아이를 위해 태이가 1992년에 남고 홀로 미래로 돌아온 민혁은 앨리스 가이드팀 팀장이 된다.

앨리스의 시간여행은 평행우주로의 여행. 따라서 그곳에서 무슨 짓을 해도 자신들의 세계에는 영향을 미치지 않는다. 이를 악용하는 시간여행자들이 늘어나고, 심지어 범죄를 저지르는 이들마저 생겨난다. 문제를 일으킨 시간여행자들을 보호하고 동시에 앨리스의 존재를 감추는 가이드팀 팀장인 민혁은 시간여행자들을 쫓는 진겸과 대척 상태에 놓인다.

김도연 · 이다인

29세, 세경일보 사회부 기자

"놀랐지? 나처럼 예쁜 애한테 남자 친구가 없어서."

밝고 긍정적이며 다른 사람의 아픔을 헤아릴 줄 아는 따뜻한 성품의 사회부 기자. 고등학교 시절 진겸을 무서워하지 않던 유일한 학생이었고, 엄마의 죽음 이후 힘들어하던 진겸을 세상 밖으로 꺼내준 친구다.

무감정 인간 진겸에 대해 도연은 조급해하지 않는다. 언젠가는 진겸도 자신을 좋아할 거라고 믿고 자기 감정을 자각하는 날이 올 거라 기다렸다. 하지만 예상 밖 연적이 나타난다. 진겸의 엄마와 비슷하게 생긴 데다 예쁘고 매력적인.

고형석 · 김상호   50대 초반, 서울남부경찰서 형사 2팀 팀장

"이제부터 내가 너 인간 만들어야겠다."

2010년, 고형석은 한 고등학생을 체포한다. 형석은 진겸이 여고생 사망 사건의 진범이라 믿었다. 증거는 없었지만 진겸의 정신과 기록과 기이한 감정 표현, 같은 반 친구들의 증언이 토대였다. 하지만 진겸이 누명을 썼음이 밝혀지자 진겸에게 솔직하게 사과한다. 진겸 덕에 목숨을 구한 후 형석에게 진겸은 가족이나 다름없다.

석오원 · 최원영

50대 초반, 카이퍼 첨단과학기술연구소 소장

"시간여행은 가능합니다. 그렇다고 해도 되는 건 아니죠."

신을 믿는 과학자. 대한민국 최고의 물리학자이지만 신을 사랑하는 남자. 과학이야말로 신이 주신 선물이라 생각하고 탐구와 발견을 통해 위대한 신의 섭리를 증명하려 애쓴다. 2010년 한 여인이 찾아와 예언서를 보여준다. 2020년부터 미래에서 온 자들이 살인과 만행을 저지르고 석오원은 그들과 맞서 싸울 인물이라는 내용이었다. 반신반의하던 중 2020년, 예언서 내용과 일치하는 사건이 일어난 것을 보고 앞으로 예정된 비극을 막기 위해 노력한다.

경찰서 식구들

김동호 · 이재윤　　서울남부경찰서 형사 2팀 경사. 온몸이 근육질이라 뇌
　　　　　　　　도 근육으로 되어 있는 게 아닐까 의심되는 진겸의 파
　　　　　　　　트너.

하용석 · 정욱　　　서울남부경찰서 형사 2팀 경위. 좋은 아빠, 착한 남편
　　　　　　　　이 될 준비를 완벽하게 끝낸 노총각 형사.

홍정욱 · 송지혁　　서울남부경찰서 형사 2팀 경사. 형사과에서 가장 세련
　　　　　　　　됐다고 자부하는 가벼운 뺀질이.

윤종수 · 최홍일　　서울남부경찰서 서장.

앨리스 직원들

기철암 · 김경남　　앨리스 본부장.

오시영 · 황승언　　앨리스 관제실 실장.

최승표 · 양지일　　앨리스 가이드팀 팀원. 날카로운 눈매에 날렵한 체형
　　　　　　　　을 가진 남자.

정혜수 · 김선아　　앨리스 가이드팀 막내 팀원. 커리어우먼 스타일이지만
　　　　　　　　액션에도 손색없는 건강미를 갖췄다.

등장인물

경찰서 앞 중국집 수사반점

태이 부·최정우 어린 시절 꿈은 수사반장이 되는 거였다. '수사반점'이란 중국집을 차려놓고 오랫동안 운영 중이다.

태이 모·오영실 현실적이고 착한 태이의 새엄마. 친자식인 태연이보다 태이를 더욱 살뜰히 챙긴다.

윤태연·연우 태이의 여동생. 겉으론 티격태격하지만 태이를 엄청 위한다. 잘나가는 직장을 때려치우고 '수사반점'의 배달사원이 되며 형사들의 관심을 독차지한다.

시간여행자

은수 모·오연아 죽은 딸을 살리기 위해 시간여행을 온 엄마.

양홍섭·이정현 어린 시절 자신을 괴롭힌 형에 대한 복수를 꿈꾸며 시간여행을 온 남자. 잔인하고 왜곡된 성격의 소유자다.

이세훈·박인수 미래에서 온 시간여행자. 선생의 명령으로 예언서를 찾기 위해 한 저택으로 향한다.

주해민·윤주만 미래에서 온 연쇄살인마. 선생의 명령을 받고 비밀스러운 살인을 시작한다.

그 외 인물

김인숙·배해선   44세. 고 형사의 아내. 태어날 때부터 심장이 기형이었
                던 아들을 잃은 상처를 안고 살던 중, 남편이 데려온 진
                겸을 친아들처럼 키운다. 물론 무감정증인 진겸을 이
                해하고 받아들이는 게 쉽지 않았다. 하지만 엄마를 잃
                고 나날이 어두워져가던 진겸을 못 본 척할 수 없어 돌
                보기 시작했고, 현재는 진겸을 아들처럼 아끼며 진겸
                의 일이라면 직접 발 벗고 나서는 인물.

김정배·민준호   도연의 신문사인 세경일보 사회부 부장. 강약 약강의
                전형적인 조직 내 부장 스타일.

정기훈·이수웅   시간여행자의 불법체류를 돕는 브로커.

이대진·임재혁   석오원의 보디가드이자 물리적인 일을 주로 해결해주
                는 특수부대 출신 수행원.

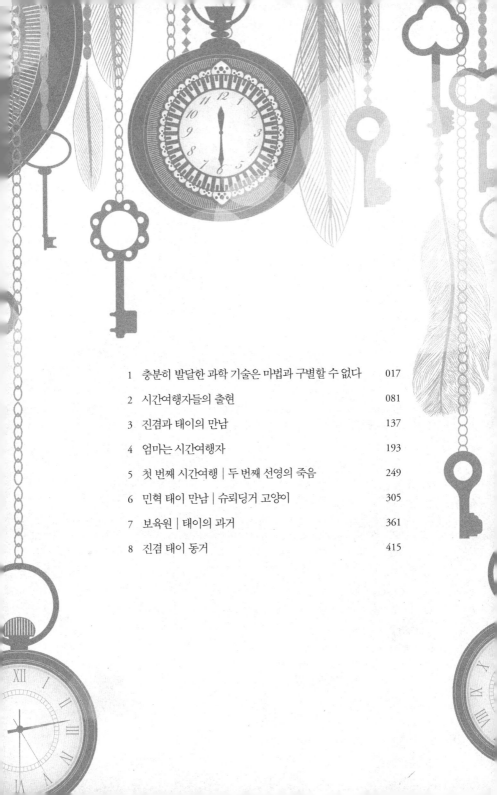

일러두기

1. 본문은 작가의 드라마 대본 집필 방식을 최대한 살려 편집했습니다.
2. 드라마 대사는 글말이 아닌 입말임을 감안하여 어감을 살리는 데 비중을 두어 한글 맞춤법과 다른 부분이라 해도 유지했습니다.
3. 쉼표, 느낌표, 마침표 같은 문장부호도 작가의 의도를 최대한 살렸습니다.
4. 이 책은 작가의 최종 대본으로 방송되지 않은 부분이 포함되어 있거나 방송과 다를 수 있습니다.

1

충분히 발달한
과학 기술은
마법과 구별할 수 없다

S#1 미지의 공간 | 낮

검은 화면에 타이프 치는 소리가 리듬감 있게 들린다. 탁...탁 탁...탁. 소리와 함께 자막이 떠오른다.

충분히 발달한 과학 기술은 마법과 구별할 수 없다.
―아서 클라크

자막이 사라지고 화면이 밝아지면 시간과 공간을 가늠할 수 없는 미지의 공간, 앨리스 본부 외경이 소개된다. 그곳으로 미래 형태의 드론 몇 대가 복귀 중이다.

S#2 앨리스 내부 어딘가 | 낮

앨리스의 미래적 공간 곳곳이 소개된다.

S#3 광원한 대지 | 낮

밝은 터널을 지나 소개되는 광활한 공간. 도대체 어디인지 짐작조차 할 수 없는 이색적이면서도 압도적인 공간감의 광원한 대지다. 끝이 보이지 않는 길고 긴 도로를 따라 움직이는 카메라. 텅 빈 도로에 느닷없이 나타난 자동차 한 대. 불쑥 나타나 속력을 줄이지도 높이지도 않은 채 어디론가 달린다.

차 안에 앉아 있는 두 사람이 소개된다. 지적이고 신비로운 표정으로 운전을 하는 20대 중반의 태이. 30대 초반의 반듯하면서도 선 굵은 인상의 민혁이다. 태이의 얼굴에서 흐르는 내레이션.

태이   우리는 시간여행자다. 2050년. 우리 앨리스는 마침내 시간여행에 성공했다. 죽음으로 이별한 사람을 다시 만날 수 있다는 설렘. 과거로 돌아가 새로운 삶을 살아볼 수 있다는 기대로 사람들은 열광했다. 그렇게 시간과 시간, 세계와 세계가 이어지고 사람들의 삶은 풍족해졌다. 그 책이 드러나기 전까지는. 그 책에 이제 막 시작된 시간여행의 비극적 종말이 적혀 있다는 소문이 돌았고, 사람들은 그 책을 예언서라 불렀다. 시간여행을 유지하기 위해선 반드시 그 불길한 책을 찾아야 한다. 그래서 오늘 난 1992년에 도착했다.

자막 '1992년'

S#4   까마귀 도로 | 낮

2차선 도로를 빠르게 통과하는 승용차. 도로 양쪽을 따라 전깃줄들이 복잡하게 거미줄처럼 길게 이어져 있고, 수많은 까마귀가 전깃줄에 새까맣게 매달려 있다. 승용차가 지나가자 일제히 날아오르는 까마귀들. 먹구름처럼 까마귀 떼가 불길한 느낌을

1   충분히 발달한 과학 기술은 마법과 구별할 수 없다

자아내는 가운데 승용차가 멀어진다.

S#5   1992년 | 주택가 골목 | 밤

높은 담벼락에 둘러싸인 주택 단지 담벼락 위 어둠 속에서 스르르 움직이는 무언가. 두 개의 눈빛이 형형한 검은 고양이다. 한 방울씩 떨어지던 빗방울이 점점 굵어지면 담벼락으로 사라지는 고양이.

S#6   1992년 | 고급 주택(2층 집) 교차 | 밤

#거실 겸 서재

고급스럽게 꾸며진 거실 겸 서재. 군데군데 놓인 액자에 아빠와 어린 딸의 사진이 보이고 장식장 곳곳에는 희귀한 도자기와 골동품이 즐비하다. 사진 속 아빠인 장동식 박사, 마호가니 책상 의자에 앉아 굳은 표정으로 오래된 책을 읽고 있다.

#정원

콰르릉! 천둥과 동시에 번개가 내리치고 칼을 든 한 남자의 그림자가 나타났다 사라진다.

#2층 to 계단

천둥소리에 놀라 방에서 나온 다섯 살 된 장 박사의 딸, 읽고 있던 동화책을 들고 계단을 내려와 거실로 걸어오는데. 또다시 번개가 치는 순간, 아이 뒤 창밖으로 남자의 그림자가 스윽 지나간다.

#거실 겸 서재

심각한 표정으로 양장본을 읽고 있는 장 박사에게 딸이 울면서
달려온다.

장 박사   (안아주며) 우리 딸 왜 울어?
딸   하늘이 쿠르르쾅쾅해서.
장 박사   (귀여워 미소) 그랬구나. 나쁜 하늘이네.

이때 다시 번개가 치자, 아빠한테 파묻히듯 안기는 딸. 장 박사,
다시 미소 지으며 딸을 토닥이는데. 이때 거실 전면 유리창을
통해 정원에 서 있는 한 남자의 실루엣이 보인다. 굳어지는 장
박사.

딸   아빠, 뭐 봐?
장 박사   ...
딸   아빠?

아빠가 아무 말 없이 창밖만 보자 불안해하는 딸. 그런 딸을 보
며 애써 태연한 척 미소 짓는 장 박사.

장 박사   우리 숨바꼭질할까?
딸   숨바꼭질? 아빠가 술래야?
장 박사   아니, 이번엔 아빠랑 너랑 둘 다 숨어야 돼.
딸   재밌겠다!
장 박사   책상 밑에 숨어 있어. 아빠가 나오라고 할 때까지 절대 나오지

1   충분히 발달한 과학 기술은 마법과 구별할 수 없다

않기!

그러면서 장 박사, 양장본의 마지막 장을 찢어 몇 번 접은 후 아이 손에 쥐어준다.

장 박사　　그리고 이거 절대 잃어버리면 안 돼.

신난 얼굴로 고개를 끄덕이는 딸, 찢어진 마지막 장을 쥐고 책상 밑으로 기어 들어가면. 장 박사, 그런 딸을 걱정스럽게 보다가 다시 거실 전면 유리창을 본다. 정원에 서 있던 남자의 모습이 보이지 않는다. 곧 몸을 돌려 책상 서랍을 열고 책을 넣는데.

(이세훈)　　장동식 박사님.

장 박사, 당황한 얼굴로 돌아보면 이세훈이 앞에 서 있다.

이세훈　　책 받으러 왔습니다.
장 박사　　결국 시작됐군. 2050년에서 왔나?
이세훈　　(칼을 꺼내며) 헛소리 말고 책이나 내놔.

장 박사, 책을 꺼내는 척하면서 다른 손으로 클래식한 권총을 꺼내 빠르게 겨눈다.

장 박사　　니가 감당할 수 있는 책이 아니야.

그러면서 방아쇠를 당기는 장 박사. 하지만 불발인 듯 틱! 소리만 들린다. 씨익 웃는 이세훈이 빠르게 움직이자 번쩍하며 날카로운 날이 장 박사의 눈앞을 스친다. 동시에 장 박사의 몸에서 피가 튀고 장 박사는 책을 쥔 채 고목처럼 쓰러진다. 책상 밑 딸과 눈이 마주치는 장 박사. 아이가 나오려 하자 장 박사가 필사적으로 아이를 향해 나오지 말라고 고개를 젓는다. 딸이 보는 앞에서 장 박사를 한 번 더 깊숙이 찌르는 이세훈. 굳은 장 박사의 손에서 책을 빼낸 이세훈, 휴대폰을 꺼낸 후 허리를 숙이며 전화한다.

이세훈   선생님, 찾았습니다. 네... (책을 살피며) 내용은 절대로 보지 않겠습니다. (사이) 그럼 바로 가져가겠습니다.

전화를 끊고 탐욕스러운 표정으로 책을 보는 이세훈. 휘리릭 책을 넘기는데, 마지막 장이 찢어져 있는 것을 발견하고 인상을 찌푸리며 긴장한다. 그때, 아이의 흐느끼는 소리가 들리자 이세훈이 주변을 두리번거린다. 책상 밑의 아이는 종이를 쥔 손으로 입을 막고 부들부들 떨고 있다. 이세훈이 책상 아래로 몸을 수그리려는 순간.

태이   칼 내려놔.

이세훈에게 총을 겨누고 선 태이. 그런데 태이가 들고 있는 총. 지금껏 본 적 없는 독특한 디자인의 총이다. 그 옆에 민혁이 팔짱을 끼고 이세훈을 보고 있다. 이세훈, 태이와 민혁을 노려보

     충분히 발달한 과학 기술은 마법과 구별할 수 없다

다 칼을 내려놓는다.

이세훈   경찰이냐?

민혁   앨리스에서 온 유민혁이라고 합니다. 예언서는 저희가 가져가 겠습니다.

이세훈   대체 이게 뭔데 지랄들이야?

그 순간 태이에게 덤벼들어 태이의 권총을 빼앗으려고 하는 이세훈. 하지만 태이, 이세훈의 공격을 예상한 것처럼 손쉽게 피하는 동시에 이세훈을 가격해 중심을 무너트리고 다리를 차서 쓰러트린다. 이세훈이 반격하기 위해 재빨리 일어서는 순간, 엎어치기로 이세훈을 날려버리는 민혁. 그로 인해 액자와 골동품이 와르르 쏟아지며 책상 가까이에 널브러져 기절해버리는 이세훈.

태이   (떨어진 책을 줍고) 나가자.

민혁   잠깐만. (책상 위 동화책을 집으며) 누군가 있는 것 같아.

태이   2층으로 가. 여긴 내가 볼게.

민혁이 계단을 올라간다.

#2층

민혁이 2층의 방문을 열어보고 다닌다.

1층 안방을 살펴보고 있는 태이, 이때 꺄!! 하는 아이의 비명 소리가 들린다. 거실로 달려가는 태이, 이세훈이 아이의 목을 잡고 벽에 붙여 들어 올리고 있다. 빠르게 걸으며 아이의 목을 잡고 있는 이세훈의 팔에 총알을 박는 태이. 탕! 탕! 이세훈의 팔에서 튄 피가 아이의 얼굴에 뿌려지고 아이는 더욱 세차게 비명을 지른다. 태이가 아이를 꽈악 안아주지만, 비명을 멈추지 않는다.

태이   미안해... 내가 미안해... (아이를 토닥이며) 이젠 괜찮아. 이름이 뭐야?

아이   (패닉 상태로) 몰라 몰라...

계속 비명을 지르는 아이. 그사이 이세훈, 팔을 부여잡고 도망치다가 2층에 내려온 민혁에게 붙잡혀 넘어진다. 민혁, 곧바로 두꺼운 링을 꺼내 이세훈의 한쪽 발목에 채운다.

이세훈   뭐야! 뭐하는 거야!!

민혁   이곳에서 지은 죄, 이곳에서 심판 받아!

그 순간, 발목에 채워진 링이 빠른 속도로 회전하며 발목을 조이더니 발목을 잘라버린다. 잘린 발목을 보고 비명을 지르는 이세훈. 그런데 피 한 방울 튀지 않고, 절단된 부위가 완벽하게 아문다. 하지만 충격으로 의식을 잃는 이세훈. 아이를 안고 있는 태이에게 다가오는 민혁. 밖에서 경찰차 사이렌 소리가 들리기 시작한다.

충분히 발달한 과학 기술은 마법과 구별할 수 없다

민혁	(서둘러) 경찰이 오고 있어. 어서 나가자.
태이	(패닉인 아이가 눈의 초점이 흐려진 채 계속 소리를 지르자) 쇼크 상태야. 어떻게 그냥 가.
민혁	데리고 갈 수도 없잖아. 이곳 경찰이 잘 돌봐줄 거야.
태이	(고민) … 알았어. 하지만 경찰이 올 때까지만이라도.

경찰차의 사이렌 소리가 가까워진다.

#현관

경찰들이 현관문을 열고 들이닥치면, 앞장섰던 형사 1의 눈에 패닉 상태로 뭐라 중얼거리는 아이가 보인다. 손에는 장 박사가 찢어준 책장을 아직도 꼭 쥐고 있다. 현관 밖, 어두운 곳에서 이 모습을 지켜보던 태이가 안심하는 표정으로 뒷문으로 향한다.

#뒷문

차에 시동을 걸고 기다리던 민혁, 태이가 타자 차를 출발시킨다. 골목을 나와 다른 경찰차들과 스쳐 지나간다. 태이는 아이가 걱정되는 듯 자꾸만 뒤를 돌아본다. 어둠 속으로 사라지는 민혁의 차.(F.O)

S#7   1992년 | 호텔 객실 | 낮

신문을 보고 있는 민혁. '세계적인 물리학자 장동식 박사 살해당해…'라는 제목과 체포되는 이세훈의 사진이 실려 있고, '현장에서 총상 입은 범인 검거', '아이는 병원에서 회복 중'이라는 작은 헤드라인 문구가 보인다. 이때 욕실에서 나오는 태이, 몸이 안 좋은 듯 힘없이 침대에 걸터앉는다.

태이   아이에 대해서도 나왔어?

민혁   병원에서 회복 중이래.

태이   다행이네.

민혁   이제 복귀 준비하자.

태이   속이 안 좋아. 웜홀 방사능 때문인가 봐. 어제부터 하루 종일 아무것도 못 먹고 계속 토만 했어.

민혁   그렇게 안 좋으면 적응제라도 복용해.

태이   (서운) 걱정해주는 척이라도 하지?

그러면서 민혁의 시선을 외면하는 태이. 그제야 미안해진 민혁, 태이 옆에 앉는다.

민혁   일을 완벽하게 끝내고 싶어서 그랬어. 미안해.

태이   (반응 없는)

민혁   나가자. 방사능 때문이면 바람 쐬는 게 나을 거야.

태이   나 신경 쓰지 마.

민혁   어떻게 신경 안 써. 내가 사랑하는 여잔데.

그러면서 민혁, 태이를 안아주면, 그제야 기분 좋은 미소를 짓는 태이.

민혁   샤워만 하고 바로 나가자.

태이   응.

      충분히 발달한 과학 기술은 마법과 구별할 수 없다

#점프

샤워부스의 간유리로 샤워 중인 민혁의 실루엣이 보이는 방 안. 침대 위에서 지루한 표정으로 TV를 시청하던 태이의 눈에 금고가 들어온다. 금고로 다가간 태이, 버튼을 누르려다가 샤워부스 쪽을 한 번 쳐다본다.

S#8   1992년 | 차 안(과거) | 낮
           민혁이 운전하는 차, 태이가 민혁의 가방에서 책을 꺼내서 보려 하면.

민혁   (손을 뻗어 책을 뺏으며) 읽으면 안 돼. 규칙이야.
태이   사람을 죽일 만큼 의미가 있는 책일까 궁금해서 그래.
민혁   신경 쓰지 말고 우리 할 일이나 하자.

           단호한 민혁을 물끄러미 보는 태이.

S#9   1992년 | 호텔 객실 | 낮
           태이가 조심스럽게 금고에서 예언서를 꺼낸다.

태이   잠깐 보는 건데, 뭐.

           태이가 살짝 긴장된 표정으로 표지를 넘긴다. 타닥타닥... 타자기 소리와 함께.

#인서트

앤티크 타자기의 바가 리듬 있게 먹줄을 때리자 하얀 종이에 글씨가 새겨진다.

어디서부터 시작해야 할까...

#현재

태이, 마른침을 한 번 삼키고 계속 읽는다. 책에 잉크로 불길해 보이는 삽화(동굴처럼 보이는 검은 홀과 주변의 까마귀들, 그리고 동화의 주인공 앨리스처럼 보이는 여자아이가 동굴 앞에 놀란 표정으로 서 있다)가 그려져 있다.

비극은 그녀가 '시간의 문'을 열면서 시작됐다.

태이, 조심스레 한 장을 더 넘긴다.

아기가 '시간의 문'을 통과하지 않았다면 아무 일도 일어나지 않았을까? 아기가 태어나지 않았다면 달라졌을까?

당황스러운 표정으로 예언서를 보던 태이, 그런데 표정이 점점 창백하게 굳어진다. 이때 민혁이 욕실에서 나오는 소리가 들리자, 재빠르게 예언서를 금고에 넣는 태이. 허리에 수건을 두르고 나온 민혁은 뭔가 이상한 낌새를 차린다.

민혁   (다가가며) 왜 그래? 아직도 속이 안...

충분히 발달한 과학 기술은 마법과 구별할 수 없다

민혁의 말이 끝나기도 전에 민혁을 제치고 화장실로 들어간 태이, 구토하기 시작한다.

S# 10   1992년 | 산부인과 대기실 | 낮
만삭의 임산부가 간간이 보이는 산부인과 대기실 복도에 앉아 있는 민혁. 심각한 표정으로 진료실을 응시한다.

S# 11   1992년 | 산부인과 진료실 | 낮

의사   12주나 됐는데 모르셨어요? 우선 산전검사부터 받고 오세요.

그러면서 서류를 작성하는 의사. 그런데 태이, 멍한 표정으로 누워 있을 뿐이다.

의사   산모님?

산모라는 말에 그제야 의사를 보는 태이.

S# 12   1992년 | 산부인과 주차장 | 차 안 | 낮
주차된 차 안에 말없이 앉아 있는 민혁과 태이.

민혁   임신한 채로 방사능으로 뒤덮인 웜홀을 통과한 거야.
태이   …
민혁   이성적으로 생각하자. 귀환하려면 또 웜홀을 통과해야 돼. 그럼 진짜 끔찍한 아기가 나올 수도 있어.

태이	... 만약에... 여기서 낳으면 어떻게 돼?
민혁	쓸데없는 생각하지 마. 우린 돌아가서 해야 될 일이 있어. 지워야 돼.
태이	해야 될 일?
민혁	태이야, 내 말은...
태이	...배고프다.
민혁	(보면)
태이	지울 거야... 지울 건데... 지우기 전에... 맛있는 거라도 많이 먹고 싶어.

그러면서 민혁의 시선을 외면하는 태이. 민혁, 안타깝게 태이를 보다가 시동을 걸고 출발하려는데, 이때 톡!톡! 누군가 운전석 창문에 노크를 한다. 바로 형사 1, 2다.

형사 1	(경찰 신분증 보이며) 잠시 내려주시겠습니까?

은밀히 태이와 시선을 교환하는 민혁.

민혁	알겠습니다.

차 문을 여는 민혁. 그런데 차 문을 연 채 그대로 액셀을 밟으며 도주한다. 당황한 형사들, 바로 자신들의 차를 타고 추격한다. 차 문을 닫고 속력을 높이는 민혁. 그런데 조수석의 태이, 본능적으로 양손으로 자신의 배를 보호하고 있다. 그런 태이를 걱정스럽게 보는 민혁.

충분히 발달한 과학 기술은 마법과 구별할 수 없다

S# 13   1992년 | 도로 to 골목 | 낮

빠르게 달리는 민혁의 차, 핸들을 빠르게 꺾어 골목으로 들어선 뒤 멈춰 선다.

민혁   내가 따돌릴게. 먼저 호텔에 가 있어.

태이   (걱정스레 바라보며) 응, 조심해...

태이가 차에서 내리자마자 미끼가 되기 위해 다시 액셀을 밟는 민혁. 뒤늦게 골목으로 진입한 형사들의 자동차. 태이가 내렸다는 사실을 모른 채 민혁의 차를 추격하고, 태이는 인파 속으로 사라진다.

S# 14   1992년 | 도로 위 | 낮

여전히 경찰들에게 쫓기고 있는 민혁의 차. 빠른 속도로 사거리를 뚫고 달리는데, 사거리 우측 도로에서 달려온 경찰차가 민혁의 차를 들이박는다. 충격으로 몇 바퀴 구르다가 도로변에 정차 중인 버스와 충돌하며 멈춰 서는 민혁의 차. 형사들과 경찰들 곧바로 총을 꺼내 들고 민혁의 차 앞으로 달려간다. 하지만 이미 도망친 듯 민혁은 보이지 않고, 민혁이 흘린 핏자국이 골목으로 이어져 있다.

S# 15   1992년 | 중국집 | 낮

혼자 깨작깨작 짜장면을 먹는 태이, 그런데 이상함이 느껴져 배를 보면, 다섯 살쯤 된 사내아이가 태이의 무릎에 앉아 오물오물 음식을 씹고 있다. 태이가 불러낸 환상이다. 아이가 귀여운

듯 미소 짓는 태이.

태이　　　맛있어?

아이　　　(올려다보며 끄덕)

태이　　　우리 탕수육도 먹을까? (주인아줌마에게) 여기 탕수육도 하나 주
　　　　　세요.

주인아줌마　혼자 다 드실 수 있겠어요?

보면, 방금 전까지 태이의 무릎에 앉아 있던 아이가 사라졌다.
멍한 태이.

주인아줌마　아가씨가 배가 많이 고팠나 보네. 서비스로 몇 개 드릴게요.

태이　　　아니요, 한 그릇 다 주세요. 저 임산부거든요.

S# 16　　　1992년 | 교차 | 밤
　　　　　#호텔 객실

객실 문이 열리고 안으로 들어오는 민혁. 바로 욕실로 들어가
상의를 벗고 찢어진 피부를 수건으로 감싼다. 그런데 뭔가 이상
한 듯 객실을 살펴보는 민혁.

민혁　　　태이야? 윤태이?

그런데 태이는 보이지 않고, 금고가 활짝 열려 있다. 테이블 위
에는 편지 한 장이 놓여 있다. 편지를 읽고 바로 밖으로 달려 나
가는 민혁.

1　　　충분히 발달한 과학 기술은 마법과 구별할 수 없다

태이(N)　　나한테 심장이 하나 더 생겼어. 내 것보다 작고 약하지만, 느껴
　　　　　져. 내 아이의 심장 소리가.

#달리는 기차

기차를 타고 있는 태이, 삶은 계란을 통째로 입에 넣고 맛있게
먹는다. 이때 맞은편 사내아이가 먹고 싶은 듯 빤히 보자 미소
지으며 계란 하나를 건네는 태이.

태이(N)　　근데 어떻게 지워? 내 아이야. 내 속에서 살아 숨 쉬고 있는 내
　　　　　아이.

#호텔 앞 거리

호텔 밖으로 달려 나와 태이를 찾는 민혁.

태이(N)　　이건 내 선택이야. 당신이 앨리스를 선택했듯이, 난 내 아이의
　　　　　미래를 선택한 거야.

#달리는 기차

가방에서 조심스럽게 예언서를 꺼내는 태이, 접혀 있던 페이지
를 펼친다.

#인서트

타닥 타닥... 앤티크 타자기의 바가 종이를 때린다.

'시간의 문'을 통과해 태어난 아이는 '시간의 문'을 닫을 운명

을 타고난다.

#달리는 기차

예언서를 덮고 창밖을 보는 태이, 불안한 표정이다. 하지만 이내 자기 배를 내려다보고는 온화한 표정으로 바뀐다. 이번에는 신분증을 꺼내보는 태이. 신분증 속 사진은 태이지만, 이름은 '박선영'이다.

태이(N) 그러니까 걱정할 필요 없어. 미안해할 필요도 없고. 난 이제 더 이상 윤태이가 아니니까.

#호텔 객실

시계가 밤 11시 59분을 가리키고 있다. 민혁, 지갑에서 무언가를 꺼낸다. 신용카드 크기의 플라스틱 카드다. 잠시 망설이던 민혁, 결심한 듯 카드 중앙의 마크에 엄지손가락을 올리고 잠시 기다리자 테두리에서 빛이 발하기 시작하며 놀라운 일이 벌어진다. 마치 객실 안이 무중력 상태가 된 것처럼 모든 물건들이 떠오르기 시작한 것. 그 순간, 강한 빛이 민혁의 몸에 감돌더니 순식간에 연기처럼 사라져버리는 민혁.

#앨리스 상황실

과거에서 앨리스로 복귀한 듯, 근심에 찬 얼굴로 상황실 계단을 걸어 내려오는 민혁.

충분히 발달한 과학 기술은 마법과 구별할 수 없다

무음으로 보여지는 태이의 출산 과정. 침대에 누워 신음하는 태이, 머리맡에 붙어 있는 산모 이름표에 이름이 '박선영'으로 쓰여 있다. 살이 찢어지는 고통에 몸부림치는 태이. 고통이 점점 커지는 게 표정으로 느껴질 정도다. 그러다 일순간, 고통에서 해방되는 표정. 무음이었던 화면 속에서 아기 울음소리가 들려오기 시작한다. 간호사들이 천으로 아기를 감싼 후 태이에게 보여준다. 건강해 보이는 아기 얼굴을 보자 눈물이 터지는 태이의 모습에서.

태이(N)　　잘 키울 거야. 난 엄마니까.

아기를 안은 태이의 얼굴, 클로즈업했다가 사라지면서 타이틀이 뜬다.

'앨리스'

S#17　　1997년 | 동네 가파른 골목길 | 낮
(여기서부터 '태이'를 '선영'으로 표기한다)

자막 '1997년'

양손 가득 장바구니를 들고 힘겹게 골목길을 올라오는 선영. 골목을 지나 계단을 올라오면 자그마한 마당이 있는 따뜻한 느낌의 단독주택이 소개된다.

S# 18   1997년 | 선영 집 마당 | 낮

선영이 마당으로 들어오면, 마당에서 자그마한 6세 진겸이 웅
크리고 앉아 뭔가를 열심히 하고 있다.

선영   (다가가며) 진겸아, 뭐해?
진겸   잠자리랑 놀아.
선영   잠자리? 엄마도 같이 놀까?
진겸   응.

선영이 미소를 지으며 다가가 진겸의 손 위에 놓인 잠자리를 본
다. 날개와 다리가 분해되듯이 흩어져 있는 잠자리. 마지막으로
톡, 하고 머리를 아무런 표정 없이 떼어내버리는 진겸을 보며
선영, 입이 살짝 벌어지며 할 말을 잃는다. 이때 거실 전화벨 소
리가 날카롭게 울리면.

S# 19   1997년 | 유치원 상담실 | 낮

큰 충격을 받은 얼굴로 앉아 있는 선영. 그 앞에 난처한 얼굴로
앉아 있는 유치원 담임.

선영   무슨 말씀인지 이해가...
담임   어제 남자애들끼리 토끼를 데리고 놀았나 봐요. 근데 진겸이가
       재미없다면서... 그러니까... 토끼 귀를...
선영   (굳은)
담임   어머님, 나쁘게 생각하지 마시고 들어주세요. (조심스레) 진겸
       이... 검사를 한번 받아보면 어떨까요?

1   충분히 발달한 과학 기술은 마법과 구별할 수 없다

의사와 독대 중인 선영. 형광등이 빛나는 보드에 뇌 스캔 사진이 붙어 있다. 의사, A4용지 한 장을 찢는다.

의사   우리는 보통 아까운 종이를 왜 찢냐고 하지 불쌍한 종이를 왜 찢냐고 하지 않죠. 그런데 진겸이에게는 이런 개념이 없어요. 예를 들어 '불쌍한 동물 괴롭히지 마' 이러면 진겸이는 이해 못 해요. 우리가 종이를 불쌍하다고 표현하는 걸 이해 못 하는 것처럼요.

선영   (굳은)

의사   아직 너무 어려서 정확한 판단을 내릴 수는 없지만, 친사회적인 감정이 부족한 건 확실해요. 그래도 다행히 지능은 굉장히 높아서 반복 학습으로 얼마든지 좋아질 수 있어요.

선영   ... 원인이 뭘까요... 우리 아들이 이렇게 된 이유가...

의사   (보드를 보며) 감정을 담당하는 좌반구 전두엽 크기가 정상아보다 현저하게 작긴 해요. 이게 선천적인 유전자 문제일 수도 있고, 임신이나 출산, 성장 과정에서 아이가 감당할 수 없는 스트레스를 받은 게 원인일 수도 있고요.

그 말에 얼어붙는 선영.

#플래시백 | 차 안

(12신 중)

민혁   임신한 채로 방사능으로 뒤덮인 웜홀을 통과한 거야.

#다시 현실

멍한 표정으로 의사를 보는 선영.

의사   어머님이 힘내셔야 돼요. 진겸이 치료는 저 혼자 하는 게 아니라 어머님도 같이하는 거예요.

선영   ... 아니요. 필요 없어요.

의사   ?

선영   저 혼자 할 거예요.

S#21   1997년 | 선영 집 안방 | 밤

스탠드 불빛 아래서 정신과 관련 책을 읽고 있는 선영. 보면 책장에 유아교육과 정신분석학 관련 책들이 빼곡하다. 그러다 침대를 보면, 미동도 없이 자고 있는 진겸.

선영   (진겸의 머리를 쓰다듬으며) 엄마만 믿어. 엄마는 우리 진겸이 위해서라면 뭐든 할 수 있어.

S#22   2004년 | 병원 복도 | 낮

책가방과 실내화 주머니를 든 채 복도를 걷는 초등학생. 열세 살 된 진겸이다.

자막 '2004년'

충분히 발달한 과학 기술은 마법과 구별할 수 없다

선영   맹장 수술 별거 아니야. 일주일 정도면 퇴원할 수 있대.

보면, 수술 직후인 듯 환자복 차림으로 침대에 누워 있는 선영.
그런 엄마를 바라보는 진겸, 엄마를 걱정하는 표정 하나 없는
건조한 표정이다.

선영   집에 가서 책가방이랑 내일 입을 옷 챙겨와.
진겸   왜?
선영   너 혼자 집에 어떻게 있어? 엄마랑 같이 있어야지.
진겸   통원 치료 받아. 맹장 수술 별거 아니라며?
선영   (굳은)
진겸   여기 시끄럽고 불편해.

여전히 아무 감정 없는 얼굴로 엄마를 보는 진겸. 너무 서운해
금방이라도 울 것 같은 표정의 선영. 하지만 애써 미소 지으며
고개를 끄덕인다.

결국 퇴원하고 집에 와 설거지 중인 선영. 이때 화장실에서 샤
워하고 나온 진겸, 엄마 한 번 쳐다보지 않고 자기 방으로 들어
간다. 선영, 다시 설거지를 이어가는데 갑자기 수술 부위에 통
증이 몰려오는 듯 고통스러워한다. 누우려는 듯 힘겹게 안방으
로 향하는데, 통증 때문에 주저앉는 선영. 이제 보니 배에서 피

가 묻어 나오고 있다.

| S# 25 | 2004년 | 선영 집 앞 골목 | 밤 |

간이침대에 실려 앰뷸런스로 옮겨지는 선영. 현관문 앞에 서서 그 모습을 지켜보고 있는 진겸.

구급대원 뭐해? 너도 빨리 잠바 입어.

진겸 전 내일 학교 가야 돼요.

구급대원들 모두 이상한 얼굴로 진겸을 보지만, 현관문을 닫고 집으로 들어가버리는 진겸.

| S# 26 | 2004년 | 선영 집 거실 | 아침 |

자다 깬 얼굴로 방에서 나오는 진겸. 그런데 주방에서 아침 준비 중인 선영이 보인다.

선영 (미소) 우리 아들 잘 잤어?

진겸 응급실 안 갔어?

선영 갔다 바로 왔지. 빨리 씻고 밥 먹어.

진겸, 표정을 읽을 수 없는 눈빛으로 엄마를 보는.

| S# 27 | 2010년 | 고등학교 교정 | 아침 |

사방이 아파트로 둘러싸인 남녀공학 고등학교 전경. 등교하는 학생들, 이때 학교 건물에서 무언가 떨어지는 모습이 명확하게

충분히 발달한 과학 기술은 마법과 구별할 수 없다

보인다. 분명 사람이다. 떨어지는 소리에 뒤돌아보는 여고생들, 일제히 비명을 지른다. 고등학생이 된 진겸이 고요한 표정으로 옥상 난간 옆에 서 있다.

자막 '2010년'

S# 28   2010년 | 고등학교 옥상 | 낮

옥상에서 아래를 내려다보는 체육 선생 같은 외모와 옷차림의 남자, 고형석 형사(37세). 이때 옥상으로 올라온 형사반장.

반장   뭐 좀 나왔어?

고 형사   나올 게 뭐 있어요. 성적 비관이나 남자 문제겠지.

반장   유서 안 나왔다며?

고 형사   요즘 애들 자필로 유서 안 써요. 블로그나 홈피에 쓰지. 트렌드를 몰라.

고 형사, 대수롭지 않은 얼굴로 옥상 문 쪽으로 향하는데, 문이 벌컥 열리며 울어서 눈이 퉁퉁 부은 여고생(이하 도연, 19세)이 걸어온다.

도연   성은이 자살한 거 아니에요.

고 형사   (딱하게 보다) 아저씨가 철저하게 조사할 테니까 걱정 말고 가서 공부해.

고 형사, 도연을 지나쳐 계단을 내려가려는데.

도연	옥상에 성은이 혼자 있었던 거 아니에요. 걔가 민 거예요.
고 형사	(표정 진지해져서 뒤돌아보며) 누구?
도연	진겸이요.

S# 29   2010년 | 경찰서 취조실 | 낮

교복 차림으로 앉아 있는 19세 소년, 마치 조각상처럼 생기 없는 차가움이 느껴지는 얼굴. 진겸이다. 그 앞에 앉아 있는 고 형사, 진겸의 파일을 보고 있다.

고 형사	자살한 여학생이랑은 아는 사이였지?
진겸	네, 같은 연극반이에요.
고 형사	연극? 배우하고 싶어?
진겸	아니요, 엄마가 억지로 시킨 거예요. 저한테 도움이 될 거라고.
고 형사	무슨 도움?
진겸	도움이 된 적 없어서 모르겠어요.
고 형사	(이상한 듯 보다가, 서류 보고) 어렸을 때부터 운동도 많이 했네?
진겸	운동도 엄마가 시킨 거예요.

고 형사, 진겸을 빤히 본다. 그 시선을 피하지 않는 진겸의 눈빛, 조금의 흔들림도 없다.

고 형사	옥상에는 왜 있었어?
진겸	교실이 너무 시끄러워서요.
고 형사	자살한 여학생이랑은 친했어?
진겸	인사 정도만 하는 사이였어요.

    충분히 발달한 과학 기술은 마법과 구별할 수 없다

고 형사	근데 왜 밀었어?
진겸	민 적 없어요.
고 형사	떨어지는 건 봤을 거 아니야?
진겸	질문을 제대로 해주세요. 떨어지는 걸 보는 것과 미는 게 무슨 연관이 있는지 이해가 안 돼요.

고 형사, 진겸을 보는 눈빛이 점점 매서워지지만 조금의 동요도 없는 진겸.

고 형사	옥상에서 내려온 다음에는 어디로 갔어?
진겸	교실요.
고 형사	왜 교무실로 안 가고? 선생님한테 말했어야지.
진겸	경찰차가 오길래 그럴 필요 없다고 생각했어요.
고 형사	니가 옥상에 있었다는 걸 숨기고 싶었던 거 아니고?
진겸	제가 옥상에서 내려오는 걸 본 애들이 있는데 숨긴다고 숨겨지나요? 그래서 제가 지금 여기 있는 거잖아요.

빤히 보는 고 형사. 진겸, 여전히 조금의 동요도 없다.

S#30 2010년 | 경찰서 주차장 | 낮

경찰서 주차장에서 멈춰서는 낡은 소형차. 소형차에서 내리는 여자, 선영이다. 두려움과 흔들림으로 동요하는 선영의 눈빛. 하지만 크게 심호흡한 후, 당당한 걸음으로 경찰서로 들어간다.

| S#31 | 2010년 | 경찰서 취조실 | 낮 |

공허한 눈빛으로 미동도 없이 앉아 있는 진겸. 그 앞에 앉아 있는 선영.

선영	엄마는 다른 사람들 안 믿고, 우리 아들만 믿을게. 니가 그랬어?
진겸	엄마가 날 믿고 안 믿고가 뭐가 중요해?
선영	엄마는 그게 제일 중요해. 넌 내 아들이니까. 죄가 있으면 같이 벌 받을 거고, 없으면 엄마가 꼭 니 누명 벗겨줄 거야.
진겸	…
선영	니가 그랬어?
진겸	아니.
선영	(미소) 그럴 줄 알았어. 엄마만 믿어. 엄마가 꼭 여기서 나가게 해줄게.

진겸, 여전히 표정 없는 눈빛으로 엄마를 보는.

| S#32 | 2010년 | 몽타주 | 낮 |

#고등학교 복도

근심 가득한 얼굴로 교무실에서 나오는 선영. 복도를 지나던 학생들이 선영을 보며 쑥덕거린다.

#고등학교 옥상

옥상으로 올라온 선영, 학교를 둘러싸고 있는 아파트들이 보인다. 아파트 고층을 올려다보는 선영의 시선에서.

충분히 발달한 과학 기술은 마법과 구별할 수 없다

선영이 '목격자를 찾습니다'라는 문구를 쓴 1인용 플래카드를 들고 있다. 사람들이 지나가자 고개를 수그리며 도움을 요청한다. 하지만 사람들, 곱지 않은 시선으로 지나간다.

선영   목격자를 찾습니다. 10월 5일 아침에 고등학교 옥상에서 벌어진 일을 목격한 분이 있으시면...

어디선가 날아온 달걀이 선영의 몸에 맞고 깨진다. 선영을 사납게 노려보는 성은이 엄마.

성은 엄마   우리 성은이 죽여놓고 뭐가 어째!!

선영에게 달려드는 성은 엄마. 선영은 묵묵히 반항하지 않는다. 이때 구경꾼들 사이에서 선영을 빤히 보는 여대생이 하나 있다.

#아파트 복도 A

선영, 옷이 계란으로 지저분해진 상태로 집을 하나하나 방문해서 목격자를 찾는다. 초인종을 누르는 선영.

(주부 2)   (짜증 섞인) 아기 자요!
선영   죄송합니다.

#아파트 복도 B, C, D, E

각 집 돌며 목격자를 찾는 선영의 모습. 결국 지친 듯 계단에 걸터앉는데, 이때 위층 계단에서 방금 전 여대생이 선영을 향해 다가온다.

여대생　제가 봤어요.

#플래시백 | 아파트 베란다 | 아침

자기 집 베란다에서 빨래를 너는 여대생. 이때 정면의 고등학교 옥상에서 난간 위에 서 있는 여학생과, 가깝지 않은 거리에서 서 있는 진겸의 모습이 보인다.

(여대생)　제가 보기에는 그 남학생이 민 게 아니라 여학생이 자살하는 걸 막으려는 것처럼 보였어요.

S#33　2010년 | 경찰서 앞 | 낮

경찰서에서 나오는 진겸. 고 형사가 같이 나온다.

고 형사　미안하다. 의심하는 게 우리 일이라.

대답 없는 진겸. 이때 진겸 앞에 멈춰서는 선영의 차. 진겸, 고 형사에게 인사도 없이 차에 타려는데.

고 형사　엄마한테 잘해드려.

진겸　(보면)

　충분히 발달한 과학 기술은 마법과 구별할 수 없다

고 형사	고생 많이 하셨어.

고 형사를 빠히 보는 진겸, 꾸벅 인사한 후 엄마 차에 탄다.

S#34	2010년	선영 집 앞 골목 to 현관 앞	낮

골목에 멈춰서는 선영의 차. 차에서 내려 집으로 향하는 선영과 진겸. 그런데 선영 집 대문 앞에 동네 아이들이 래커로 낙서를 하며 키득거리고 있다.

선영	(다가가며) 남의 집 앞에서 뭐해?

진겸을 보고 깜짝 놀란 아이들이 우르르 도망친다.

아이들	(달아나며) 튀어~ 사이코다~

그중 한 초등학생을 붙잡는 선영, 현관 대문 낙서를 보고 얼어붙는다. '살인마' '괴물' '사이코패스' '뒈져, 사이코 새끼야' 같은 낙서가 잔뜩 되어 있다.

선영	(야단치듯) 이게 무슨 짓이야! 진겸이 그런 애 아니야!!

그때, 선영을 밀어버리고 도망치는 아이.

아이	엄마~!!

그로 인해 엉덩방아를 찧는 선영. 그런데 진겸, 쓰러진 엄마를 걱정하지도 않고 도망치는 학생들을 잡지도 않고 낙서만 본다.

선영   (재빨리 일어나) 애들이 짓궂은 장난을 쳤네. 이런 거 금방 지워. 엄마가 지울게 들어가.

그러자 순순히 집 안으로 들어가는 진겸. 혼자 현관 앞에 남은 선영, 가방에서 휴지를 꺼내 닦지만 잘 지워지지 않는다. 지워지지 않는 걸 지우려는 선영의 애처로운 손놀림. 선영, 울음이 터지고 만다. 그런데 먼저 들어갔던 진겸, 이제 보니 집 안으로 들어가지 않고 마당에 서 있다. 닫힌 현관문 사이로 들려오는 엄마의 울음소리를 듣고 있는 진겸. 잠시 망설이다가 다시 현관문을 열고 밖으로 나가는 진겸.

선영   (황급히 눈물 훔치고) 왜 나왔어?
진겸   이런다고 안 지워져. 내가 페인트칠할게.
선영   엄마가 지울 수 있어. 빨리 들어가.
진겸   엄마, 난 누가 날 어떻게 생각하든 아무렇지 않아.
선영   들어가라니까!
진겸   하지만 엄마는 아니잖아.
선영   (놀란 표정으로 보는)
진겸   엄마는 상처 받고 아프잖아. 나도 엄마 힘들게 하고 싶지 않은데... 잘 안 돼... (고개를 숙이며) 미안해... 엄마...

여전히 표정은 없지만 말에서 진심이 느껴지는 진겸. 아들의 얼

     충분히 발달한 과학 기술은 마법과 구별할 수 없다

굴을 빤히 보던 선영의 두 눈에서 갑자기 눈물이 떨어진다. 이번엔 기뻐서 흘리는 눈물이다. 처음으로 감정을 표현하는 아들의 모습에 미소를 짓는 선영.

선영　　우리 아들 다 컸네. 엄마 걱정을 다 하고.

진겸을 안는 선영의 행복한 모습에서.

S#35　　2010년 | 고등학교 남학생 교실 | 아침

진겸이 교실로 들어오자 수군거리는 학생들. 진겸, 그들에게 관심 없는 얼굴로 자신의 자리에 앉는다. 이때 한 여학생이 교실로 들어와 진겸 앞에 선다. 바로 도연이다.

도연　　너 경찰한테 신고한 거 나야.
진겸　　그래서?
도연　　사과하려고. 의심해서 미안해.
진겸　　괜찮아. 니 입장에선 충분히 그럴 수 있어.

그러고는 책을 펼치고 공부를 시작하는 진겸.

도연　　성은이 왜 자살한 거야?
진겸　　그걸 왜 나한테 물어?
도연　　니가 옥상에서 성은이랑 얘기했다고 하길래.
진겸　　들은 거 없어.

그러고는 진겸, 펜을 잡고 다시 공부를 시작한다. 도연, 더 묻고 싶지만 포기하고 교실을 떠나면. 진겸, 펜을 놓고 잠시 갈등하는.

S#36 2010년 | 고등학교 복도 to 화장실 | 낮

일진 다섯 명이 복도를 지나 화장실로 들어간다. 화장실 안에 소변보는 애들이 있자.

일진 1 (소변보는 학생들 엉덩이를 툭툭 치며) 작작들 싸고 나가.

화장실 안 학생들, 도망치듯 화장실을 떠나고. 화장실 문을 잠그고 담배를 꺼내 입에 무는 일진들. 그런데 이때 누군가 화장실 문을 노크하자.

일진 2 똥간이 여기 하나냐? 딴 층 가.

그런데도 계속 노크 소리가 들리자 짜증 난 얼굴로 문을 여는 일진 2. 그러자 진겸이 화장실 안으로 들어온다.

일진 2 딴 층 가라는 말 못 들었어?

그런데 화장실 문을 잠그는 진겸.

일진 3 (어이없는) 너 뭐하냐?
진겸 (일진 1 보며) 휴대폰 내놔.

충분히 발달한 과학 기술은 마법과 구별할 수 없다

어이없어 웃는 일진들.

일진 2	왜 번호 따게?
일진 3	이 사이코 새끼, 너 좋아하나 보다.
일진 1	기분 진짜 더럽다.

다시 웃는 일진들.

| 진겸 | 성은이 동영상 찍었다며? |

그 말에 싸늘해지는 일진들.

| 일진 1 | 그년한테 들었냐? |
| 진겸 | 가방에 있던 유서도 니들이 없앴지? |

일진들의 표정이 점점 사나워지지만, 진겸의 눈빛은 여전히 고
요하다.

S#37 2010년 | 고등학교 복도 | 낮

닫혀 있는 화장실 앞에 웅성거리며 모여 있는 학생들. 이때 화
장실 문을 열고 나오는 진겸. 일진들이랑 싸우다 다친 듯 입술
이 찢어지고 옷에 피도 묻었다. 하지만 이긴 듯, 진겸의 손에 일
진 1의 휴대폰이 들려 있다. 이때 우연히 교실에서 나오던 도연,
진겸의 모습을 보고 놀라는데. 도연에게 다가간 진겸, 도연에게
일진 1의 휴대폰을 건네며.

진겸	경찰 줘. 성은이가 자살한 이유가 여기 들어 있어.

그러고는 자기 교실로 향하는 진겸. 도연, 진겸을 빤히 보는.

S#38   2010년 | 정육점 | 밤

정육점 주인, 먹기 좋게 자른 삼겹살을 선영에게 건넨다.

주인아줌마	진겸이가 그렇게 공부를 잘한다면서? 밥 안 먹어도 배부르겠네.
선영	(능청스레) 아니에요. 근데 제가 요즘 이상하게 자꾸 살이 찌네요.
주인아줌마	오늘 무슨 날이야? 고길 왜 이렇게 많이 사?
선영	그냥 제가 먹고 싶어서요.

S#39   2010년 | 선영 집 거실 | 밤

삼겹살을 들고 들어오는 선영, 무언가를 보고 놀란다. 보면, 거
실 테이블 위에 케이크 상자가 놓여 있고 작은 카드가 올려져
있다. 카드를 보면, '엄마, 생일 축하해'라고 짤막한 문장이 적
혀 있다. 이때 화장실에서 나오는 진겸. 진겸, 엄마를 보고도 인
사말도 없이 방으로 들어가려고 하자.

선영	그냥 들어가면 어떡해? (미소) 초 켜줘야지.

#점프

어두운 거실. 초를 밝힌 케이크 앞에 앉아 있는 진겸과 선영. 선
영, 진겸의 노래를 기대하듯 진겸의 얼굴을 물끄러미 바라보면,
어떤 상황에서도 표정 없던 진겸이 난감한 표정으로 엄마를 본

충분히 발달한 과학 기술은 마법과 구별할 수 없다

다. 선영, 재촉하듯 고개를 끄덕이면.

진겸   (마지못해 노래) 생일 축하 합~ (차마 못 부르겠는 듯 다시 무뚝뚝하게)
빨리 꺼.

아들이 귀여워 웃는 선영, 힘껏 바람을 불어 초를 끄면.

#점프

거실에 고기 굽는 연기가 가득한 채 삼겹살을 먹고 있는 진겸과
선영. 취한 듯 보이는 선영, 소주를 마신 후 잔을 머리 위에 털며
기분 좋은 미소를 짓는다.

선영   크~ 좋다.
진겸   몸에도 안 좋은 걸 왜 마셔?
선영   궁금하면 우리 아들도 한잔할래?
진겸   싫어.
선영   한 잔만 마셔봐. 원래 술은 부모한테 배우는 거야.
진겸   나 이따 공부해야 돼.
선영   (진겸에게 매달리듯 팔짱 끼며) 엄마 생일인데 공부가 중요해?
진겸   어차피 다 마셨잖아?

보면, 진겸의 말처럼 소주병이 비어 있다.

선영   진짜네. 월식 보면서 마시려고 했는데.
진겸   그런 걸 왜 봐?

선영	이번이 수십 년 만에 오는 슈퍼 블러드문이라 진짜 특별하거든. 2010년 거 놓치면 아마 엄마 죽을 때까지 못 볼걸. 사 와야겠다. 사 오면 마실 거지?
진겸	…
선영	딱 한 잔만 엄마랑 같이 먹자. 응?
진겸	알았어.
선영	(놀란) 진짜지? (지갑 챙기며) 데이트도 할 겸 같이 갈래?
진겸	됐어. 엄마 혼자 가서 사 와.
선영	치… (다시 미소) 금방 갔다 올게.

그러면서 목에 스카프를 매는 선영, 이제 보니 뒷목에 흉터(특정 모양)가 보인다. 스카프로 흉터를 가린 선영이 밖으로 나가면.

S# 40   2010년 | 교차 | 밤

#선영 집 앞 골목

달은 이미 붉어지기 시작했다. 집에서 나온 선영, 콧노래까지 흥얼거리며 슈퍼로 향하는데. 이때 뒤따라오는 발소리 들린다. 멈칫하며 불길한 표정으로 천천히 뒤돌아보는 선영. 그런데 아무도 보이지 않는다. 불길한 표정으로 텅 빈 골목을 주시하다가 슈퍼로 향하는 선영. 다시 무언가를 느낀 듯 천천히 고개를 들어 하늘을 올려다보면, 놀랍게도 프로펠러 없는 소형 드론 하나가 선영의 머리 위에 떠 있다. 두려움 가득한 표정으로 드론을 보는 선영. 이때 뒤에서 다가오는 발소리가 들려오자 빠르게 도망치기 시작한다.

충분히 발달한 과학 기술은 마법과 구별할 수 없다

#선영 집 거실

불판 위의 고기가 타기 시작하지만 먹지 않고 엄마를 기다리는 진겸. 그런데 엄마가 너무 늦자 휴대폰으로 엄마에게 전화를 건다.

#선영 집 앞 골목

계속 엄마에게 전화를 걸며 슈퍼로 향하는 진겸. 그런데 바닥에 엄마의 스카프가 떨어져 있다. 이를 발견하지 못한 진겸, 스카프를 그냥 밟고 슈퍼로 달려가지만 이미 문이 닫혀 있다. 점점 불안해지는 진겸, 선영을 찾아 헤매기 시작한다. 하지만 어디에도 엄마의 모습이 보이지 않자 불안감이 폭발한 듯 크게 소리치기 시작하는 진겸.

진겸   엄마!! (사이) 엄마!!! 엄마!!

목소리가 갈라질 정도로 애타게 엄마를 찾으며 골목을 헤매는 진겸의 모습. 이때 자신의 집 하늘 위에 떠 있는 드론을 발견하는 진겸. 뭔가 이상한 듯 자신의 집을 보면, 닫아놨던 현관문이 활짝 열려 있다. 진겸, 불안해진 표정으로 집으로 달려가면.

S#41   2010년 | 선영 집 거실 | 밤

뛰어 들어온 진겸, 그런데 현관에 누군가 흘린 핏자국이 이어져 있다. 진겸, 긴장한 표정으로 거실로 향하면, 창백한 얼굴로 거실에 앉아 있는 선영. 가슴이 피로 범벅이다.

진겸   (놀란) 엄마...

재빨리 수건으로 엄마의 상처를 감싸는 진겸.

진겸   조금만 참아. 119 부를게.

그러면서 휴대폰으로 119에 전화를 걸려고 하는데, 진겸을 막는 선영의 손. 선영, 금방이라도 숨이 끊어질 듯한 모습이지만 애써 미소 짓는다.

선영   그 사람 갔어... 우리 아들은... 괜찮아.
진겸   괜찮긴 뭐가 괜찮아!!

처음으로 소리친 진겸, 그만큼 엄마를 걱정하며 다시 119에 전화를 걸려는데.

선영   진겸아... 내 아들... 다 엄마 잘못이야...

그 말에 굳어진 진겸. 작별 인사라는 걸 직감한 듯 슬픈 눈으로 엄마를 본다.

선영   니가 알아야 할...
진겸   말하지 마, 엄마!

이미 감당할 수 없을 정도로 많은 피를 흘리고 있는 선영, 떨리는 손으로 진겸의 손을 꽉 잡는다.

선영	엄마를 보면... (쿨럭 피 토하는)
진겸	말하지 말라고!
선영	(마지막 힘을 내는) 잘 들어!! 언젠가 엄마를 다시 보거든... 절대 아는 척하면 안 돼. 반드시... 피해야 해...
진겸	무슨 소릴 하는 거야! 내가 엄마를 왜?!!
선영	(미소) 우리 아들... 언제 이렇게 컸어. 고마워... 엄마 아들로 태어나줘서. 다음에도 꼭... 엄마 아들로 태어나. 알았지?
진겸	싫어. 엄마는 나보다 더 좋은 아들 만나야 돼. 엄마가 아프면 걱정도 하고, 엄마가 슬프면 위로도 해줄 수 있는 아들 만나. 대신 그땐... 내 엄마가 아니라도 내가 엄마 지켜줄게... 내가 꼭 지켜줄게.

진겸을 보며 슬픈 미소를 짓던 선영, 고개가 툭 떨어지며 숨을 거둔다. 계속 엄마를 안고 있던 진겸의 눈에서 눈물이 뚝 떨어지고, 진겸은 엄마를 부르며 절규한다.

S#42 2010년 | 선영 집 앞 및 주변 골목 | 밤

진겸의 목소리가 집 밖으로 울려 퍼지고, 동시에 달의 모습이 완전히 사라지며 암흑이 찾아온다. 이때 황급히 집 주변을 벗어나는 세 사람이 선영 집 쪽을 바라본다.

#첫 번째 골목

황급히 달려가다 선영 집 쪽을 돌아보는 고 형사.

#두 번째 골목

다른 방향으로 달려가다 선영 집 쪽을 돌아보는 석오원.

#대문 앞

선영 집을 바라보고 있는 알 수 없는 누군가의 실루엣.

S# 43   앨리스 상황실 내부 | 밤

마치 진겸의 비명을 들은 듯 돌아보는 민혁. 이어, 비밀을 나누는 듯 귓속말을 하던 철암과 시영도 어딘가를 응시한다.

S# 44   2010년 | 부검실 | 낮

흰 천에 덮인 선영의 시신을 사이에 두고 대화를 나누고 있는 고 형사와 부검의.

고 형사   (의아한) 총상이라면서요?

부검의   총상은 맞아. 열상도 있고 탄자가 뭉개지면서 장기도 파괴됐어. 근데 일반 총이 아니야. 사입구 사출구 모두 육안으로 식별하기 어려울 정도로 작아.

고 형사   (굳은)

S# 45   2010년 | 삼겹살집 | 낮

고 형사   미안하다. 그래도 포기 안 하면 잡을 수 있어. 아저씨 조금만 믿어봐.

진겸   (표정 없는 얼굴로 보는)

고 형사	(소주병 들고) 한 잔 줄까?
진겸	... 아니요.
고 형사	(혼자 마신 후) 공부 잘한다며? 어머니 생각해서라도 공부 열심히 해서 좋은 대학 가. 목표가 어디야?
진겸	... 경찰대요.

고 형사, 굳은 얼굴로 보면. 여전히 아무 감정 없는 얼굴로 앉아 있는 진겸의 모습에서.
빠른 비트의 음악이 시작된다.

S# 46   경찰대 훈련 몽타주

#사격장

고글에 방음용 헤드셋을 착용한 진겸이 멋지게 권총을 연속 발사한다. 탕탕탕탕!!! 표적지의 탄착군이 중앙에 형성되고, 진겸이 숙련된 손놀림으로 권총에서 탄창을 제거하고 선반에 올려놓는다.

#유도장

"히얏!" 함성과 함께, 덩치 큰 훈련생을 한판으로 눕혀버리는 진겸.

#샤워실

샤워기의 물이 세차게 진겸의 몸을 때린다. 세밀한 근육으로 균형 잡힌 몸매의 진겸.

여러 명이 함께 달리는 오래달리기 트랙. 골인 지점이 다가오고 서너 명이 치열하게 경쟁하던 중, 마지막 스퍼트! 진겸이 으아악~ !! 소리를 지르며 박차고 앞으로 나오기 시작한다. 결승선을 먼저 통과하고. 사이렌 소리가 겹친다.

S# 47   7층 건물 | 낮

#건물 지상

경찰차들이 급정거하며 정복경찰들과 형사들이 한 건물을 포위한다. 119 소방차와 구급대도 속속 도착한다. 구경꾼들도 벌떼처럼 모여든다. 메가폰을 잡은 고 형사가 보이고, 그의 시선으로 옥상이 소개된다.

#옥상

옥상 끝 난간 위, 한 남자가 여자를 인질로 잡고 위태롭게 서 있다.

(고 형사)   (메가폰에 대고) 아, 아, 인질범은 들어라. 나는 서울남부서 고형석 팀장이다. 평생 후회할 짓 말고 내려와라. 다시 한 번 말한다. 인질을 풀어주고 내려오면 정상참작하겠지만, 인질이 조금이라도 다치면 인생 종 치는 줄 알아라.

#건물 지상

고 형사   (메가폰 내리고 하 형사에게) 옥상 문은 아직이야?

1   충분히 발달한 과학 기술은 마법과 구별할 수 없다

하 형사   지금 열고 있습니다.

#옥상으로 이어지는 문

쾅쾅!! 덩치 좋은 동호가 어깨로 문을 열어보려 하지만 꿈쩍하
지 않는다. 고개를 흔들던 홍 형사가 무전을 날린다.

홍 형사   팀장님! 꼼짝 안 합니다.

#건물 지상

고 형사   (무전 받고) 아씨, 큰일이네. 진겸이는 어딨어?

#더 높은 옆 건물 옥상 위

인질극이 벌어지는 건물 옆 더 높은 옥상 난간에 진겸이 서서
고요하게 아래를 보며 서 있다. 진겸의 시선으로 아래 건물 옥
상에서 벌어지는 인질극이 내려다보인다. 그 아래 지상엔 몰려
드는 경찰들과 구경꾼들도 보인다. 두 건물 사이의 거리는 너비
2미터, 높이 3미터쯤이다. 멀어지는 진겸, 설마 하는 사이, 도움
닫기를 위해 달리기 시작한다. 붕~ 하늘을 걷듯 발을 몇 번 구
르던 진겸이 옥상 위로 굴러떨어진다.

#옥상

진겸의 등장에 인질범은 인상을 쓰고, 여자는 구세주를 본 듯 환해
진다. 잠시 다리를 절룩이던 진겸이 곧 탁탁 털고는 일어나 인질에
게 똑바로 걸어간다. 진겸의 속도와 표정은 시종 변화가 없다.

인질범	이씨 너 뭐야! 다가오지 마!! 여자 죽이고 싶지 않으면!!

인질범, 힘 조절이 안 되는지 칼이 파고들어 여자의 목에 상처가 나기 시작한다.

여자	사...살려주세요...(피가 더 나기 시작하는)
진겸	(침착하게 다가가며) 너 지금 경동맥 찌르고 있는 건 알아?
인질범	뭐야?!!
진겸	거기서 1미리만 더 들어가면 분당 1리터 이상 피가 뿜어져 나올 거고, 여자는 저혈압 쇼크로 수 분 안에 사망할 거야. 운이 나쁘면 더 빠를 수도 있고.
여자	(차가운 말투에 겁에 질린) 사...살려주세요...
인질범	그러니까 다가오지 말라고!! 그렇게 뒈지는 꼴 보고 싶어!!
진겸	넌 이미 세 명이나 죽였고 앞으로 몇을 더 죽일지 몰라. (차갑게) 내가 여자 한 명 살리자고 널 놔줄 것 같아?

진겸의 말에 여자가 혼절하며 앞으로 무너지자, 진겸이 달리기 시작한다. 난간 밖으로 떨어지는 여자의 몸을 잡아 빙글 한 바퀴를 돌며 안으로 밀어 던진다. 깨진 균형에도 인질범이 휘두르는 칼을 피한 진겸. 인질범을 럭비 하듯 낚아채 옥상 밖으로 함께 떨어진다. 고공 다이버처럼 수직으로 떨어지는 진겸과 인질범. 구경하는 사람들과 형사들의 입이 떡 벌어지는 동시에, 진겸과 인질범은 바닥에 깔아놓은 에어매트 위로 떨어진다. 인질범은 정신없이 팔을 허우적거리지만, 진겸은 칼을 빼앗아 던지고 팔을 비틀어 뒤로 꺾은 후 기다리던 하 형사와 정복경찰에게

충분히 발달한 과학 기술은 마법과 구별할 수 없다

넘긴다. 높은 에어매트에서 훌쩍 뛰어 착지한 진겸 앞으로 고
형사가 다가온다.

고형사   야, 너 떨어지면서 내 애도 떨어졌나 보다. 암튼 잘했다. 잘했어.
어디 다친 덴 없고?

진겸   (옥상을 보며) 인질은요?

그때 무전이 온다.

(동호)   옥상 도착했고 인질도 무사합니다.

고형사   야~ 다행이다. 정말 팍삭 늙는 줄 알았어. 오늘 고생 많았으니
까 집에 가자. 집사람이 백숙 끓였다고 너 데리고 오란다.

진겸   죄송합니다. 선약이 있습니다. 아주머니한테 말씀 좀 잘해주십
시오.

고형사   도연이 만나기로 했냐?

진겸   어떻게 아셨습니까?

고형사   니가 만날 사람이 도연이밖에 더 있어?

S# 48   2010년 | 고등학교 급식실 | 낮

혼자 구석에서 밥을 먹고 있는 19세 진겸. 다른 테이블에서 친
구들과 밥을 먹으며 진겸을 힐끔거리고 있는 여학생, 도연이다.
그런데 진겸을 보며 수군거리는 학생들의 목소리가 들려온다.

학생 1   진짜야?

학생 2   그렇다니까. 엄마 장례식에서 한 번도 안 울었대.

단발머리	범인 안 잡혔지? 쟤가 죽인 거 아냐? 그러고도 남을 놈이잖아.

분명 진겸의 귀에도 들릴 만한 대화이지만, 무시하고 식사 중인 진겸. 이때 도연, 자기 식판을 들고 진겸 앞에 앉는다.

도연	왜 혼자 밥 먹어?
진겸	(무시하고 먹는)
도연	혼자 먹는 것 치고는 되게 천천히 먹는다? 나도 늦게 먹는 편인데, 이제부턴 너랑 먹어야겠다.
진겸	(수저 딱 놓고, 식판 들고 가려 하면)
도연	(진겸 식판 잡고) 90도 방향 안경, 보여?

진겸이 보면, 안경 남학생이 이쪽을 보다가 진겸과 눈이 마주치자 급히 시선을 피한다.

도연	싫다는데도 죽자 사자 쫓아다니는 애야. 너랑 같이 있음 떨어져 나갈 거 같기도 한데...
진겸	(도연 말 끝나기도 전에 식판 들고 가버리면)
도연	야!!

S# 49	2010년	선영 집 거실	밤

조명조차 켜지 않은 어두운 거실에 혼자 멍하니 앉아 있는 진겸. 휴대폰에 저장된 사진들을 보고 있다. 모두 엄마와 함께 찍은 사진이다. 사진 속 선영은 매번 웃고 있지만, 진겸이 웃는 사진은 단 한 장도 없다. 사진 보는 게 괴로운 듯 휴대폰을 내려놓

충분히 발달한 과학 기술은 마법과 구별할 수 없다

는데, 이때 들려오는 초인종 소리. 하지만 아무 반응 없이 앉아
만 있는 진겸. 그러자 마당 밖에 들려오는 도연의 목소리.

(도연)   야, 박진겸!! 너 집에 있는 거 알아. 문 열어.

하지만 진겸, 여전히 앉아만 있는데.

(도연)   창문에 돌 날아간다! 피해!

하지만 여전히 아무 반응 없는 진겸. 그런데 진짜로 돌이 날아
와 창문이 깨진다. 그제야 일어서는 진겸, 거실 조명을 켠 후 인
터폰으로 현관문을 열어주면. 현관문이 열리고 들어오는 도연.

도연   (인상 팍) 내가 오늘 오랬지! 후배들 공연하는데 코빼기도 안 비
       치냐?
진겸   나 이제 연극부 안 한다니까. 엄마가 억지로 시켜서 한 거야.
도연   관둘 때 관두더라도 애들 공연은 봐줘야지.
진겸   나 고 3이야.
도연   그럼 나는 중 3이야? 내일 꼭 와.

그러고는 도연, 갖고 온 종이백을 내려놓는다.

도연   김치 갖고 왔어. 고마워하지 마. 엄마가 억지로 싸준 거야. 이걸
       로 창문 값 퉁치자.
진겸   갖고 가. 나 우리 엄마 김치만 먹어.

| 도연 | 너네 엄마 돌아가셨거든. 니가 평생 먹을 김치 쌓아놓고 가셨어? 아니면 먹어. 간다. |

멍하니 도연이 준 종이백을 보는 진겸. 그런데 진겸을 흘겨보고 있는 도연.

진겸	왜 안 가?
도연	지금 몇 신 줄 알아?
진겸	(시계 보고) 10시.
도연	도의적으로 큰길까지는 데려다줘야 하는 거 아니야?
진겸	너 우리 집 올 때 누가 데려다줬어?
도연	올 때는 9시 50분이었고, 지금은 10시! 9시하고 10시가 같아? 10분 차이지만 여자가 느끼는 불안감은 천지차이야.

| S#50 | 2010년 \| 골목길 to 횡단보도 앞 \| 밤 |

나란히 골목을 걷는 진겸과 도연.

도연	친척도 없어?
진겸	우리 엄마 고아셨어.
도연	아버지는 안 계셔?
진겸	계시니까 내가 태어났겠지.
도연	너는 꼭 두 번 질문하게 하더라. 그거 나쁜 습관이야. 내가 그걸 몰라서 물어보는 거 같아?
진겸	어디 계신지 몰라. 얼굴도 모르고.
도연	그래, 그렇게 대답하면 되잖아. 그럼 학교 갔다 와서 매일 집에

충분히 발달한 과학 기술은 마법과 구별할 수 없다

	혼자 있는 거야? 심심하겠다. 여자 친구 없어?
진겸	없어.
도연	그렇구나... 나도 남친 없는데.
진겸	(아무 말 없는)
도연	깜짝 놀랐지? 나처럼 예쁜 애한테 남자 친구가 없어서.
진겸	(진지) 니가 예쁜 거야?
도연	그걸 몰랐단 말이야? 너 진짜 이상하다.
진겸	그러니까 학교에서는 나한테 말 걸지 마. 나랑 같이 있으면 니 친구들이 너 걱정할 거야.
도연	(비웃는) 너 니가 뭐 대단한 애라고 착각하나 보다? 너 그냥 대한민국 평범한 열아홉 고 3이야. 니가 뭐라고 내 친구들이 날 걱정해? 그리고 너도 내 친구야.
진겸	우리가? 언제부터?
도연	니가 알아서 뭐하게? 그냥 그렇구나 하면 되지.

이때 횡단보도 앞에 도착한 진겸과 도연.

도연	나랑 친구인 게 싫어? 오히려 좋아해야 하는 거 아냐? 나같이 예쁜 애랑 친구잖아.
진겸	(진지) 니가 진짜 예쁜 거 맞아?
도연	모르면 외워! 수능에도 나올 거야! 너 진짜 한 번만 더 물으면 죽는다. (신호등 바뀌자) 내일 봐.

횡단보도를 건너는 도연. 빤히 도연을 바라보던 진겸, 도연과 함께 횡단보도를 건넌다. 도연, 이상한 듯 보자.

진겸	집 앞까지 데려다줄게. 10시 10분이니까.

미소를 짓는 도연의 모습에서.

S#51   언론사 사회부 | 밤

잔뜩 곤두선 얼굴로 들어오는 여자. 화장기 없는 얼굴에 꾸미지 않은 편한 옷차림의 29세 도연이다. 사회부 김 부장, 도연을 보자마자 도망치려는데.

도연	부장님!!
김 부장	미안. 내일 얘기하자. 내가 지금 몸이 안 좋아서.
도연	그래 보이시네요. 지금 당장 병원 가서 부검 받으셔야겠어요. 제가 직접 해드릴까요?
김 부장	(한숨) 야, 아무리 회사가 달라도 언론계 선배야. 선배 등에 칼을 꽂아야겠냐?
도연	토막 내서 사골까지 우려먹을 수 있으니까 기사 막지 마세요.

S#52   삼겹살집 | 밤

단숨에 소주를 들이켜는 도연.

도연	다들 양심을 외장하드에 넣어놨다가 필요할 때만 꽂아 쓰나 봐. 아무리 언론계 선배라도 그렇지, 그 자식이 인턴 애들 호텔로 끌고 가는 거 다들 알면서 어떻게 단체로 입을 썻냐? 나 진짜 무조건 쓸 거야. 막으면 인터넷에라도 올릴 거야.

홍분 상태인 도연. 그런데 진겸, 평소처럼 표정 없는 얼굴로 도연을 지켜보며 술 대신 사이다만 마신다.

도연 왜 아무 말 안 해?

진겸 니가 알아서 잘하겠지.

도연 그 안에 나에 대한 걱정, 염려, 응원이 모두 함축된 거지?

진겸 응.

도연 (노려보다. 포기) 2차 가자. 어디 갈까? 니네 집 갈까?

진겸 니네 부모님 걱정하셔. 아무리 친구라지만 다 큰 여자가 자꾸 남자 혼자 사는 집 찾아가면.

도연 와, 우리 진겸이 드디어 성인 남녀가 한집에 있으면 무슨 일 생기는지 알게 된 거야? 다 컸네. 이 누나가 다 뿌듯하다. 이제는 야동 같은 것도 보는 거지?

진겸 재미없어서 안 본다니까.

도연 야동이 왜 재미없어!

그 순간, 아이와 함께 고깃집을 찾은 가족 손님들이 일제히 도연을 쨰려본다. 민망해하는 도연.

도연 (작게) 성직자가 꿈이야? 너 혹시 몸에 이상 있어?

진겸 관심이 없는 거야.

도연 그러니까 왜 관심이 없어? 니 나이엔 야동이 아니라 실전에 관심을 가져야 돼.

이때 울리는 진겸의 휴대폰.

진겸   (받으며) 네, 경사님. (듣고) 알겠습니다. 바로 출발하겠습니다. (전화 끊고 도연에게) 가봐야겠다.

도연   (실망) 뭐야, 이러고 가는 게 어디 있어?

진겸   미안해. 그리고 업계 선배라는 사람 퇴출시키고 싶으면 피해자들 연락처 나한테 넘겨. 괜히 니가 다치지 말고. (가버리면)

도연   (한숨) 저거 왜 또 멋있는 척을 해... 사람 설레게.

S#53   경찰서 형사과 | 밤

형사과로 들어오는 진겸. 근육맨 동호, 고지식해 보이는 하 형사와 나름대로 멋을 부린 홍 형사(31세).

진겸   (인사하며) 늦어서 죄송합니다.

홍 형사   김 기자랑 있었습니까? (음흉한 미소) 둘이 이 시간까지 뭐했어요?

진겸   오해하지 마십시오. 친굽니다.

하 형사   남자랑 여자랑 어떻게 10년을 친구로만 지내? 좋은 시간 보내고 왔어?

진겸   그만하십시오. 도연이가 들으면 기분 나빠할 농담입니다.

홍 형사   부러워서 그러죠. 김 기자 얼굴도 예쁘고, 몸매는 더 예쁘잖아요.

형사들   (웃는)

진겸   (싸늘) 그만하라고 했지.

하 형사   (당황) 야, 왜 화를 내?

진겸, 형사들을 무시하고 자신의 자리로 가는데.

하 형사   (삐딱) 남자들끼리 이 정도 농담도 못 하냐?

충분히 발달한 과학 기술은 마법과 구별할 수 없다

진겸	그게 농담입니까?
동호	(말리며) 아, 정말 그만들 하세요.

하지만 시선이 계속 충돌하는 진겸과 하 형사. 이때 형사과로 들어온 고 형사, 그들을 한심하게 바라본다.

고 형사	식구들끼리 화목하다 화목해. 아주 웃음꽃이 활짝 폈네.
하 형사	아니 형님, 그게 아니라.
고 형사	나중에 따로 얘기해. (진겸 보며) 너도.

그러면서 테이블 위에 사진 한 장을 올려놓는 고 형사. 일곱 살 여자아이의 사진이다.

고 형사	홍은수, 7세. 이틀 전 유치원에서 농장 견학 갔다가 유괴 당했어.

S#54   은수 아파트 거실 | 밤

벽에 걸린 은수와 은수 부모의 가족사진. 그 아래, 소파에 괴로운 얼굴로 앉아 있는 30대 중반의 은수 부가 보이고.

(고 형사)	애 아버진 유괴범이 돈을 요구하면 순순히 줄 생각이었는데, 유괴범한테 전화가 없어서 신고한 거야. 애 엄마는 하필 해외 출장 중이고, 내일 낮 비행기로 입국해.

화면 넓어지면, 상당한 고급스럽게 꾸며진 거실이 소개된다. 수사지원팀 경찰들이 커튼으로 닫고 도청을 준비 중이다.

(고 형사)   살고 있는 아파트도 그렇고, 가진 재산도 상위 5% 안에 들어가는 부부야. 현재로서는 돈을 노린 유괴일 가능성이 높아.

S#55   영어 유치원 원장실 | 아침

통유리 창 너머로 뛰어노는 원생들이 훤히 보이는 세련된 원장실. 참담한 표정으로 앉아 있는 원장. 그 뒤에 벌 받는 학생처럼 고개를 숙인 채 서 있는 20대 중반의 담임교사, 원어민 교사다. 진겸과 동호, 패드에 저장된 농장 견학 사진들을 보고 있다. 단체 사진부터 독사진까지 다양하다.

진겸   아이가 없어진 걸 눈치채신 게 언제였습니까?
원장   점심시간 끝나고 모였을 때니까 12시 반쯤요.
진겸   점심은 다 같이 먹었습니까?
원장   아니요, 반별로 먹었어요.
진겸   (담임 보며) 선생님들은요?

그 말에 금방이라도 울 것 같은 표정이 된 담임.

진겸   (영어) 선생님들끼리 따로 모여서 드신 겁니까?
담임   (영어) 그래도 밥 먹으면서 계속 지켜보고 있었어요.
진겸   (일어서며) 이 사진들 제 명함에 있는 메일로 보내주십시오.
원장   저... 형사님. 혹시... 은수 어머님이 데려가신 거 아닐까요?
진겸   어머님은 해외 출장 중이신 거 못 들으셨습니까?
원장   들었는데... 사진에 은수 어머님이 찍혀 있으세요.

충분히 발달한 과학 기술은 마법과 구별할 수 없다

그러면서 원장, 패드에 저장된 사진을 찾아 보여주면, 은수가 친구 몇과 찍은 사진 속에 멀리서 은수를 지켜보는 은수 모의 모습이 찍혀 있다.

S#56   경찰서 형사과 | 낮

고 형사, 복도를 걷다가 황당한 얼굴로 멈춰 서 동호를 본다.

동호   사진 분석해 봤는데, 은수 엄마가 맞습니다.

고 형사   유럽 출장 간 거 아니었어?

동호   출입국 기록 확인했는데, 출장 간 것도 확실합니다.

고 형사   뭔 소리야? CCTV는 확인했어?

동호   농장에는 CCTV 자체가 없고, 주변 도로 CCTV에는 안 찍혔습니다.

고 형사   진겸이는?

동호   아이 엄마 입국하는 대로 소환조사하겠다고 공항에 갔습니다.

S#57   비행기 안 | 낮 (INS. 날아가는 비행기)

비행기 안의 은수 모, 눈물을 닦는다.

S#58   경찰서 취조실 | 낮

당황스러운 얼굴로 진겸과 동호를 보는 은수 모. 진겸, 감정 없는 눈빛으로 은수 모를 응시한다.

은수 모   제가 제 딸을 유괴했다는 말씀이세요? 그래서 우리 은수 안 찾고 절 잡으러 오신 거예요?

힘들게 울음을 참으려고 하지만 한 번 터진 울음을 주체하지 못하는 은수 모. 동호, 안타까운 표정으로 은수 모를 보다가 휴지를 건네주는데, 진겸은 여전히 아무런 감정이 느껴지지 않는 얼굴로 은수 모를 보고 있다.

진겸   그렇게 운다고 은수가 돌아오진 않습니다. 애 찾고 싶으면 시간 낭비 좀 그만하십시오.

동호   (못마땅한) 경위님.

진겸   본인 출장 일정과 따님의 유치원 견학 일정을 동시에 아는 사람이 몇이나 됩니까?

은수 모 (진정하고) 두 명요. 애 아빠랑 집안일 도와주시는 아주머니.

진겸   혹시 은수 유치원 친구 어머니들 중에는 없습니까?

은수 모 제가 바빠서 단톡방에서도 나왔어요.

진겸   은수가 일 도와주시는 아주머니를 잘 따릅니까?

은수 모 아니요. 오신 지 얼마 안 된 분이라 은수가 무서워했어요.

진겸   그럼 평소 누가 본인을 사칭한다는 느낌을 받은 적은 없습니까?

은수 모 ... 아니요.

그런데 이때 다급하게 들어오는 하 형사.

하 형사 애가 왔어.

동호   네?

하 형사 (은수 모에게) 따님이 집으로 돌아왔습니다.

충분히 발달한 과학 기술은 마법과 구별할 수 없다

S#59 　은수 아파트 거실 | 낮

은수를 껴안고 몸을 주체하지 못할 정도로 흐느끼는 은수 모.
그 옆의 은수 부 역시 감정을 주체하지 못한 채 마른세수하며
안도하고 있다. 이런 가족의 모습을 표정 없이 지켜보는 진겸.
그런데 은수, 유괴 당한 아이라고 볼 수 없을 정도로 옷차림과
머리, 그리고 표정까지 밝다.

진겸　　어떻게 된 겁니까?

고 형사　(당황스러운) 모르겠다. 애가 그냥 혼자 돌아왔어.

진겸　　3일 동안 누구랑 있었답니까?

고 형사　엄마랑 있었대.

미간을 찌푸리는 진겸.

S#60 　은수 아파트 은수 방 | 낮

침대에 앉아 자기 인형을 갖고 노는 은수, 평상시랑 다름없는
모습이다. 그 앞에 앉아 은수를 지켜보는 진겸.

진겸　　정말 엄마랑 있었어?

은수　　(당연하다는 듯이 끄덕)

진겸　　엄마 외국에 일하러 간 거 몰랐어?

은수　　알았어요.

진겸　　근데 진짜 엄마랑 같이 있었어?

그런데 은수, 무언가 숨기고 있는 듯 잠시 고민한다. 진겸, 기다

려주면.

은수   엄마가 비밀이라고 했는데. 사실 엄마, 나 보려고 타임머신 타
            고 왔대요.

S#61   은수 아파트 주차장 | 낮
            혼란스러운 표정으로 주차장으로 온 진겸. 이때 아파트 옥상에
            떠 있는 무언가를 발견하고 굳어진다. 드론이다. 2010년 그날
            본 드론과 동일한, 프로펠러가 없는 드론이다. 이때 움직이기
            시작한 드론. 그러자 진겸, 드론을 쫓기 시작한다.

S#62   거리 | 낮
            드론을 쫓아 빠르게 달리는 진겸, 신호등에 걸려 멈춰 선다. 눈
            으로 계속 드론을 쫓던 진겸, 또 다른 무언가를 보고 표정이 굳
            는다. 보면, 도로 맞은편 거리에서 한 여성이 드론을 응시하고
            있다. 그런데 여성의 얼굴이 낯익다. 엄마다. 하지만 엄마의 모
            습에서 느껴지는 밝고 건강한 에너지. 사실은 젊은 태이(31세)
            다. 젊은 엄마의 모습에서 눈을 떼지 못하는 진겸.

진겸   ... 엄마?

            태이가 드론을 따라 움직이기 시작하면, 진겸 역시 맞은편 거
            리를 걸으며 태이에게서 눈을 떼지 못한다. 이때, 태이의 모습
            이 인파 속으로 사라진다. 신호도 무시하고 엄마를 쫓으려는 진
            겸. 우측에서 트럭 한 대가 튀어나오더니 급브레이크를 잡는다.

순간적으로 몸을 둥그렇게 말아 감는 진겸. 진겸 주위로 원형의 일렁이는 아우라가 형성되더니, 팟! 시간과 사람들이 정지한다. 커피를 쏟는 사람, 자전거를 타던 아이, 날아가던 풍선, 드론을 보고 있는 태이까지. 시간이 정지한 걸 느낀 진겸, 하지만 진겸은 정상적으로 움직일 수 있다! 손을 들어 태이를 향해 뻗는다. 그리고 걷는다. 그때, 멈췄던 태이가 스르르 움직이며 진겸과 일순 시선을 교환한다.

#플래시백

죽어가며 힘겹게 말을 잇는 선영.

선영   (마지막 힘을 내는) 잘 들어!! 언젠가 엄마를 다시 보거든... 절대 아는 척해선 안 돼. 반드시... 피해야 해...

#거리

진겸의 눈에서 눈물이 한 방울 또르르 떨어지고. 그 눈물이 땅에 톡 떨어지자 멈췄던 시간이 다시 흘러간다. 동시에 태이가 인파 속에 섞이고, 진겸은 트럭에 쾅 치이며 구른다. 아스팔트에 쓰러진 진겸, 사라져가는 태이를 눈으로 쫓으며.

진겸   (작게) 엄마...

#인서트

앤티크 타자기의 바가 움직이고, 종이에 써지는 글씨.

그녀가 아이를 다시 만나는 순간, 아이는 시간을 다스리게 될 것이다.

#거리

진겸의 시선을 느꼈는지 태이가 고개를 돌려 진겸 쪽을 바라본다. 둘의 얼굴과 시선이 서로 마주 보듯, 한 화면에 모인다.

충분히 발달한 과학 기술은 마법과 구별할 수 없다

2

시간여행자들의 출현

S#1 2010년 | 선영 집 안방 | 밤
(1회 41신)

선영 진겸아... 내 아들... 다 엄마 잘못이야...(쿨럭)

그 말에 굳어진 진겸, 작별 인사라는 걸 직감한 듯 슬픈 눈으로
엄마를 본다.

선영 니가 알아야 할...
진겸 말하지 마, 엄마!

이미 감당할 수 없을 정도로 많은 피를 흘리고 있는 선영, 떨리
는 손으로 진겸의 손을 꽉 잡는다.

선영 엄마를 보면... (쿨럭, 피 토하는)
진겸 말하지 말라고!

선영	(마지막 힘을 내는) 잘 들어!! 언젠가 엄마를 다시 보거든... 절대 아는 척하면 안 돼. 반드시... 피해야 해...
진겸	무슨 소릴 하는 거야! 내가 엄마를 왜?!!
선영	(미소) 우리 아들... 언제 이렇게 컸어. 고마워... 엄마 아들로 태어나줘서. 다음에도 꼭... 엄마 아들로 태어나. 알았지?
진겸	싫어. 엄마는 나보다 더 좋은 아들 만나야 돼. 엄마가 아프면 걱정도 하고, 엄마가 슬프면 위로도 해줄 수 있는 아들 만나. 대신 그땐... 내 엄마가 아니라도 내가 엄마 지켜줄게... 내가 꼭 지켜줄게.

진겸을 보며 슬픈 미소를 짓던 선영, 고개가 툭 떨어지며 숨을 거둔다. 계속 엄마를 안고 있던 진겸, 눈물이 뚝 떨어진다.

S#2   거리 to 골목 | 낮
        (1회 엔딩과 이어지는)

아스팔트에 툭, 떨어지는 진겸의 눈물. 동시에 태이가 인파 속에 섞이고, 진겸은 트럭에 쾅 치이며 구른다. 아스팔트에 쓰러진 진겸, 사라져가는 태이를 눈으로 쫓으며.

| 진겸 | (작게) 엄마... |

S#3   병원 응급실 | 밤

서서히 의식을 되찾는 진겸. 가슴을 다친 듯, 풀어진 셔츠 사이로 가슴을 동여맨 붕대가 보이고. 그 앞에 걱정스러운 표정으로 진겸을 보고 있는 도연.

도연   너 바보야? 차 조심하는 게 어려워? 그럼 차라리 등에다 초보 걸음이라고 붙이고 다녀!

그런데 진겸, 아무 말 없이 침대에서 내려와 밖으로 나가려고 한다. 붙잡는 도연.

도연   너 갈비뼈에 금 갔대. 누워 있어.

하지만 무시하고 밖으로 나가는 진겸.

S#4   병원 앞 | 밤

병원에서 나온 진겸, 곧장 병원 앞 택시 정류장으로 향하는데. 도연이 쫓아 붙잡는다.

도연   무슨 일인데 그래?

진겸   엄마를 봤어.

도연   누구 엄마?

진겸   우리 엄마.

도연   (굳은)

진겸   CCTV 확인해서 찾아야 돼.

도연   너 머리도 다쳤나 보다. 당장 침대에 가서 누워.

진겸   진짜 엄마였어.

도연   (진겸 팔 잡으며) 누우라고!

진겸   (격앙) 내가 엄마도 못 알아볼 거 같아?

거칠게 도연의 손을 뿌리치는 진겸, 다시 병원 앞 택시 정류장으로 향하는데.

도연   (비꼼) 그래, 가서 찾아봐. 10년 전에 돌아가신 어머니 잘 살아 계시나 어디 한번 찾아보라고.

진겸   (그 말에 멈칫하면)

도연   진짜 산 사람은 죽은 사람 못 이기나 보다.

진겸   (돌아보면)

도연   나 술 진짜 좋아하는데, 술병 난 다음 날은 소주병만 보고 초록색만 봐도 속이 울렁거리거든. 당분간 니 얼굴 보기 싫으니까 연락하지 마.

그러고는 다시 주차장으로 향하는 도연. 붙잡지 못하는 진겸의 모습에서.

S#5   골목 | 밤

마지막으로 엄마를 목격한 골목에 서 있는 진겸, 한숨을 내쉬면.

S#6   어느 빌딩 옥상 | 밤

도심 빌딩 숲이 내려다보일 정도의 고층 빌딩 옥상. 누군가 옥상으로 올라온 뒤 하늘을 두리번거린다. 바로 젊은 태이다.

S#7   경찰서 형사과 | 낮

화이트보드에 붙어 있는 은수와 은수 부모 사진. 그리고 은수가 증언한 동선과 장소(찜질방, 워터파크, 놀이공원 등)들이 표시되어 있다. 그 앞에 모여 있는 진겸과 고 형사를 비롯한 형사들. 하지만 다들 답이 안 나와 말없이 심각한데. 이런 상황에서 화이트보드를 주시하며 근력 밴드(맨손 운동기구)로 운동 중인 동호.

고 형사　　(거슬리는) 아이씨. 진짜 신경 쓰이게.

동호　　　죄송합니다. 요즘 자꾸 근손실이 생겨서.

고 형사　　어휴. 그놈의 근손실. (진겸에게) 은수가 진짜 타임머신이라고 했어?

진겸　　　네.

홍 형사　　(아는 척하며) 방어기제 같은 거겠죠. 애들은 보통 큰일 당하면 두 가지 반응을 보인다고 하잖아요. 입을 완전히 닫거나, 아니면 자신이 당한 일을 부정하거나.

　　　　　오~ 모두가 홍 형사를 본다. 으슥해진 홍.

하 형사　　아, 그래서 유괴범을 미래에서 온 엄마라고 상상한 건가?

　　　　　그런데 뭔가 이상한 듯 심각한 표정으로 화이트보드를 보는 진겸. 화이트보드에 적힌, 아이가 유괴 기간 동안 돌아다닌 장소를 주시한다. 찜질방, 워터파크, 놀이공원 등이다.

진겸　　　은수가 유괴 기간 동안 다녔다는 장소들 CCTV는 확인해보셨습니까?

홍 형사　　그것도 아이가 거짓말한 거 같아요. 전부 확인해봤는데, 아이 모습은 안 찍혀 있었어요.

그러자 차 키를 챙겨 밖으로 향하는 진겸.

고 형사   어디 가?

고 형사의 질문에도 말없이 떠나는 진겸.

하 형사   (동호에게, 놀리듯) 니 남편 관리 좀 잘해라. 바람피우나 보다.

동호   (뒤따라가려는 듯 일어서며) 팀장님, 진짜로 제가 이런 부탁 잘 안 드
리는데, 박 경위님 딱 한 대만 때리면 안 됩니까? 저한테 맞았는
지도 모르게 한방에 기절시킬 수 있습니다.

하 형사   그러지 마라. 니가 다친다.

동호   (어이없는) 제가요? 선배님 농담도.

홍 형사   (피식) 선배님 충고는 다 경험에서 우러나오는 거예요.

그 말에 이상한 듯 하 형사와 홍 형사를 보는 동호.

고 형사   쓸데없는 소리들 하지 말고 (동호에게) 어디 가나 쫓아가 봐.

S#8   경찰서 복도 | 낮
밖으로 향하는 진겸. 이때 동호가 뒤쫓아 온다.

동호   은수한테 가는 거죠? 괜히 애나 부모 자극하지 마세요. 상황이
어쨌든 피해자고 피해자 가족이에요.

진겸   (대답 없이 걷는)

동호   거참, 사람이 말하면 듣는 시늉이라도 하죠.

진겸	(여전히 무시하고 걷는)
동호	(인상 팍) 야, 니가 아무리 나보다 계급이 높아도 내가 형이다.

하지만 진겸, 계속 무시한 채 밖으로 향하자, 더는 참지 못하고 진겸의 팔을 잡아 돌려세우려는 동호. 그 순간 진겸, 동호의 팔을 꺾으며 다리를 가격해 동호를 쓰러트린다. 동호, 너무 순식간에 일어난 일이라 당황한 얼굴로 진겸을 보면. 진겸, 특유의 표정을 읽을 수 없는 싸늘한 눈빛으로 동호를 보다가 걸어가버린다.

S#9	은수 아파트 놀이터 to 주차장	낮

엄마가 밀어주는 그네를 타면서 즐거워하는 은수. 이때 은수 모의 휴대폰이 울린다.

은수 모	(액정 확인하고) 엄마 잠깐 통화 좀 할게. (놀이터 밖으로 나와 전화 받으며) 네, 부장님. (들으며, 은수에게 등 보이고 서서) 죄송해요. 그냥 사표 수리해주세요. 앞으로는 은수 곁에 있으려고요.

그사이 혼자 계속 그네를 타는 은수. 그런데 누군가 다가온다. 보면, 은수 모다. 그런데 방금 전 은수 모와는 옷차림이 전혀 다르다. 즉, 은수를 유괴한 것으로 추정되는 은수 모(편의상 은수 모 2)다.

은수	(이상한) 옷 갈아입었어?
은수 모 2	(눈물 고이며) 엄마 이제 가야 하는데... 우리 은수 마지막으로 보고 싶어서.

은수	어디 가는데? 출장?
은수모2	멀리... 은수가 없는 곳...
은수	가지 마...
은수모2	(슬프지만 꾹 참고) 엄마랑 한 약속 안 잊어버렸지? 절대 미국 가면 안 돼. 꼭 기억해야 해.

한편, 아직 은수 모 2의 존재를 눈치채지 못한 채 통화 중인 은수 모 1. 통화를 마치고 은수를 보면, 은수가 누군가에게 손을 흔들고 있다. 은수 모 1, 은수의 시선을 따라가면 멀어지는 은수 모 2의 뒷모습이 보인다. 빠르게 놀이터를 벗어난 은수 모 2, 주차장으로 향하는데. 이때 주차장에서 차를 세우고 내린 진겸, 은수 집으로 향하다가 은수 모 2와 스쳐 지나간다. 그러다 멈칫하며 은수 모 2를 돌아보는 진겸.

진겸	어머님.

힘없이 돌아보는 은수 모 2. 그런데 놀랍게도 30대 중반이 아닌 60대 중반의 외모다.

진겸	죄송합니다. 제가 아는 분인 줄 알았습니다.

다시 은수 집으로 향하는 진겸, 그러다 다시 멈춰 선다. 나이는 다르지만 분명히 은수 모의 얼굴이기 때문이다. 은수 모 2의 얼굴을 다시 확인하기 위해 돌아보는 진겸. 어떤 SUV(차량번호 5025) 뒷좌석에 타는 은수 모 2의 모습이 보인다. 진겸이 쫓아가

지만, 아파트 단지를 떠나는 5025 차량. 그러자 진겸, 급히 어딘가로 전화를 건다.

진겸   (연결되면) 차량 조회 부탁드립니다.

S# 10 **달리는 승표 차 안 | 낮**
선 굵은 이미지의 승표(남, 20대 후반)가 운전하는 차가 아파트 단지를 빠져나간다. 뒷좌석에 앉은 은수 모 2. 눈에서 눈물이 후드득 떨어진다. 승표, 안타까운 눈빛으로 보다가 티슈를 건네고.

은수 모 2 저 여자가 부럽네요. 저도 예전에는 저 여자처럼 우리 은수랑 행복했는데.
승표   (보면)
은수 모 2 가이드님, 만약 저 여자도 우리 은수를 지켜주지 못하면 어떡하죠?
승표   그건 고객님께서 걱정하실 일이 아닙니다. 따님은 이곳의 어머님과 이곳의 삶을 사실 겁니다. 고객님은 돌아가셔서 고객님의 삶을 사셔야 하고요.

S# 11 **은수 아파트 은수 방 | 낮**
차가운 눈빛으로 은수를 보는 진겸.

진겸   엄마랑 무슨 얘기했어? 너 왜 찾아온 거야?
은수   약속 잊어먹지 말라고요.
진겸   무슨 약속?

은수	미국 안 가기로 했거든요.
진겸	??
은수	내가 열일곱 살이 되면 미국에 공부하러 갈 거래요.
진겸	10년 뒤에?
은수	네. 절대 가면 안 된대요. 가면 많이 아프대요.

진겸, 혼란스러운 얼굴로 은수를 보면.

S# 12 은수 아파트 단지 | 낮

굳은 얼굴로 동호를 보는 진겸.

동호	차량번호 잘못 본 거 아니에요? 5025라는 번호는 없다는데.
진겸	CCTV 확인해보셨습니까?
동호	네. 경위님만 나오지 차는 안 찍혀 있어요.
진겸	(차로 향하며) 제가 직접 확인해보겠습니다.
동호	확인했다니까요.

그 말에 멈춰 서 짧은 한숨을 내쉬는 진겸. 그런데 동호, 몸에 통증이 있는 듯 인상을 쓰며 어깨와 팔을 주무른다.

| 동호 | 내가 말 놓은 거 실수긴 한데, 그렇다고 사람을... (하다가) 그냥 남자끼리 사과하고 끝내죠? |

그런데 아무 말 없이 하늘을 올려다보는 진겸. 맑은 하늘이다.

동호	그냥 서로 사과하자고요.
진겸	혹시 드론에 대해 잘 아십니까?
동호	드론요? (웃으며) 잘 알죠.
진겸	(보면)
동호	제 주종목이 저그였는데. 4드론.

그러자 무시하고 차로 향하는 진겸.

| 동호 | 아, 진짜 뭐 저런 게 다 있어. 어디 가요! |

S# 13	드론레이싱협회	낮

진열된 드론들 구경 중인 동호. 진겸은 협회 직원과 대화 중이다.

직원	보통 우리가 말하는 드론이라는 게 RC 멀티콥터거든요. 말 그대로 프로펠러가 여러 개 달린 거. 물론 싱글로터도 존재하지만, 아예 없는 건 못 본 거 같은데. 혹시 프로펠러 회전이 너무 빨라서 착각하신 거 아닐까요?
진겸	그럼 2010년에도 지금처럼 대중화됐었습니까?
직원	아니요. RC 멀티콥터가 대중화되기 시작한 건 2015년이에요.

심각한 표정의 진겸.

S# 14   언론사 사회부 사무실 | 낮

노트북으로 기사 문장을 정리 중인 도연. 기사 제목이 '유명 앵커의 추악한 민낯'이다. 이때 김 부장이 다가와 도연의 노트북을 덮어버린다. 도연, 째려보면.

김 부장   이런다고 그쪽에서 눈 하나 깜짝할 거 같아? 선전포고 받았다고 지휘관 바꾸는 거 봤냐고!

도연   원래 큰불 내려면 작은 불부터 내는 거예요.

김 부장   그럼 바람이 니 쪽으로 분다니까. 너 그거 쓰면 이 바닥에서 타 죽어. 그쪽에서 자체 징계한다니까 조금만 기다려봐.

도연   몰랐는데, 우리 부장님 이 세상을 꿈과 희망이 가득 찬 곳으로 보시나 봐. 덮으려고 쇼하는 거잖아요!

김 부장   찌개 넘치니까 불 한 칸만 줄이자는 거야. 대신 이거 줄 테니까 먹으면서 기다려.

그러면서 서류를 건네주는 김 부장.

김 부장   일곱 살짜리 여자애가 유괴됐는데, 유괴범이 누굴 거 같아?

도연   부장님요. 왜 그러셨어요?

김 부장   에이씨, 친엄마야. 근데 이게 말이 안 돼. 애가 유괴당할 때 엄마는 유럽 출장 중이었거든.

그 말에 관심이 생긴 듯 서류를 보는 도연.

S# 15 경찰서 복도 to 형사과 | 낮

은수 모의 출입국 서류를 보며 형사과 안으로 들어오는 고 형사. 그런데 고 형사 책상에 걸터앉아 있는 도연이 보인다.

고 형사 아이고, 우리 며느리 왔어?

도연 (당황. 누가 듣나 두리번거린 후) 그렇게 부르지 말라니까요.

고 형사 (피식) 그러니까 빨리 고백하라고. 왜 청춘을 낭비해? (앉으며) 어차피 진겸이도 너 말고 다른 여자 못 만난다니까.

도연 (기분 좋은) 그거야 저도 알죠.

고 형사 진겸이 보러 온 거야?

도연 (고 형사 어깨 안마해주며) 아니요. 아버님 보러 왔어요.

고 형사 (흐뭇) 아이고 시원하다.

도연 홍은수 유괴 사건 때문에 힘드시죠?

고 형사 (정색. 도연 손 거두며) 왜 이러십니까, 김 기자님.

도연 에이 아버님~

고 형사 누가 아버님이야? 이번엔 절대 안 돼. 그리고 나눠줄 것도 없어. 우리도 길 잃은 상태야.

도연 길은 주변 사람들한테 물어물어 찾는 거예요. 저랑 같이 찾아요. 제가 짐도 들어드릴게요. 저 못 믿으세요?

고 형사 어떻게 믿어? 저번에도 지원사격한다고 해놓고 내 뒤통수를 갈겼는데!

S# 16 진겸 오피스텔 안 | 밤

도어록을 열고 집 안으로 들어오는 진겸. 그런데 현관 앞에 여자 구두가 놓여 있다.

진겸	언제 왔어?

들어가보면, 진겸 성격처럼 장식품이나 가구 없이 심플한 오피스텔이 펼쳐져 있고. 도연이 중앙 테이블에 앉아 진겸의 노트북을 살펴보고 있다.

도연	노트북에 비밀번호 걸어놨네?
진겸	니가 자꾸 훔쳐봐서.
도연	그랬구나. 나 너무 가슴이 아파서 노트북 부셔버릴 뻔했어.
진겸	...어제는...
도연	됐고. 비밀번호 뭐야?
진겸	그냥 물어봐. 말해줄게.
도연	홍은수 유괴 사건.
진겸	그건 아직 안 돼.
도연	세상에 안 되는 일이 어디 있어? 이런 얘기 못 들어봤어? 비관론자는 별의 비밀을 발견한 적도 없고, 지도에 없는 땅을 찾아 항해한 적도 없고, 영혼을 위한 새로운 천국을 열어준 적도 없다.

그러면서 냉장고 문을 여는 도연.

도연	새로운 맥주는 없네. 맥주 떨어졌어.
진겸	난 술 안 마셔.
도연	내가 마시잖아. 빨리 사 와.
진겸	오늘은 그냥 가면 안 돼? 좀 피곤한데.
도연	내 질문 세 개에 아무 각색 없이 대답해주면 순순히 갈게.

진겸	(보면)
도연	첫째, 은수가 유괴당한 3일 동안의 은수 동선. 둘째, 은수 엄마 출장지 호텔 CCTV 확보 여부. 마지막, 은수가 드론을 목격했는 지만 알려주면 돼.

드론 이야기에 굳어지는 진겸.

진겸	드론은 왜?
도연	(태도가 이상하자) 봤대?

S#17   언론사 사회부 | 밤

어둡고 텅 빈 사회부 사무실에서 도연의 컴퓨터를 보는 진겸. 도연은 책상에 걸터앉아 있다. 모니터 화면 속 도연이 취재한 사건 기록들이 리스트로 정리되어 있다.

진겸	이거 정확한 거야?
도연	왜 사람 무시해? 나 니네 집 창문에 돌 던지던 김도연 아니다. 작년부터 전국에서 이상한 사건들이 벌어지고 있는데, 전부 이 번 유괴 사건처럼 말이 안 되거든. 근데 한 가지 공통점이 있어. 사건 현장 주변에서 목격된 드론.

심각한 표정으로 사건 기록을 보는 진겸. 보면, 리스트 중간에 지나가는 행인이 휴대폰으로 촬영한 듯, 드론 사진이 삽입되어 있다. 진겸이 목격한 드론과 동일한 드론이다.

진겸	이 파일, 나한테 메일로 보내줘.
도연	메일은 무료 서비슨데, 내가 만든 파일은 유료야. 그리고 비싸.
진겸	내가 어떻게 하면 돼?
도연	니가 이번 유괴 사건에서 가장 중요한 단서라고 생각하는 게 뭔지 말해줘.
진겸	... 은수의 진술.
도연	뭐라고 했는데?
진겸	자기를 유괴한 사람이 시간여행자 엄마라고 했어.

도연, 놀라면.

S# 18   은수 아파트 은수 방 | 밤

따뜻한 온기가 느껴지는 스탠드 조명. 그 아래 작은 침대에서 함께 자고 있는 은수와 은수 모 1. 세상모르고 자고 있는 은수, 잠결에 팔을 긁기 시작한다. 그런데 단순히 긁는 게 아니라 팔에서 피가 날 정도로 긁는다.

S# 19   A오피스텔 전경 | 밤

서울 빌딩 숲 사이에 우뚝 솟은 레지던스 전경. 그런데 오피스텔 외벽에 무언가 붙어 있다. 프로펠러 없는 드론이다.

S# 20   A오피스텔 안 | 밤

교복 차림의 고등학생 하나가 피떡이 된 몰골로 쓰러져 있고, 그 앞에 핏물이 뚝뚝 떨어지는 방망이를 든 남자가 서 있다. 양홍섭(남, 30대 중반)이다. 반지나 목걸이 같은 특별한 액세서리는 하지 않았지만, 눈에 띄지 않는 귀찌를 착용 중이다.

| 고등학생 | 살려주세요... 제발 살려주세요... |

그러면서 양홍섭의 바지를 잡고 애원하는 고등학생. 그 모습에 갑자기 웃음을 터트리는 양홍섭.

양홍섭	뭐야? 고작 이거 맞고 항복이야? 난 매일 맞았는데. 너한테.
고등학생	(당황스러운) 제가 언제요?
양홍섭	(히죽) 나 모르겠어? 내 얼굴 봐봐.
고등학생	(하지만 두려워 양홍섭의 얼굴을 똑바로 못 보는)
양홍섭	보라고!!
고등학생	(두려움에 떨며 양홍섭의 얼굴을 보면)
양홍섭	진짜 내가 누군지 몰라?
고등학생	(울먹) 모르겠어요.
양홍섭	나... 니 동생이야.
고등학생	??
양홍섭	(씨익) 근데 지금은 니가 나보다 어리네.

그러면서 다시 사정없이 때리는 양홍섭. 폭행 과정에서 방망이가 부러지자 이번에는 테이블 위에 놓여 있던 망치를 잡는다.

#인서트

어두운 방, 노란 불빛 아래 누군가 예언서를 조심스럽게 펼친다. 타닥타닥 소리가 나며.

#인서트

앤티크 타자기의 바가 먹지를 때리며 글자가 새겨진다.

제1장

'시간의 문'이 열리고 복수를 꿈꾸는 자의 손은 피로 얼룩진다.

S# 21   달리는 진겸 차 안 to A오피스텔 앞 | 밤

생각에 잠긴 얼굴로 운전 중인 진겸. 신호등에 걸리자 정차한다. 곧이어 신호등이 바뀌지만, 출발하지 않고 어느 곳을 주시하는 진겸. 보면, 어느 오피스텔 건물 창문 앞에 떠 있는 드론을 발견한 것. 오피스텔 앞 도로에 차를 세우고 내리는 진겸. 빠르게 드론이 떠 있는 층수와 방을 체크한 후 오피스텔 안으로 달려 들어가면.

S# 22   A오피스텔 복도 | 밤

엘리베이터에서 내려 드론이 떠 있던 방을 향해 빠르게 달려가는 진겸. 초인종을 누르려고 하는데, 현관문이 열려 있다. 문을 열고 들어가면, 처참하게 살해된 고등학생의 시신만 놓여 있을 뿐, 양홍섭은 보이지 않는다. 곧장 창문으로 다가가 창문을 여는 진겸, 드론 역시 보이지 않는다.

S# 23   A오피스텔 안 | 밤

들어오는 고 형사. 동호를 비롯한 하 형사와 홍 형사 사이로 처참하게 살해당한 고등학생의 시신이 보인다.

고 형사	피해자 신원은?
홍 형사	지금 확인 중이에요.
고 형사	누가 묵고 있었어?
하 형사	인터넷으로 예약된 거라서 불분명합니다.
고 형사	근데 진겸이가 어떻게 발견한 거야?
동호	제가 안 물어봤겠습니까? 박 경위님이 대답했겠습니까?
고 형사	이 자식은 어디 갔어?

S# 24   A오피스텔 관리실 | 밤

오피스텔 지하 주차장부터 로비, 엘리베이터, 복도 등 전 구역
CCTV 영상이 보이는 관리실. 그 앞에서 진겸, 관리실 직원과
대화 중이다.

직원	(난감) 저도 이유를 모르겠네요. 복도고 엘리베이터고 전부 녹화가 안 돼 있어요.
진겸	평소에도 이런 적 있었습니까?
직원	아니요. 없어요. CCTV 점검도 이번 주에 받았는데.

S# 25   A오피스텔 복도 | 밤

살인 사건이 난 방 앞에 모여 구경하는 주민들. 그중 양홍섭도
포함되어 있다. 미소 짓고 있는 양홍섭.

S# 26   A오피스텔 관리실 | 밤

CCTV를 살펴보는 진겸, 별다른 단서를 찾지 못하고 밖으로 나
가려는데. 무엇 때문인지 갑자기 멈칫하더니 CCTV 모니터를

다시 주시한다. 그중 지하 주차장 CCTV 영상을 크게 확대하는 진겸. 주차된 차량 중 한 대가 놀랍게도 흰색 5025 차량이다.

#플래시백 | 아파트 단지 도로 | 낮

(9신: 차량번호 5025 SUV의 뒷좌석에 타는 은수 모 2의 모습)

진겸   이거 녹화 영상입니까?
직원   아니요.

진겸, 그 말이 끝나기 무섭게 밖으로 달려 나가면.

S#27   A오피스텔 지하 주차장 | 밤
빠르게 지하 주차장으로 내려온 진겸, 주차되어 있는 5025 차량 앞으로 다가간다. 차 안을 살펴보지만, 짙게 선팅되어 있어 내부가 잘 보이지 않고 전화번호 역시 없다. 그런데 이때 인기척이 느껴져 뒤돌아보는 진겸. 한 남자가 진겸 뒤에 서 있다. 양홍섭이다. 시선이 충돌하는 진겸과 양홍섭.

진겸   경찰입니다.
양홍섭   (피식) 근데요?
진겸   이 차 본인 찹니까?
양홍섭   제가 왜 대답해야 하죠?
진겸   마지막으로 묻겠습니다. 본인 찹니까?
양홍섭   아니요. 제 담당 가이드 차예요. 저 찾으러 올라갔나 본데, 기다리면 곧 올 거예요.

진겸	신분증 좀 보여주십시오.
양홍섭	그런 거 없는데.
진겸	성함과 주민번호가 어떻게 되십니까?
양홍섭	양홍섭. 160614. 3017447.

그러면서 장난스러운 미소를 짓는 양홍섭. 하지만 여전히 표정 변화가 없는 진겸.

진겸	재밌어?
양홍섭	(장난스러운 미소를 지으며) 왜? 다섯 살로 안 보여? 내가 좀 노안이지?

그 순간, 양홍섭의 머리를 잡아 차 지붕에 처박는 진겸. 고통스러워하는 양홍섭. 코와 입술에서 피가 흘러내린다.

진겸	똑바로 말해. 너 누구야?
양홍섭	(노려보면)
진겸	드론, 니가 띄운 거야?
양홍섭	(썩소) 가이드 오면 넌 죽었어.

그 순간, 다시 양홍섭의 머리를 차 지붕에 처박는 진겸. 양홍섭, 그제야 겁먹은 표정으로 진겸을 본다.

진겸	무슨 가이드가 온다는 거야?

그 순간, 멀리서부터 전등이 꺼지며 어둠이 덮쳐 오기 시작한다. 동시에 진겸과 양홍섭을 향해 또르르르 굴러오는 당구공만한 금속 물체. 멈추는가 싶더니 열십자로 쩍 갈라지고, 엄청난 백색 섬광과 고막을 찢을 듯한 파열음이 폭발하듯 주차장을 삼킨다. 양홍섭이 주저앉는 동시에, 대비하지 못한 진겸이 순간적으로 눈과 귀가 마비되며 비틀거리기 시작한다. 그때, 선글라스를 낀 민혁(30대 초반 그대로다)이 뚜벅뚜벅 절도 있게 걸어온다.

민혁   (양홍섭에게) 차에 타십시오.

5025 차량(이하 민혁의 차)에 타려던 양홍섭, 정신이 혼미해 비틀거리는 진겸의 배를 가격한다. 쓰러지는 진겸. 동시에 민혁이 차 문을 열고 양홍섭의 팔을 당겨 차에 태운다. 곧 민혁의 차가 지하 주차장을 빠져나가고, 정신을 차린 진겸 역시 자신의 차를 타고 추격하기 시작한다.

S# 28   교차 | 밤
               #도로 위

도심 위를 빠르게 질주하는 민혁의 차. 그리고 그 뒤를 쫓는 진겸의 차. 진겸의 시야는 여전히 흐릿하고 귀에선 이명이 사라지지 않았지만, 초인적으로 집중하며 민혁을 뒤쫓는다.

               #달리는 민혁 차 안

양홍섭을 태운 채 도주 중인 민혁. 정면 교차로 신호등이 정지 신호로 바뀐다. 이때 민혁, 착용 중인 귀찌를 터치하면 귀찌의

색깔이 변하며 통신 기능이 작동한다.

민혁　　　1012번 고객이 경찰에 쫓기고 있다. 신호등 전부 열어.

#앨리스 관제실

초대형 화면이 가득한 앨리스 관제실. 드론이 보내는 도로 화면이 다양한 각도로 송출된다. 지적인 미모의 오시영 팀장(여, 32세)이 헤드셋을 쓰고 민혁의 요청에 답한다.

시영　　　신호등 열었어. 승표, 혜수 지원해!

#도로 위

신호등이 곧바로 파란불로 바뀌면, 그 아래를 빠르게 지나는 민혁의 차. 하지만 진겸의 차 역시 뒤쫓아온다.

민혁　　　(다시 귀찌를 터치하며) 어디쯤이야?

이때 통신 장비를 통해 들려오는 승표의 음성.

(승표)　　바로 뒤에 있습니다.

#달리는 승표의 차 안

빠르게 운전 중인 여자, 차가운 인상의 혜수(20대 후반). 그 옆에는 승표가 타고 있다. 그런데 차 안의 내비게이션, 평범한 내비게이션이 아닌 듯 화면에 진겸의 차 위치가 표시되어 있다. 이때 귀찌를 통해 들려오는 민혁의 목소리.

(민혁)　서둘러.

승표　네!

그러면서 속력을 높이며 다시 내비게이션 화면을 보는 혜수.

혜수　무인기 날릴게.

그러면서 어떤 버튼을 누르면.

#도로 위

달리는 승표의 차 아래에서 미사일 같은 소형 비행체(무인기) 하나가 빠르게 발사된다. 눈에 보이지 않을 만큼 빠른 속도로 자동차들 밑을 비행하는 소형 비행체. 순식간에 진겸의 차에 따라붙더니 진겸의 차 밑바닥에 달라붙는다.

#달리는 진겸의 차 안

이 사실을 모른 채 민혁의 차를 뒤쫓는 진겸, 드디어 민혁의 차와 나란히 달리는데 성공한다. 그런데 순간 뭔가 이상한 듯 표정이 굳어지는 진겸. 핸들이 제멋대로 움직이기 시작하고, 액셀과 브레이크 모두 작동되지 않는다. 심지어 갑자기 차선을 변경하는 진겸의 차.

#도로 위

결국 도로변 가로등에 처박히는 진겸의 차. 사고의 충격이 클 만도 한데 고통을 참으며 재빨리 내리는 진겸. 하지만 민혁의 차는 이미 시야에서 없어진 후다.

#앨리스 관제실

모니터로 민혁의 차와 승표의 차가 빠져나가는 모습이 보인다.

시영   상황 종료. 신호 체계 복구시키고 관제팀은 모니터링해.

헤드셋을 벗는 시영, 긴장이 풀렸는지 의자에 털썩 앉는다.

#도로 위

진겸이 하늘을 올려다보며 드론을 찾지만, 하늘은 깨끗하기만 하다. 놓친 게 분한 진겸.

S#29   카센터 | 낮
        수리 중인 자신의 차 앞에 선 진겸.

정비사   핸들이랑 브레이크 꼼꼼하게 확인해봤는데, 아무 이상 없던데요.

혼란스러운 얼굴로 자신의 차를 보는 진겸. 이때 카센터 앞에 멈춰 서는 동호의 차.

동호   (차에서 내리며) 차 고장 났어요?

진겸	오피스텔이 정전된 이유는 찾았습니까?
동호	한전에 연락해봤는데, 자기들도 모르겠대요. 다른 건물들은 다 멀쩡한데 그 오피스텔만 정전됐었나 봐요.
진겸	피해자 신원은요?

S# 30   **장례식장 조문실 | 낮**

양홍섭에게 살해당한 고등학생의 영정 사진. 그 앞에서 오열하는 피해 학생의 부친이 보인다.

S# 31   **장례식장 복도 | 낮**

복도에서 학생의 모친과 대화 중인 진겸과 동호.

동호	아드님이 집에서 나간 게 몇 십니까?
모친	평소처럼 7시 반에 나갔어요. 학교에 안 간 건 저희도 담임 전화 받고 알았고요.
동호	혹시 그 오피스텔에 가까운 친구가 삽니까?
모친	아니요. 그런 얘기는 못 들었어요.

그런데 모친, 동호와 대화를 나누며 계속 누군가와 카톡 중이다. 심지어 그리 슬퍼 보이지도 않는다. 이상한 듯 모친을 보는 진겸. 이때 접객실의 조문객들이 모친을 부른다.

모친	잠시만요.

접객실로 들어가는 모친. 조문객들과 대화를 나누는데 표정이

밝다. 진겸, 모친의 태도가 마음에 걸리는 듯 계속 주시하자.

동호 　친모가 아니래요. 지금 남편과는 1년 전에 재혼한 거고, 친아들은 따로 있어요. 그래도 호적상 아들인데 슬픈 척이라도 하지.

이때 접객실 구석에서 휴대폰으로 만화를 보는 사내아이(5세)를 발견한 진겸. 대수롭지 않게 여기며 장례식장을 떠나려는데, 이때 피해 학생의 모친이 아이에게 다가온다.

모친 　홍섭아, 조금만 더 있다가 우린 집에 가자.

그 순간 멈칫하는 진겸.

#플래시백 | 오피스텔 지하 주차장 | 밤

양홍섭 　양홍섭. 160614. 3017447. (장난스러운 미소를 지으며) 왜? 다섯 살로 안 보여? 내가 좀 노안이지?

#다시 현실
진겸, 굳은 얼굴로 만화를 보는 사내아이를 보는.

S#32 　경찰서 형사과 | 낮
컴퓨터를 통해 피해자 가족의 신원 정보를 보며 통화 중인 고형사.

고 형사	막내 아들 주민번호는 왜? (사이) 이름은 양홍섭이고. 160614. 3017447.

S#33　　장례식장 매점 앞 | 낮

굳은 얼굴로 전화를 끊는 진겸. 그런데 그 옆에서 어린 양홍섭
이 아이스크림을 먹고 있다. 이때 무언가를 발견한 듯 아이의
뒷목을 살피는 진겸. 시퍼렇게 멍이 들어 있다. 학대라도 당하
는 아이처럼 팔과 다리 역시 성하지 않다.

진겸	누가 이랬어?
어린 양홍섭	...
진겸	아저씨 경찰이니까 말해도 돼.
어린 양홍섭	... 형아가.
진겸	죽은 형?
어린 양홍섭	응. 죽어서 좋아.

폭력에서 해방되어서인지 아니면 타고난 기질인지 미소를 짓는
아이. 혼란스러운 표정으로 아이를 보는 진겸의 표정에서.

S#34　　앨리스 소개 몽타주 | 낮

#주차장

차에서 내리는 민혁과 양홍섭. 지하 주차장에 전부 민혁의 차와
동일한 차들이 주차되어 있다.

에스컬레이터를 타고 내려오는 민혁과 양홍섭.

#로비

도착해 문이 열리면 앨리스 로비가 펼쳐진다. 개방감 있는 높은 천장이 고급스러운 돔 유리로 되어 있어 마치 하늘과 연결된 느낌이고. 카페와 레스토랑, 그리고 '앨리스'라는 글자가 새겨진 프런트데스크가 소개된다.

민혁   (데스크 스태프에게) 1012번 고객님 복귀하셨습니다. 객실동으로 모시겠습니다.

S#35   앨리스 객실 안 | 낮

양홍섭이 객실 안으로 들어오고 민혁이 뒤따라 들어온다. 객실은 어디서나 볼 수 있는 호텔 방처럼 생겼다.

민혁   괜찮으십니까?

양홍섭   (삐딱) 당신이 보기엔 내가 괜찮아 보여?

그러면서 찢어진 입술을 어루만지는 양홍섭. 분한 표정이다.

양홍섭   그 경찰 어떻게 할 거야?

민혁   그 경찰은 자기 임무를 했을 뿐, 잘못한 게 없습니다.

양홍섭   당신들 고객을 때렸는데 잘못한 게 없어?! 내가 왜 미개한 과거인한테 맞아야 하는데?

민혁	고객님이 먼저 규정을 위반하셨습니다.
양홍섭	무슨 규정?
민혁	어떤 경우에도 살인은 허용되지 않는다고 말씀드렸을 텐데요.
양홍섭	(발끈) 진짜 죽일 생각은 없었어. 실수였다고. 뭐, 그게 그렇게 큰 잘못도 아니잖아? 어차피 미래랑은 아무 상관없는 거, 적당히 덮으면 되고.
민혁	시간여행 규정 위반 시 약관에 따라 위약금과 강제출국, 앞으로의 모든 시간여행이 금지된다고 분명히 고지했습니다. 규정에 따라 본사에 출국 요청하겠습니다.
양홍섭	(짜증) 알았어. 알았으니까 그 경찰 제대로 처벌해줘. 과거인 하나 혼내는 거 어려운 일 아니잖아!

그 순간 양홍섭의 멱살을 잡는 민혁. 사납게 양홍섭을 노려본다.

민혁	닥치고 들어. 앨리스는 과거의 상처를 치유하기 위해서 만들어졌고, 우리 스태프 모두는 보람과 긍지를 가지고 이 일을 하고 있어. 너 같은 놈을 위해 일하는 게 아니라고. 그러니까 개소리하지 말고 꺼져.

민혁의 눈빛에 쪼그라드는 양홍섭.

S#36   앨리스 또 다른 객실 안 | 낮

양홍섭이 있는 객실과 동일한 모습의 객실 안. 침대에 앉아 인화된 사진들을 보고 있는 여자. 바로 60대 은수 모 2. 은수와 함께했을 때(유괴 기간) 찍은 사진들을 본다. 찜질방, 워터파크, 놀이공원 배경 속 행복해 보이는 은수와 은수 모 2(사진 속에는 30대)의 사진. 귀여운 포즈로 찍은 은수의 사진을 보고 행복한 미소를 짓는 은수 모 2. 그러다 어떤 사진 한 장을 보고 얼굴이 어두워진다. 보면 예쁘장한 여고생 여권 사진이다.

#플래시백 | 2030년 | 부검실.

여고생의 시신 앞에 멍한 표정으로 서 있는 은수 모 2.

은수 모 2   (덜덜 떨리는 손으로 시신의 팔을 잡으며) 은수야... 엄마 왔어. 일어나봐... 은수야... 은수야... 엄마 왔다니까.

그러다 시신을 껴안고 오열하는 은수 모 2.

#다시 현실

사진을 보다가 결국 눈물이 뚝 떨어지는 은수 모 2.

S#37   앨리스 본부장실 | 낮

노크와 함께 문이 열리면서 민혁이 들어온다. 넓고 중후한 느낌의 본부장실이 나온다. 부드러운 사업가 인상의 남자, 철암(30대 중반)이 책상에서 일어나 걸어온다.

철암   오늘 수고 많았다.
민혁   여행 허가 시스템이 너무 허술한 거 아니야? 애초에 문제를 일으킬 만한 여행자는 받지 말았어야지.
철암   안 그래도 본사에 문제 제기했으니까 앞으론 괜찮아질 거야.

민혁	(진지) 문제 제기 정도가 아니라 확실하게 바꿔야 해. 앨리스를 위해 많은 걸 포기한 사람도 있어.
철암	... 태이를 포기한 것도 앨리스 때문이었니?
민혁	그 얘기는 하지 말자.
철암	그게 아니면 지금이라도 찾아보지 그래.

민혁, 표정이 일그러진다.

민혁	오 팀장 말, 못 들었어?
철암	알아. 결혼해서 잘 살고 있다며.
민혁	그런데?
철암	92년에서 헤어진 게 태이한테는 29년 전 일이지만, 너한테는 고작 1년 전 일이잖아. 게다가 너희 두 사람의 아이가...
민혁	(차갑게 자르며) 1년이면 충분히 긴 시간이야.

일어나서 나가는 민혁.

S#38   앨리스 복도 | 낮

본부장실에서 나온 민혁, 잠시 생각에 잠긴다.

#플래시백

-1992년 승용차에서 보여준 태이의 밝은 미소.

-산부인과에서 태이의 두려운 얼굴.

-경찰에게 쫓길 때, 태이가 배를 움켜쥐는 모습.

-호텔에 남아 있던 편지와 빈 금고. 일그러지는 민혁의 얼굴.

철암 예언서는?

민혁 이세훈이 숨겨서 못 찾았어.

S#39 앨리스 관제실 | 낮

    초대형 전면 모니터에 분할된 수십 개의 각기 다른 영상이 실시간으로 흐른다. 대부분 드론이 촬영하는 현재 고객의 모습들이다. 그 앞에서 상황을 체크 중인 관제실 스태프의 모습을 카메라가 쓱 훑으면. 철암이 안으로 들어온다. 스태프가 일어나려 하자 철암이 손짓으로 할 일을 하라고 한다. 오시영이 자기 자리에서 일어나 철암 앞으로 걸어온다.

철암 양홍섭 강제출국 허가는?

시영 승인이 떨어졌어요.

철암 그럼 진행시켜.

시영 (그대로 서서 보는)

철암 왜? 할 말 있어?

시영 꼭 이렇게까지 해야 해요? 고객이 강제출국 당한 게 알려지면 좋을 게 없잖아요.

철암 살인 저지른 고객을 방치한 게 알려지는 것보단 낫겠지. 앨리스를 위해서는.

시영 (보다가) 알겠습니다.

철암 아, 그리고 민혁이와 태이 사이의 아기 말이야, 죽은 거 확실해?

시영 (침울) 아시잖아요. 웜홀을 통과한 태아가 살 확률은 없어요.

철암	(침묵하면)
시영	그래도 신경 쓰이시면 더 알아볼까요?
철암	아냐, 됐어.

철암이 나가면 시영, 심각한 표정으로 생각에 잠긴다.

S# 40   앨리스 객실(양홍섭) 안 | 낮

노크 후 객실 안으로 들어오는 승표. 여전히 분한 표정으로 맥주를 마시고 있는 양홍섭.

승표	출국 준비가 끝났습니다.

그러면서 무언가를 건네주는 승표. 보면, 신용카드 크기의 플라스틱 카드다. 그런데 IC나 MS카드가 아닌 아무것도 없는 평범한 카드다. 대신 카드 중앙에 어떤 마크가 새겨져 있다. 바로 1회 민혁이 1992년을 떠날 때 사용했던 카드와 동일한 것.

양홍섭	박진겸이라는 경찰, 어디 소속이야?
승표	(이상한 듯 보면)
양홍섭	돌아가서라도 만나보려고.
승표	서울남부서 형사 2팀이라고 들었습니다. 출발하시죠.

그러면서 승표, 앞장서서 객실을 나서는데. 그 순간 양홍섭, 맥주병으로 승표의 머리를 내리친다.

S# 41   동 | 낮

혜수가 다급히 객실로 들어오면, 수건으로 머리의 상처를 지혈하는 승표만 보일 뿐, 양홍섭은 보이지 않는다.

혜수   어떻게 된 거야?! 고객은?!
승표   도망쳤어. 빨리 팀장님께 보고해.

S# 42   달리는 차 안 | 낮

신호와 차선 모두 무시한 채 빠른 속도로 차를 운전하는 남자, 양홍섭이다.

S# 43   언론사 사무실 | 밤

고민에 찬 얼굴로 앉아 있는 도연. 컴퓨터로 타임머신을 검색 중이다. 이때 인기척이 느껴져 고개를 들면, 김 부장이 사납게 노려보고 있다.

도연   (화들짝) 아, 깜짝이야.
김 부장   너 왜 아직도 여기 있어? 화성 공장 노조 파업한 거 못 들었어?
도연   뉴스 봤어요.
김 부장   (어이없는) 니가 뉴스 만드는 사람이지 보는 사람이야?
도연   (다른 기자들 보며) 갈 사람 많은데 왜 저한테 그래요?
김 부장   쟤네들이 지금 너처럼 놀고 있냐?
도연   부장님은 놀고 있잖아요. 가고 싶으면 부장님이 직접 가세요. 나보다 월급도 많이 받으면서 왜 맨날 편하게 사무실만 지켜요?
김 부장   원래 월급 제일 적게 받는 사람이 일 제일 많이 하는 거야.

도연	오늘만 다른 사람 보내요. 저 진짜 심란해서 그래요.
김 부장	왜? 무슨 일 있어? 박 경위 사고 나서 그래?
도연	누가 사고 나요?
김 부장	얘기 못 들었어? 용의자 쫓다가 꽝 했다던데.

그 말에 굳어지는 도연, 재빨리 진겸에게 전화를 걸며 밖으로 달려 나간다.

S# 44 　　진겸 오피스텔 안 | 밤

서류들을 살펴보고 있는 진겸. 이때 도어록이 열리더니 누군가 들어온다. 도연이다.

도연	너 괜찮아?
진겸	(보면)
도연	사고 났다며? 다친 데 없어? 왜 나한테 말 안 했어!
진겸	그런 얘길 너한테 왜 해?
도연	친구니까 할 수 있지. 그리고 전화는 왜 안 받아? 앞으로 한 번만 더 전화 안 받으면 니 몸에 도청장치 붙일 거야. 나 그냥 하는 말 아니야. 진짜야.

그런데 아무런 반응 없이 휴대폰을 챙겨 일어서는 진겸.

도연	어디 가게?
진겸	조사할 게 있어.
도연	차 수리 중인 거 아니야? 데려다줄까?

진겸　　　됐어.

그러고는 떠나는 진겸. 도연, 서운한 듯 진겸을 보다가 물을 마시기 위해 냉장고를 여는데, 전과 달리 냉장고 안에 맥주와 소주가 가득하다. 미소 짓는 도연, 나가려는 듯 가방 들고 현관문을 여는데, 문 앞에 한 남자가 서 있다. 양홍섭이다.

S#45　　진겸 오피스텔 앞 도로변 | 밤

택시를 타기 위해 도로변에 서는 진겸. 택시가 진겸 앞에 멈춰 선다. 진겸이 타려는 순간 휴대폰이 울린다. 발신자 '김도연'이다. 진겸, 전화를 받으면.

(양홍섭)　다섯 살짜리 나는 만나봤어?

양홍섭임을 직감하고 굳어진 진겸. 곧바로 오피스텔 안으로 뛰어 들어가면.

S#46　　진겸 오피스텔 로비 to 엘리베이터 안 | 밤

다급하게 로비로 달려 들어온 진겸. 엘리베이터 버튼을 누르고 초조하게 엘리베이터를 기다린다. 이때 도착한 엘리베이터 문이 열리면 황급히 타며 층수 버튼을 누르는 진겸. 엘리베이터가 올라가기 시작하고, 진겸은 날 선 표정으로 문이 열리길 기다린다. 곧이어 엘리베이터 문이 열리자마자 내리려는 순간, 엘리베이터 문 옆에 서 있던 양홍섭이 진겸의 배를 칼로 찌르려 달려든다. 그 순간 본능적으로 양홍섭의 팔을 붙잡는 진겸. 하지만

진겸의 배를 걷어차는 양홍섭.

양홍섭   그러니까 나한테 왜 까불어! 넌 무슨 짓을 해도 나 못 이겨!! 왠
         지 알아? 무슨 짓을 해도 니넨 우릴 따라잡을 수 없거든. 시간만
         큼 공평하면서 불공평한 게 없어!!

진겸   헛소리하지 말고, 도연이 어떻게 했어?!!

양홍섭   죽였어.

         그러면서 양홍섭, 다시 칼로 진겸을 찌르려고 한다. 그 순간 진
         겸, 맨손으로 칼날을 잡아버린다. 양홍섭, 당황한 얼굴로 진겸
         을 보면.

진겸   니가 누군지 아직 감이 잡히진 않아. 근데 날 죽이러 온 거면 좀
         알아보지 그랬어? 난 아무나 사람 취급 안 해.

S#47   진겸 오피스텔 승강로 | 밤
         멈춰서 있는 엘리베이터의 모습. 이때 탕!! 총성이 승강로에 가
         득 울려 퍼진다.

S#48   진겸 오피스텔 엘리베이터 안 | 밤
         팔에 총상을 입고 고통에 찬 비명을 지르는 양홍섭. 칼로 진겸
         을 겨누려고 하지만 진겸이 양홍섭의 팔을 발로 밟는다.

양홍섭   (악에 받친 얼굴로 노려보며) 니가 감히 날 쏴?!!

그러자 진겸, 방금 전 총상을 입은 양홍섭의 팔에 총구를 갖다 붙인 후, 눈 하나 깜짝 않고 또다시 총을 발사한다. 탕!! 고통에 자지러지는 양홍섭.

양홍섭   야! 이 미친 새끼야!!

그러자 진겸, 또다시 총상 입은 양홍섭의 팔에 총구를 갖다 붙인다. 그제야 눈물 콧물로 범벅된 채 공포에 질려 벌벌 떠는 양홍섭.

양홍섭   잠깐 기절시킨 거예요. 집에 있습니다!

그러자 진겸, 이번에는 양홍섭의 머리에 총을 겨눈다. 진짜로 쏠 기세다.

양홍섭   진짜예요! 진짜... (울먹) 제발 살려주세요.
진겸   니가 누구건 어디서 왔건 관심 없어. 만약 도연이 몸에 상처 하나라도 있으면, 넌 반드시 내 손에 죽어.

그러고는 수갑을 채우는 진겸.

S# 49   **진겸 오피스텔 복도 to 안 | 밤**

엘리베이터에서 내려 빠르게 집으로 향하는 진겸. 문을 열고 들어가면, 바닥에 의식 없이 쓰러져 있는 도연이 보인다. 재빨리 도연의 상체를 받쳐주며 도연의 상태를 살피는 진겸.

진겸   도연아! 도연아!!

그러자 천천히 의식을 되찾기 시작하는 도연.

진겸   (전화를 걸어) 경사님. 저희 집으로 구급차 한 대 보내주십시오. 그리고 용의자 체포했습니다.

S# 50   **병원 응급실 | 밤**

다행히 다친 곳 없는 건강한 모습으로 침대에 앉아 있는 도연. 그 앞에 표정 없이 앉아 있는 진겸.

도연   경찰 가족들은 가끔씩 위협당하기도 한다던데, 진짜 이런 일이 생기는구나.

그러면서 뭐가 좋은지 미소 짓는 도연.

진겸   왜 웃어?
도연   그냥. 그냥 신기해서.
진겸   안 무서웠어?
도연   (피식) 내가 이런 거 무서워하는 여자였으면 너랑 친구가 됐겠니?

평소처럼 씩씩해 보이는 도연, 진겸의 손에 감긴 붕대를 보고.

도연 너야말로 괜찮아?

진겸 괜찮아. 조금 베인 거야.

도연 (안쓰러운 표정 지나가고) 근데 그 사람 왜 자기를 다섯 살이라고 한
    거야?

진겸 ... 그냥 미친놈이야.

S#51 병원 중환자실 | 밤
    중환자실에 누워 있는 양홍섭.

S#52 병원 중환자실 앞 복도 | 밤
    그 앞에 서 있는 동호. 이때 진겸이 다가온다.

동호 아무리 칼을 들었어도 두 방이나 쏘면 어떡해요? 저 새끼 죽었
    으면 어쩔 뻔했어요? 혹시 김 기자님 때문이에요?

진겸 ...

동호 좋아하시는구나?

진겸 그런 거 아닙니다. 그냥 친굽니다.

동호 (피식)

진겸 왜 웃으십니까?

동호 (계속 웃는)

진겸 왜 웃으시냐고요?

동호 아, 웃지도 못해요?

진겸 (할 말 없는) 언제쯤 면회가 가능하다고 합니까?

동호   내일이나 돼야 할 거래요. 뭐 좀 마실래요?

그러면서 자판기 앞으로 향하는 동호.

진겸   괜찮습니다. 경사님이나 드십시오.

동호   아씨 콜라 먹고 싶은데. 이 자판기 고장 났는지 콜라 누르면 식
혜만 나와요. 벌써 식혜만 세 개 먹었다니까요.

진겸   식혜 누르십시오. 그럼 콜라가 나오겠죠.

동호   아, 그렇겠네.

그러면서 지폐 넣고 식혜를 누르는 동호. 그런데 식혜가 나온
다. 동호, 진겸을 흘겨보자 진겸, 표정 없는 얼굴로 동호의 시선
을 외면한다.

동호   식혜 드실래요?

진겸   아니요.

동호   (식혜 마시며) 아우. 식혜만 네 캔째네. 참, 저거 용의자 소지품인
데 별다른 건 없네요.

보면, 의자 위에 지갑이 놓여 있다. 지갑을 살펴보는 진겸. 상당
한 액수의 현금과 신용카드, 그리고 의문의 카드 한 장이 나온
다. 바로 승표에게 받은 의문의 카드. 그런데 이 카드를 본 진
겸의 표정이 날카로워진다.

동호   (이상한) 왜 그래요? 본 적 있는 카드예요?

그 순간 진겸, 갑자기 카드를 들고 엘리베이터로 향한다.

S#53   병원 복도 | 밤
진겸이 엘리베이터에 올라타고 문이 닫힌다. 동시에 옆 엘리베이터 문이 열리고 민혁이 내린다. 민혁, 동호가 있는 복도로 향하며 귀찌에 손을 얹고 명령한다.

민혁   들어간다. 차량 대기해.

S#54   앨리스 관제실 | 밤
민혁의 통신을 받은 시영,

시영   알았어.

S#55   병원 중환자실 앞 복도 | 밤
혼자 중환자실을 지키고 있는 동호, 늘어지게 하품하는데. 이때 갑자기 병원 복도 조명이 멀리서부터 하나씩 꺼지기 시작한다. 동호, 뭐지? 싶은 얼굴로 조명을 보면 순식간에 모든 조명이 꺼지며 어두워진 복도. 또르르르 구슬이 굴러온다. 그 뒤로 선글라스를 낀 민혁이 걸어오고, 잠시 후 백색으로 공간이 화이트아웃된다.

S#56   고 형사 아파트 현관 앞 to 거실 | 밤

엘리베이터에서 내려 어느 아파트 현관 앞에 선 진겸. 초인종을
누르지 않고 비밀번호를 누르고 집 안으로 들어가면 외출 준비
중인 고 형사가 보인다.

고 형사   왜 왔어? 나도 지금 병원으로 가려던 중인데. 잡았다며?

이때 주방에서 나온 고 형사 처가 진겸을 발견한다.

고 형사 처   진겸아, 왜 이렇게 오랜만에 와.

마치 집에 아들이 온 것처럼 반가워하는 고 형사 처.

진겸   죄송합니다. 잘 계셨어요?
고 형사 처   밥은?
진겸   먹었어요.
고 형사   (뭔가 이상한 듯) 무슨 일 있어?
진겸   아니요. 뭐 찾을 게 있어서 왔어요.

S#57   고 형사 아파트 작은방 | 밤

진겸, 작은방으로 들어와 조명을 켜면, 진겸이 쓰던 침대와 책
상, 진겸의 물건들이 가득하다. 심지어 진겸과 선영의 사진 액
자들까지 전부 이 방 안에 놓여 있다. 단순히 짐만 갖다놓은 게
아니라 얼마 전까지 진겸이 이곳에서 살았던 것처럼 꾸며져 있
다. 고 형사, 따라 들어오며.

고 형사	인마, 자주 좀 와라. 아니면 전화라도 하든가. 저 사람, 너 독립
	하고부터 적적한지 맨날 나만 괴롭혀.
진겸	죄송해요, 아저씨.

그러면서 옷장에 있던 박스를 꺼낸다. 열면, 엄마의 유품들이 들어 있는 박스다.

| 고 형사 | 어머니 유품은 왜? |

대답 없이 박스에서 엄마가 쓰던 지갑을 꺼내는 진겸. 그리고 지갑에서 무언가를 꺼내는데, 놀랍게도 양홍섭의 카드와 똑같은 카드다. 진겸, 주머니에서 양홍섭의 카드를 꺼내 직접 비교하면, 완벽하게 동일하다. 이때 울리는 고 형사의 휴대폰.

| 고 형사 | (받으며) 왜? (듣고, 버럭) 무슨 소리야?! 동호가 왜 총에 맞아?!! |

진겸, 총이라는 말에 놀라면.

| S#58 | 병원 중환자실 │ 밤 |

중환자실 안으로 들어오는 진겸. 보면, 양홍섭의 침대가 비어 있다.

| S#59 | 앨리스 객실 안 │ 낮 |

총상 치료를 받은 듯 어깨에 붕대를 맨 채 허탈한 표정으로 앉아 있는 양홍섭.

창가에 서서 창밖을 내다보는 민혁. 이런 민혁을 걱정스럽게 바라보는 철암.

철암　　　총까지 쏠 필욘 없었잖아. 더구나 상대는 경찰이었어.

민혁　　　죽이진 않았어.

철암　　　조직을 잘못 건들면 일이 커질 수 있으니까 하는 얘기야.

민혁　　　(돌아서며) 걱정돼? 차기 대표님 명성에 흠집 날까 봐?

철암　　　그런 게 아니라...

민혁　　　선례를 남기면 일선에서 일하는 우리가 힘들어져. 형은 본사 가장 높은 곳으로 돌아가면 그만이겠지만.

철암　　　(정색하고 보면)

민혁　　　(지지 않고) 난 앨리스를 위해 최선의 선택을 한 거야.

철암　　　(한숨) 고객 타임카드가 없어졌어.

민혁　　　(굳은)

철암　　　아무래도 경찰 손에 들어간 거 같아.

민혁　　　경찰? 그게 누군데?

철암　　　박진겸이라고 이쪽 경찰서 경위야. 가급적 조용히 해결해야 돼. 과거인들은 우리와 같은 사람들이야.

민혁　　　내 일은 내가 알아서 해.

민혁, 밖으로 나가버린다. 철암의 얼굴이 일그러진다.

민혁, 회의실로 들어오면. 회의실 안에 모여 있는 승표와 혜수를 비롯한 가이드들, 일제히 일어나 민혁에게 인사를 한다. 오시영은 일어나지 않는다.

민혁	(승표 보며) 박진겸에 대해 알아낼 수 있는 거 전부 알아내.
시영	이미 알아보고 있어. 조금만 기다리면 정보 넘길게.
민혁	(오 팀장에게 눈길 한번 주며) 잘했어. (혜수 보며) 혜수는 양홍섭 송환시키고...

다른 지시를 내리는 민혁을 보는 힐끗 보는 시영.

S#62   병원 병실 | 낮

어깨에 붕대를 맨 채 침대에 앉아 있는 동호. 그 앞에 서 있는 진겸과 고 형사, 그리고 하 형사와 홍 형사.

고 형사	괜찮은 거지?
동호	그럼요. 저 별명이 금강불괴입니다.
고 형사	(웃고) 잘 어울리네.
하 형사	어떤 놈인지는 봤어?
동호	그게, 못 봤습니다. 순식간 눈이 멀어버려서.
진겸	같은 놈입니다.
고 형사	같은 놈?
진겸	(끄덕)
고 형사	CCTV는 확인 안 했어?
홍 형사	했는데, 녹화가 하나도 안 돼 있더라고요.
고 형사	(이상한) 또?

진겸, 직접 확인하려는 듯 밖으로 나가려고 하는데.

하 형사　　(동호에게) 총도 못 봤어? 의사가 일반 총이 아닌 거 같다고 하던데.

그 말에 멈칫하는 진겸.

고 형사　　무슨 소리야?
홍 형사　　총알이 눈에 보이지 않을 정도로 작은 거래요.

굳어지는 고 형사, 진겸을 본다. 표정 없는 진겸, 그런데 호흡이
점점 거칠어지며 주먹이 부들부들 떨리고 있다.

S#63　　　경찰서 서장실 | 밤
　　　　　심각한 표정으로 서장 윤종수(남, 50대 중반)와 독대 중인 고 형사.
　　　　　그런데 서장의 얼굴이 낯익다. 1회에서 고 형사와 함께했던 반
　　　　　장이다.

서장　　　니네 영화 찍냐? 총까지 쏴가며 잡아놓고, 총까지 맞아가며 놓
　　　　　치면 어떡해?
고 형사　　아, 그만 좀 해요. 우리라고 지금 속이 좋겠어요?
서장　　　그럼 빨리 잡으라고 인마. 대체 어떤 놈이야?
고 형사　　모르겠어요.
서장　　　왜 몰라? 용의자 병원에 있었잖아? 신원 확인도 안 해봤어?
고 형사　　지문 조회가 안 돼요.

상황이 심상치 않다는 걸 느낀 듯 표정이 굳는 서장.

고 형사   도대체 어디서 온 놈인지 감이 안 잡혀요. (마시던 커피 비우고) 며칠만 시간 더 주세요. 어떻게든 해결할 테니까.

그러면서 고 형사, 다 마신 커피잔을 내려놓고 나가려는데.

서장   야, 마시던 거 치우고 나가. 여기 셀프야. 그리고 진겸이 보면 나한테 오라고 그래.

고 형사   진겸이는 왜요?

서장   3개월 감봉으로 끝내자.

고 형사   아, 진짜. 그냥 시말서로 합의 보자니까.

서장   매뉴얼도 안 지키고 총기 사용한 놈이야. 3개월 감봉이면 조상님이 도운 거야.

고 형사   이런 거 형님 선에서 해결해야지, 서장이나 돼 가지고 뭐하는 거예요?

서장   너는 진겸이 얘기만 나오면 왜 이렇게 열을 올려? 진겸이가 니아들이야?

고 형사   네, 아들이에요.

서장   난 진짜 이해가 안 간다. 니가 왜 이렇게 진겸이를 싸고도는지. 그 자식 좀 그렇잖아.

고 형사   그거야 형님이 진겸이 진짜 모습을 모르시니까 그렇죠.

| S#64 | 경찰서 형사과 | 밤 |

한숨을 내쉬며 자리에 앉는 고 형사, 그러다 서랍에서 무언가를 꺼내 펼쳐본다. 바로 2010년 일어난 선영의 살인 사건 파일이다.

고 형사   (전화를 걸어) 어디야? 저녁 먹었어?

| S#65 | 삼겹살집 | 밤 |

고 형사 앞에 앉아 있는 진겸. 그 옆으로 환자복 차림의 동호도 앉아 있다. 총상을 입은 지 얼마 되지 않았는데 식욕이 왕성한 동호.

고 형사   (의심) 너 꾀병이지? 총 맞은 거 아니지?
동호   아파 죽겠습니다.

그러면서 한입에 먹을 수 있을까 싶을 정도의 쌈을 싸 입을 크게 벌리는 동호. 그때, 도연이 들어오고. 도연을 본 동호, 급히 입을 소심하게 오므린다.

도연   아, 총 맞으니까 고기도 사주는구나. (앉으며 동호에게) 좀 괜찮아요?
동호   (얌전한) 네...

몸집에 안 어울리게 조신한 동호의 태도에 웃는 고 형사. 아줌마가 잔 하나를 가져와 도연 앞에 놓으면, 고 형사, 도연 잔에 소주를 따라준다.

고 형사	자, 건배!

하는데 도연만 잔을 들고, 진겸과 동호는 잔을 들지 않는다.

고 형사	진겸인 바라지도 않고, (동호 보며) 넌 왜 안 들어?
동호	저는 근손실 때문에.
고 형사	솔직히 너는 좀 손실돼도 돼. 그게 사람 몸이냐?
도연	왜요, 멋진데.

도연의 말에 얼굴이 붉어지는 동호

S#66   삼겹살집 앞 거리 | 밤
식당 안이 들여다보이는 앞 거리. 자판기 커피를 마시는 고 형사와 진겸. 식당 안에서는 동호와 도연이 술잔을 부딪히고 있다. 고 형사, 할 말이 있는 듯 뜸 들이다가.

고 형사	니 어머니를 죽인 총이랑 같은 총 같아.
진겸	그런 거 같습니다.
고 형사	어떻게 할 거야?
진겸	무슨 수를 쓰든 잡아야죠.
고 형사	단서는 있고?

S#67   진겸 오피스텔 안 | 밤
두 개의 플라스틱 카드를 살펴보고 있는 진겸. 단 하나 차이점이라면, 엄마의 유품이 색이 더 바랜 것뿐이다. 그런데 진겸이

카드 마크 위에 엄지손가락을 올리는 순간, 놀라운 일이 벌어진다. 테이블 위의 텀블러가 허공에 떠오르기 시작한 것. 그뿐만이 아니다. 주방의 접시들은 물론 테이블, 소파, 심지어 냉장고까지 모두 허공에 떠오른다. 심지어 파스텔 톤 은은한 빛이 오피스텔 안에 감돌기 시작한다. 마치 상상 속 공간에 있는 것 같은 착각이 들 정도. 당황스러운 표정으로 무중력 상태가 된 자신의 오피스텔을 바라보는 진겸. 그런데 갑자기 모든 게 다시 원래대로 돌아온다. 여전히 당황스러운 표정인 진겸. 다시 마크 위에 손가락을 올려보지만, 이번에는 아무런 변화도 일어나지 않는다.

S#68   국과수 전경 | 낮

S#69   국과수 복도 | 낮
        굳은 얼굴로 복도에 기대 앉아 있는 진겸. 이때 다가오는 남자, 국과수 분석관이다.

분석관 할 일 없어? 가 있으면 연락 준다니까.
진겸   뭐 좀 나왔습니까?

        고개를 흔들며 진겸에게 무언가를 돌려주는 분석관. 보면 두 개의 플라스틱 카드다.

분석관 두 개 다 일반적인 카드야. 니가 착각한 거 아닐까?
진겸   그럼 혹시 국내에 자문해볼 만한 전문가가 있습니까?

분석관	글쎄. 나도 그쪽 분야는 잘 몰라서.
진겸	그럼 제가 직접 알아보겠습니다.

인사하고 떠나는 진겸.

S#70   진겸 오피스텔 안 | 낮

진겸의 오피스텔 안으로 들어오는 남자, 민혁이다. 타임카드를 찾기 위해 찬찬히 집 안을 뒤지기 시작한다. 옷장을 확인하고 서랍장들까지 모두 확인하지만 그 흔한 영수증이나 메모지, 심지어 사진 한 장 없다. 심지어 쓰레기통조차 텅 비어 있는 상태.

민혁   (통신 장비로) 타임카드가 없어. 박진겸은 지금 어디 있어?

S#71   대학교 주차장 | 낮

차 안에서 민혁과 통신 중인 승표.

승표   대학교요. 여기 온 이유까지는 모르겠어요.

S#72   대학교 학과사무실 | 낮

교직원과 대화 중인 진겸.

교직원	한 분 계신데, 지금 강의 중이세요.
진겸	강의실 좀 알려주십시오.

S#73   대학교 복도 to 강의실 안 | 낮

강의실이 늘어선 복도를 걷는 진겸. 교직원이 알려준 강의실 앞
에 도착한다. 벽에 기대선 채 두 개의 타임카드를 살펴보는 진
겸. 다시 카드 중앙의 마크에 손가락를 올려보지만 이번에도 아
무런 변화가 없다. 그런데 강의실에서 들려오는 교수의 목소리.
성격이 보통이 아닌 듯, 호통치는 여자 목소리가 복도까지 들려
온다.

(여교수)   니넨 이게 이해가 안 돼? 이것도 이해 못 하면서 무슨 깡으로 물
리학과엘 와!! 니네 돌대가리야?

표정 없이 서 있던 진겸, 뭔가 이상한 듯 강의실 안을 들여다본
다. 유리창 너머의 교수를 보고 점점 표정이 굳어지는 진겸, 강
의가 진행 중인 강의실 문을 열고 들어가면. 강의실 교단에 서
있는 여교수. 단정하면서 지적인 외모와 옷차림의 젊은 태이다.
얼어붙은 얼굴로 태이를 바라보는 진겸.

태이   뭐예요?
진겸   …
태이   (신경질적) 뭐냐고요?

천천히 태이 앞으로 다가가는 진겸. 태이를 껴안는다.

3

진겸과 태이의 만남

S# 1 진겸 오피스텔 안 | 낮

(2회 70신)

진겸 오피스텔 안의 민혁. 타임카드를 찾기 위해 집 안을 뒤지기 시작하지만 아무것도 안 나오자.

민혁   (통신 장비로) 타임카드가 없어. 박진겸은 지금 어디 있어?
(승표)   대학교요. 여기 온 이유까지는 모르겠어요.

S# 2 대학교 강의실 안 | 낮

화이트보드에 전혀 이해할 수 없는 수학 기호와 공식들이 적혀 있는 물리학 강의실. 보드에 헤르만 민콥스키가 만든 다이어그램(표식)을 그리는 젊은 여교수. 단정하면서 지적인 외모와 옷차림의 태이다.

태이   시공간은 시간의 흐름에 따라 공간에서 일어난 변화를 기록한

스냅 사진과 같아. 그래서 속력은 거리를 시간으로 나눈 값으로 정의하고, 빛이 이동한 거리에서 빛의 속도가 일정하려면 시간이 느려질 수밖에 없는 거야. 민콥스키는 1908년 지금도 유명한 그 강연에서...

그런데 너무나 고요한 강의실. 강의실 안 학생들 멍 때리는 표정으로 태이를 보고 있다. 짜증 난 얼굴로 학생들을 보는 태이.

태이　　(보드 툭 치며) 이거 100년 전에 만들어진 다이어그램이야. 인터넷도 휴대폰도 없던 시절에 만들어진 거라고. 근데 니네는 100년 전에 만들어진 것조차 이해를 못 하고 있어. 물리학을 배우고 과학자가 되겠다는 과학도로서 창피하지도 않아? 100년 뒤 이 강의실에 앉아 있는 학생들이 200년 전 이론이나 배우고 있었으면 좋겠어?!!

하지만 여전히 동태 눈알을 하고 있는 학생들.

태이　　(결국 폭발) 니넨 이게 이해가 안 돼? 이것도 이해 못 하면서 무슨 깡으로 물리학과엘 와!! 니네 돌대가리야?

그런데 이때 강의실 문이 열리고 누군가 들어오는데. 바로 진겸이다.

태이　　뭐예요?
진겸　　...

태이   (신경질적) 뭐냐고요?

그 순간, 태이에게 다가가 와락 껴안는 진겸. 갑작스러운 상황
에 놀라는 학생들. 하지만 놀라거나 당황하지 않는 태이, 미간
을 찌푸리며 책으로 진겸의 머리를 후려친다.

태이   여기가 어디라고 변태가 들어와! (학생들에게) 빨리 문 잠그고 경
      찰에 신고해!
진겸   (당황하는 얼굴로 보는)
태이   (다시 진겸의 머리를 때리며) 변태 새끼, 너 사람 잘못 골랐어! 요즘
      이 어떤 세상인데 성추행이야! 것도 강의실에서!

S#3   대학교 교수실 | 낮
      의심 가득한 눈빛으로 진겸의 경찰 신분증을 보는 태이. 그런데
      그 앞의 진겸, 태이의 얼굴을 넋 놓고 보고 있다.

태이   (못 미더운) 진짜 경찰이에요? 위조 아니고요?
진겸   … 아닙니다.
태이   (전화기 내려놓고) 그럼 다른 사람이랑 착각한 거예요?
진겸   착각한 거 아닙니다.
태이   근데 왜 그랬어요?

대답 못 하고 태이를 보는 진겸.

진겸   혹시 제가 누군지… 제 이름이 뭔지 아십니까?

| 태이 | (빤히 보다가) 박진겸요. |
| 진겸 | (놀란) 어떻게 아셨습니까? |

한심하다는 얼굴로 진겸을 보는 태이, 자기가 보고 있던 진겸의 경찰 신분증을 돌려준다. 경찰 신분증에 떡하니 진겸의 이름이 적혀 있다.

태이	요즘 경찰 아무나 막 뽑아요? 시험 안 치나?
진겸	혹시 나이가 어떻게 되십니까?
태이	(까칠) 그건 왜 물어요?

그러면서 태이, 텀블러의 음료를 마시는데.

| 진겸 | 오십이 넘으셨습니까? |

깜짝 놀라 음료를 내뿜는 태이.

태이	지금 뭐라는 거예요?
진겸	68년생 아니십니까?
태이	보면 몰라요!
진겸	그럼 혹시 아들을 출산한 적 있으십니까?

텀블러를 쥔 손이 부들부들 떨리는 태이.

| 태이 | 경찰이면 잘 알겠네. 내가 지금 당신 패도 무죄야! 맞기 싫으면 |

나가요, 당장!

S#4 경찰서 형사과 | 낮

어떤 서류를 보고 있는 진겸. 보면, 윤태이와 관련된 신상기록
이다. 그 옆에 하 형사, 홍 형사가 책상에 앉아 있다.

하 형사 열다섯에 고등학교 조기 졸업하고 서울대 물리학과에 수석 입
학한 천재야. 스물셋에 박사 되고 첨단과학기술연구소에서 연
구원으로 일하면서 책까지 내고 그랬는데, 작년에 거기 과장이
랑 대판하고 관뒀나 봐.

진겸 무슨 연구였습니까?

하 형사 나도 알아보려고 했는데, 이 여자가 무슨 연구를 했는지 아는 사
람이 아무도 없어. 부모도 자기 딸이 무슨 연구했는지 모른다네.

진겸 (다시 서류 보며) 가족 관계는요?

홍 형사 부모님에 여동생이 하나 있고, 부모님은 중국집 해요. 근데 그
중국집, 우리 경찰서 건너편 골목에 있어요.

S#5 중국집 '수사반점' | 밤

완성된 짜장면을 홀로 내보내는 주방장, 50대 중반의 태이 부
다. 이 짜장면을 손님에게 건네주는 안주인, 50대 중반의 태이
모다. 그리고 이 부부를 유심히 보는 손님, 바로 진겸이다.

태이 모 맛있게 드세요.

진겸 ... 감사합니다.

젓가락을 뜯으며 부부와 식당 내부를 살펴보는 진겸. 배달 없이 부부가 운영하는 작은 규모의 중국집이다. 주방 안의 태이 부, 고개를 내민 채 아내 눈치만 살피고 있다.

태이 부	우리도 슬슬 저녁 먹을까?
태이 모	(무시)
태이 부	오해라니까 그러네. 난 진짜 노래만 불렀어. 정말 노래방 마이크 이외에 잡은 게 없다니까.

그러면서 홀로 슬그머니 나오려는 태이 부. 태이 모가 짝 째려보자, 냉큼 주방으로 도망쳐 들어가는 태이 부. 표정 없이 태이 부모의 모습을 바라보는 진겸.

태이 모	(진겸과 눈이 마주치자) 단무지 더 드려요?
진겸	아닙니다.

그러면서 짜장면을 먹기 시작하는 진겸. 이때 누군가 중국집 안으로 들어온다. 태이 여동생, 태연(29세)이다. 자유로운 영혼인 듯 히피 같은 차림새를 한 태연을 못마땅한 눈으로 보는 태이 모.

태이 모	왜 또 왔어?
태연	엄마 나 진짜 한 번만. 내일까지 보증금 입금해야 돼.
태이 모	안 돼. 먹고 죽으려도 돈 없어.
태연	아, 엄마...
태이 부	(고개만 내밀어) 좀 해주지 그래.

태이 모	(태이 부 쫙 째려보면)
태이 부	(꼬리 내리고) 맞다, 우리 돈 없지. (태연 향해) 우리 돈 없어.
태연	아빠는 조용히 해! 엄마 나 제발 독립 좀 하게 해줘.
태이 모	니가 독립군이야? 왜 이렇게 독립을 못 해서 안달이야?
태연	나 진짜 언니랑 못 살겠단 말이야. 아주 날 잡아먹으려고 그래. 만약 내가 시체로 발견되면, 범인은 언니야.

그 순간, 짜악 태연의 등짝에 스파이크를 날리는 태이 모.

태이 모	기지배, 말하는 거 하곤. 옷 꼴은 이게 또 뭐야. 내가 지점장이면 너 짜른다.
태연	은행에선 유니폼 입거든. 그리고 우리 지점 나 없으면 안 돌아가.
태이 부	(주방에서 고개만 내밀며) 언니랑 못 살겠으면 그냥 집으로 들어와.
태연	아니, 왜 맨날 차별해? 언니가 해달라는 건 다 해주면서 왜 나는 아무것도 안 해줘?
태이 모	너는 나한테 뭐 해줬는데? 너도 아무것도 안 해줬잖아. 그동안 번 돈 여행 다닌다고 지 혼자 다 써놓고.
태연	(짜증) 뭐 이런 엄마가 다 있어!
태이 모	(지지 않고) 뭐 이런 딸이 다 있어!

그런데 이때 카운터 앞에 선 진겸, 카드를 내민다.

태이 모	왜 드시다 말아요?
진겸	다 먹었습니다.

계산 후 표정 없이 떠나는 진겸. 그런데 태연, 떠나는 진겸을 빤히 본다.

태연　　잘생겼다. 단골이야?

S#6　　중국집 '수사반점' 앞거리 | 밤

툴툴거리며 중국집에서 나오는 태연. 도로변에 세워놓은 자신의 소형차 앞으로 다가가는데, 누군가 태연 앞으로 다가온다. 보면, 진겸이다.

S#7　　카페 | 밤

마주 앉아 있는 진겸과 태연.

태연　　(걱정) 경찰이 우리 언니를 왜 조사해요? 우리 언니 무슨 사고 쳤어요? 아니면 위험한 거예요?

진겸　　큰 문제는 아니니까 걱정 안 하셔도 됩니다. 교수님에 대해 몇 가지 궁금한 게 있습니다. 혹시 2010년에 교수님한테 특별한 일이 생기지 않았습니까?

태연　　2010년요? 2010년이면... 스물둘... 언니 대학원 다닐 땐데. 특별한 건 없었는데요.

진겸　　혹시 전혀 다른 사람처럼 행동하진 않았습니까?

태연　　아니요, 한결같이 일관되게 재수 없었어요.

진겸　　... 그게 무슨?

태연　　언니 만나보셨다면서요? 한 번만 만나도 얼마나 재수 없는지 바로 알 수 있는데.

진겸	저는 성격 굉장히 좋으신 분으로 알고 있는데, 아닌가요?
태연	(단호) 아닌데요.
진겸	인자하고 다정다감하시고, 애들도 좋아하시는 그런 분 아닙니까?
태연	(어이없어 웃으며) 우리 언니가요?

S#8   태이 아파트 태이 방 | 밤

뭔가에 열중한 태이가 소리친다.

| 태이 | 태연아! 맥주! |

태연, 사나운 기세로 태이의 방문을 열면, 마치 중고책방을 연상시킬 정도로 수많은 책이 책장과 바닥에 쌓여 있다.

| 태연 | 언니 너 진짜 너무한 거 아냐? 내가 식모냐? 니가 갑이야? |

책에 파묻힌 책상에서 논문을 보고 있던 태이, 고개를 쓰윽 들면, 다년간의 경험에서 우러러 나오는 공포심에 움찔하는 태연.

| 태이 | (싸늘하게) 그래서? |
| 태연 | (태도 돌변) 그래서 장 보러 가려고. 뭐 먹고 싶은 안주는 없어? |

태이, 귀찮다는 듯 나가라고 손짓하며 다시 논문을 보면, 태연, 방문 닫고 나가려다가.

태연	아, 맞다. 어떤 경찰이 찾아왔었어. 누구야? 잘생겼던데?
태이	(한심) 너는 그게 맞는 질문이라고 생각하니? 그 경찰을 만난 건 넌데 그 경찰이 누군지 왜 나한테 물어? 너같이 두서없는 애가 은행원이라니, 우주의 신비보다 그게 더 신비롭다.
태연	(기분 상하지만 참고) 서울남부서 박진겸 몰라?
태이	그 변태가 널 왜 찾아가?
태연	(놀란) 변태야? 아니 변태인 건 어떻게 알았어?
태이	그러게, 나도 그게 미지수야... (하다가) 미지의 수... 카프리카의 수가 해답이었나? 잠깐만, 9801의 경우는 98 플러스 01인데 왜...

태이, 갑자기 동생을 무시하고 노트에 공식을 쓰며 몰두하기 시작한다.

태연	그런데 그 경찰, 언니를 되게 잘 알더라. 언니, 라면 안 먹는 거. 밥 먹을 때 물 많이 먹는 거. 짬뽕 좋아하고, 비냉 좋아하고. 이런 거 다 알아.
태이	(공식 쓰는 걸 딱 멈추고 보며) 어떻게?

S#9	납골당 | 밤

유골함 옆에 놓여 있는 엄마의 오래된 사진을 보는 진겸.

진겸	어떻게 된 건지 설명 좀 해줘, 엄마.

그러다 한숨을 내쉬며 기대앉는 진겸의 모습에서.

통신 장비로 누군가와 통신을 주고받으며 운전 중인 승표.

승표   (통신 상대방) 알았어. 수고했어.

승표, 통신을 마친 후 조수석의 민혁에게 보고한다.

승표   타임카드가 경찰에 증거물로 제출되진 않았답니다. 다행히 아
         직까진 박진겸이 소지하고 있는 것 같습니다.
민혁   박진겸에 대해서는 알아봤어?

그러자 포터블 패드를 건네는 승표. 민혁, 포터블 패드를 펼치
면 진겸을 몰래 찍은 사진들이 슬라이드 형식으로 보여진다.

승표   오 팀장님이 보내준 정보에 의하면, 아버지가 누군지는 찾지 못
         했고, 어머니는 2010년에 사망했습니다. 그 뒤에 경찰대에 진
         학해서 현재는 서울남부경찰서 형사 2팀 소속입니다. 특이한 게
         여섯 살 때 알렉시티미아 진단을 받았습니다.
민혁   그게 뭐야?
승표   무감정증 같은 겁니다.

이때 민혁이 보던 패드에 진겸의 경찰대 졸업 사진이 뜬다. 학
사모와 꽃다발을 들고 있는 진겸. 그 양옆에 고 형사 부부가 함
께 찍혔다.

민혁	이 사람들은 누구야?
승표	박진겸이 소속된 형사과 팀장 부붑니다. 박진겸은 스무 살부터 작년까지 이 부부와 함께 지냈습니다.
민혁	친인척 관계야?
승표	아닙니다. 모친이 고아라 친척은 없습니다.
민혁	근데 왜 같이 살았어?
승표	오래전 기록이라 아직 조사 중입니다.
민혁	그 정도면 됐어. 오늘 밤 안으로 회수하자.
승표	경찰인데 회수할 수 있겠습니까?
민혁	경찰이든 누구든 상관없어.
승표	(찝찝) 네.
민혁	그래서 박진겸 지금 어디 있어?
승표	서점이랍니다.

S# 11 대형 서점 안 | 밤

늦은 시간인 듯 손님이 몇 없는 대형 서점 안.《천재들의 물리학》이라는 책을 책장에서 꺼내는 진겸. 펼치면, 저자 소개란에 태이의 이름과 사진이 소개되어 있다. 구매하려는 듯 책을 들고 계산대로 향하는 진겸. 그런데 이때 서점 조명이 갑자기 깜빡깜빡한다. 멈춰 선 진겸이 조명을 바라보는 순간, 멀리서부터 조명이 꺼지기 시작한다. 눈치챈 진겸이 빠르게 눈과 귀를 막는 동시에 백색 섬광과 귀를 찢을 듯한 파열음이 시작되고, 진겸이 낮은 책장을 무너뜨리며 쓰러진다. 사람들이 비명을 지르며 건물 밖으로 달아나기 시작한다. 잠시 후 빛이 사그라들고, 소리도 사라지며 진정된다. 진겸도 정신 차리고 일어서며 주위를 둘러본다. 충격 때문인지 대부분의 형광등이 꺼졌고, 일부만 깜빡거리고 있다. 선글라스를 벗으며 승표와 혜수가 걸어온다.

승표   카드를 돌려주십시오.
진겸   무슨 카드?
승표   형사님이 갖고 계신 걸 알고 왔습니다.
진겸   이거?

그러면서 안주머니에서 양홍섭의 타임카드를 꺼내 보여주는 진겸.

혜수   그래 그거. 당신이 갖고 있으면 안 돼.
진겸   그럼 가져가봐.

카드를 다시 안주머니에 넣는 진겸. 두려움이나 긴장감 같은 그 어떤 감정도 없는 표정으로 승표와 혜수를 바라본다. 혜수, 안주머니에서 무언가를 꺼내려는 찰나, 진겸이 혜수의 팔을 들어 올린 후 혜수의 다리를 가격하고, 공격하는 승표의 주먹을 피한 후 무릎으로 복부를 가격하자 승표가 쓰러진다.

진겸   니들 정체가 뭐야?

그런데 이때 등 뒤에서 느껴지는 또 다른 인기척. 민혁이다. 민혁이 먼저 진겸의 배를 가격해 쓰러트린 후, 진겸의 가슴을 발로 밟는다.

민혁   타임카드부터 회수해.

그러자 진겸의 상의 안주머니에서 타임카드를 꺼내는 승표.

민혁   먼저 차에 가 있어.

타임카드를 갖고 밖으로 떠나는 승표와 혜수. 민혁이 진겸을 내려다보면, 진겸도 감정 없는 눈빛으로 민혁을 올려다본다.

진겸   저걸 타임카드라고 하나 보지?
민혁   아무래도 살려두면 안 되겠다.

안주머니에서 만년필을 꺼내는 민혁. 만년필 끝의 단추를 누르니 만년필이 반으로 갈라지며 다소 복잡한 모양의 손잡이와 방아쇠가 나오며 총의 모습을 갖춘다. 총을 쥐고 진겸에게 겨누는 민혁. 총을 보며 표정이 날카로워지는 진겸.

#플래시백 | 삼겹살집 앞 거리 | 밤
(2회 66신)

고 형사   니 어머니를 죽인 총이랑 같은 총 같아.

#다시 현재
눈이 커지는 진겸을 향해 민혁, 방아쇠를 당기려는 순간, 진겸이 민혁의 정강이를 가격한 후 자신의 총을 빼내 민혁의 머리에 겨눈다. 하지만 민혁, 진겸의 팔을 잡아 진겸을 끌어당긴 후 진겸의 턱을 가격한다. 진겸이 쓰러지자, 곧바로 방아쇠를 당기는 민혁. 간신히 몸을 날려 책장과 책장 사이로 간신히 피하는 진겸. 하지만 민혁, 진겸이 숨어 있는 책장을 향해 사정없이 총을 발사한다. 다시 몸을 날려 피한 진겸도 민혁을 향해 방아쇠를 당긴다. 탕!! 서점 전체에 크게 울려 퍼지는 총성!

간신히 책장 사이로 몸을 날려 피하는 민혁. 진겸과 민혁 둘 다 섣불리 다음 공격에 나서지 못하고 상대의 움직임을 기다리는데, 이때 민혁의 귀찌 색깔이 변하며, 승표의 목소리가 들려온다.

(승표)　　총성 때문에 경비원들이 몰려오고 있습니다. 빠져나오셔야겠습니다.

민혁　　(승표에게) 출발 준비해.

어쩔 수 없이 총을 내리는 민혁.

민혁　　(진겸에게) 우릴 찾을 생각하지 마. 항상 오늘처럼 운이 좋진 않을 거야.

그러고는 밖으로 달려가는 민혁. 진겸도 곧바로 민혁을 추적한다.

S# 12　　대형 서점 앞 도로변 | 밤
도로변으로 나온 민혁, 대기 중이던 승표의 차를 타고 이곳을 떠나면. 뒤늦게 도로변으로 나온 진겸이 쫓아가지만 결국 놓치

고 만다. 분한 얼굴로 사라지는 승표의 차를 바라보는 진겸. 이
때 진겸 뒤로 보이던 어두운 서점 건물에 전기가 한순간에 들어
온다. 굳은 얼굴로 서점 건물을 보는 진겸. 그러다 지갑을 꺼내
열면 지갑 속에 엄마의 유품인 타임카드가 무사히 들어 있다.
즉, 양홍섭의 타임카드만 빼앗긴 것.

S# 13   대학교 학과장실 | 낮
노크하며 학과장실로 들어오는 태이. 책상에 있던 학과장(대머
리)이 벌떡 일어나 맞는다.

학과장   어이구, 윤 교수 어서 와. (홍삼 드링크를 태이에게 건네며) 주말 잘 보
               냈어?

태이   (받지 않고 앉으며 까칠) 그게 왜 궁금하세요?

학과장   (당황) 아니 그냥 별일 없나 해서.

태이   별일 있으면 해결해주시게요?

학과장   아니... 그런 건 아니고. (조심스레) 내가 사실은 부탁할 게 있는
               데. 이번 윤 교수 공동연구 학생 한 명이 빠졌다며?

태이   근데요?

학과장   총장님 조카 분 있잖아. 그분이 비슷한 전공을 하시더라고. (눈치
               보며) 내 말 무슨 뜻인지 알지?

태이   아니요. 전혀 모르겠어요. 말이 말같이 들리긴 하는데 그게 무
               슨 말이세요?

학과장   그러니까... 논문에 총장님 조카 분 이름만 좀 올려주면 안 될
               까?

태이   (피식) 아, 그 뜻이에요?

학과장	(미소) 그래. 내가 부탁 좀 할게.
태이	싫어요.
학과장	아니, 왜?
태이	연구실을 청소기로 밀면 먼지보다 더 많이 나오는 게 뭔지 아세요? 머리카락이에요. 3년 동안 머리털 빠져가며 연구한 우리 애들 힘 빠지게 하지 마세요. 자기도 숱 없으면서.

그러고는 당당하게 나가려던 태이, 무엇 때문인지 다시 학과장 앞으로 돌아오더니 학과장이 주려던 드링크만 쏙 빼앗아간다.

S# 14 대학교 복도 | 낮

교수실로 향하던 태이, 청소 중인 아주머니에게 다가가더니 드링크를 건넨다.

| 태이 | (다정하게) 아주머니, 이거 드시고 하세요. 학과장님이 주시는 거예요. |

그러고는 태이, 강의실로 향하는데. 강의실 앞에 한 남자가 서서 태이를 기다리고 있다. 바로 진겸이다.

태이	혹시 나 좋아해요? 스토커예요?
진겸	그런 거 아닙니다.
태이	근데 왜 내 가족들까지 쫓아다니면서 괴롭혀요?
진겸	기분 나쁘셨다면 죄송합니다. 도움이 필요합니다.

그러면서 진겸, 타임카드를 보여주면.

S# 15   대학교 교수실 | 낮

타임카드를 살펴보는 태이.

태이   그냥 카드잖아요?

진겸   평범한 카드가 아닙니다.

태이   평범한 카든데요.

진겸   부탁 좀 드리겠습니다. 이 카드가 뭔지 좀 알아봐주십시오. 꼭
        잡아야 할 놈이 있습니다.

태이   (미간 찌푸리며) 저거 보여요?

보면 구석에 프린트물이 성인 남성 키만큼 쌓여 있다.

태이   주말까지 읽어야 될 논문이에요. 더 큰 문제가 뭔지 알아요? 저
        게 언어가 다 달라. 근데 내가 이딴 카드 분석할 시간이 있겠어
        요, 없겠어요? 돈 줄 것도 아니면서.

진겸   혹시 시간여행을 믿으십니까?

태이   이게 지금 올바른 대화 전개라고 생각해요? 너무 쌩뚱맞다고
        생각하지 않아요?

진겸   제가 카드를 잡았을 때, 주변 물건들이 떠올랐습니다.

태이   술 마시고 잡았나 보죠.

진겸   진짭니다.

태이   내가 최근에 프로펠러 없는 드론을 목격했거든요. 안 믿어지
        죠? 지금 상황이 딱 그래요.

3   진겸과 태이의 만남

그러자 아무 말 없이 빤히 태이를 보는 진겸.

태이	왜요?
진겸	그날 드론을 쫓으셨던 겁니까?
태이	??
진겸	저도 그날 드론을 목격했습니다. 교수님도 봤고요.

S# 16   앨리스 본부장실 | 낮

본부장실 소파에 앉아 얘기하는 민혁과 철암.

철암	당분간 조심해. 박진겸이 니들 얼굴 기억할 거야.
민혁	여기 경찰 따위 신경 안 써.
철암	아무리 30년 전 과거인이라도 경찰은 경찰이야. 문제를 일으킬 필요는 없어.
민혁	그럼 처음부터 여기에 앨리스를 짓지 말았어야지.
철암	...
민혁	여기다 앨리스를 세웠으니 문제가 생기는 건 당연하고. 그래서 날 여기로 보낸 거잖아, 그 문제들 해결하라고. 형이 원하는 게 뭔진 아는데, 그러려면 더 강하게 밀고 나가야 해. 더 강해야 소중한 걸 지킬 수 있어.

민혁, 나가려는데.

철암	그래서 넌 지켰니? 강해서 소중한 걸 지켰어?

민혁, 잠시 멈춰 서지만 무시하고 나가는.

S# 17   세련된 선술집(이자카야) | 밤
        어묵탕에 소주 한 병 놓고 마주 앉아 있는 진겸과 태이.

태이   자기 무게를 이길 양력을 갖는 방법은 크게 세 가지예요. 회전
        체, 로켓, 그리고 안티 그래비티. 그런데 그날 내가 본 드론은 회
        전체나 로켓이 보이지 않았어요. 그래서 쫓았던 거고.
진겸   현재 기술로는 그런 드론 개발이 불가능하다고 생각하십니까?
태이   솔직히 그건 쉽게 판단할 수 있는 문제는 아니죠. 원래 인류의
        발전은 소수의 천재들에 의해 이루어져요. 그런 사람들은 진짜
        우리가 상상도 하지 못하는 걸 만들어내거든요. 분명히 지금도
        어디 숨어서 대단한 걸 만들어내고 있을 거예요.
진겸   그럼 타임머신 개발도 가능하다고 생각하십니까?
태이   당연하죠. 지금껏 수많은 과거의 천재들이 여기까지 과학을 발
        전시켜왔는데, 미래의 천재들이 최소한 타임머신 정도는 만들
        어야 예의지. 근데 왜 자꾸 시간여행에 대해 물어요?
진겸   (타임카드 보이며) 이 카드가 시간여행자와 관련되어 있는 거 같습
        니다.

        그런데 한심하다는 얼굴로 진겸을 보는 태이.
태이   시간여행자가 어디 있어요? 무슨 경찰이 이렇게 상상력이 풍부
        해?
진겸   아까는...
태이   아까는 물리학과 교수로서 말한 거고요. 솔직히 시간여행이 가

능할지 안 할지는 아무도 모르죠.

진겸   그래도 한번만 분석해주십시오.

태이   어디서 발견한 카든데요?

진겸   지금은 말씀드리기 좀 그렇습니다.

태이   형사님이 말 못 하면, 나도 못 하죠. 그럼 말할 수 있을 때 부탁
      해요.

진겸   어머니 유품입니다.

태이   그래서 어머니가 뭐 시간여행이랑 관련되어 있다는 거예요?

진겸   그건 아니지만, 동일한 카드를 시간여행자로 추정되는 사람이
      갖고 있었습니다.

태이   그 사람을 시간여행자라고 추정하는 이유는요?

진겸   그 증거를 찾으려고 이 카드 분석을 부탁드리는 겁니다.

태이   지금 나랑 말장난해요?

그러면서도 다시 타임카드를 살펴보는 태이.

태이   삽질 같은데... 알았어요. 해볼게요.

진겸   감사합니다.

태이   근데 왜 안 마셔요? 차 때문에? 그냥 대리해요.

태이, 진겸의 잔에 소주를 따라주려는데.

진겸   (소주잔 대신 물잔 들며) 저는 괜찮으니까 그냥 혼자 드십시오.

태이   그럼 맘대로 해요.

혼자 소주를 마시는 태이. 그런데 소주를 마신 후 잔을 머리 위

에 털며 기분 좋은 미소를 짓는다. 이 모습에 굳어지는 진겸. 태이, 진겸과 눈이 마주치자 민망해한다.

태이   연구소 선배들 때문에 습관이 돼서 그래요.
진겸   (빤히 보는)
태이   그만 좀 쳐다봐요. 쪽팔리니까.

#플래시백 | 10년 | 진겸 옛집 거실 | 밤
(1회 39신)
술에 취한 진겸 모(태이), 소주를 마신 후 잔을 머리 위에 털며 기분 좋은 미소를 짓는다.

태이   크~ 좋다.
진겸   몸에도 안 좋은 걸 왜 마셔?
태이   궁금하면 우리 아들도 한잔할래?

#다시 현실
태이, 혼자 자작하듯 자기 잔에 다시 소주를 채우는데.

진겸   저도 한 잔만 주십시오.
태이   (피식) 당기는구나.
그러면서 진겸의 잔에 술을 따라주는 태이.

태이   자, 건배.

잔을 드는 진겸, 태이와 건배 후 소주를 마신다. 분명 처음 마시는 건데 아무런 표정 변화도 없고 안주도 먹지 않는다.

태이	술 잘 마셔요?
진겸	아니요. 오늘 처음 마셔봤습니다.
태이	왜요? 그동안 어디 아팠어요?
진겸	아닙니다.
태이	근데 오늘은 왜 마신 거예요?
진겸	... 꼭 한 번은 마셔보고 싶었습니다.

S#18   동 | 밤

다시 술을 마시는 진겸.

태이	잘 마시네요?
진겸	먹을 만합니다. 기분도 굉장히 좋아지고.

여전히 무뚝뚝할 정도로 아무런 표정 없는 건조한 얼굴의 진겸.

태이	기분 좋은 거 맞아요?
진겸	네.

태이, 어이없는 얼굴로 진겸을 보는데. 이때 점잖은 스타일의 남자가 다가온다. 동료 교수다.

동료 교수	긴가민가했는데 윤 교수 맞네. 내가 한잔하자고 할 때는 그렇게

빼더니 누구랑 온 거야?

태이 　(까칠) 내가 누구랑 오든 교수님이 무슨 상관이에요?

동료 교수 　(피식) 내가 이래서 윤 교수를 좋아해. 같이 있으면 텐션이 생긴 다니까.

그런데 이때 들려오는 진겸의 목소리.

(진겸)　당신 미쳤어?

태이, 당황한 표정으로 진겸을 보면 어느새 술에 취한 듯 눈이 풀린 진겸이 동료 교수를 노려보고 있다.

진겸 　당신이 뭔데 이분한테 반말이야? 이분 오십이 넘으셨어.

태이 　(인상 팍) 에이, 진짜. (동료 교수에게) 그냥 가세요. 술 취한 사람 상 대하지 마시고.

동료 교수, 떨떠름한 표정으로 떠나면.

태이 　자, 이유나 들어봅시다. 왜 자꾸 날 오십이 넘었다고 해요? 눈에 문제 있어요?

진겸 　… 엄마가 살아 계셨으면… 그 나이십니다.

태이 　형사님 어머님이랑 나랑 무슨 상관인데?

진겸 　제가 누군지 진짜 모르시겠습니까?

태이 　안다고요, 알아. 남부서 형사과 박진겸 경위!

진겸 　혹시 시간여행자이십니까?

태이	아, 진짜. 나 참을성 없으니까 그만해요.
진겸	내 앞에 있는 이유 좀 설명해주십시오.
태이	그러게. 나도 내가 왜 아직까지 형사님 앞에 있는지 모르겠네. 갈게요. 조심해서 가세요.

태이, 일어나 가려는데 태이의 손을 꽉 잡는 진겸.

태이	뭐하는 짓이에요?

그런데 진겸의 두 눈에 눈물이 맺혀 있다. 진겸의 눈물에 당황하는 태이. 그 순간, 꽝! 술에 취해 테이블에 머리 처박으며 기절하는 진겸.

태이	(한숨) 돌아버리겠다.

S# 19	언론사 사회부 사무실	밤

'기이한 유괴 사건'이라는 제목의 은수 유괴 사건을 다룬 인터넷 뉴스를 보고 있는 도연. 그러다 물어볼 게 있는 듯 진겸에게 전화를 건다. 전화가 연결되면.

(태이)	여보세요.

여자 목소리가 들리자 당황한 도연, 자신이 제대로 걸었나 액정을 확인한 후.

도연	박진겸 씨 휴대폰 아닌가요?

S# 20 선술집 | 밤

여전히 테이블에 머리를 처박은 채 기절 상태인 진겸. 그 앞의 태이, 진겸의 휴대폰으로 도연과 통화 중이다.

태이 맞아요. 혹시 박진겸 씨랑 가까운 사이세요?

#이하 화자에 따라 장소 교차

도연 친군데요. 누구세요?

태이 그건 알 거 없고요. 여기 행운동 먹자골목인데 오셔서 박진겸 씨 좀 데려가세요. 지금 술에 취해서 뻗었어요.

도연 진겸이가 술에 취했다고요?

태이 네. 여기 상호가...

도연 (격양) 너 누구야! 진겸이한테 무슨 짓 했어?

태이 아니, 왜 화를 내? 당신 나 알아?

도연 무슨 짓 했냐고! 진겸인 절대 술 먹을 애 아니야.

태이 억지로 먹인 거 아니거든.

도연 내가 지금 당장 갈 테니까 너 거기 꼼짝 말고 있어.

그러면서 차 키 들고 밖으로 나가는 도연.

S# 21 동 | 밤

잔뜩 곤두선 얼굴로 들어온 도연, 의자에 널브러져 있는 진겸을 발견한다.

도연   박진겸, 너 진짜 술 마셨어?

하지만 완전히 술에 취해 눈도 뜨지 못하는 진겸. 황당한 얼굴로 진겸을 보던 도연, 본능적으로 앞자리에 앉아 있는 태이를 노려보다가 표정이 굳어진다. 자신이 기억하는 진겸의 어머니와 너무나 닮았기 때문이다.

태이   꼼짝 말고 있었어요. 됐어요?
도연   (멍한)
태이   이제 가도 되죠?

태이, 일어나 가려는데.

도연   저기요, 성함이 어떻게 되세요?

S# 22   달리는 택시 안 | 밤
달리는 택시에서 멍하니 야경을 보는 태이.

#플래시백
태이, 술집에서 일어나 가려는데 태이의 손을 꽉 잡는 진겸.

태이   뭐하는 짓이에요?

그런데 진겸의 두 눈에 눈물이 맺혀 있다. 진겸의 눈물에 당황하는 태이.

태이   아씨, 진짜 뭐야. 신경 쓰이게.

S#23   진겸 오피스텔 안 | 아침

아침 햇살에 천천히 눈을 뜨는 진겸. 주방에서 무언가 끓는 소리가 들려온다. 진겸이 나가보면, 주방에서 해장국을 끓이는 도연이 보인다.

도연   내가 너한테 해장국을 끓여줄 거라고는 진짜 상상도 안 해봤다.

진겸   (머리가 아픈 듯 미간을 찌푸리고 앉으며) 나 집에 어떻게 온 거야?

도연   가지가지 한다. 가지가지 해. 앉아.

진겸, 식탁에 앉으면 해장국을 차려주고 그 앞에 앉는 도연. 숟가락 들고 국물을 마시는 진겸, 그런데 한 숟가락 먹고 내려놓는다.

도연   (격정) 왜? 속이 많이 안 좋아?

진겸   (심각) 간이 안 맞아.

도연   (인상 팍) 원 샷 할래?

진겸, 마지못해 다시 먹는데.

도연   많이 닮았더라.

진겸   (보면)

도연   술 마실 만해. 인정. 나도 깜짝 놀랐으니까.

진겸	얼굴만 닮은 게 아닐 수도 있어.
도연	(이상한 듯 보면)
진겸	나도 이걸 설명할 수 없어. 말이 안 되는 거 아니까 더 답답해.
도연	너 지금 무슨 생각하는 거야?
진겸	...
도연	박선영 여사님 아들 박진겸 씨, 제발 정신 차리세요. 그 윤태이라는 교수랑 어머니는 아무 관계없어. 그냥 얼굴이 우연히 닮은거야. 사실 동양인들은 충분히 그럴 수 있어. 입체성이 떨어지니까.
진겸	(생각에 잠긴)
도연	그래, 백번 양보해서 도플갱어라고 치자. 그래도 니네 어머니는아니야.
진겸	(여전히 생각에 잠겨 있으면)
도연	지금 내가 한 말 자막으로 뜨면 궁서체야. 나 진지하단 뜻이라고. 설마 어머니랑 닮아서 그 여자한테 호감이라도 생긴 거야?
진겸	이상한 생각하지 마.
도연	이상한 생각하는 건 너야. 이런 말 해서 미안한데, 그 여자 물리학과 교수라며? 근데 어머니는 평범한 분이셨어. 그리고 그 여자 되게 싸가지 없고 재수 없는 타입이야.

그 말에 눈빛이 차가워지는 진겸.

진겸	말조심해.
도연	너 지금 뭐하는 거야?
진겸	(숟가락 내려놓으며) 가라.

도연   야, 박진겸.

진겸   가.

싸늘한 시선으로 도연을 보는 진겸. 서운한 듯 보는 도연.

도연   (가방 챙기며) 너 사진 잘 찍는 방법이 뭔지 알아? 피사체에 대한
          애정이래. 조금이라도 더 잘 찍어주고 싶어 노력하고, 어디가
          예쁜지 이미 알고 있으니까. 넌 아마 내 사진 진짜 못 찍을 거야.

도연, 떠나면 진겸의 표정이 심난해진다.

S# 24   언론사 사회부 사무실 | 아침
          잔뜩 날이 선 얼굴로 앉아 있는 도연. 이때 출근한 김 부장, 기자
          들과 인사하며 도연 옆을 지나가는데.

도연   (혼잣말) 재수 없어.

김 부장   (황당한 얼굴로 보자)

도연   (그제야 김 부장에게) 부장님한테 한 거 아니에요. 혼잣말이에요.

김 부장   (의심) 아닌 거 같은데. 무슨 혼잣말이 그렇게 또박또박해?

S# 25   진겸 오피스텔 안 | 아침
          멍한 얼굴로 앉아 있는 진겸. 그러다 무언가를 본다. 태이가 쓴
          책인《천재들의 물리학》이다. 잠시 고민하다가 책을 쓰레기통
          에 버리는 진겸. 도연이 끓여준 다 식어버린 해장국을 마저 먹
          는다.

| S# 26 | 경찰서 형사과 | 낮 |

형사과 안으로 들어오는 고 형사.

고 형사	진겸이 봤어?
홍 형사	아니요, 오늘은 못 봤는데요.
고 형사	대체 어디서 뭐하는 거야?
하 형사	어떤 교수를 조사 중이에요.
고 형사	교수? 누구?
하 형사	윤태이라고 물리학과 교수요.

그런데 굳은 얼굴로 하 형사를 보는 고 형사.

| 고 형사 | 윤태이? |

| S# 27 | 대학교 교수실 | 낮 |

수업을 마치고 교수실로 돌아온 태이. 산더미처럼 쌓여 있던 논문 중 한 부를 펼치는데. 이때 노크 후 누군가 들어온다. 진겸이다.

태이	대한민국 경찰 진짜 한가한가 보다. 우리나라 치안이 좋은 이유가 대체 뭐지.
진겸	어제는 잘 들어가셨습니까?
태이	형사님 아니었으면 더 잘 들어갔겠죠. 여자 친구 분 성격 화끈하던데요? 나 어제 한 대 맞는 줄 알았잖아.
진겸	절 많이 걱정해주는 친구입니다. 나쁘게 생각하지 말아주십시오.

| | 카드에 대해 뭐 알아내신 게 있는지 궁금해서 찾아왔습니다. |
| 태이 | 이번 주까지는 바쁘다고 했잖아요. 연락 줄 테니까 기다려요. |

그러면서 수학 기호들이 가득한 논문을 보는 태이. 진겸, 밖으로 나가지 않고 논문 보는 태이를 빤히 바라본다.

#플래시백 | 2010년 | 진겸 방 | 낮

노트에 수학 문제를 풀고 있는 여자, 바로 40대 후반의 태이(이하 선영). 그 옆에서 엄마의 얼굴을 빤히 보는 진겸.

선영	이런 유형의 문제는 주어진 식에 수치를 대입해서 풀어야 돼.
	R1 T1 M1이 초기값이고 R2 T2 M2가 변동값이지?
진겸	(대답 없이 엄마를 빤히 보는)
선영	왜? (자기를 보는 이유를 눈치챈 듯) 엄마가 이런 거 푸니까 이상해?
	엄마 학교 다닐 때 우리 아들보다 더 공부 잘했을걸.

빤히 엄마를 보는 진겸의 시선에서.

| S#28 | 대학교 주차장 | 낮 |

굳은 얼굴로 자신의 차로 향하는 진겸. 그런데 무엇 때문인지 멈칫한다.

#플래시백 | 2010년 | 진겸 옛집 | 낮

(1회 39신)

소주를 사러 나가기 전 목에 스카프를 하는 선영. 뒷목에 흉터

(특징 있는 모양)를 갖고 있다.

S# 29   대학교 교내 식당 | 낮

학생들로 시끌벅적한 교내 식당에서 혼자 식사 중인 태이. 이때 멀리 떨어진 자리에서 식사하는 척하며 태이를 지켜보고 있는 진겸. 태이의 뒷목에도 흉터가 있는지 보기 위해 유심히 살펴보는 중이다. 하지만 태이의 머리카락 때문에 뒷목이 보이지 않는다. 그런데 이때 진겸의 시선을 느끼기라도 한 듯 갑자기 진겸을 응시하는 태이. 당황한 진겸, 식판에 얼굴을 처박을 정도로 얼굴을 푹 숙인다. 진겸, 제발 못 봤길 바라며 천천히 고개를 들면, 어느새 진겸 앞에 서 있는 태이.

태이   무슨 경찰이 학교 식당까지 와서 밥을 먹어요? 경찰이 적성에 안 맞으면 딴 일을 해요.

진겸   (난감) 여기가 맛있다고 해서요.

태이   그래요? 근데 왜 안 먹어요?

진겸   입맛이 없어서요.

S# 30   대학교 교정 | 낮

교수동으로 향하는 태이. 그런데 진겸, 태이 뒤를 쫓으며 뒷목의 흉터를 확인하려고 한다. 하지만 머리카락으로 가려져 있어 식별이 불가능하다. 진겸, 점점 태이 뒤로 바짝 붙는데, 그 순간 홱 돌아보는 태이. 근거리에서 태이와 눈이 마주치자 무표정하게 시선을 피하는 진겸.

태이	사람 귀찮게 하는 방법도 가지가지다. 카드 분석만 해주면 되죠?
진겸	... 저 그리고...
태이	또 뭐!
진겸	혹시 뒷목 좀 보여주시겠습니까?
태이	지금 뒷목 잡기 일보직전이니까 내 눈에 띄지 마요.

그러고는 교수동으로 향하는 태이. 진겸, 다시 뒤쫓으며 뒷목을 확인하려고 하자 홱 돌아보며 눈으로 레이저를 쏘는 태이. 진겸은 차마 쫓아가지 못한다.

S#31   대학교 교수실 | 낮

논문을 읽던 태이, 서랍에서 무언가를 꺼낸다. 바로 타임카드다.

태이	아무리 봐도 그냥 카든데.

분석할 생각이 없는 듯 무의식적으로 자신의 휴대폰 위에 카드를 올려놓는 태이. 그러자 갑자기 태이의 휴대폰이 오작동하듯 삐익하는 저주파 음을 낸다. 뭐지 싶어 자신의 휴대폰을 보면, 분명 꺼져 있던 휴대폰 액정이 켜지며 화면 자체가 크게 출렁인다. 굳은 얼굴로 휴대폰 위에 놓여 있던 카드를 들어 올리면, 다시 휴대폰 액정이 꺼지고 저주파 음 역시 사라진다. 굳은 얼굴로 카드를 다시 살펴보는 태이, 그러다 다시 카드를 휴대폰 위에 올려놓으면 똑같은 일이 반복된다. 심각한 얼굴로 전화를 거는 태이.

태이	언니, 나 연구실 좀 쓸 수 있어?

S#32   병원 병실 | 낮

입원 중인 동호 앞에 서 있는 진겸.

진겸	몸은 어떠십니까?
동호	좋아지고 있어요. 걱정시켜서 죄송해요.
진겸	걱정한 적 없습니다.

황당한 얼굴로 진겸을 보는 동호. 그런데 진겸, 동호에게 무언가를 건넨다. 바로 태이가 쓴 《천재들의 물리학》이다.

진겸	병원에 계신 동안 이 책 좀 읽고 요약해주십시오. 제가 읽을 시간이 없어 부탁 좀 드리겠습니다.

동호, 황당한 표정으로 책을 휘리릭 넘겨보면 온갖 영어 단어와 수학 공식, 그래프로 가득한 책이다.

동호	하얀 건 종이고 검은 건 글자네요.
진겸	책이 다 그렇죠.

이때 고 형사가 병실로 들어온다.

고 형사	여기 있었냐?

S#33   백반집 | 낮

혼자 자작 중인 고 형사. 그 앞에 진겸이 앉아 있다.

진겸   낮인데 너무 많이 드시는 거 같습니다.

하지만 다시 잔 비우는 고 형사.

고 형사   요즘 별일 없지?

진겸   팀장님이야말로 무슨 일 있으십니까?

고 형사   (한숨) 너 괜히 독립시켰나 보다. 니가 우리 집에 있을 때가 맘 편
         했어.

진겸   ... 아저씨가 나가라면서요. 전 나갈 생각 없었어요.

고 형사   나도 내보낼 생각 없었어. 도연이 그것이 너 독립시켜달라고 괴
         롭혀서 그랬지. (술 마시며 혼잣말하듯) 기껏 내보내줬더니 덮치지
         도 못하고.

진겸   무슨 말씀이세요?

고 형사   니가 더 문제야, 이 자식아! 한 잔 따라봐.

진겸, 고 형사의 잔에 따라주면.

고 형사   무슨 일이든 상의할 게 있으면 나한테 먼저 애기해.

진겸   늘 그래왔어요.

고 형사   이번에도 그러라고. 알았지?

진겸   네.

고 형사, 걱정스러운 얼굴로 진겸을 보다 잔 비운 후.

고 형사　참, 은수 유괴 사건 더는 건들지 마라. 은수 부모님이 사건 종결
　　　　을 원해.

진겸　　　... 알겠습니다.

S#34　　피부과 | 낮

은수의 팔을 살펴보고 있는 피부과 의사. 이제 보니 은수의 팔
에 붉은 반점이 보인다. 그 옆에 은수 모1이 서 있다.

피부과　언제부터 이랬어요?

은수 모1　아 그게... (머뭇거리다) 제가 출장 다녀온 사이에 이렇게 된 거 같
　　　　아요. 아토핀가요?

피부과　아토피는 아니고 두드러기 같은데, 약 먹으면 금방 좋아질 거
　　　　예요.

그런데 은수, 긴장한 표정으로 의사를 경계한다.

피부과　(눈치채고) 너 주사 맞을까 봐 무섭구나? 그치?

은수　　(울상) 맞아야 돼요?

피부과　글쎄, 선생님이 고민 좀 해보고.

　　　　웃는 은수 모1.

S#35   은수 아파트 욕실 | 낮

은수와 함께 욕조에서 거품 목욕 중인 은수 모 1. 목욕용 장난감들을 갖고 즐거운 시간을 보고 있다. 은수 팔의 반점이 많이 사라졌다.

S#36   앨리스 로비 | 낮

엘리베이터에서 내려 로비에 들어온 민혁. 맞은편에 있는 내부 엘리베이터로 향하다가 무얼 봤는지 멈칫한다. 보면, 로비 카페에 앉아 있는 60대 은수 모 2가 보인다.

S#37   앨리스 회의실 | 낮

시영이 혜수와 얘기하고 있는 회의실로 민혁이 들어선다. 혜수가 목례를 하고 나가면.

민혁   1011번 고객 왜 아직 출국 안 한 거야?

시영   1011번? 아, 은수 어머니.

민혁   일정대로라면 지난주 출국이잖아.

시영   몸이 안 좋으시다며 출국을 미루셨어.

민혁   그래서 그걸 믿었어? 딸 두고 가기 싫어서 핑계 대는 거잖아. 그런 고객 한두 번 겪는 것도 아니면서 매번 이렇게 끌려 다니면 어떡해.

시영   죽은 딸 곁에 조금이라도 더 있고 싶은 맘, 이해 못 해?

민혁   이해는 해. 하지만 끊어낼 건 끊어낼 줄도 알아야지.

시영   유 팀장은 그게 쉽나 봐. 난 어렵던데.

민혁   (보다가) 통제 안 되는 감정이 제일 위험한 거야. 내가 처리할게.

민혁, 나가면 그런 민혁을 서운한 표정으로 쳐다보는 시영.

S#38   앨리스 객실 안 | 낮

고민 가득한 얼굴로 앉아 있는 60대 은수 모 2. 손에 든 고등학
생 은수의 여권 사진을 내려놓고 침대 베개 아래 있던 메모지를
꺼낸다. 보면, 휴대폰 번호가 적혀 있다. 이때 노크 소리가 들리
자, 재빨리 메모지를 감추는 은수 모 2. 객실 안으로 민혁이 들
어온다.

민혁   가이드팀장 유민혁입니다.

은수 모 2   (고개인사를 하면)

민혁   출국 준비가 끝났습니다. 출발하시죠.

은수 모 2   오 팀장님께 말씀드렸는데, 며칠만 더...

민혁   (자르며) 죄송하지만 더 이상의 출국 연기는 불가능합니다.

이때 젊은 남자 가이드가 들어오자.

민혁   출국장으로 모셔.

S#39   어딘가 | 낮

1회 첫 장면과 동일한 의문의 장소. 도대체 어디인지 짐작조차
할 수 없는 이색적이면서도 압도적인 공간감의 광원한 대지. 이
도로 위를 달리는 가이드의 차. 젊은 남자 가이드가 운전하고.
조수석에는 은수 모 2가 앉아 있다. 이제 보니 손에 타임카드를
쥐고 있다.

가이드	곧 출국장에 도착합니다. 준비하시죠.
은수 모2	…
가이드	고객님?
은수 모2	… 죄송해요.

그러면서 타임카드를 다시 주머니에 넣는 은수 모2. 가이드, 당황스러운 표정으로 은수 모2를 보는 순간, 어디선가 날아온 총알이 차 유리를 뚫고 가이드의 이마를 관통해버린다. 그대로 사망한 듯 핸들에 머리를 처박는 가이드. 그로 인해 차가 좌우로 요동치다가 정체불명의 도로 한가운데 멈춰 선다. 은수 모2, 가이드의 죽음과 어떤 관련이 있는 듯 얼굴을 떨군다. 이때 조수석 창문 앞으로 다가온 남자, 기훈이다.

| 기훈 | 다친 데는 없으시죠? 이제 안심하셔도 됩니다. |

| S# 40 | 앨리스 의무실 │ 밤 |

살해당한 가이드의 시신 앞에 서 있는 민혁과 철암. 그 뒤에 분한 표정으로 서 있는 승표.

승표	당장 그 자식을 잡아들이겠습니다.
민혁	일단 소재 확인하고 당분간은 지켜만 봐.
승표	불법체류를 위해 브로커를 고용한 겁니다. 빨리 검거해야 합니다.
민혁	그러니까 지켜만 보라는 거야.

철암은 별말 없이 시신만 바라본다.

#41   첨단과학기술연구소 카이퍼(이하 카이퍼) 소장실 안 비밀서재 | 낮

어두운 불빛 아래 예언서의 내용이 보인다.

딸의 죽음을 막기 위해 '시간의 문'을 넘어온 엄마는...

문장이 끝나지 않았지만, 책을 덮는 누군가. 책을 덮은 사람이
일어서자 그제야 누군지 모습이 드러난다. 지적인 용모에 차가
운 눈빛의 석오원(남, 50대 초반)이 커다란 금고를 연다. 텅 빈 금
고 안 중앙에 예언서를 넣는다. 육중한 금고 문을 닫고 다이얼
을 돌리는 석오원.

S#42   은수 아파트 거실 to 은수 방 | 밤

캐리어를 끌고 현관 앞에서 구두를 신는 은수 부. 출장을 가는
듯 정장 차림이다.

은수모1	여권 챙겼지? 언제 와?
은수부	모레쯤. 더 정확한 건 가봐야 알 것 같아.
은수모1	그럼 난 은수 데리고 엄마한테나 갔다 와야겠다.
은수부	잘 생각했네. 장모님 좋아하시겠어. 다녀올게.
은수모1	응. 조심히 갔다 와.

은수 부, 나가면 거실 한가득 어질러진 장난감들을 치우기 시작
하는 은수 모 1. 그러다 은수가 잘 자고 있나 은수 방 문을 열어
본다. 스탠드 아래서 세상모르고 자고 있는 은수. 이불을 발로

차고 옷이 가슴까지 올라간 상태다. 은수 모 1, 웃으며 은수 상의를 내려주고 이불을 다시 덮어준다.

S# 43　　　은수 아파트 단지 | 밤
차에 타는 은수 부, 곧바로 시동을 걸고 단지를 떠나려다가 갑자기 차를 세운 후 창밖으로 고개를 내밀어 무언가를 본다. 보면, 걸어가는 어느 여인의 뒷모습이다.

은수 부　　　잘못 봤나.

갸웃하며 다시 출발하는 은수 부.

S# 44　　　은수 아파트 은수 방 | 밤
엄마 품에 안겨 자고 있는 은수. 이때 화면 프레임 속으로 들어온 누군가의 손이 은수의 얼굴을 어루만진다. 손 그림자가 은수 모 1의 눈앞에 어른거리자 은수 모 1이 잠결에 눈을 뜬다. 놀라 벌떡 일어나 앉는 은수 모 1, 누군가를 바라보는데 자기 자신이다. (사실은 30대 중반으로 변신한 은수 모 2다.) 이 충격적인 상황에 얼어붙어 비명조차 못 지르는 은수 모 1.

은수 모 2　　　(자애로운) 내 딸 예쁘지? 자는 모습이 꼭 천사 같아... (태도 돌변해, 섬뜩하게) 그런데 넌 내 딸을 지키지 못했어.

은수 모 1, 여전히 충격에서 벗어나지 못한 듯 얼어붙었다.

| S# 45 | 폐차장 | 낮 |

폐차 직전의 차들이 모여 있는 폐차장 전경. 지게차가 낡은 중고 렌트카 한 대를 이동시키는 중이다. 그런데 이때 지게차 운전사, 자기가 들어 올린 중고 렌트카 트렁크 쪽을 유심히 본다. 보면, 핏물이 뚝뚝 떨어지고 있다.

| S# 46 | 동 | 낮 |

착잡한 얼굴로 서 있는 진겸. 그 앞에 중고 렌트카의 트렁크 문이 열려 있고 트렁크 안에 시신이 들어 있다. 놀랍게도 은수 모의 시신이다. 이때 과학수사대 차가 도착하고, 고 형사를 비롯한 형사들이 탄 승합차도 도착한다.

| S# 47 | 은수 아파트 현관 앞 | 밤 |

착잡한 표정으로 초인종을 누르는 하 형사와 홍 형사.

하 형사   뭐라고 하냐?

홍 형사   형님이 하십시오. 저는 뒤에 있겠습니다.

하 형사   이런 건 좀 니가 해라. 나 요즘 늙었는지 여성 호르몬이 많아져서 툭하면 눈물이 쏟아져.

홍 형사   면도나 하면서 그런 얘기 하세요.

이때 열리는 현관문. 현관문을 열어준 여자를 보고는 하 형사와 홍 형사의 표정이 굳어진다. 여자는 은수 모다. 은수 모, 태연한 표정으로 형사들을 바라본다.

은수 모	무슨 일이세요?

이때 거실에 있다 현관 앞으로 다가오는 은수.

은수	누구야, 엄마?
은수 모	경찰 아저씨들.

그러면서 다시 태연한 표정으로 형사들을 보는 은수 모. 사실은 은수 모 2다.

S# 48 경찰서 과학수사팀 to 복도 | 낮

경찰서에 방문한 은수 모 2의 지문을 채취 중인 과학수사팀 경찰관. 굳은 얼굴로 그 모습을 지켜보고 있는 진겸. 지문 채취가 끝나자 일어서는 은수 모 2.

은수 모 2	(진겸에게) 더 필요한 게 있나요?
진겸	없습니다. 협조 감사드립니다.

은수 모 2, 복도로 나오면 복도에서 휴대폰으로 만화를 보고 있던 은수가 엄마에게 쪼르르 달려온다.

은수	이제 집에 가는 거야?
은수 모 2	응. 배고프지? 맛있는 거 먹고 집에 가자. 뭐 먹고 싶어?
은수	(신이 나) 나 고기.
은수 모 2	그래, 고기 먹자.

그러면서 은수 모 2, 은수의 손을 잡고 밖으로 향하면. 그 모습을 지켜보는 진겸.

S#49 부검실 | 밤
흰 천에 덮인 은수 모 1의 시신. 그 앞에 선 부검의와 대화 중인 진겸.

부검의 지문 대조 해봤는데, 시신이랑 완벽하게 일치해.
진겸 사인은 뭐였습니까?
부검의 끈으로 목을 조른 다음에 칼로 목을 찔렀어. 근데 자상 주변에 절상들이 여러 개야. 찌르기 전에 여러 번 망설였다는 거지.
진겸 살해 장소를 유추할 만한 단서는 없습니까?
부검의 없어.

은수 모 1의 시신을 유심히 보는 진겸. 은수 모 1의 부러진 손톱 밑에서 굳은 핏자국을 발견한다. 진겸의 시선을 알아챈 부검의.

부검의 피해자가 범인과 몸싸움하다가 생긴 거야. 피해자의 손톱에서 보통은 범인의 DNA가 검출되곤 하는데, 이번 경우엔 이상하게도 범인이 아니라 피해자 DNA만 나왔어.

은수 모 1의 시신을 보는 진겸의 눈빛이 점점 매서워지면.

| S#50 | 은수 아파트 거실 | 아침 |

기분 좋은 얼굴로 아이용 반찬을 만들고 있는 은수 모 2. 그러다 시계를 본 후 은수 방 문을 열면, 은수는 여전히 자고 있다.

| 은수 모 2 | 은수야, 아침 먹자. |

하지만 잠에 취한 듯 미동도 하지 않는 은수. 그런 은수를 보며 미소 짓는 은수 모 2. 이때 초인종 소리가 울려 퍼진다. 누구지 싶어 인터폰을 보면, 현관 앞에 진겸이 서 있다.

| S#51 | 동 | 아침 |

거실에 앉아 있는 진겸에게 커피를 가져다주는 은수 모 2. 진겸의 시선을 피하며 진겸 앞에 앉는다.

은수 모 2	어제 제 지문이랑 혈액 채취 다 하셨잖아요.
진겸	(듣고만 있는)
은수 모 2	무슨 일인지 모르겠지만, 저랑은 상관없어요.
진겸	(듣고만 있는)
은수 모 2	아이 깨울 시간이에요. 용건 없으면 그만 가주셨으면 좋겠어요.
진겸	아직 은수를 유괴했던 범인이 잡히지 않았습니다.
은수 모 2	이제는 상관없어요. 은수가 무사하니까.
진겸	저희는 그렇지 않습니다. 몇 가지만 여쭈어보겠습니다. 조사 받으실 때, 본인의 출장 일정과 은수의 유치원 견학 일정을 동시에 아는 사람이 남편 한 분이라고 하셨죠?

#플래시백 | 경찰서 취조실 | 밤

(1회 58신)

은수 모 1	두 명요. 애 아빠랑 집안일 도와주시는 아주머니.

#다시 현실

표정 없는 얼굴로 은수 모 2의 대답을 기다리는 진겸.

은수 모 2	... 잘 기억 안 나네요. 그땐 너무 놀라서.
진겸	혹시나 집안일 도와주시는 아주머니는 모르셨나 해서 여쭤보는 겁니다.
은수 모 2	생각해보니 아셨을 거 같네요.
진겸	그분은 오늘 안 나오셨습니까?
은수 모 2	제가 휴직하면서 그만두셨어요.
진겸	은수가 아주머니를 잘 따른다고 들었는데, 은수가 섭섭했겠네요.

#플래시백 | 경찰서 취조실 | 밤

(1회 58신)

은수 모 1	아니요. 오신 지 얼마 안 된 분이라 은수가 무서워했어요.

#다시 현실

은수 모 2	네. 은수도 그렇고 저도 많이 섭섭했어요. 오래 일하신 분이라.

여전히 아무런 표정 변화 없는 얼굴로 차를 마시는 진겸. 그런

데 은수 모 2, 자신도 모르게 뒷목을 긁기 시작한다.

#인서트 | 은수 아파트 은수 방

거실 상황을 모른 채 자고 있는 은수, 잠결에 팔을 긁기 시작한다. 그런데 팔에서 피가 날 정도로 긁기 시작한다. 이제 보니 팔 전체에 붉은 반점이 가득하다.

#은수 아파트 거실

여전히 빤히 은수 모 2를 보는 진겸. 불안한 듯 시선을 피하는 은수 모 2.

S#52   경찰서 형사과 | 낮
난감한 표정으로 진겸을 보는 고 형사.

고 형사   무슨 명분으로? 은수 어머니가 뭘 잘못했는데 24시간 밀착 감시를 해?

진겸   그 여자 분명히 다른 은수 어머닙니다.

고 형사   그게 무슨 말도 안 되는 소리야? 너 뭔가 알고 이러는 거야?

진겸   아직은 아닙니다. 하지만 그 여자를 조사하면 뭐든 찾을 수 있을 겁니다.

고 형사   (고민하다가) 그럼 내가 먼저 만나볼게. 그다음에 결정하자.

진겸   (불복종의 눈빛으로 보면)

고 형사   말 좀 듣자.

진겸   (마지못해) 네.

자기 자리로 돌아가는 진겸을 보는 고 형사의 눈에 불안한 빛이 어린다. 이때 울리는 고 형사의 휴대폰. 발신자를 확인하고는 불안한 표정으로 구석 자리로 가서 주변을 살피며 조용히 전화를 받는다. 허리 숙여 인사하며 전화를 받는 고 형사. 그런 고 형사를 멀리서 이상한 느낌으로 바라보는 진겸.

S#53   은수 아파트 거실 to 은수 방 | 낮

시간이 없는 듯 트렁크 가방에 옷을 쑤셔 박듯 집어넣고 가방을 닫는 은수 모 2. 그러고는 은수를 깨우기 위해 은수 방으로 들어간다.

은수 모 2   은수야. 엄마랑 여행 가자. (은수를 부드럽게 흔들며) 은수야.

하지만 깊게 잠든 듯 아무리 흔들어도 눈을 뜨지 않는 은수. 이때 무언가를 발견한 듯 굳어지는 은수 모 2. 이제 보니 은수의 배와 등, 팔과 다리 모두에 붉은 반점이 솟아 있다. 얼어붙은 은수 모 2.

은수 모 2   은수야!! 은수야!!

불길한 표정으로 방 안에 있던 거울에 자기 뒷목을 비춰보는 은수 모 2. 이제 보니 은수 모 2 역시 뒷목에 반점이 가득하다. 처참하게 굳어지는 은수 모 2의 표정. 그런데 이때 초인종 소리가 들린다. 은수 모 2는 어떻게 해야 할지 몰라 당황한다.

문이 안 열리자 다시 초인종을 누르는 남자. 바로 고 형사다. 이때
은수 모 2가 현관문을 연다. 하지만 안전 고리가 걸린 상태다.

고 형사　잠깐 들어가도 되겠습니까?

은수 모 2　또 무슨 일이신데요?

고 형사　몇 가지 물어볼 게 있습니다.

은수 모 2　아이가 아파서 그러는데 다음에 오시면 안 될까요?

고 형사　잠깐이면 됩니다.

은수 모 2, 잠시 고민하다가 안전 고리를 해제하고 문을 열어준
다. 거실로 들어오는 고 형사, 거실에 놓인 트렁크 가방을 발견
한다.

고 형사　어디 가십니까?

은수 모 2　신경 쓸 거 없잖아요. 빨리 물어볼 거 물어보고 가세요.

고 형사　어머님이 아니라 은수한테 질문이 있습니다. 은수 어디 있습니
까?

은수 모 2　… 유치원 갔어요.

고 형사　(이상한 듯) 방금 전에는 아프다고 하지 않았습니까?

은수 모 2　(당황)

고 형사　(점점 눈빛이 날카로워지며) 은수 어디 있습니까?

당황한 기색이 역력한 은수 모 2, 고 형사의 시선을 피한다.

고 형사	은수한테 무슨 일 있습니까?
은수 모 2	... 그게...

그러자 은수를 찾기 위해 은수 방 문을 열고 들어가는 고 형사. 은수의 온몸에 퍼진 반점을 보고 굳어진다.

고 형사	은수야!!!

고 형사, 재빨리 은수의 상태를 살펴보려는 순간, 갑자기 표정이 일그러진다. 핏발이 선 두 눈으로 고통스러워하며 고 형사가 돌아보면, 두 눈에 눈물이 그렁한 은수 모 2가 고 형사의 옆구리를 칼로 찌르고 있다. 고 형사, 팔을 잡아 은수 모 2를 밀치려고 하지만 힘이 빠진 듯 무릎이 꺾인다.

은수 모 2	죄송해요... 정말 죄송해요...

고 형사, 은수 모 2를 노려보다가 그대로 의식을 잃고 쓰러지면.

S#55	**병원 수술실 앞 복도(INS. 달리는 앰뷸런스)	낮**

수술실 앞 복도에 금방이라도 울 것 같은 표정의 고 형사 처와 도연, 그리고 하 형사, 홍 형사가 보인다. 이때 수술실 앞으로 달려온 진겸.

고 형사 처	진겸아.
진겸	아저씨는요?

S#56	병원 수술실 | 낮

불규칙적인 바이탈. 피범벅이 된 수술실에서 수술을 받고 있는 고 형사, 의식이 없다.

S#57	달리는 은수 모 차 안 | 낮

빠르게 차를 운전 중인 은수 모 2, 그러다 걱정스러운 표정으로 룸미러를 보면, 의식 없는 은수가 누워 있다. 이때 울리는 전화를 받는 은수 모 2.

은수 모 2	조용한데 숨어 있을 테니까 빨리 약부터 구해주세요. 아무래도 저한테 전염된 거 같아요.

S#58	카이퍼 | 밤

컴퓨터 모니터에 타임카드의 3D 도면이 떠 있다. 화면을 확대하면, 작은 카드 안에 지금껏 본 적 없는 전자회로가 가득 차 있다. 그 앞에 황당한 표정으로 모니터를 보는 태이의 선배 여성 연구원, 문서진. 태이는 이마를 어루만지며 고민에 빠져 있다.

문서진	이거 뭐야? 이거 니가 만든 거야?
태이	나도 그랬으면 좋겠다. 이거 대체 뭐지?
문서진	전혀 모르겠어.
태이	... 언니, 혹시 시간여행을 믿어?
문서진	갑자기 왜?
태이	믿냐고?
문서진	믿고 싶지. 나도 과학돈데. 하지만 이론이랑 현실은 다르잖아.

문서진의 말을 듣는 둥 마는 둥, 고민스러운 표정으로 타임카드를 보는 태이.

S#59   병원 앞 벤치 | 밤
표정 없는 얼굴로 앉아 있는 진겸. 그 옆에 앉는 도연.

도연   아저씨 괜찮으실 거야. 안 좋은 생각하지 마.

진겸   ...

도연   아저씨 원체 건강한 분이잖아. 금방 일어나실 거야.

진겸   ... 나 진짜 이상한 놈인가 봐. 지금까지 아버지처럼 날 돌봐주신 분이 위독한데 내가 지금 어떤 기분인지... 내가 모르겠어. 슬픈 건지... 괴로운 건지... 아니면 정말 아무렇지도 않은 건지.

도연   (걱정하듯 보다가) 놀라면 다 그래. 나도 그래. 너 이상한 거 아니야. 저녁 안 먹었지? 지하에 식당 있더라.

진겸   생각 없어.

도연   그래도 먹어야지. 편의점 가서 뭐라도 사 올까? 금방 갔다 올게. 여기서 기다려.

도연, 진겸을 남겨둔 채 혼자 편의점으로 향한다. 생각에 잠긴 채 벤치에 앉아 있는 진겸. 그런데 진겸 앞으로 한 여성이 다가온다. 바로 태이다.

태이   (까칠) 왜 전화 안 받아요? 내가 몇 번이나 전화한 줄 알아요?

진겸   (빤히 보는)

태이   형사님 찾으려고 경찰서까지 갔다 왔잖아요.

진겸   (빤히 보는)

태이   할 얘기 많은데 지금 시간 돼요?

그런데 그 순간, 두 눈에서 눈물이 터지는 진겸. 당황하는 태이.

태이   아니, 왜 자꾸 나만 보면 울어요?

하지만 한번 터진 눈물을 걷잡을 수 없는지 서럽게 흐느끼기 시
작하는 진겸. 그런데 멀리서 지켜보는 시선. 바로 도연이다. 우
는 진겸, 당황한 태이, 굳은 표정의 도연이 분할화면으로 잡히
면서.

4

엄마는 시간여행자

S#1　　2011년 | 고등학교 교문 앞 to 운동장 | 낮

꽃길이 펼쳐진 것처럼 꽃다발 파는 테이블이 빼곡한 고등학교 교문 앞. 교문에서 교정까지 차량들로 꽉 막혀 있다. 간신히 교정으로 들어온 차량을 따라 운동장이 소개되면. 밀가루를 뒤집어쓴 학생들로 가득한 졸업식 풍경이 펼쳐진다. 도연 역시 밀가루를 뒤집어쓴 채 친구들과 재미난 포즈로 사진을 찍지만, 누군가를 찾듯 연신 두리번거린다. 이때 도연에게 물티슈를 건네주는 도연의 부모. 도연, 물티슈로 얼굴을 닦으면서도 계속 누군가를 찾는다.

도연 모　　(눈치채고) 열녀 났네, 열녀 났어. 혼자 있을까 봐 걱정돼?

도연　　(당황. 애써 태연) 우리 공 여사님 또 이상한 상상력 발휘하신다.

도연 부　　왜? 누가 혼자 있어?

도연 모　　(놀리듯) 있어. 이 세상에서 제일 멋지고, 제일 안타깝고, 제일 시크하고.

도연　　엄마!!

| S#2 | 2011년 | 고등학교 교실 | 낮 |

운동장에서 들려오는 사람들의 웃음소리를 차단하듯 창문을 닫는 남학생, 진겸이다. 이제 보니 텅 빈 교실에 혼자 남아 있는 진겸, 휴대폰에 저장된 엄마 사진을 보고 있다. 그런데 이때 고 형사가 교실로 들어온다.

고 형사　혼자서 청승 떨고 있을 줄 알았다.

진겸　　　왜 오셨어요?

고 형사　졸업 축하해주러 온 거 아니니까 착각하지 마. 후배님 합격 축하해주려고 온 거지. 근데 무슨 꽃다발이 그렇게 비싸냐? (웃으며) 그래서 안 샀다. 대신 소주 한잔 사줄게.

| S#3 | 2011년 | 삼겹살집 | 밤 |

새로 익어가는 삼겹살 옆으로 빈 소주병만 두 개. 하지만 고 형사 혼자 마신 듯 고 형사의 얼굴에만 취기가 가득하다.

고 형사　딱 한 잔만 마시라니까.

진겸　　　몸에 안 좋은데 왜 마셔야 하는지 모르겠어요.

고 형사　마시지 마, 마시지 마. 아주 벽에 똥칠할 때까지 만수무강해라.

진겸　　　고맙습니다.

황당한 얼굴로 보다가 웃는 고 형사. 이때 고 형사의 휴대폰이 울리는데 발신자가 마누라다.

고 형사　(받지 않고) 아이고, 이놈의 여편네. 아무래도 슬슬 일어나야겠다.

내가 조폭도 안 무서워하는데 우리 집사람은 무섭다.

웃으며 다시 술을 따라 혼자 마시는 고 형사.

진겸	아이는 없으세요?
고 형사	(머뭇거리다) ... 아들이 있었어. (화제 바꿔) 기숙사 들어가지? 집은 어떻게 할 거야? 비워두긴 아까운데, 매매하든지 전세로 내놔.
진겸	왜 죽었어요?
고 형사	... 태어날 때부터 심장이 기형이었어.
진겸	(다시 이전 화제로) 엄마랑 살던 집, 그냥 계속 놔두려고요.

그러고는 아무 일도 없다는 듯 태연하게 물을 마시는 진겸. 이런 진겸의 태도에 기분 상한 고 형사, 진겸을 보는 시선이 차가워진다. 그냥 넘어가려는 듯 술을 마시려다가 그냥 못 넘어가겠는지 다시 술잔을 내려놓는다.

고 형사	니 성격 잘 아는데, 이건 좀 짚고 넘어갈게. 그런 거 함부로 묻는 거 아니야. 그리고 들었으면, 그런 얘기하게 해서 미안하다고 사과하는 거고.
진겸	제가 얘기하라고 강요한 것도 아닌데 왜 사과를 해요?

악의나 감정 없이 말하는 진겸. 하지만 계속 날 선 표정으로 진겸을 보는 고 형사.

고 형사	기억하기 싫은 걸 기억하게 했으니까.

진겸	기억하기 싫어도 기억해야죠. 가족인데.

허탈한 표정으로 진겸을 보는 고 형사. 더 이상 진겸과 말을 섞고 싶지 않은지 계산서를 들고 일어선다.

고 형사	그만하고 일어나자. 조심히 가라.
진겸	(일어나 예의 바르게) 오늘 와주셔서 감사합니다. 잘 먹었습니다.

어이없는 얼굴로 진겸을 보는 고 형사. 하지만 무시하려는 듯 계산하고 혼자 밖으로 나가버린다. 그런데 멀리 떨어진 테이블에서 술을 마시고 있던 남자(문신 남), 고 형사를 노려보고 있다.

S#4	2011년 | 삼겹살집 뒤편 골목길 | 밤

골목에 주차해놓은 자신의 차로 다가가는 고 형사. 이때 한 남자가 고 형사 앞으로 다가온다. 바로 문신 남이다.

문신남	잘 지내셨어요?
고 형사	(가물가물) 누구시더라…

그 순간, 느닷없이 칼로 고 형사의 배를 찌르는 문신 남. 워낙 눈 깜짝할 사이에 벌어진 일이라 속수무책으로 당한 고 형사.

고 형사	너… 이 새끼… 미쳤어?
문신남	그럼 미쳤지, 안 미치냐? 너 때문에 빵에 갔는데.

그 순간, 칼을 빼는 문신 남. 그러자 온몸에 힘이 빠지기 시작한 듯 무릎이 꺾이며 쓰러지는 고 형사. 하지만 형사답게 계속 문신 남을 노려본다. 문신 남, 고 형사를 진짜 죽이려고 하는지 다시 한 번 칼을 치켜드는데, 누군가가 문신 남의 팔을 잡는다. 보면, 진겸이다.

문신남   뭐야?!!

그 순간 진겸, 문신 남의 팔을 꺾어 칼을 놓치게 만든 뒤 문신 남의 얼굴을 가격해 쓰러트린다.

진겸   괜찮으세요?

고 형사, 진겸을 멍하니 바라보는데, 그 뒤로 문신 남이 일어나는 게 보인다. 고 형사, 위험하다고 말해주려는 듯 입술을 움직이다 의식을 잃으면. 진겸이 재빠르게 몸을 돌려 문신 남의 주먹을 피한 후, 문신 남의 손을 꺾어 제압한다.

S#5   2011년 | 병원 병실 | 낮
천천히 의식을 찾는 고 형사. 그 앞에 걱정스러운 얼굴로 서 있는 고 형사 처가 보인다.

고 형사 처   (금방이라도 울 듯한 표정이지만) 창피하게 경찰이 칼에 찔리냐?

힘겹게 미소 짓는 고 형사. 그런데 고 형사 처 옆에 진겸이 서 있다.

| 고 형사 처 | 이 학생한테 고맙다고 해. |

아무 말 없이 진겸을 보는 고 형사. 진겸 역시 표정 없이 고 형사를 바라볼 뿐이다.

| 고 형사 | 왜 그랬냐? |
| 진겸 | 아저씨가 걱정돼서요. |

어이없는 얼굴로 진겸을 빤히 보는 고 형사.

고 형사	이리로 와봐.
진겸	(다가가자)
고 형사	얼굴만 더 가까이.

진겸, 고 형사가 할 말이 있다고 생각한 듯 얼굴을 가까이 가져가는데, 그 순간 냅다 진겸의 뒤통수를 후려치는 고 형사. 진겸, 당황스러운 표정으로 보자.

| 고 형사 | 이제부터 내가 너 인간 좀 만들어야겠다. |

그러면서 씨익 웃는 고 형사의 모습에서.

S#6   2014년 | 경찰대 강당 | 낮

'2014년 경찰대학 졸업식'이라는 플래카드가 걸려 있는 강당. 도저히 들어갈 거 같지 않은 작은 사이즈의 경찰 정복 모자를 쓰고 환하게 웃고 있는 고 형사. 그 옆에 꽃다발을 든 진겸과 고 형사 처가 나란히 서 있다. 조금 떨어진 곳에 선 도연, 카메라를 든 채 진겸과 고 형사 부부의 사진을 찍어주려고 하는데.

도연   (인상 팍) 야, 좀 웃어!

이제 보니 진겸, 언제나처럼 무표정한 얼굴로 서 있다.

고 형사   그래 인마, 너 때문에 사진 다 칙칙하게 나오겠다.
고 형사 처   진겸이가 아니라 당신 때문에 칙칙하게 나오는 거지. 우리 진겸이야 가만있어도 예쁜 얼굴인데.
고 형사   아니, 왜 맨날 나한테만 뭐라 그래?
도연   무슨 사진 한 장 찍는데 말들이 그렇게 많아요? 잘 나오든 못 나오든 그냥 찍을 거예요. 자. 하나. 둘...

다시 포즈를 취하는 세 사람. 마치 아들의 졸업식에 참석한 아버지처럼 흐뭇한 표정을 짓는 고 형사의 모습에서.

S#7   은수 아파트 거실 | 낮
        (3회 54신)

고 형사   은수한테 무슨 일 있습니까?

200 × 201

은수모2   ... 그게...

그러자 은수를 찾기 위해 은수 방 문을 열고 들어가는 고 형사.
은수의 온몸에 퍼진 반점을 보고 굳어진다.

고형사   은수야!!!

고 형사, 재빨리 은수의 상태를 살펴보려는 순간, 갑자기 표정
이 일그러진다. 핏발이 선 두 눈으로 고통스러워하며 고 형사가
돌아보면, 두 눈에 눈물이 그렁한 은수 모 2가 고 형사의 옆구리
를 칼로 찌르고 있다. 고 형사, 팔을 잡아 은수 모 2를 밀치려고
하지만 힘이 빠진 듯 무릎이 꺾인다.

은수모2   죄송해요... 정말 죄송해요...

고 형사, 은수 모 2를 노려보다가 그대로 의식을 잃고 쓰러지면.

S#8   병원 중환자실 | 밤
반복적인 기계음으로 가득한 중환자실. 수술 후 중환자실로 옮
겨진 고 형사, 여전히 의식이 없다.

S#9   병원 앞 벤치 | 밤
(3회 엔딩)

도연   아저씨 원체 건강한 분이잖아. 금방 일어나실 거야.

진겸	... 나 진짜 이상한 놈인가 봐. 지금까지 아버지처럼 날 돌봐주신 분이 위독한데 내가 지금 어떤 기분인지... 내가 모르겠어. 슬픈 건지... 괴로운 건지... 아니면 정말 아무렇지도 않은 건지.
도연	(걱정하듯 보다가) 놀라면 다 그래. 나도 그래. 너 이상한 거 아니야. 저녁 안 먹었지? 지하에 식당 있더라.
진겸	생각 없어.
도연	그래도 먹어야지. 편의점 가서 뭐라도 사 올까? 금방 갔다 올게. 여기서 기다려.

도연, 진겸을 남겨둔 채 혼자 편의점으로 향한다. 생각에 잠긴 채 벤치에 앉아 있는 진겸. 그런데 진겸 앞으로 한 여성이 다가온다. 바로 태이다.

태이	(까칠) 왜 전화 안 받아요? 내가 몇 번이나 전화한 줄 알아요?
진겸	(빤히 보는)
태이	형사님 찾으려고 경찰서까지 갔다 왔잖아요.
진겸	(빤히 보는)
태이	할 얘기 많은데 지금 시간 돼요?

그런데 그 순간 두 눈에서 눈물이 터지는 진겸. 당황하는 태이.

태이	아니, 왜 자꾸 나만 보면 울어요?

하지만 한번 터진 눈물을 걷잡을 수 없는지 서럽게 흐느끼기 시작하는 진겸. 그런데 멀리서 지켜보는 시선. 바로 도연이다. 도

연, 태이 앞에서 울고 있는 진겸을 보고 표정이 굳어진다.

S# 10 병원 구내식당 | 밤

늦은 시간이라 텅 빈 구내식당에서 국밥을 먹고 있는 진겸. 그 앞에 태이, 커피를 마시며 진겸을 빤히 보고 있다.

태이   성격이 되게 여린가 봐요? 막 드라마 보고 울고 이런 타입이에요? 아니 그런 성격으로 어떻게 경찰이 됐어요? 나 남자 우는 거 한 번도 못 봤는데, 형사님만 두 번 봤어요.

진겸   이상한 모습만 보여드려 죄송합니다.

태이   근데 평상시에는 왜 그렇게 표정이 없어요? 옛날부터 이랬어요?

진겸   네.

태이   학교 다닐 때 별명이 뭐였어요?

진겸   (무심) 특별한 별명은 없고, 몇 명이 사이코패스라고 불렀습니다.

'사이코패스'라는 단어에 화들짝 놀라 마시던 커피를 꿀꺽 삼키는 태이.

태이   아, 친구들이 중의적인 의미로 그렇게 부른 거예요?

진겸   (무심) 아닙니다.

태이   (황당) 표정이 없어서 그런 거예요?

진겸   (대답하려고 하자)

태이   아, 됐어요. 관심 없어요.

그러면서 타임카드를 테이블 위에 올려놓는 태이.

태이	이거 진짜 어머니 유품이에요?
진겸	네.
태이	어머니 몇 년 생이세요?
진겸	68년생이십니다.
태이	직업은요?
진겸	가정주부셨습니다.
태이	어머니랑 별로 안 친했죠? 대화도 많이 안 하고?
진겸	??
태이	형사님 어머니, 절대 가정주부 아니에요.
진겸	무슨 뜻입니까?
태이	솔직히 말하면 이 카드가 뭔지 나도 모르겠어요. 근데 이거 하나만은 확실해요. 현재의 과학 기술로는 절대 만들어질 수 없는 물건이에요. 이런 공정으로 만들어진 칩은 단 한 번도 본 적 없어요. 그런데 가정주부라고요? 2020년 현재 기술로도 만들 수 없는 걸 10년 전에 갖고 계셨던 분이?

진겸은 굳어진 얼굴로 테이블에 놓인 타임카드를 바라본다.

태이	어머니는 어떻게 돌아가셨어요?
진겸	...
태이	말하기 힘들면 하지 마요.
진겸	살해당하셨습니다.
태이	(당황) 아... 미안해요. 그런 거면 끝까지 말하지 말지 뭐하러 대답해요? 사람 미안하게.
진겸	괜찮습니다.

태이	혹시 어머니 다른 유품도 볼 수 있어요? 어머니에 대한 단서가 더 있을지도 모르니까.
진겸	오늘은 병원에 있어야 돼서 힘들 거 같습니다.
태이	형사님이 병원에 있다고 해서 할 수 있는 것도 없잖아요.
진겸	... 그래도 오늘은 여기 있고 싶습니다.
태이	이 카드가 뭔지 궁금하지 않아요? 빨리 알고 싶지 않아요?

진겸, 빤히 보는.

| 태이 | 어머니 유품 어딨어요? |

S# 11 고 형사 아파트 거실 | 밤

벽면에 진겸의 경찰대 졸업 사진이 가족사진처럼 걸려 있는 거실. 태이, 신기한 듯 진겸의 경찰대 졸업 사진을 보고 있다. 이때 작은방에서 엄마의 유품들이 담긴 박스를 갖고 나오는 진겸.

태이	스무 살 때부터 이 집에 살았던 거예요?
진겸	네.
태이	그럼 완전 가족이네.

그러면서 태이, 진겸 모의 유품들을 살펴보기 시작한다. 대부분의 유품들이 반지, 목걸이, 지갑, 시계, 책 같은 일반적인 여성의 물건들이다. 하나하나 살펴보기 시작하는 태이. 유품이란 것을 잊은 듯 자기 멋대로 이것저것을 만지는 태이. 진겸, 그녀의 태도에 신경이 거슬리기 시작한다. 책상 위 구석의 앤티크한 타자

기가 보이자 태이가 관심을 보인다.

태이   와, 멋지다.

타자기 위에 아무렇게나 쌓여 있던 책을 치우던 태이. 덤벙대다 책과 함께 타자기를 떨어뜨리자, 타자기가 떨어지며 요란한 소리가 난다.

태이   어머... 죄송해요. (타자기를 집으려는데 진겸이 먼저 집는)
진겸   (화가 난) 이제 그만하십시오.
태이   ??
진겸   제가 잠깐 미쳤던 거 같습니다. 아닌 걸 아는데, 제발 맞기를 바랐나 봅니다.
태이   아, 진짜 왜 이렇게 커뮤니케이션이 안 돼. 좀 알아듣게 얘기해요.
진겸   제 어머니는 평범한 가정주부가 아닐지도 모릅니다. 하지만 이렇게 무례한 분도 아니셨습니다. 카드 분석은 다른 분께 의뢰하겠습니다.

그러면서 소파 테이블에 있던 타임카드를 챙기는 진겸.

태이   갑자기 왜 이래요?
진겸   교수님은 어머님이 살아 계셔서 모르십니다. 나가세요.
태이   아니, 형사님.

하지만 진겸, 아무 말 없이 현관문을 연다. 나가라는 뜻이다. 어이없어 진겸을 바라보는 태이.

S# 12 수사반점 | 밤
잔뜩 짜증 난 얼굴로 짬뽕을 먹는 태이. 그 앞에 나란히 앉아 걱
정스레 보고 있는 태이 부모.

태이모 또 무슨 일 있었어?

태이부 또 누구랑 싸운 거야?

태이 (젓가락 내려놓고) 왜 둘 다 또가 나와? 딸을 어떻게 보는 거야? 또
싸우긴 했는데, 진짜 이상한 놈이었어. 사람 개고생시켜놓고 쫓
아내잖아.

태이, 다시 먹으려고 젓가락 잡으면.

태이모 엄마랑 교회 다닐래? 그럼 니 마음이 좀 편해지지 않을까?

태이부 아니면 연애라도 좀 하든지. 맘에 드는 남자 없어?

태이 내가 지금 짬뽕 먹으러 왔지, 엄마 아빠 잔소리 먹으러 왔어? 짬
뽕 두 젓갈밖에 안 먹었는데 배불러 죽겠네, 아주.

S# 13 수사반점 앞 | 밤
밖으로 함께 나오는 아빠와 태이.

태이부 자고 가지?

태이 간만에 원장 엄마한테 가보려고.

태이부 원장수녀님? 왜?

태이	그냥 보고 싶어서.

왠지 힘없이 걸어가는 태이. 아빠는 걱정스럽게 태이를 본다.

S#14	고 형사 아파트 거실 to 작은방 │ 밤

허탈한 표정으로 엄마의 유품들을 정리하는 진겸. 유품이 든 상자를 들고 작은방으로 들어가면, 방 안에 걸려 있는 진겸 모의 사진들이 보인다. 멍한 표정으로 엄마의 사진을 보는 진겸. 그러다 마지막 서랍에서 무언가를 꺼낸다. 보면, 40대 중반의 젠틀한 이미지를 가진 남자의 몽타주다. (3회 41신의 석오원을 꼭 닮았다!) 그러나 진겸은 한 번도 보지 못한 얼굴이다.

S#15	희망보육원 │ 낮

나무가 울창한 보육원의 텅 빈 운동장. 노란 가로등 옆에 굵은 두께의 은행나무가 있고, 그 앞에 태이가 서 있다. 나무를 쓰다듬는 태이.

(원장수녀)	왜? 또 올라갔다 떨어지게?

태이가 고개를 돌리자 인자해 보이는 원장수녀(60대)가 보인다.

태이	엄마! (달려가 안는다)

S#16	희망보육원 원장실 │ 낮

자기 집처럼 익숙하게 커피를 타는 태이. 커피 둘, 프림 둘, 설탕

셋. 원장님은 미소를 지으며 태이의 움직임을 본다.

원장님	아직도 기억하네?
태이	그럼. 둘둘셋을 어떻게 잊어?
원장님	(미소)
태이	엄마는 어디 아픈 데 없지? 속 썩이는 놈들도 없고?
원장님	너만한 별종은 없지.
태이	당연하지. 엄마 애들 중에 서울대 간 애가 나 말고 또 있어? 내가 희망보육원 위상을 몇 계단은 높인 거야.
원장님	황송하네요, 박사님~
태이	다 어머니 덕분입니다.

둘이 마주 보며 미소를 짓는다.

S# 17   경찰서 복도 | 낮

경찰서 복도를 걸어가는 진겸의 휴대폰이 울린다.

진겸	(받으며) 네, 선배님.
(하 형사)	은수 엄마 찾았다.

그 말에 진겸의 눈빛이 매서워지면.

S# 18   CCTV 관제센터 | 낮

진겸과 통화 중인 하 형사. 그 옆의 홍 형사, CCTV 녹화 영상을 보면. 잠든 것처럼 보이는 은수를 안고 택시에서 내려 어느 건물로 들어가는 은수 모 2가 보인다.

하 형사   (영상 보고) 20분 전 잠실에 있는 레지던스에 들어갔어.

S# 19   레지던스 교차 | 낮

#로비

레지던스로 들어온 진겸, 곧바로 경비원 앞으로 다가가 경찰 신
분증을 보여주면.

#방 안

의식 없이 침대에 누워 있는 은수. 은수 모 2가 은수의 체온을
재는데, 40도에 육박한다. 은수가 걱정되면서도 자신이 할 수
있는 게 없어 당황한 기색이 역력한 은수 모 2. 이때 휴대폰이
울리자.

은수 모 2   (다급) 712호에서 기다리고 있어요. 언제 오시는 거예요? (사이)
앨리스 사람들은 아직 한 번도 못 봤어요. 애가 너무 많이 아파
요. 빨리 좀 오세요.

#복도 to 방 안

엘리베이터에서 내리자마자 곧장 712호로 향하는 진겸. 레지던
스 사무실에 보관 중이던 여벌 카드키를 들고 있다. 712호 앞에
도착해 조심스럽게 도어록을 열고 들어가는 진겸. 은수 모는 보
이지 않고, 침대에 의식 없이 누워 있는 은수만 보인다. 흔들어
보지만 은수가 일어나지 않자 급히 어딘가로 전화를 거는 진겸.

진겸   (연결되면) 구급차 좀 불러주십시오. 은수가 의식이 없습니다.

       #옥상
       금방이라도 울음을 터트릴 것 같은 표정으로 앉아 있는 은수 모
       2. 그 앞에 서 있는 남자, 바로 민혁이다. 그리고 그 뒤에 승표가
       서 있다.

민혁   저희가 조금만 늦었어도 경찰에 체포됐을 겁니다.
은수모2   …
승표   아이는 걱정하지 마십시오. 약을 먹였으니 금방 좋아질 겁니다.

       #방안
       천천히 눈을 뜨는 은수.

진겸   은수야, 괜찮아?

       그런데 은수. 푹 자고 일어난 아이처럼 하품을 하며 눈을 비빈
       다. 이제 보니, 은수의 팔과 다리에 있던 반점이 모두 사라졌다.

       #옥상

은수모2   차라리 일찍 잡으러 오시지 그랬어요?
민혁   몸통을 잡고 싶었거든요. 불법체류 때문에 브로커와 접선하신
       겁니까?
은수모2   … (자신 없이 끄덕이면)

| 민혁 | 여기서 만나기로 하셨죠? 휴대폰은 어디 있습니까? |

#방 안 to 복도

침대에 떨어져 있는 은수 모 2의 휴대폰을 발견한 진겸. 전화번호 목록을 살펴보다가 가장 최근에 통화한 번호에 전화를 거는 순간, 복도에서 휴대폰 벨소리가 울려 퍼진다. 굳은 얼굴로 열어놓은 현관문을 응시하는 진겸. 그런데 복도에서 들려오던 벨소리와 은수 모 2의 휴대폰 연결이 동시에 끊긴다. 경계하며 복도로 나가는 진겸. 보면, 뒷모습을 한 남자가 엘리베이터로 향하고 있다. 자신의 휴대폰 전원을 끄는 남자, 바로 정기훈(33세)이다. 기훈을 향해 다가가는 진겸. 하지만 기훈, 태연한 표정으로 엘리베이터를 기다린다.

진겸	경찰입니다. 잠시 휴대폰 좀 보여주십시오.
기훈	이유 정도는 설명해주셔야 하는 거 아닌가요?
진겸	보여주십시오.
기훈	(피식) 그러죠. 뭐.

휴대폰을 꺼내는 기훈, 그런데 휴대폰으로 진겸의 얼굴을 가격하려 한다. 하지만 가볍게 피하는 동시에 뒷목을 잡아 기훈의 얼굴을 벽에 처박아버리는 진겸.

| 진겸 | 은수 어머니, 지금 어딨어?!! |

이때 복도로 나와 엄마를 찾는 은수. 진겸을 발견하고 겁먹은

얼굴로 바라본다.

진겸   (은수에게) 방에 들어가 있어.

       하지만 그 순간, 진겸을 밀친 후 비상계단으로 도주하는 기훈.
       진겸이 곧바로 추격하면.

       #옥상
       귀찌를 통해 앨리스 관제실의 시영과 통신 중인 민혁.

(시영)   놈이 나타났어. 비상계단이야.
민혁   알았어. (승표에게) 너는 고객님 모시고 앨리스로 복귀해.

       그러고는 곧바로 비상계단으로 향하는 민혁.

S# 20   앨리스 관제실 | 낮
       관제실 모니터를 보고 있는 시영. 보면, 레지던스 비상계단
       CCTV 영상에 도망치는 기훈과 추격하는 진겸의 모습이 보인
       다. 이때 다른 모니터를 보면, 연락을 받고 달려오는 경찰차들
       의 모습이 보인다.

시영   (관제실 스태프에게) 주변 5킬로 이내 신호등 전부 차단해.

S# 21   달리는 하 형사 차 안 | 교차로 | 낮
       빠른 속도로 레지던스를 향해 달리는 하 형사. 조수석에는 홍

형사가 앉아 있다. 그런데 얼마 못 가 도로가 차들로 꽉 막힌다.

하 형사   (이상한) 여기가 왜 이 시간에 막히지?

홍 형사   사고 났나?

그런데 하 형사, 아무리 생각해도 이상한 듯 차에서 내려 교차로 신호등을 보면, 전부 정지 신호다.

S# 22   레지던스 지하 주차장 | 낮

지하 주차장으로 도망쳐 온 기훈, 곧바로 자신의 차로 달려간다. 하지만 진겸이 몸을 날려 쓰러트린 후 기훈의 팔을 꺾어 수갑을 채우려고 하는데. 순간, 갑자기 지하 주차장이 정전되며 지독한 어둠에 휩싸인다. 굳은 얼굴로 뒤돌아보는 진겸. 그 순간 진겸의 얼굴을 걷어차는 남자, 바로 민혁이다. 이 기회를 놓치지 않고 도망치는 기훈, 자신의 차로 달려가지만 기훈을 붙잡아 제압하는 민혁.

민혁   또 너구나, 정기훈.

굳은 얼굴로 민혁을 보는 기훈. 이제 보니 두 남자 서로를 알고 있다. 그런데 이 순간, 이번에는 진겸이 민혁을 공격한다. 그로 인해 민혁이 쓰러지면 또다시 도망치는 기훈. 민혁이 기훈을 잡으려고 하자 민혁의 다리를 가격해 민혁을 쓰러트리는 진겸. 민혁, 어쩔 수 없이 진겸을 먼저 제압하기 위해 총을 뽑으려고 하는데. 민혁이 총을 뽑지 못하게 빠르면서도 거친 동작들로 민혁을 몰아붙이는 진겸. 결국 민혁이 쓰러지자 민혁의 얼굴에 총을 겨누는데 성공한다. 하지만 민혁, 진겸이 타깃이 아니기에 눈으로 기훈을 찾는데 기훈이 보이지 않는다. 차를 두고 도주한 것. 그러자 사납게 곤두선 표정으로 진겸을 노려보는 민혁.

진겸   니들 대체 뭐야? 여기서 무슨 짓을 하고 있는 거야?

민혁   그게 유언이야?

그러면서 빠르게 진겸의 팔을 꺾으며 진겸의 총을 낚아채는 민혁. 진겸의 얼굴을 향해 지체 없이 방아쇠를 당기려는 순간! 누군가가 민혁의 얼굴에 주먹을 날린다. 바로 동호다.

동호   뭐 그거 한방 맞고 쓰러져? 나한테 피티 한번 받아야겠다.

이때 민혁이 일어나려고 하자, 민혁의 얼굴을 걷어차는 동호. 곧바로 민혁의 한쪽 팔에 수갑을 채운 후, 도망 못 가게 수갑의 한쪽을 사이드미러에 채운다.

동호   (진겸 보며) 괜찮으세요?

진겸   (동호에게) 언제 퇴원하신 겁니까?

동호   팀장님 소식 들었는데 어떻게 누워만 있어요? 근데 이놈 누구예요? 은수 엄마랑 관련된 놈이에요?

진겸 아무 말 없이 민혁을 바라보면, 민혁 역시 진겸을 바라본다.

| 민혁 | 후회할 짓 하지 마. |
| 진겸 | 쓸데없는 소리 하지 말고 얌전히 여기 있어. (동호에게) 지키고 계십시오. 저는 은수 어머니를 찾아보겠습니다. |

그러면서 엘리베이터 쪽으로 향하는 진겸. 그런데 동호가 뒤쫓아 온다.

| 동호 | 같이 가요. 어차피 도망 못 쳐요. |
| 진겸 | 중요한 놈입니다. 옆에 있으십시오. |

그러고는 비상계단으로 올라가는 진겸. 동호, 어쩔 수 없이 민혁 쪽으로 다가가다가 무엇 때문인지 그 자리에 얼어붙는다.

S# 23　　레지던스 옥상 | 낮

텅 빈 옥상을 살펴보는 진겸, 은수 모 2의 모습이 보이지 않는다. 그런데 이때 무언가를 보고 눈빛이 사나워진 진겸. 보면, 옥상 위에 드론이 마치 진겸을 바라보듯 허공에 떠 있다. 진겸 역시 드론을 노려보듯 바라보는데, 사라지듯 빠르게 비행하기 시작하는 드론. 그리고 동호가 옥상으로 올라온다.

| 진겸 | 왜 올라오신 겁니까? |
| 동호 | ... 없어졌어요. |

S# 24　　레지던스 지하 주차장 | 낮

굳은 얼굴로 서 있는 진겸과 동호. 민혁이 체포됐던 자리를 보면, 수갑이 여전히 사이드미러에 걸려 있다. 민혁의 손목을 채웠던 쪽 역시 풀려 있지 않고 동그랗게 채워진 상태다. 즉, 민혁의 몸만 감쪽같이 사라진 것. 이때 도착한 차에서 내리는 하 형사와 홍 형사.

하 형사	은수 엄마는?
홍 형사	못 잡았어요?

S# 25   항공 | 앨리스 옥상 | 밤

하늘 위를 빠르게 비행하는 드론. 앨리스 옥상에 착륙한다.

S# 26   앨리스 객실 안 | 밤

멍한 표정으로 앉아 있는 은수 모 2, 여전히 30대 여성의 모습이다. 거울에 비친 자신의 얼굴을 멍하니 보는 은수 모 2. 귓속에 들어 있던 무언가를 뺀다. 놀랍게도 귓속에 박혀 있던 3센티 길이의 칩이다. 은수 모 2가 칩을 빼고 다시 거울을 보면, 은수 모 2의 외모는 다시 60대 여성으로 변해 있다. 이때 노크와 함께 객실로 들어오는 철암, 의자를 끌고 와서 은수 모 2 앞에 앉는다.

철암	시간여행에는 재밌는 점이 하나 있습니다. 우리가 여행 기간을 자유롭게 조절할 수 있다는 점이죠. 2020년의 10년이 2050년에서는 단 하루가 될 수 있다는 겁니다.
은수 모 2	(왜 이런 말을 하는지 모르는 표정)
철암	다시 말해, 제 권한으로 고객님을 10년이고 100년이고 여기 감

금할 수 있단 뜻입니다.

은수 모 2	(이제야 알아듣고) 지금 절 협박하시는 건가요?
철암	더 이상의 비극이 일어나지 않도록 알려드리는 겁니다. 브로커에 대해 아시는 대로 말씀해주십시오.

그 말에 망설이는 은수 모 2.

#플래시백 | 어딘가 | 낮
(3회 39신에 이어지는)

은수 모 2, 차에서 내리면.

기훈	목적지까지 모셔다드리겠습니다. 아, 그리고 혹시 잡히시더라도 절대 저에 대해서 발설하시면 안 됩니다. (묘한 미소를 지으며) 제가 성격이 지랄 맞아서 여기 계신 따님한테 몹쓸 짓을 할지도 모르거든요.

#다시 현실

은수 모 2, 흔들리지만 결국 진술을 포기한 듯 시선을 외면한다. 그러자 진술 듣기를 포기한 듯 자리에서 일어서는 철암.

철암	불법체류를 선택하실 만큼 따님을 사랑하셨습니까?
은수 모 2	...
철암	하지만 고객님 때문에 따님은 이제 엄마 없는 아이로 자랄 겁니다.

그러고는 철암이 떠나면, 두 눈에서 눈물이 뚝 떨어지는 은수 모 2.

S#27 부검실 | 밤

은수 부, 덜덜 떨리는 손으로 시신을 덮고 있던 흰 천을 내리면, 은수 모 1의 얼굴이 드러난다. 두 눈에 눈물이 맺히는 은수 부, 아내의 시신을 안으며 울음을 터트린다. 그 모습을 표정 없이 바라보는 진겸, 은수 부를 남겨둔 채 밖으로 나간다.

S#28 부검실 앞 복도 to 로비 | 밤

복도로 나온 진겸. 그런데 복도 의자에 앉아 휴대폰으로 만화를 보고 있는 은수가 보인다. 엄마의 죽음에 대해 모르는 듯 만화에 푹 빠져 있는 은수. 진겸, 아무 말 없이 은수 옆을 지나가는데.

은수   (진겸 발견하고) 아저씨.
진겸   (멈춰 서지만 돌아보지 않는)
은수   우리 엄마 저 안에 있어요? 언제 나와요?

끝내 돌아보지 않은 채 복도를 떠나는 진겸. 로비로 나오자 동호, 넋 놓고 앉아 있다. 동호에게 다가가는 진겸.

동호   내가 분명히 잠갔는데... 수갑이 풀리지도 않았는데 어떻게 사라졌을까요? 이건 귀신도 아니고...
진겸   귀신이든 괴물이든 다시 잡으면 됩니다.

차갑게 말한 후 돌아서 걸어가는 진겸.

S#29   앨리스 본부장실 | 밤
철암과 민혁이 소파에 앉아 얘기 중이다.

철암   은수 어머니가 입을 열지 않아. 단단히 겁을 먹었나 봐.
민혁   내가 입을 열어볼게.
철암   자기 자신을 죽이면서까지 딸을 살리려고 했던 엄마야.
민혁   우리 스태프가 죽었어. 앨리스가 이쪽 경찰에 노출됐고.
철암   건들지 말고 그냥 조용히 보내드려. 그래도 우리 고객이야.
민혁   형은 날 피도 눈물도 없는 놈이라고 생각하지? 태이를 찾아보
        지도 않고 아기가 죽었다는 말에 슬퍼하지도 않았다고. (노려보
        며) 하지만, 형은 내 마음 몰라. 죽었다 깨어나도 모를 거야. (일
        어나며) 일단은 형 판단에 따를게. 하지만, 정말 앨리스를 지키고
        싶다면 잘 생각해봐.

        민혁이 밖으로 나가면.

S#30   앨리스 관제실 | 밤
아무도 없는 관제실에 혼자 앉아 있는 시영, 한 모니터를 응시
하고 있다. 모니터에는 복도를 걸어가는 민혁이 잡혀 있다. 물
끄러미 민혁을 바라보는 시영. 누군가 들어오자 빠르게 다른 화
면으로 시선을 돌린다.

(철암)   다른 스태프에게 맡기고 좀 쉬지 그래.

시영	전 여기가 편해요. (사이) 무슨 일이세요?
철암	은수 어머니 보내드려.
시영	알겠습니다. 그리고 이세훈 곧 출소해요.
철암	누구?
시영	유 팀장한테 발목 잘린 남자요. 제가 데려올게요. 예언서 찾아야죠.
철암	유 팀장 일이잖아.
시영	이세훈 보면 태이가 생각나 괴로울 거예요.
철암	그래. 그렇게 해.

S#31   천문대 | 밤

밤하늘에 떠 있는 별. 거대한 망원경으로 별을 관찰하는 태이.

S#32   태이 아파트 거실 to 태이 방 | 아침

잠옷 차림에 하품을 하며 방에서 나오는 태연. 씻기 위해 머리를 묶고 욕실로 향하는데, 닫혀 있는 태이 방에서 어떤 소리가 들린다. 태연, 이상한 듯 태이 방 문을 열면, 도대체 밤새 무얼 했는지 엉망이 된 태이의 방. 암막커튼이 쳐진 방에는 책과 논문들이 펼쳐진 채 바닥에 흩어져 있고, 두 개의 화이트보드에는 알 수 없는 공식들이 가득하다. 그 앞의 태이, 잠 한숨 안 잔 얼굴로 매직을 든 채 화이트보드를 노려보고 있다.

태연	언니, 너 안 잔 거야?
태이	잤어. 3일 전에.
태연	(놀란) 피부 망가지겠다. 눈 좀 붙여.

태이	(까칠) 지금 그깟 피부가 중요해?

S#33 동 | 아침

어이없는 표정으로 식탁에 앉아 커피를 마시는 태연. 그 앞에 앉아 있는 태이, 마스크 팩을 하고 있다.

태이	얼굴 당겨서 그래.
태연	근데 또 논문 써? 왜 이렇게 밤을 새워?
태이	카드 때문에 그래. 아무리 생각해도 카드가 있어야 될 거 같아.
태연	왜? 카드 막혔어?
태이	(한심) 내가 너니? (마스크 팩 떼며) 아, 진짜 생각할수록 열 받네. 지가 뭔데 날 내쫓아? 아니, 어떻게 그렇게 성격 이상하고 재수 없는 인간이 있을 수 있지?
태연	언니 얘기야?
태이	(노려보며) 박진겸.
태연	그 사람 만나? 변태라며?
태이	맞아. 거기다 울보야. (다시 마스크 팩 붙이며) 그냥 잊어버려야겠다.

S#34 대학교 교수실 | 낮

심각한 표정으로 컴퓨터 앞에 앉아 있는 태이. 모니터에 타임카드의 3D 도면이 떠 있다. 3D 도면 창을 닫고 도면 파일을 삭제하려고 하지만, 차마 삭제 버튼을 누르지 못하고 망설이는 태이. 갑자기 짜증이 솟구치는 듯 의자에서 미끄러질 정도로 몸부림친다. 이때 노크 후 한 학생이 들어온다.

학생	교수님, 안녕하세요?

그러자 꼬장꼬장한 눈빛으로 학생을 보는 태이.

학생	드릴 말씀이 있는데, 사실 제가 주말에 집안 제사가 있었거든요. 그래서 리포트를 깜빡하고...
태이	(단호) 에프.
학생	그게요 교수님, 큰집이 여수라서 정말 시간이...
태이	(단호) 에프.
학생	제발 어떻게 안 될까요?
태이	그럼 이게 뭔지 맞혀봐.

그러면서 모니터를 돌려 타임카드의 3D 도면을 보여준다.

학생	(빤히 보다가) 게임에 나오는 아이템이에요?
태이	에프. 나가.

S# 35   병원 병실 | 낮

다행히 의식을 되찾은 고 형사, 하지만 아직은 힘겹게 숨을 내뱉고 있다. 그 앞에 걱정스러운 표정의 고 형사 처와 도연이 서 있다.

도연	(고 형사 처를 위로하듯) 의사가 괜찮다잖아요. 어차피 아저씨 AS 한번 받을 나이셨어요. 이번 기회에 겸사겸사 건강 체크도 하고 좋죠.

슬퍼 보이던 고 형사 처, 갑자기 있는 힘껏 도연의 등짝을 찰싹.

고 형사 처   계집애가. 말 이쁘게 하는 법 좀 배워.

도연   (고 형사 처가 기운 난 걸 보고 미소) 네.

고 형사   (힘겹게) 진겸이는?

도연   아저씬 섭섭하게 왜 맨날 진겸이만 찾아요? 명절도 제가 챙기
           고 생신도 제가 챙기고. 진겸이는 하나도 안 챙기는데.

S#36   달리는 동호의 차 | 낮
          동호가 운전하는 차 안. 옆에 앉은 진겸에게 보고를 한다.

동호   은수 어머니 폰에 저장된 번호는 대포폰이었고요. 아무래도 정
           기훈이란 이름도 가짜 같아요. 실제 주민등록상에 등록된 이름
           과 매칭되는 사람이 없어요.

           아무 말 없이 서류를 보는 진겸. 이때, 진겸에게 전화가 오자 발
           신자만 확인하고 끊는다.

동호   누군데요?

진겸   도연이요.

           동호, 잠시 눈치를 보다.

동호   김 기자님과는 어떤 사입니까?

진겸   오래된 친굽니다.

동호	그냥 친구요? 정말 아무 감정 없는 그냥 친구?
진겸	(의아) 네.
동호	(떠보듯) 에이, 남녀 사이에 그런 게 가능해요? 친구라고 해놓고 나중에 보면 썸 타고 사귀고 그러던데.
진겸	가능합니다. 진짜 친구니까.
동호	(활짝 미소) 아~ 가능하구나.

진겸, 동호의 미소가 의아한 듯 쳐다보는데, 그때 동호의 전화가 울린다.

동호	여보세요, 네? 진짜요? 알겠습니다. 바로 갈게요. (전화 끊고) 정기훈 휴대폰 신호가 잡혔답니다.

S#37	용산역 옥상 주차장 | 낮

경치 좋은 용산역 옥상 주차장. 경찰차들이 주변에 모여 있고, 과학수사대의 모습도 보인다. 옥상을 가로질러 걸어온 진겸과 동호, 정복경찰의 경례를 받고 폴리스 라인을 넘어 형사들이 몰려 있는 한 자동차를 향한다. 과수대가 플래시를 터트리며 피해자의 모습이 드러난다. 핸들에 고개를 박고 죽어 있는 정기훈이다. 진겸, 기훈의 얼굴을 기억하는 표정이다. 그때, 하 형사가 진겸 곁으로 다가온다.

진겸	은수 구할 때 본 용의자 중 한 명입니다.
하 형사	확실해?
진겸	네. 어떻게 된 겁니까?

하 형사	주차장을 관리하는 직원이 발견해서 신고했어. 사인과 사망 시간은 좀 더 기다려야 하고.
홍 형사	(다가오며) 피해자 휴대폰의 마지막 발신지가 나왔습니다.
진겸	제가 가보겠습니다.

S#38　　카이퍼 연구실 | 낮

선배 문서진과 함께 차를 마시고 있는 태이.

문서진	그래서 카드는?
태이	다른 데 분석 의뢰한대.
문서진	왜?
태이	몰라.
문서진	너 혹시 카드 주인한테 시비 걸었어? 넌 진짜 왜 그래? 나랑 같이 성당 다닐래?
태이	아니, 요즘 왜 이렇게 사람들이 나한테 종교를 강요하지?
문서진	다 이유가 있겠지. (아쉬워하며) 카드 없으면 더 분석할 수도 없겠다.
태이	근데 여기 말이야, 카드 뒷면.

그러면서 태이, 문서진의 모니터에 떠 있는 타임카드 3D 도면의 어딘가를 가리키며.

태이	아무리 생각해도 액정 같아.
문서진	말도 안 돼.
태이	이거 중간체 같지 않아?

문서진	(빤히 보다) 그렇다고 해도 뭐로 발광해? 형광물질도 없는데.
태이	우리가 놓친 게 있는 거야.
문서진	카드가 있어야 놓친 걸 찾지. 카드 주인 다시 설득해봐.
태이	미쳤어? 지가 나한테 부탁해도 모자랄 판에 내가 왜? 그냥 훔칠까?
문서진	경찰인데?
태이	그럼 어떡해?
문서진	눈물 많은 사람이라고 하지 않았어? 그냥 감정에 호소해보든지.
태이	뭐라고 하지? 아, 몰라. 우선 만나봐야겠어.

S# 39   카이퍼 앞 to 주차장 | 낮

외곽 지역의 넓은 주차장과 독특한 디자인을 가진 4층 높이의 연구소가 소개된다. 연구소에서 나와 주차장으로 향하는 태이. 이때 주차장으로 들어오는 차량이 한 대 있다. 태이, 마치 아는 차인 듯 주차하는 차를 빤히 응시하면. 주차 후 차에서 내리는 남자, 진겸이다.

태이	어... 형사님? (불러놓고 이상한) 뭐야? 형사님이 여길 왜 와요?
진겸	조사할 게 있어서 왔습니다.

그러고는 진겸, 태이에게 고개인사만 한 후 연구소로 향하는데 붙잡는 태이.

태이	사람 진짜 이상하네. 우리 대화에 뭔가 빠졌다는 생각 안 들어요? 아니 이렇게 쌩뚱맞은 곳에서 만났으면, '교수님은 여기 왜

계세요?' 이렇게 물어보는 게 자연스럽지 않나?

진겸 　　... 안 궁금해서요.

그러고는 진겸, 다시 연구소로 향하면 다시 붙잡는 태이.

태이 　　아니, 무슨 사람이 이렇게 호기심이 없어? 나는 궁금해요. 여기
　　왜 왔어요?

진겸 　　조사할 게 있다고 말씀드렸는데요.

태이 　　그러니까 그 조사할 게 뭐냐고요. 혹시 카드 분석 의뢰하러 온
　　거예요?

진겸 　　아닙니다.

태이 　　(의심) 카드 지금 어디 있는데요?

진겸 　　지갑에 있습니다.

태이 　　아니, 의뢰하러 온 것도 아닌데 왜 갖고 다녀요?

진겸 　　교수님이 신경 쓰실 일 아닙니다.

진겸, 연구소로 향하면.

S# 40 　　카이퍼 소장실 | 낮

보안직원의 안내를 받으며 소장실로 들어가는 진겸.

보안직원 　　여기서 기다리면 소장님께서 내려오실 겁니다.

진겸 　　알겠습니다.

보안직원이 나가면 천천히 소장실을 살펴보는 진겸. 그런데 이때
뭔가 이상한 기분을 느낀 듯 돌아보면, 몰래 소장실에 들어온 태

이가 진겸의 뒷주머니에 꽂혀 있던 지갑을 반쯤 빼낸 상태다.

태이   (민망) 눈치 되게 빠르네.

진겸   뭐하시는 겁니까?

태이   그냥 나한테 카드 맡기죠! 나 남한테 부탁 같은 거 진짜 안 하는
사람인데, 무슨 카드인지 내가 궁금해서 미칠 거 같아서 그래요.

하지만 진겸, 대답 대신 무심한 얼굴로 뒷주머니의 지갑을 안주
머니로 옮긴다. 태이, 짜증 난 얼굴로 진겸을 노려보면.

진겸   논문 때문에 바쁘다고 하시지 않았습니까?

태이   (시큰둥) 바빠요.

진겸   근데 왜 안 가십니까?

태이   형사님 때문에 안 가는 거 아니거든요. 오랜만에 소장님께 인사
드리려고 기다리는 거지.

진겸   여기서 근무하셨던 겁니까?

태이   안 궁금하다면서요?

진겸   여기서 근무하는 사람, 대부분 교수님처럼 과학잡니까?

태이   (한심) 그럼 연구소에 누가 근무할까요?

진겸   혹시 저한테 화나셨습니까?

태이   아니요.

진겸   다행이네요.

태이   (뭐 이런 사람이 다 있나 싶은) 나 진짜 형사님이랑 대화하다 화병 나
겠다. 혹시 어머니 유품 때문에 아직도 화난 거예요?

진겸   그 얘긴 하지 마시죠.

태이	(눈치 보다가) 그땐 미안했어요. 난 어머니가 어떤 분인지 알아낼 수 있을까 싶어서 그랬어요.
진겸	괜찮으니까 신경 쓰지 마십시오.
태이	범인은 누구였어요?
진겸	... 아직 조사 중입니다.
태이	(진겸 얼굴 보다가) 꼭 잡았으면 좋겠어요. 힘내요.

진겸, 자신을 위로하는 태이의 얼굴을 빤히 보는데. 이때 소장실로 한 남자가 들어온다. 태이, 반갑게 미소 지으며.

| 태이 | 소장님 잘 지내셨어요? |

그런데 연구소의 소장은, 14신 몽타주 속 남자인 석오원이다.

| 석오원 | 윤 박사님, 진짜 오래만이네요. 어떻게 온 거예요? |
| 태이 | 개인적인 일 때문에 왔다가, 더 개인적인 일 때문에 소장님 뵈러 왔어요. (진겸에게) 이분이 석오원 소장님이세요. |

그런데 진겸, 평상시처럼 표정 없는 얼굴로 석오원을 바라본다.

| 석오원 | (진겸에게 악수 청하며) 박진겸 형사님이시죠? 석오원입니다. |

그런데 악수를 받지 않고 여전히 표정 없는 얼굴로 석오원을 바라보는 진겸.

태이　　　　　뭐해요, 지금?

석오원 역시 이상한 듯 진겸을 빤히 보는데, 그 순간 거칠게 석
오원을 향해 달려드는 진겸. 놀라 소리를 지르는 태이. 하지만
진겸, 아랑곳하지 않고 쓰러진 석오원을 덮친 후 석오원의 목을
조르기 시작한다. 이때 보안직원들이 달려와 간신히 진겸을 뜯
어내지만, 보안직원들을 뿌리치고 다시 석오원의 목을 조르는
진겸. 진심으로 석오원을 죽이려고 하는 듯, 이까지 악문 채 석
오원의 목을 조르는 모습에서.

S# 41　　　2010년 | 경찰서 형사과 | 낮
표정 없는 얼굴로 앉아 있는 열아홉 진겸. 그 앞의 고 형사, 몽타
주를 건네주면.

S# 42　　　2010년 | 진겸 옛집 앞 골목 | 밤
(1회 40신)
하늘에 떠 있는 드론을 발견하고 표정이 굳은 선영, 갑자기 빠
르게 도망치기 시작한다. 그런데 무엇 때문인지 멈춰 선다. 겁
에 질린 표정으로 얼어붙는 선영.

(고 형사)　　니 어머니 살해당하기 직전에 이자가 니 어머니랑 같이 있는 걸
본 목격자가 있어.

몽타주의 남자, 분명 석오원이다.

굳은 얼굴로 앉아 있는 진겸. 맞은편엔 석오원과 태이가 나란히
앉아 있다.

태이   지금 무슨 말도 안 되는 소리를 하는 거예요? 소장님이 왜 사람
          을 죽여요? (석오원에게) 소장님, 그냥 변호사 부르고 폭행으로
          소송 걸어요. 아니, 이건 살인미수지. 어떻게 10년 전에 만들어
          진 몽타주 하나 갖고 사람 목을 졸라?

석오원   (여유를 찾은 듯 미소) 그만하세요, 박사님. 몽타주 봤는데, 제가 봐
          도 너무 닮았어요. 오해하실 만해요. 법은 무죄추정이지만, 본
          인 일은 유죄추정이라잖아요.

          이때 동호가 들어와 잠시 진겸을 부른다. 문가에서 동호의 이야
          기를 듣는 진겸.

동호   (작게) 구속영장은 기각됐어요. 10년 전 사건인데 몽타주 하나론
          무리라고...

진겸   네...

석오원   (웃으며) 이제 오해가 풀렸습니까?

태이   그냥 넘어가면 안 된다니까요.

석오원   (태이에게) 어머니 일이라잖아요. (진겸에게) 여기서 끝내면 저도
          이해하고 넘어갈게요.

진겸   (다시 앉는) 두 분은 어떻게 만나신 겁니까?

태이   사람 목 졸라놓고 지금 그걸 질문이라고 하는 거예요?

태이   소장님한테 사과 제대로 하세요. 진짜 소장님이니까 넘어가주
       는 거예요.

       이때 주차장으로 나오는 석오원을 보자, 석오원에게 가버리는
       태이. 혼란스러운 표정으로 두 사람을 보는 진겸.

S# 45   삼겹살집 | 밤
       멍한 표정으로 앉아 있는 진겸. 그 앞에 진겸을 안타깝게 바라
       보는 동호.

동호   내가 경위님이라도 똑같이 했을 거예요. 아니다. 나 같으면 총
       부터 쐈다.
진겸   …
동호   근데 그 사람은 아닌 거 같아요. 죽은 정기훈과는 연관 있을지
       몰라도, 경위님 어머님 사건하곤 관련 없어 보여요.
진겸   … 왜 이렇게 이상한 일이 많이 생길까요? (혼잣말처럼) 어떻게 둘
       이 같이 있지.

       진겸, 의혹이 깊어지는 표정이다.

S# 46   앨리스 본부장실 | 밤
       패드를 통해 석오원의 사진을 보고 있는 철암. 시영은 철암 옆
       에 서 있다. 그때, 민혁이 문을 열고 들어온다.

| 민혁 | 무슨 소리야? 연구소라니? |

철암이 고갯짓하자 시영이 패드를 민혁에게 보여준다. 패드 속에 첨단과학기술연구소 사진이 뜬다.

시영	첨단과학기술연구손데, 보안 시스템 레벨이 이 시대 게 아니에요. 최소 5년은 앞서 있어요.
민혁	그런 경우 몇 번 있었잖아.
철암	무슨 연구를 하고 있는지도 전혀 파악이 안 돼. 혹시 이 연구소나 석오원이란 사람 알아?
민혁	아니, 처음 들어본 이름이야.
철암	왠지 느낌이 안 좋아.
민혁	(시영에게) 어떻게 알아낸 거야?
시영	(민혁 보고) 브로커가 아침에 변사체로 발견됐는데, 브로커의 마지막 동선이 이 연구소였어.
민혁	뭐?
시영	그곳을 수사 중이던 박진겸이 연구소 소장 석오원을 폭행했다는 정보도 입수했고.
철암	우선, 석오원을 비롯해서 주요 연구원들 감시 들어가. 뭐든 나오면 바로 보고하고.
시영	네.

민혁과 시영 나가면, 철암 혼자 골몰히 생각에 잠긴다.

S# 47   대기업 초청 강연장 | 낮

'4차 산업과 물리학 세계'라는 플래카드와 물리학에 대한 간단한 설명이 담긴 대형 PPT 화면. 그 앞에서 강의 중인 석오원. 그런데 맨 끝 자리에 앉아 있는 남자, 바로 진겸이다.

석오원   그런데 왜 나비효과라는 말이 생겼을까요? 독수리도 있고, 모기도 있는데… 어떤 SF소설 때문이에요. 1952년에 발간된 〈천둥소리〉라는 단편소설인데, 중생대의 나비 한 마리 때문에 미래 대통령 선거 결과가 바뀌고, 히틀러 같은 과격파 전체주의자가 당선된다는 내용이죠. 근데 이런 생각 해본 적 없어요? 정말 과거가 바뀌면, 미래도 바뀔까?

석오원, 칠판에 '2020년'과 '2010년'이라고 적은 후.

석오원   (이해하기 쉽게 칠판에 정리해가며) 만약 2020년 현재의 제가 사고를 당해서 다리에 장애를 입었다고 칩시다. 그래서 제가 10년 전으로 타임머신을 타고 가서 과거의 저한테 말해주는 거죠. 2020년에 사고를 당할 거니까 조심하라고. 그 덕분에 과거의 저는 2020년의 사고를 피했어요. 그럼 타임머신을 타고 10년 전으로 갔다 돌아온 제 다리는 어떤 상태일까요? 2020년에서 사고를 피한 건, 제가 아니라 과거의 저잖아요. 그래서 저는 사고를 당한 나와 사고를 피한 또 다른 나로 나뉜다고 생각해요. 이걸 평행세계라고 하죠. 여러분들이 흔히 말하는 멀티버스도 비슷한 개념이고요.

표정 없이 석오원의 강의를 듣는 진겸.

S#48   달리는 석오원 차 | 낮

석오원이 고급 세단 뒷좌석에 앉아 눈을 감고 있다. 운전을 하
는 대진(남, 30대 초반), 군인처럼 짧은 머리에 다부진 체격이다.

S#49   달리는 진겸 차 | 낮

진겸이 석오원의 차를 쫓고 있다.

S#50   카이퍼 소장실 | 낮

여유로운 미소를 지으며 앉아 있는 석오원. 그 앞에 진겸이 앉
아 있다.

석오원   사과하러 오신 겁니까?

진겸   ... 정기훈 씨라고 아십니까?

석오원   (피식) 사과를 기대했는데 좀 아쉽네요. 아니요, 처음 들어요.

진겸   정기훈이라고 제가 쫓고 있는 용의자가 이곳에 왔었습니다.

석오원   그럴 리 없을 텐데요. 그분에게 다시 확인해보시죠.

진겸   죽었습니다. (석오원의 눈을 보는)

석오원   (흔들림 없는 시선) 그것 참 안됐군요. 알았어요. 한번 확인해볼게요.

석오원, 내선 전화를 든 후.

석오원   (연결되면) 부장님, 혹시 저희 연구소 직원이나 연구원 분들 중에
정기훈이라는 분이 계신가요? 외부인 방문자 기록도 확인해보

시고요. (듣고 끊고, 진겸에게) 컴퓨터 기록상 그런 분은 안 계시다
네요.

그런데 진겸, 석오원의 얼굴을 계속 빤히 본다. 석오원 역시 시선
을 피하지 않은 채 진겸을 응시한다. 그러다 피식 웃는 석오원.

석오원 왠지 느낌이 정기훈이라는 분은 핑계고, 저 때문에 오신 거 같
네요.

진겸 혹시 이 연구소에서 드론도 연구합니까?

석오원 그건 기밀이라 말씀드릴 수 없습니다.

진겸 (노려보면)

석오원 형사님 눈빛이 아직도 절 범죄자로 보는 것 같네요. 어머니 일
이라고 해서 넘어간 건데, 이쯤에서 그만두시죠.

진겸 마지막으로 한 가지만 여쭤보겠습니다. 혹시 시간여행에 대해
어떻게 생각하십니까?

빤히 진겸을 보다 피식 웃는 석오원.

석오원 형사님은 어떻게 생각하세요?

진겸 저는 불가능하다고 봅니다.

석오원 왜요?

진겸 제 눈으로 직접 목격하지 않았으니까요.

석오원 목격하면 믿겠다는 뜻인가요?

진겸 소장님 생각을 듣고 싶습니다.

석오원 당연히 가능하다고 생각해요. 하지만 인간이 해서는 안 된다고

생각합니다.

진겸   그게 무슨 말씀이시죠?

석오원   할 수 있다는 것이 해도 된다는 뜻은 아니잖아요? 복제 인간도 마찬가지고요. 생명과 시간은 모두 신의 영역이기 때문입니다.

그러면서 미소 짓는 석오원. 하지만 여전히 표정 없는 차가운 눈빛으로 석오원을 바라보는 진겸.

S#51   대학교 교수실 | 낮

태이   질문의 요지를 모르겠어요.

진겸   석오원 소장이 교수님한테 누굴 닮았다고 하거나 전혀 다른 사람 얘기를 한 적 없습니까?

태이   그러니까 난 그게 무슨 뜻인지 모르겠다고요. 대체 뭘 알고 싶은 거예요?

진겸   ... 교수님요. 저는 교수님이 누군지 모르겠습니다.

진겸, 혼란스러운 표정으로 태이를 보는데.

태이   기억상실증 걸리셨어요? 우리가 몇 번을 만났는데 몰라요?

진겸   (진지한) 혹시 모르니까 석오원 소장 당분간 만나지 마십시오.

태이   왜요? 아직도 소장님을 살인자라고 생각하는 거예요? 그런 분 아니라니까. 근데 그게 나랑 무슨 상관이에요?

진겸   ...

태이   좋아요. 형사님 말대로 할 테니까 카드 줘요.

진겸	안 됩니다. 교수님은 더 이상 이 일에 엮이지 않는 게 좋을 거 같습니다.

S# 52   경찰서 형사과 | 낮

#경찰서 앞

경찰서로 향하는 진겸. 그런데 태이가 졸졸 뒤따라온다.

태이	그럼 나한테 팔아요. 내가 돈 주고 살게요.
진겸	유품입니다.
태이	그럼 렌탈. 렌탈비 줄게요.
진겸	그만하시죠.

#경찰서 복도

진겸 들어오고, 태이 뒤따라 들어온다.

태이	이러지 말고 우리 밥 먹으면서 방법을 찾아봐요. 밥은 내가 살게요.

그런데 태이, 등 뒤에서 느껴지는 인기척에 돌아보면, 도연이 저승사자처럼 섬뜩한 표정으로 태이를 노려보고 있다.

태이	아, 깜짝이야? 뭐예요?
도연	(진겸에게) 이 여잔 왜 왔어?
태이	(인상 팍) 사람 앞에 두고 이 여자라고 하는 건 너무 무례하지 않나?

도연	몰랐네요. 무례한 게 뭔지 전혀 모르는 분인 줄 알았어요.
태이	나한테 왜 이래요? 내가 그쪽에게 뭐 잘못한 거 있어요?
도연	있으니까 그렇겠죠.
태이	뭐요?
도연	생긴 거요.
태이	이거는 싸우자는 소린데.
도연	내가 교수님이랑 왜 싸워요? 이렇게 미성숙하신 분이 어떻게 교수가 되셨을까?
태이	야!
도연	왜!

서로를 곱지 않은 시선으로 노려보는 태이와 도연. 그런데 진겸, 두 여자한테 관심도 없는 듯 서류만 본다.

도연	(진겸에게) 나 이 여자랑 같이 있으면 사고 칠 거 같으니까 빨리 밥 먹으러 가자. 나 배고파.
태이	왜 새치기해요? 형사님 나랑 밥 먹기로 했어요.
도연	진겸이가 왜 그쪽이랑 밥을 먹어요? (진겸 보며) 빨리 나와.
태이	형사님, 나랑 먹기로 했죠?
도연	너 이 여자랑 밥 먹기만 해봐.
태이	나랑 밥 먹기로 했잖아요!

이때 표정 없는 얼굴로 일어서는 진겸.

진겸	저는 생각 없습니다. 두 분은 많이 출출하신 거 같은데 두 분이

서 드십시오.

그러고는 떠나는 진겸. 황당한 얼굴로 진겸을 보는 태이와 도연, 그러다 서로 눈이 마주치면.

태이   형사님이랑 무슨 관계예요?

도연   보면 몰라요?

태이   모르니까 묻죠. 내가 점쟁이예요? 보고 어떻게 알아요?

도연   친군데 보통 친구는 아니에요.

태이   (비웃는) 치, 난 또 뭐라고.

도연, 태이의 비웃음에 열 받은 듯 노려보는데. 도연을 계속 비웃으며 밖으로 나가려는 태이, 그런데 문이 안 열린다. 더 세게 밀어보는 태이에게.

도연   고정하세요. 그거 고정문이에요.

그러고는 옆문으로 먼저 나가는 도연. 태이, 짜증 난 얼굴로 도연 뒤를 따라 나가면. 형사과에서 황당한 표정으로 이 모습을 지켜보고 있는 동호와 하 형사, 홍 형사.

하 형사   (펜 던지며) 에이, 짜증 나. 이놈의 세상 왜 이렇게 불공평한 거야.

홍 형사   내가 박 경위님을 싫어하는 이유를 이제야 찾았네요.

동호   (맨손 운동 기구를 내려놓으며) 운동해서 뭐하나 싶다.

S#53　　　달리는 태이 차 안 | 낮

화난 표정으로 운전 중인 태이. 이때 태이의 휴대폰이 울린다. 발신자는 '석오원 소장님'이다.

S#54　　　태이 교수실 | 낮

한쪽 손에 머그잔을 들고 책장을 둘러보는 석오원. 태이는 머그잔을 든 채 앉아 있다.

석오원　지난번엔 경황이 없어서 인사도 제대로 못 하고 헤어졌네요.

태이　네? 아, 경찰서...

석오원　박 형사님하곤 어떻게 아는 사이예요?

태이　그게 말하자면 복잡한데, 형사님이 어떤 카드 때문에 절 찾아왔었어요.

석오원　무슨 카드요?

태이　겉보긴 평범한 카드인데, 중간체도 있고 액정도 있어 보이는데 형광물질은 없고... 아무튼 무슨 용도로 만들어진 카드인지 전혀 모르겠더라고요. 어디서 만든 건지 짐작도 안 되고.

차갑게 굳어버린 표정으로 태이를 바라보는 석오원. 태이, 왜 그러지 싶어 석오원을 보면, 속마음을 감추듯 표정을 바꿔 미소 짓는 석오원.

석오원　저도 한번 보고 싶네요.

태이　저한테 없어요. 다시 가져가버렸거든요.

석오원　그렇군요.

커피를 마시는 석오원, 묘한 미소를 짓는다.

S#55   교차 | 낮

#경찰서 사무실

진겸이 사무실에서 뭔가를 꺼내 보고 있다. 바로 엄마의 유품인 타임카드다. 타임카드가 처음 무중력 상태를 만들었을 때처럼 카드를 만져보지만 큰 변화가 없다. 고민스러운 표정으로 타임카드를 보다가 자신의 지갑 속에 넣는데, 휴대폰이 울린다. 발신자를 보면 '윤태이 교수'다. 진겸, 잠시 고민하다가 전화를 받으면.

#대학교 교수실 복도

태이   (교수실로 향하며) 나예요, 형사님.

#경찰서 사무실

진겸   보기보다 성격이 집요하시네요.

#대학교 교수실 복도

태이   형사님은 보이는 것만큼 성격도 이상하시고요. 대체 원하는 게 뭐예요? 어떻게 하면 카드 넘길 거예요?

진겸   넘길 생각 없습니다. 그냥 잊으십시오.

#교수실

태이   아니, 어떻게 잊냐고요. 내 눈으로 봤는데.

그런데 이때 태이, 창밖을 보고 얼굴이 굳는다.

태이   (혼잣말) 뭐지?

#경찰서 사무실

진겸   무슨 일 있으십니까?

#교수실

태이   창문 앞에... 드론이 떠 있어요.

보면, 교수실 창문 앞에 떠 있는 프로펠러 없는 드론이 태이를
바라보고 있다.

#경찰서 사무실

그 순간 반사적으로 밖으로 달려 나가는 진겸.

#경찰서 주차장

급히 차에 올라타는 진겸.

S#56   도로 위 | 달리는 진겸 차 안 | 낮
        태이와 전화하는 진겸.

진겸   (굳어진) 제가 금방 가겠습니다. 전화 끊지 마시고 제가 도착할
       때까지 학교에 계십시오.

       불안한 표정으로 신호까지 위반하며 속력을 높이는 진겸. 이때
       진겸의 차 옆으로 어떤 트럭 한 대가 나란히 달리기 시작한다.
       진겸이 특별히 경계하지 않는 순간, 트럭이 진겸의 차 옆구리를
       들이박는다. 진겸의 차가 중앙선을 침범하고, 맞은편에서 달려
       오던 승용차와 정면 충돌하며 몇 바퀴 구르다 멈춰 선다. 도로
       한가운데 심각할 정도 파손된 상태로 멈춰 서 있는 진겸의 차.
       사고를 낸 트럭 역시 멈춰 서 있다. 하지만 트럭 운전사, 트럭에
       서 내리지 않고 그대로 떠나버린다. 뒤에서 급하게 정차한 승용
       차 운전자가 내려 다급히 진겸 차의 운전석 문을 여는데, 놀랍
       게도 진겸은 보이지 않는다.

S#57   카이퍼 소장실 | 낮
        석오원의 손에 들린 예언서. 한 장을 펼친다.

       아이가 시간여행자가 되는 순간, 예언은 시작될 것이다.

S#58 2010년 | 도로 위 | 낮

도로 위에 쓰러져 있는 진겸. 고통을 참으며 간신히 머리를 드는데, 뭔가 이상하다. 이때 강한 라이트가 진겸의 얼굴에 쏟아진다. 뒤늦게 진겸을 보고 미처 속력을 줄이지 못한 승용차가 진겸을 향해 달려온다. 충돌 직전 간신히 몸을 날려 사고를 피하는 진겸. 자신이 왜 도로 위에 쓰러져 있는지 당황한 표정으로 주위를 살피는데, 뭔가 이상하다. 분명 트럭과 충돌 사고를 당한 도로 위인데, 사고를 당한 자신의 차가 보이지 않는 것. 진겸, 엉덩이에서 느껴지는 따끔한 통증에 뒷주머니에 꽂혀 있던 지갑을 꺼내면, 놀랍게도 지갑 한쪽 면이 타들어간 상태다. 이유를 몰라 지갑을 펼치면, 원래 아무것도 없던 타임카드 뒷면에 숫자들이 빼곡히 적혀 있다. 당황한 얼굴로 휴대폰을 꺼내는 진겸, 태이에게 전화를 거는데 통화권 이탈이라 연결되지 않는다. 고개를 들어 주변을 둘러보는 진겸의 놀라는 얼굴에서...

S#59 2010년 | 대학 교정 | 낮

낙엽이 예쁘게 물들어가는 대학 캠퍼스를 귀여운 머리띠를 한 20대 초반의 윤태이가 학생들과 섞여 걸어간다. 문득, 걸음을 멈추고 이상한 기운을 느끼는 태이. 몸을 휙 돌리면, 그 바람에 태이의 다이어리가 떨어진다. 펼쳐진 다이어리 페이지를 클로즈업하는 카메라. 1회 9신의 삽화(동굴처럼 보이는 검은 홀과 주변의 까마귀들, 그리고 동화 주인공 앨리스처럼 보이는 여자아이가 동굴 앞에 놀란 표정으로 서 있다)이 그려져 있다.

#인서트

도로 위의 진겸도 고개를 돌려 먼 곳을 응시한다. 둘의 얼굴과
시선이 서로 마주 보듯, 한 화면에 모인다.

자막 '2010년'

5

첫 번째 시간여행
두 번째 선영의 죽음

S# 1 대학교 교수실 | 낮

(4회와 이어지는)

진겸과 통화 중인 태이. 그런데 뭔가 이상한 듯 교수실 창문을 응시하다가 창문을 열면. 놀랍게도 태이 눈 바로 앞에 드론이 떠 있다.

태이 창문 앞에... 드론이 떠 있어요.

S# 2 도로 위. | 달리는 진겸 차 안 | 낮

(4회와 이어지는)

진겸 (굳어진) 금방 가겠습니다. 전화 끊지 마시고 제가 도착할 때까지 학교에 계십시오.

그러면서 다급하게 신호까지 위반하며 속력을 높이는 진겸. 그런데 이때 진겸의 차 옆으로 어떤 트럭 한 대가 나란히 달리기 시작한다. 특별히 경계하지 않고 달리는 진겸. 그런데 그 순간, 트럭이 진겸의 차 옆구리를 들이박는다. 그로 인해 중앙선을 침범하는 진겸의 차. 하필 중앙선에서 달려오던 승용차와 정면 충돌하면.

S#3   대학교 교수실 | 낮

연결된 전화로 들려오는 엄청난 교통사고 현장음에 놀라는 태이.

태이   형사님! 형사님!!

하지만 대답 없이 끊어지는 전화. 태이, 재빨리 진겸에게 다시 전화를 걸지만 꺼져 있다. 걱정스러운 얼굴로 휴대폰을 보는 태이. 그러다 다시 창문을 보면, 방금 전까지 떠 있던 드론이 사라졌다.

S#4   도로 위 | 낮

(4회 56신과 이어지는)

도로 한가운데 심각할 정도로 파손된 채 멈춰 서 있는 진겸의 차. 사고로 인해 주변 차량들 역시 모두 잠시 멈춰 선 상태고, 사고를 낸 트럭 역시 멈춰 서 있다. 하지만 사고를 낸 트럭 운전사, 트럭에서 내리지 않고 그대로 떠나버린다. 사고가 난 곳 주변으로 몰려드는 사람들, 다급히 운전석 문을 여는데 놀랍게도 진겸은 보이지 않는다.

S#5 2010년. | 도로 위 | 낮

(4회 58신과 이어지는)

도로 위에 쓰러져 있는 진겸. 고통을 참으며 간신히 머리를 드는데, 뭔가 이상하다. 강한 라이트가 진겸의 얼굴에 쏟아진다. 미처 속력을 줄이지 못한 승용차가 진겸을 향해 달려온다. 충돌 직전 간신히 몸을 날려 사고를 피하는 진겸. 자신이 왜 도로 위에 쓰러져 있는지 당황한 표정으로 주위를 살피는데, 뭔가 이상하다. 분명 트럭과 충돌 사고를 당한 도로 위인데, 사고를 당한 자신의 차가 보이지 않는 것. 진겸, 엉덩이에 느껴지는 따끔한 통증에 뒷주머니에 꽂혀 있던 지갑을 꺼내면, 놀랍게도 지갑 한 쪽 면이 타들어간 상태다. 이유를 몰라 지갑을 펼치면, 원래 아무것도 없던 타임카드 뒷면에 숫자들이 빼곡히 적혀 있다. 당황한 얼굴로 휴대폰을 꺼내는 진겸, 태이에게 전화를 거는데 통화권 이탈이라 연결되지 않는다. 그러자 진겸, 태이가 있는 학교를 향해 달려가면.

S#6 2010년 | 대학교 교수실 | 낮

다급하게 교수실 안으로 들어온 진겸. 젊은 조교 하나가 책상을 정리 중이다.

진겸 교수님 어디 계십니까?

조교 방금 수업 들어가셨어요.

진겸 강의실은요?

조교 36동 9호요.

그 말에 다시 달려 나가는 진겸. 조교, 대수롭지 않게 여기며 다시 책상을 정리하는데, 책상 위 재떨이를 비롯해 태이가 아닌 다른 교수의 책상이다.

S#7　　　2010년. | 대학교 복도 to 강의실 | 낮

강의실을 향해 다급하게 달려가는 진겸. 강의실 앞에 도착해 호수를 확인한 후 강의실 안으로 들어가는데 무엇 때문인지 멈칫한다. 보면, 학생들로 가득한 강의실 앞 강단에 서 있는 교수, 태이가 아닌 남자 노교수다.

노교수　　무슨 일로?

진겸　　　죄송합니다. 강의실을 잘못 찾은 거 같습니다.

허리 숙여 사과한 후 다시 복도로 나가 강의실 호수를 확인하는 진겸. 뭔가 이상한 듯 다시 노교수를 보는 진겸.

진겸　　　혹시 윤태이 교수님 지금 어디 계신지 아십니까?

노교수　　누구요?

진겸　　　물리학과 윤태이 교수님을 찾고 있습니다.

노교수　　물리학과에 그런 교수님은 안 계시는데.

진겸　　　(굳은)

노교수　　혹시 윤태이 학생을 찾는 건가요?

진겸, 무슨 소리인지 몰라 노교수를 빤히 보는데, 노교수를 비롯한 학생들, 일제히 강의실에 앉아 있는 한 여자를 응시한다.

놀랍게도 태이다. 그런데 교수 태이가 아닌 10년 전 대학생인 젊고 파릇파릇한 모습의 윤태이다. 다짜고짜 윤태이 앞으로 걸어가 마치 고백이라도 할 것처럼 앞에 서는 진겸. 그런데 윤태이, 진겸을 처음 보는 표정이다.

진겸   (태이 살펴보며) 괜찮으신 겁니까? 드론은요?

당황스러운 표정으로 진겸을 보는 태이. 진겸 역시 태이의 모습에 이상함을 느낀 듯 태이의 얼굴을 빤히 응시한다. 이런 진겸과 태이의 모습에 웅성거리는 주변 학생들.

진겸   (주변을 둘러보며) 왜 여기 계십니까?
태이   (황당) 누구세요?
진겸   (굳은)
노교수   저기, 사랑싸움은 나가서 하시지요.
학생들   교수님, 그냥 두세요~ / 더 해라~ / 재밌다~
노교수   윤태이 학생!

그러자 창피한 듯 가방을 싸 들고 서둘러 나가는 윤태이. 뒤쫓아가는 진겸의 모습에서.

자막 '2010년'

S#8 　　　대학교 강의실 | 낮

자막이 '2020년 현재'로 바뀌면. 화이트보드에 어려운 공식들이 휘갈겨 쓰여 있고, 그 앞에 서서 강의를 하는 태이.

| 태이 | (문을 가리키며) 만약에 저 문으로 나와 똑같이 생긴 사람이 들어온다면, 이 상황을 명확하게 설명할 수 있는 사람? (손 들며) |

태이　　　(문을 가리키며) 만약에 저 문으로 나와 똑같이 생긴 사람이 들어온다면, 이 상황을 명확하게 설명할 수 있는 사람? (손 들며)

학생1　　엘빈 슈뢰딩거의 파동역학에 의한 평행우주이론?

태이　　　B.

학생2　　빅뱅으로 인한 우주의 무한 반복과 복제. 즉, 도플갱어의 가능성.

태이　　　B+.

학생3　　앤트맨과 와스프!

태이　　　나가!

그때, 태이의 휴대폰이 부르르 떨린다. 태이, 신경 쓰이지만 꾹 참고.

태이　　　말 그대로 빅뱅은 우주가 너무 커서 하나가 아니라 여러 개란 거고, 양자역학은 한 공간에 얼마든지 같은 물체가 있을 수 있다는 이론이야. 하지만 양자역학, 빅뱅, 평행우주이론 모두 내 질문의 답은 아니야.

학생들　　('무슨 말이지' 하는 표정)

태이　　　아쉽게도, '아직은 설명할 수 없다'가 정답이야. 이게 우리가 하이젠베르크의 불확실성의 원리를 배워야 하는 이유야.

다시 부르르 떨리는 휴대폰. 태이, 휴대폰을 보려는데.

여학생	그렇게 불확실한 학문을 공부할 필요가 있을까요?
학생들	(군데군데 웃음소리 나며) 옳소! / 맞아. / 내 말이!
태이	(똑 부러지는) 당연히 있지. 불확실하단 것을 밝혀야 하잖아. 그게 과학도로서 우리가 해야 할 일이야. 오늘 강의는 여기까지!

너무 일찍 끝났는지 학생들 이상한 표정을 짓는데, 태이, 아랑 곳하지 않고 급히 휴대폰을 열어본다. 그러자 '대리운전' '여성 전용 대출' 등 광고 문자가 액정에 뜬다. 실망하는 태이, 휴대폰을 덮으려다가 '변태 형사'라고 저장된 사람에게 문자를 쓴다. '왜 이렇게 연락이 안 돼요, 걱정되게...' 썼다가 지우고, '설마 시간여행이라도 간 거예요?' 썼다가 지우고, '연락 줘요'라고 써서 보낸다. 휴대폰을 내려놓는 태이의 심난한 표정.

S#9   2010년 | 대학교 복도 | 낮

씩씩거리며 앞서 걷는 윤태이의 손을 붙잡는 진겸. 윤태이, 손을 뿌리치고.

태이	왜 이래요, 진짜?
진겸	절 모르십니까?
태이	(찬찬히 진겸의 얼굴을 보다가) 혹시 유명한 사람이에요?
진겸	아닙니다.
태이	(어이없는) 근데 제가 그쪽을 어떻게 알아요?
진겸	나이가 어떻게 되십니까?
태이	스물셋요.
진겸	(놀라는) 서른셋 아닙니까?

태이	(황당) 내가 어딜 봐서 그렇게 보여요? 혹시 시력 안 좋아요?

아무 말 못 하고 당혹스러운 표정으로 태이를 보는 진겸. 이때 휴대폰이 울려 전화를 꺼내는 태이, 그런데 스마트폰이 아닌 폴더폰이다. 폴더폰으로 전화를 받는 태이의 모습에서 또 한 번 굳어지는 진겸.

태이	(통화하는) 어, 왜? (듣고) 슈퍼 블러드문? 당연히 알지. 근데? (듣고) 됐어. 나 혼자 볼 거야.

그 말을 들은 진겸, 무언가 떠오른 듯 굳어진다.

#플래시백
(1회 39신)

선영	진짜네. 월식 보면서 마시려고 했는데.
진겸	그런 걸 왜 봐?
선영	이번이 수십 년 만에 오는 슈퍼 블러드문이라 진짜 특별하거든. 2010년 거 놓치면 아마 엄마 죽을 때까지 못 볼걸.

#다시 현재
진겸, 전화하는 태이의 손을 낚아채 잡으면.

태이	(진짜 화난) 뭐예요!
진겸	지금이 몇 년돕니까?

태이	2010년요!!

그 즉시 진겸, 어딘가로 뛰어간다.

태이	(황당하다는 듯) 뭐야, 생긴 건 멀쩡해 가지고.

S# 10	2010년 | 대학교 1층 로비 | 낮

1층 로비에 있는 공중전화 앞으로 다가가는 진겸. 다급하게 공중전화에 동전을 넣고 번호를 누른다. 신호가 가기 시작하자 숨조차 제대로 쉬지 못할 만큼 긴장하는 진겸. 이때 전화가 연결되고 들려오는 목소리.

(선영)	여보세요.

진겸, 엄마의 목소리를 알아듣고 얼어붙으면.

S# 11	2010년 | 진겸 옛집 거실 | 낮

햇살이 창을 통해 들어오는 따사로운 거실. 한 손으로 휴대폰을 받은 채 마당으로 향하는 여자. 바로 선영이다.

선영	누구세요?

#이후 화자에 따라 장소 교차

진겸	(떨리는) ...엄마...

선영	아들?

엄마의 말에 두 눈이 그렁해지는 진겸.

선영	지금 수업 중 아니야?
진겸	... 진짜 엄마야?
선영	진겸아, 왜 그래? 무슨 일 있어?
진겸	어디야?
선영	엄마? 집이지.
진겸	...
선영	진겸아.
진겸	엄마, 내가 갈게. 내가 지금 갈 거니까 문 다 잠그고 집에만...

하는데 전화가 끊어지자 당황하는 진겸, 주머니를 뒤지지만 동전이 없다. 진겸, 엄마를 만나기 위해 건물 밖으로 달려 나가면.

S# 12   2010년 | 집으로 달려가는 진겸 몽타주 | 낮

진겸이 달리는 도로. 도심 전광판에는 오늘 밤 슈퍼 블러드문을 볼 수 있다는 뉴스가 나온다. 뉴스를 흘깃 본 진겸, 더욱 속력을 낸다.

S# 13   2010년 | 고등학교 복도 | 낮

아무런 표정 없는 얼굴로 있는 학생. 바로 19세 진겸이다. 그 앞에서 걱정스러운 얼굴로 아들을 보고 있는 선영.

선영	정말 니가 건 거 아니야?
진겸	수업 중이었는데 어떻게 전화를 해? 잘못 온 전화겠지. 신경 쓰지 마.

하지만 선영, 무언가 마음에 걸리는 게 있는 듯 불안한 표정으로 아들을 본다. 어떤 감정도 느껴지지 않는 무표정한 얼굴로 엄마를 바라보는 19세 진겸. 이때 수업 종소리가 들리자.

진겸	나 들어간다. (교실로 들어가려는데)
선영	진겸아, 혹시 최근에 누가 찾아오거나 하지 않았지?
진겸	누구?
선영	... 그냥... 누구든.
진겸	아니.
선영	혹시라도 이상한 사람이 찾아오면 엄마한테 바로 얘기해.

고개만 끄덕이고 교실로 향하는 진겸. 선영, 여전히 불안한 표정으로 아들을 지켜보면.

S# 14   대학교 교정 | 낮
다시 현재. 대학교 건물에서 나오는 여교수 태이의 모습. 주차장으로 향하며 휴대폰을 보지만, 진겸에게 걸려온 전화나 메시지는 없다. 다시 진겸에게 전화를 걸어보지만 여전히 꺼져 있다는 메시지만 흘러나온다.

태이	(격정) 아, 이 사람 진짜 뭐야.

태이, 잠시 고민하다가 빠르게 주차장으로 향하면.

S# 15   경찰서 형사과 | 밤

형사과 안으로 들어오는 태이. 무슨 일이 있는지 텅 비어 있는 형사과에 도연이 불안한 표정으로 서 있다. 다가간 태이.

태이   박진겸 형사님 지금 어디 있어요?

도연   (원망스럽게 보는)

태이   (이상한) 왜 그래요?

도연   (점점 격양돼가는) 다 당신 때문이야. 당신 만나고 진겸이가 이상해졌어. 생전 안 마시던 술을 마시질 않나, 전화를 수십 통 해도 씹고!!

태이   (당황) 무슨 일 있어요?

도연   진겸이 어디 있어? 진겸이 어딨냐고!

그제야 진겸이 사라졌다는 사실을 알고 굳어지는 태이.

S# 16   2010년 | 진겸 옛집 앞 골목 | 밤

#계단길

계단을 올라가는 진겸.

#진겸 옛집 앞 골목

어느 집 앞에 멈춰 서서 거칠게 숨을 토해내고 있는 진겸. 천천히 고개를 들면, 10년 전 엄마와 살던 동네다. 옛집이 보이고 대문도 담벼락도 마당도 주택 모습도 전부 10년 전 그대로다.

S# 17 2010년 | 진겸 옛집 마당 | 밤

대문 안으로 들어가는 진겸. 집 안에서 새어 나오는 불빛이 보이자, 조심스럽게 다가간다. 집 안에서 대화 소리가 들린다.

S# 18 2010년 | 진겸 옛집 안 | 밤

(1회 39신)

거실에 고기 굽는 연기가 가득한 채 삼겹살을 먹고 있는 고등학생 진겸과 선영. 취해 보이는 선영, 소주를 마신 후 잔을 머리 위에 털며 기분 좋은 미소를 짓는다.

선영 크~ 좋다.

진겸 몸에도 안 좋은 걸 왜 마셔?

선영 궁금하면 우리 아들도 한잔할래?

진겸 싫어.

선영 한 잔만 마셔봐. 원래 술은 부모한테 배우는 거야.

진겸 나 이따 공부해야 돼.

선영 (진겸에게 매달리듯 팔짱 끼며) 엄마 생일인데 공부가 중요해?

진겸 어차피 다 마셨잖아?

보면, 진겸의 말처럼 소주병이 비어 있다.

선영 진짜네. 월식 보면서 마시려고 했는데.

진겸 그런 걸 왜 봐?

선영 이번이 수십 년 만에 오는 슈퍼 블러드문이라 진짜 특별하거든. 2010년 거 놓치면 아마 엄마 죽을 때까지 못 볼걸. 사 와야겠다. 사 오면 마실 거지?

진겸 …

선영 딱 한 잔만 엄마랑 같이 먹자. 응?

진겸 알았어.

선영 (놀란) 진짜지? (지갑 챙기며) 데이트도 할 겸 같이 갈래?

진겸 됐어. 엄마 혼자 가서 사 와.

선영 치… (다시 미소) 금방 갔다 올게.

그러면서 목에 스카프를 매는 선영, 뒷목에 흉터(특정적인 모양)가 보인다.

S# 19   2010년 | 진겸 옛집 앞 골목 | 밤

집 안으로 들어가려던 진겸, 바닥에 고인 물에 반사된 드론을 발견한다. 곧장 하늘을 올려다보는 진겸. 붉은 달이 떠 있는 하늘 위에 드론이 떠 있다. 드론을 보자 눈빛이 매서워지는 진겸. 그런데 순간 갑자기 심각한 어지럼증을 느끼는 듯 휘청거리다 무릎이 꺾이는 진겸. 심지어 몸을 가누지 못할 정도의 심각한 구토 증상까지 일어나고, 두통까지 겹친 듯 이마를 누르며 고통스러워한다. 이때 누군가 진겸 집 쪽으로 다가오는 것이 보인다. 진겸, 천천히 고개를 들어보면, 놀랍게도 석오원이다. 하지만 진겸이 아는 50대 석오원이 아닌, 40대 석오원이다. 그런데 마치 진겸을 아는 듯 당황스러운 표정으로 바라보는 석오원. 진겸, 그런 석오원을 사납게 노려본다. 그 순간, 갑자기 도망치기 시작하는 석오원. 진겸, 고통을 참으며 석오원을 뒤쫓기 시작한다. 이렇게 진겸과 석오원이 멀어진 후, 닫혀 있던 현관문이 열

리며 나오는 여자. 바로 스카프를 한 선영이다. 1회에서 그랬던 것처럼 소주를 사기 위해 슈퍼로 향하는 선영. 드론이 이 모습을 지켜보고 있다.

S#20 2010년 | 다른 골목 | 밤

정신없이 도망치는 석오원. 몸을 날려 석오원을 덮치는 진겸. 석오원의 얼굴을 벽면에 처박아 쓰러트린 후, 멱살을 잡아 일으켜 다시 한 번 벽면에 밀어붙인다. 2020년의 늘 여유 넘치던 석오원과 달리 겁에 질려 벌벌 떠는 2010년의 석오원.

진겸	역시 당신이었어!
석오원	이럴 시간 없어. 엄마가 위험해!
진겸	뭐?
석오원	엄마가 위험하다고! 붉은 달이 뜨는 밤이 오늘이야!

그때, 집 쪽에서 엄마의 짧은 비명 소리가 들린다. 고개를 휙 돌리는 진겸.

진겸	엄마...
석오원	빨리 가!!

석오원의 멱살을 놓고 다시 집으로 달려간다.

S# 21   2010년 | 진겸 옛집 앞 골목 | 밤

정신없이 집을 향해 달리는 진겸. 그런데 무엇 때문인지 멈칫한다. 보면, 바닥에 무언가 떨어져 있다. 엄마의 스카프다. 떨리는 손으로 엄마의 스카프를 줍는 진겸. 엄마를 찾아 두리번거리지만 엄마가 보이지 않는다. 이때 여전히 집 위에 떠 있는 드론을 발견한 진겸. 곧바로 집 안으로 들어가면.

S# 22   2010년 | 진겸 옛집 거실 | 밤

뛰어 들어온 진겸. 그런데 누군가 흘린 핏자국이 현관에서 거실로 이어져 있다. 진겸, 긴장한 표정으로 거실로 향하면, 창백한 얼굴로 안방 침대에 앉아 있는 선영. 그런데 가슴이 피로 범벅이다. 엄마의 모습을 보고 굳어진 진겸. 선영 역시 29세가 된 아들의 등장에 당황한 듯 잠시 얼어붙지만, 이내 진겸이 이곳에 온 방법을 아는 듯 미소를 짓는다.

선영   우리 아들 멋있어졌네.

진겸   ... 엄마.

엄마 앞에 무릎 꿇고 앉아 바라보는 진겸. 안타깝고 슬픈 표정이다.

진겸   미안해, 엄마... 내가 구해주고 싶었는데.

아들의 말에 흐뭇한 미소를 지으며 진겸의 얼굴을 쓰다듬는 선영.

선영	타임카드 어디 있니?
진겸	??
선영	엄마 줄래?

진겸, 엄마를 빤히 보다가 주머니 속에 있던 타임카드를 건네주면, 선영은 아무것도 없는 평범한 타임카드를 받아 엄지를 중앙에 댄 후 꼬옥 쥔다. 그러자 테두리에서 빛이 발산하기 시작한다. 이 모습을 보고 놀라는 진겸. 하지만 선영, 아무 대답 없이 타임카드를 다시 진겸의 손에 쥐어준다. 그러자 타임카드가 서서히 빛나기 시작한다.

선영	넌 여기 오면 안 돼.
진겸	어떻게 한 거야!

자신의 손에 쥐어진 타임카드를 보면, 타임카드의 액정에 수십 개의 숫자들이 떠 있다. 다시 사라질 상황에 놓이는 진겸.

진겸	이렇게 돌아갈 순 없어! 누구야? 누가 엄마를 이렇게 만들었어?
선영	(슬픈 미소) 이 싸움에 끼어들면 안 돼...
진겸	누구 짓인지 말해, 엄마!
선영	이렇게 다 큰 우리 아들 봐서... 너무 좋다. 다신 돌아오지 말고 행복하게 살아야 해...
진겸	엄마!!

진겸, 눈에 눈물이 고인다. 이때 누군가 집 안으로 들어온 듯 현관 문 열리는 소리가 들린다. 바로 고등학생 진겸이다. 그런데 성인 진겸의 모습은 감쪽같이 사라졌고, 선영만 혼자 멍한 표정으로 앉아 있다. 성인 진겸이 타임카드를 통해 이곳을 떠나버린 것.

학생 진겸   (피 흘리는 엄마를 보고 놀란) 엄마...

금방이라도 숨이 끊어질 듯한 모습이지만 애써 미소 짓는 선영의 모습에서.

S#23   도로 위 | 낮

성인 진겸의 두 눈에서 눈물이 떨어진다. 그런데 진겸, 놀랍게도 사고를 당했던 그 도로 한가운데 서 있다. 이때 갑자기 나타난 진겸을 뒤늦게 발견하고 급브레이크를 밟는 택시. 피할 생각 없이 멍한 얼굴로 도로 한가운데 우두커니 서 있는 진겸. 다행히 충돌 직전 멈춰 서는 택시. 열 받은 택시 기사가 택시에서 내려 "이 미친 새끼야"라고 욕을 하지만, 진겸은 여전히 우두커니 서 있을 뿐이다. 그러다 주머니에서 무언가를 꺼내는 진겸. 바로 과거에서 가져온 엄마의 스카프다. 이런 진겸의 모습에서.

자막 '2020년'

S#24   대학교 복도 | 낮

멍한 표정으로 터벅터벅 빈 복도를 걷는 진겸. 어느 강의실 앞에 멈춰 선다. 창문으로 강단에 서서 강의 중인 태이의 모습이 보인다. 금방이라도 울 것만 같은 표정으로 태이를 바라보는 진겸. 태이, 진겸의 모습을 발견하고 놀란다.

태이   (학생들에게) 잠깐만.

그러고는 복도로 나가는 태이, 잔뜩 화가 난 표정이다.

태이   직업적 특징이에요? 아니면 형사님 성격이에요? 어떻게 사람들이 걱정하는데 연락 한 번을 안 해요?

그런데 아무런 대꾸 없이 태이의 얼굴을 빤히 보는 진겸.

태이   이렇게 멀쩡하게 살아 있으면서 왜 연락을 안 하냐고요?
진겸   (보는)
태이   (화를 누르며) 내가 진짜 남 걱정, 일도 안 하는 사람인데 혹시나 나랑 통화하다가 사고 났나 싶어 얼마나 조마조마했는지 알아요?!
진겸   (보는)
태이   사람 죄책감 갖게 만들어놓고 왜 말을 안 해요!
진겸   (보는)
태이   형사님!!

그 순간, 태이를 와락 껴안는 진겸. 놀란 태이, 반사적으로 뿌리치려 한다. 하지만 진겸의 슬픔이 전해진 듯 가만히 안겨 있다가 천천히 손을 들어 진겸의 등으로 손을 가져가지만 이내 어색하게 허공에서 정지한 태이의 손. 이런 두 사람의 모습이 한 화면에 잡히면.

S# 25   대학교 교수실 | 낮
진겸에게 커피를 건네는 태이.

태이   드세요.
진겸   고맙습니다. 그리고 죄송합니다. 제가 또 결례를 범했습니다. 이상한 의도는 없었으니까 오해하지 마십시오.

진겸을 빤히 보다가 자신의 책상으로 향하는 태이. 진겸, 태이의 뒷모습을 바라보는데, 머리를 묶은 태이의 뒷목에는 선영과 달리 흉터가 없다. 표정이 굳는 진겸.

태이   형사님 어머님이랑 나랑 많이 닮았나 봐요?
진겸   (당황) 어떻게 아셨습니까?
태이   그럼 모르겠어요? 형사님이 그동안 나한테 한 짓을 보면 누구나 알지. 오십이 넘었냐, 아들 있냐, 이러면서 울고 껴안는데 그걸 어떻게 몰라.
진겸   기분 나쁘셨다면 사과드리겠습니다.
태이   그렇게 많이 닮았어요? 나만 보면 어머님이 떠오를 정도로?
진겸   이미지만 닮았습니다. 성격은 전혀 다르십니다. 저희 어머니는 온화하고 다정다감하시고 무척 좋으신 분입니다.
태이   (살짝 기분 나쁜) 내 성격은 어떤데요?
진겸   물론 교수님도... 교수님도... 그러니까 교수님도... (머뭇거리자)

| 태이 | (계속 압박하듯 진겸을 빤히 보는) |
| 진겸 | 죄송합니다. 제가 거짓말을 잘 못합니다. |

어이없는 얼굴로 진겸을 보다가 피식 웃는 태이.

태이	어머니 사진 있어요? 한번 보고 싶다.
진겸	없습니다.
태이	왜요?
진겸	... 실례 많았습니다. 혹시라도 또 드론을 목격하시면 저한테 다시 연락 주십시오.

진겸, 태이에게 인사를 하고 가려는데.

태이	(걱정스레) 대체 사고 나고 어디가 있었던 거예요?
진겸	(문을 열며) 신경 안 쓰셔도 됩니다.
태이	궁금해서 그래요. 일주일 동안 어디 있었던 건지. 혹시 내가 카드 달라고 졸라서 잠수 탔던 거예요?

멈칫하는 진겸.

진겸	일주일이라니, 무슨 뜻입니까?
태이	(이상한 듯 보자)
진겸	사고 났던 게 일주일 전이라는 말입니까?
태이	(당연한 걸 왜 묻지, 표정) 네.
진겸	(당황한 듯 점점 호흡이 거칠어지는)

| 태이 | 의식 잃고 병원에 입원해 있었어요? |

그런데 이 순간 갑자기 심각한 어지럼증에 휘청거리는 진겸. 놀라 진겸에게 다가가는 태이.

태이	왜 그래요? 어디 아파요?
진겸	혹시 두통약 좀...
태이	잠깐만요.

태이, 서둘러 서랍에서 두통약을 찾는데, 그 순간 와당탕 소리 나며 진겸이 쓰러진다. 손에 들고 있는 걸 모두 내팽개치고 달려가 진겸의 머리를 안는 태이. 진겸의 코에서 코피가 흐르고 있다.

| 태이 | (놀란) 형사님! |

S# 26   달리는 민혁 차 안 | 낮

사나운 표정으로 운전 중인 민혁. 이때 정면에 앨리스의 모습이 소개되면.

S# 27   앨리스 로비 to 회의실 | 낮

민혁이 엘리베이터에 내리면, 프런트데스크 스태프와 대화 중인 시영의 모습이 보인다. 이때 민혁을 발견하고 다가오는 시영. 사무실들이 늘어선 복도를 지나 회의실로 향하며 상황을 보고한다.

시영	일주일 전 기록이 오류가 아니었나 봐. 한 시간 전에 웜홀이 또 열렸어.
민혁	누구야?
시영	박진겸.

그 말에 놀란 듯 멈춰 서는 민혁.

민혁	확실해?
시영	(끄덕)

앞장서서 텅 빈 회의실 안으로 들어오는 민혁. 시영이 뒤따라 들어오면.

민혁	틀어봐.

그러자 시영, 리모컨으로 회의실 벽면의 모니터를 켜면, 어느 도로 CCTV 녹화 영상이 뜬다. 바로 진겸이 2010년으로 시간여 행 갔다 온 그 도로 CCTV 영상이다. 첫 번째 영상은 진겸의 차 가 트럭에 의해 사고가 난 영상. 두 번째 영상은 도로 한가운데 느닷없이 나타나는 진겸의 영상이다. 이 모습을 보고 눈빛이 매 서워지는 민혁.

민혁	사고 낸 트럭은 누가 운전한 거야?
시영	파악이 안 돼. 도난 트럭인 데다 트럭 기사가 의도적으로 CCTV 를 피해 움직여서 알아낼 방법이 없어. 경찰들도 수사 중인 거

같은데 전혀 감을 못 잡고 있고.

정지된 CCTV 녹화 영상 속 진겸을 보는 민혁.

민혁 박진겸이 어떻게 시간여행을 한 거지?

시영 그것도 아직 몰라.

민혁 빨리 알아내고 CCTV랑 블랙박스들 남김없이 전부 삭제해.

시영 (끄덕)

민혁 박진겸은 지금 어디 있어?

시영 병원. 아무래도 출국장을 통한 시간여행이 아니라서 타격을 입은 거 같아.

S# 28 병원 응급실 | 밤

진겸이 천천히 눈을 뜨면, 태이가 그 앞에 걱정스러운 얼굴로 서 있다. 진겸, 일어나 앉으면.

태이 괜찮아요?

진겸 네.

태이 나 진짜 얼마나 놀랐는지 알아요?

진겸 놀라게 해드려 죄송합니다.

진겸, 퇴원하려는 듯 침대에서 내려오는데.

태이 일주일 동안 원자력 발전소에 있었어요?

진겸 ... 그게 무슨...

태이 병원 검사 결과가 어떻게 나왔는지 궁금하죠? 교통사고 환잔데 골절, 파열, 염좌는 전혀 없대요. 아, 더 이상한 것도 있다. 이거 때문에 CT 오류까지 났어요.

그러면서 태이, 타임카드를 진겸에게 툭 던진다.

태이 너무 신기해서 이 카드, 방사능 수치를 측정해봤거든요. 그랬더니 6.3마이크로시버트가 나왔어요. 국내 자연 방사능 수치는 아무리 높아봐야 0.160마이크로시버트를 안 넘어요. 근데 이 카드에서 40배에 가까운 수치가 나온 거예요.

진겸 (굳은)

태이 일주일 동안 어디 있었어요?

그러자 진겸, 무언가를 떠오른 듯 눈빛이 차가워지면.

태이 어디 있었냐고요?

진겸 석오원 지금 어디 있습니까?

S#29 카이퍼 복도 to 소장실 | 밤
소장실을 향해 걷는 진겸. 이때 보안요원들이 달려와 진겸을 막지만 밀치고 소장실 안으로 들어간다. 책상에 앉아 있던 석오원, 진겸을 보다가.

석오원 (보안요원들에게) 괜찮아요. 나가봐요.

274 × 275

보안요원들이 나가면.

석오원   (응접 소파를 가리키며) 앉으세요.

하지만 진겸은 앉을 생각이 없다.

진겸   당신은 10년 전 우리 집에 왔었어.
석오원   또 그 얘깁니까?
진겸   우리 어머니는 어떻게 아는 거야?
석오원   형사님 어머님은 모른다고 했을 텐데요.
진겸   붉은 달이 뜨는 날, 어머니가 죽는 걸 알고 있었어. 범인도 아니
            면서 왜 아무것도 모르는 척하는 거야.

석오원의 표정이 미묘하게 변한다. 하지만 석오원, 이내 표정을
감추듯 다시 여유롭게 미소 짓는다.

석오원   박진겸 형사님, 제가 알아보니 정신과 병력이 있으시더군요.
진겸   !
석오원   붉은 달이니 10년 전이니, 망상증 초기 증상 같은데 제가 아는
            의사라도 소개해드릴까요?
진겸   (노려보며) 당신이 알고 있는 게 뭐야?
석오원   제가 아는 건 어머니를 죽인 범인을 잡지 못한 아들의 마음입니
            다. 그렇게 범인을 찾고 싶으면 아버님을 찾아보는 건 어때요?
진겸   (표정 굳는)
석오원   아버지라면 형사님이 모르는 걸 알고 계시지 않을까요? 예를

들어 어머님의 처녀 시절 같은.

진겸   우리 가족 뒷조사했어?

석오원   형사님이 절 의심하시니 조금 알아본 것뿐입니다.

여전히 미소 짓는 석오원. 진겸, 석오원을 노려본다.

#30   앨리스 본부장실 | 밤

심각한 표정으로 서 있는 민혁. 이때 본부장실로 들어와 자기 자리에 앉는 철암.

철암   박진겸이 시간여행을 했다고?

민혁   (끄덕)

철암   어떻게?

민혁   등록 안 된 타임카드였어. 거기다 어떤 놈이 박진겸을 죽이려고 했다는 것도 이상해. 아무래도 우리가 모르는 일이 벌어지고 있는 거 같아.

철암   어차피 우리가 이곳을 완벽하게 통제할 순 없어. 우선 타임카드부터 회수해.

민혁   그렇게 간단하게 끝낼 일이 아니야. 우리 몰래 불법 시간여행을 했어. 우리 존재를 더 의심하고 계속 수사할 거야. 이번 일은 그냥 넘어가선 안 돼.

철암   어떻게 할 생각인데?

민혁   박진겸을 생포해서 앨리스로 끌고 와야지.

떠나는 민혁. 고민 있는 표정으로 한숨을 내쉬는 철암.

S#31　　　경찰서 형사과 | 밤

아직 진겸이 온 걸 모르는 듯 걱정스러운 얼굴로 진겸의 자리에 앉아 있는 도연. 이때 다가와 도연의 어깨를 토닥여주는 고 형사. 아직은 자상에 대한 통증(은수 모 2에게 당한)이 있는 듯 미간을 찌푸리며 그 옆에 앉는다.

고형사　　　걱정 마. 무사하니까 아무 소식 없는 거야.

도연　　　　아저씨, 만약에 살인죄로 체포되면 형량이 얼마나 돼요?

고형사　　　그건 갑자기 왜?

도연　　　　진겸이 돌아오면 제가 죽여버릴지도 몰라서요.

고형사　　　(어이없어 웃고) 그냥 다리 하나 부러트리는 걸로 만족하자.

도연　　　　설마 누가 진겸이를 죽이려고 한 거예요?

고형사　　　조사 중이니까 조금만 기다려봐.

도연　　　　아직도 못 잡은 거죠?

고형사　　　나 못 믿냐? 내가 지금이야 사무실에 처박혀 있지, 젊었을 땐 날고 기었다.

도연　　　　치. 진겸이 고등학생 때 아저씨 때문에 누명 쓰고 체포됐었거든요.

고형사　　　그거야 니가 진겸이 짓이라고 신고해서 그런 거고.

서로를 위로하듯 바라보며 웃는 도연과 고 형사. 이때 다급하게 들어오는 동호.

동호　　　　방금 박 경위님한테 연락이 왔습니다.

도연　　　　!!!

진겸 오피스텔 안 | 밤

타임카드를 보고 있는 진겸, 엄마가 그랬던 것처럼 카드에 손을 대고 꼭 쥐어본다. 하지만 타임카드에는 아무런 변화가 없다. 혼란스러운 얼굴로 타임카드를 보다 한숨을 내쉬는 진겸. 이때 도어록이 열리고 누군가 집 안으로 들어온다. 바로 도연이다. 그런데 도연, 담담한 표정으로 진겸에게 다가간다.

도연   응급실 갔다 왔다며? 뭐래?

진겸   괜찮대.

도연   정말? 다친 데 하나도 없이?

진겸   응.

도연   잘 됐다. 마음껏 때려도 되니까.

그러면서 백으로 사정없이 진겸의 머리를 때리고 또 때리는 도연. 진겸, 몇 대 맞아주다가 도연의 팔을 잡는데, 이미 두 눈에 눈물이 가득한 도연.

도연   어떻게 일주일 동안 연락 한 번을 안 해? 나 너 죽은 줄 알고 얼마나 놀랐는지 알아?

결국 눈물을 터트리는 도연.

진겸   걱정시켜서 미안해.

도연   왜 연락 안 했어?

진겸   휴대폰이 안 터졌어.

도연	어디 있었는데?
진겸	멀리.
도연	멀리 어디?
진겸	모든 게 확실해지면 그때 전부 얘기해줄게.

걱정스러운 얼굴로 진겸을 보는 도연.

도연	왜 그 교수랑 응급실에 갔어?
진겸	…
도연	너 아직도 그 여자를 엄마라고 생각하는 거야?
진겸	이젠 아니야. 전혀 상관없다는 걸 내 눈으로 직접 목격했으니까.
도연	무슨 뜻이야?

하지만 아무 말 없이 지친 얼굴로 의자에 앉는 진겸.

도연	알았어. 피곤해 보이니까 나머지 얘기는 내일 하고 일찍 자. 나도 오늘 여기서 잘게. 일어나자마자 병원에 같이 가.
진겸	다친 데 없어.
도연	어쨌든 넌 사고를 당했어. 큰 사고든 작은 사고든 사고는 사고야. 총 살살 맞는다고 덜 아픈 거 아니니까 내일 무조건 나랑 다시 병원 가.
진겸	찾아야 될 사람이 있어.
도연	범인은 아저씨가 잡아주실 거야.
진겸	범인 말고.
도연	그럼?

| 진겸 | 아버지. |

도연, 놀란.

S#33 경찰서 형사과 | 낮

| 고 형사 | (굳은) 갑자기 아버지는 왜? |
| 진겸 | 어머니 사건 때 제 아버지에 대해 알아내신 건 없었습니까? 그 사람을 찾아서 확인할 게 있습니다. |

걱정스러운 표정으로 진겸을 보는 고 형사.

고 형사	너 무슨 일 있지?
진겸	...
고 형사	이상하잖아. 일주일이나 잠적했던 놈이 갑자기 나타나서 아버지 찾는 거. 무슨 일인지 설명부터 해봐.
진겸	설명할 거 없습니다. 그냥 아버지를 찾아보려는 것뿐입니다.
고 형사	그러니까 한 번도 안 찾던 아버지를 왜 지금 와서 찾냐고! 너 아버지 싫어했잖아. 니 엄마 버린 놈이라고. 근데 왜 찾아?
진겸	아버지가 어떤 분이었는지 궁금해서 찾는 거 아닙니다. 제가 모르는 어머니의 과거를 알고 있는 유일한 사람이라서 찾는 겁니다.

고민스러운 표정으로 진겸을 보는 고 형사.

| 고 형사 | 우리도 그때 네 아버지를 찾아보긴 했어. 하지만 알잖아. 미혼 |

모가 세상에 얼마나 많은지.

진겸   ... 알겠습니다.

그러고는 진겸, 밖으로 나가려다 다시 고 형사를 보며.

진겸   몸은 좀 어떠십니까?

고 형사   (삐진) 빨리도 물어본다. 걱정하는 척하지 마. 문병도 한 번 안 온 자식이.

진겸   아저씨 그렇게 만든 놈 잡고 나서 문병 갈 생각이었습니다.

고 형사   야, 변명할 거면 고민 좀 하고 해. 하여간 문병 안 온 것들 레퍼토리는 다 똑같냐?

하지만 미소 짓는 고 형사. 진겸, 그제야 나가면.

S# 34   진겸 옛집 앞 | 낮

자신이 자란 옛집 앞에 서 있는 진겸. 10년이 지났지만 바뀐 게 없는 집 앞을 둘러보는 진겸.

S# 35   동네 정육점 | 낮

리모델링 한 번 안 한 듯 오래된 동네 정육점(1회 38신과 동일 장소) 안으로 들어온 진겸. 카운터에 60이 다 된 주인아주머니(1회 38신과 동일인)가 앉아 있다. 그런데 주인, 워낙 동네 장사에 익숙해서인 듯 손님이 와도 인사조차 안 하는데. 주인 앞에 서는 진겸.

진겸   안녕하세요.

주인	??
진겸	저 진겸이예요.
주인	누구요?
진겸	박진겸요.
주인	(빤히 보다 놀라) 파란 대문 집 아들?
진겸	네. 잘 지내셨어요?

Cut to

정육점 앞 평상에 앉아 대화 중인 진겸과 주인.

주인	그래. 니 엄마 죽고 경찰들이 물어보길래 내가 그렇게 말했어.
진겸	아주머니는 그걸 어떻게 아셨어요? 어머니한테 직접 들으신 거예요?
주인	니 엄마가 어디 자기 얘길 하는 사람인가. 통화하는 걸 내가 우연히 들었지. 그날, 니 엄마가 고기 끊으러 왔었거든.

#인서트

검은 비닐 봉투를 들고, 정육점 앞 골목에서 통화하는 선영. 왠지 안색이 겁에 질렸다. 그 모습을 가게 안에서 보는 아줌마.

#다시 현실

진겸	그때 어머니가 통화한 사람이 제 아버지가 확실해요?
주인	확실은 무슨. 그냥 느낌이 그랬다는 거지. 경찰한테도 남편 같았다고 했지 남편이라곤 안 했고. 암튼 니 엄마 행동이 정상은 아니었어. 전화 받는 내내 덜덜 떨더라고.

혼란스러운 진겸. 그런데 멀리서 진겸을 지켜보는 시선. 바로 승표다.

S#36   앨리스 관제실 | 낮
        승표와 무선통신으로 대화 중인 민혁.

민혁   알았어. 뭘 하고 다니는지 계속 감시해. 오늘 밤 안에 박진겸을 생포해야 돼.
(승표)   네, 팀장님.

통신을 마치고 잠시 생각에 잠기는 민혁. 지갑에서 무언가를 꺼내 본다. 바로 태이의 사진이다. 그런데 교수인 태이의 사진이 아닌 사이버틱한 공간에서 촬영된 젊은 선영의 사진이다. 사진을 슬픈 얼굴로 보는 민혁. 이때 시영이 들어오는 인기척이 나자 사진을 감추는 민혁.

시영   박진겸은 잡힐 것 같아?
민혁   잡아야지. (사이) 전에 박진겸에 대한 자료 말이야, 직접 수집한 건가?
시영   응. 왜?
민혁   박진겸이란 놈, 다시 한번 살펴볼 필요가 있을 것 같아. 시간여행은 타임카드만 있다고 할 수 있는 게 아니잖아.
시영   알았어. 다시 알아볼게.

| S#37 | 도로 위 | 낮 |

진겸이 시간여행을 떠났던 도로 위. 그 옆 인도에서 도로를 빤히 보고 있는 태이, 이때 전화가 걸려온다.

태이   (전화 받으며) 결과 나왔어?

#인서트. 연구실
어떤 서류를 보며 태이와 통화 중인 문서진.

문서진   응. 근데 이거 진짜 이상해. 너 이거 어떻게 알았어? 거기서 무슨 실험했대?

#다시 도로 위

태이   뜸 들이지 말고 빨리 말해봐.
(문서진)   22일과 29일, 양일 모두 그 도로의 방사능 수치가 일시적으로 40배 이상 치솟았어.

전화를 끊고 고민스러운 표정으로 도로를 보는 태이.

| S#38 | 경찰서 형사과 | 밤 |

고민스러운 얼굴로 10년 전 엄마 사건 파일을 들춰보고 있는 진겸. 이때 다가와 진겸의 책상에 걸터앉는 동호.

동호   또 뭐 조사해요?

진겸	모르셔도 됩니다.
동호	내가 파트너가 맞긴 해요?
진겸	...
동호	봐봐요. 근손실 나서 팔뚝 얇아진 거. 이게 다 경위님 찾다가 이렇게 된 거예요. 나 일주일 동안 운동 한 번 제대로 못 했습니다.

자기 팔뚝을 보여주는 동호. 하지만 여전히 우람해 셔츠가 터지기 직전이다.

동호	일주일 동안 어디 감금됐었죠? 쪽 팔려 하지 말고 솔직하게 말해봐요. 어떤 놈들이에요?
진겸	... 말씀드려도 믿지 않으실 겁니다.

진겸, 일어나 나가려는데.

동호	(붙잡으며) 경위님이 빈말하는 사람 아니라는 거 아니까 말해보세요.
진겸	제가 2010년 서울에 있었다고 하면 믿으시겠습니까?
동호	... 그게 믿기 어려운 거예요? 저도 2010년에 서울에 살았어요.
하 형사	(서류 보며) 나도 그때 서울 살았어.
홍 형사	(서류 보며) 저도요.
동호	다 서울 살았네.

진겸, 짧은 한숨을 내쉬며 다시 밖으로 향하는데. 이때 들어오던 태이와 마주친다.

S# 39   술집 | 밤

콜라를 마시는 진겸. 그 옆에서 태이는 소주를 마신다.

태이   사고 당한 차에서 갑자기 사라졌다가 일주일 만에 나타났는데 특별한 외상은 없고, 대신 방사능 수치가 올라갔어요. 내 추측은 이래요. 형사님이 투명인간이 됐었거나, 시간여행을 다녀왔거나.

진겸   ...

태이   근데 근처 CCTV에 옷만 둥둥 떠다니지 않아서 투명인간은 제외. 하나 남았네요. 그렇죠?

진겸   이 일에 관심 끊는 게 교수님을 위해 좋습니다. 과학자의 호기심으로 접근할 만한 일이 아닙니다.

태이, 진겸을 빤히 보다가 잔을 비운 후.

태이   내가 왜 물리학자가 됐는지 알아요? 사실 우리 엄마, 진짜 좋은 엄만데 친엄마는 아니에요. 친엄마는 날 보육원에 맡기고 사라졌대요.

진겸   (듣는)

태이   형사님, 다섯 살 때 기억나요? 난 엄마 냄새를 기억해요. 단 하루였지만, 그래서 엄마 얼굴조차 생각나지 않지만, 따스했던 품과 냄새만큼은 생생하게 기억해요. 엄마가 날 보육원에 맡기고 다시 오지 않았을 때, 내가 무슨 생각을 했는지 알아요?

진겸   ?

태이   시간여행.

진겸	(굳은)
태이	시간여행으로 엄마와 헤어지던 날로 돌아가면, 절대 놔주지 않 겠다... 그래서 과학자가 되겠다고 결심했어요. 나도 엄마 만나 러 가려고.

다시 자작으로 술을 따라 마시는 태이.

태이	형사님이 늘 물어보셨죠? 시간여행이 가능하냐고. 이번엔 내가 물어볼게요. 시간여행이 가능해요?

서로를 보는 진겸과 태이.

진겸	(망설이며) 저도 말이 안 되는 거 아는데... 네.
태이	카드로 시간 이동한 거죠? 또 갈 수 있어요?
진겸	작동법은 아직 모르겠습니다.
태이	카드 어디 있어요? 내가 알아낼게요.
진겸	...
태이	만약 성공하면 형사님 어머님 만날 수 있어요. 물론 말이 안 되 지만 살릴 수 있을지도 모르고요. 카드 나한테 맡기세요. 어디 있어요?

서로를 보는 진겸과 태이의 모습에서.

오피스텔 안으로 들어오는 진겸. 태이가 뒤따라 들어온다.

태이   (집을 둘러보며) 우와, 이게 사람 사는 집이에요? 모델하우스도 이
         것보단 더럽겠다.

그러다 무언가에 시선이 고정되는 태이. 보면, 화장실에 있는
두 개의 칫솔을 비롯한 고데기와 여성 화장품들이다.

태이   동거해요?
진겸   아니요. 도연이 겁니다. 커피 한 잔 드릴까요?
태이   네, 진하게요.

진겸이 커피를 내리면.

태이   기자님이랑 정확히 어떤 관계예요?
진겸   단순한 친구 사입니다. 오해하지 마십시오.
태이   내가 보기엔 형사님이 너무 오해를 안 하시는 거 같다.
진겸   (보면)
태이   기자님 되게 예쁘던데 뭐가 문제예요?
진겸   문제없습니다.
태이   그게 문제네. 그게 문제야. 혹시 따로 좋아하는 여자 있어요?
진겸   아니요, 없습니다. 여자를 안 좋아해서요.
태이   (당황) 아, (수긍) 이제 이해가 되네. 전 괜찮아요. 다 이해해요. 그
         럼 좋아하는 남자 분이 있는 거예요?

진겸	남자도 안 좋아합니다.
태이	(황당) 그럼 누가 좋아요?
진겸	꼭 사람을 좋아해야 합니까?
태이	좋아하고 싶어서 좋아하는 게 아니잖아요. 자기도 모르게 좋아하는 감정에 지배되는 거지. 떠올리면 행복하고 계속 같이 있고 싶고, 그런 사람 없었어요?
진겸	네.
태이	한 번도?
진겸	네.
태이	그게 가능해요?
진겸	(담담) 아마 제가 무감정증이라서 그런 거 같습니다.
태이	(놀라) 무정자증요?
진겸	아뇨. 무감정증.
태이	(담담하게) 아... (눈 동그래지며) 그거 사이코패스 같은 거 아니에요?
진겸	감정을 자각하는 능력이 뒤처지는 거지 사회규범을 위반하거나 폭력성이 있지는 않습니다.

그러면서 진겸, 아무렇지 않은 듯 태연하게 커피를 따라 태이에게 건네는데.

태이	(경계) 약 같은 거 탄 거 아니죠?
진겸	아닙니다.

그제야 커피 받아 마시는 태이.

태이	(놀란) 왜 이렇게 써요?
진겸	진한 커피니까요.
태이	(민망) 아... 근데 이런 얘기 이렇게 함부로 해도 거예요?
진겸	숨겨야겠다고 생각해본 적 없습니다. 남들이 절 어떻게 생각하든 관심 없고요.
태이	형사님 진짜 신기하다. 나 형사님 만날 때마다 너무 놀랄 일만 생겨서 살이 아주 쭉쭉 빠진 거 같아요.
진겸	(얼굴이 빠히 보다가) 몸무게 재보신 겁니까? 제가 보기에는 오히려 볼이 더 빵빵...
태이	(노려보는)
진겸	죄송합니다. 저는 솔직한 제 생각을...
태이	아, 그만 좀 솔직해요! 그만 좀! 사이코패스도 형사님보단 덜 잔인하겠다. (생각해보니 이상한) 아니 근데 무슨 무감정증이 그렇게 자주 울어요? 무감정증 아닌 거 아니에요?
진겸	어머니 덕분에 많이 좋아진 거 같습니다.
태이	음... 어머님이 고생 많이 하셨겠네요. 근데 만약에 형사님 어머님이 시간여행자면...
진겸	(자르며) 그 얘기는 그만했으면 합니다.

태이, 진겸을 보다 고개를 끄덕이면. 서랍 속에 들어 있던 타임 카드를 태이에게 건네는 진겸. 카드를 받는 태이. 그런데 그 순간, 갑자기 정전된 듯 조명이 꺼진다.

| 태이 | 정전이네? 요즘도 정전이 되는구나. 손전등이나 초 있어요? |

그런데 뭔가 이상한 듯 눈빛이 매서워지는 진겸. 자신의 휴대폰을 보면 통화권 이탈이다. 그러자 진겸, 뭔가 이상한 듯 닫혀 있는 현관문을 응시한다.

태이   뭐해요?

대답 없이 현관문을 응시하는 진겸.

태이   형사님?

그 순간 진겸, 곧바로 총을 뽑아 현관문을 향해 겨누면.

S#41   교차 | 밤
        #오피스텔 앞 복도
        정전으로 어두워진 진겸의 현관문 앞에 한 남자가 서 있다. 바로 민혁이다.

        #오피스텔 안
        현관문을 향해 총을 겨누는 진겸. 당황스러운 표정으로 진겸을 보는 태이.

태이   왜 그래요?
진겸   (목소리 낮춰) 제 뒤에만 계십시오.

        그러면서 태이를 보호하는 진겸. 태이, 당황스러운 상황에서 진겸을 보는.

#오피스텔 앞 복도

닫혀 있는 현관문을 응시하는 민혁. 이제 보니 손에 총을 들고 있다.

#오피스텔 안

여전히 닫혀 있는 현관문을 향해 총을 겨누고 있는 진겸.

#오피스텔 앞 복도

민혁 역시 현관문을 향해 총을 겨눈다. 그런데 이때 복도 끝 어둠 속에서 인기척 느껴진다.

민혁   (통신 장비로 혜수에게) 복도에 누가 있어? (대답이 없자) 혜수야? 정혜수?

대답이 없다. 불길한 표정으로 복도 끝 어둠을 응시하는 민혁.

#오피스텔 안 to 복도

도어록 스위치를 누른 후 현관문을 벌컥 여는 진겸. 그런데 아무도 없다.

진겸   (태이에게) 안에 계십시오.

그러고는 현관문을 닫고 복도로 나온 진겸. 하지만 복도 어디에도 사람의 모습은 보이지 않는다.

#오피스텔 비상계단

어두운 비상계단을 천천히 내려오는 민혁. 이때 바닥에 피를 흘리며 의식 없이 쓰러져 있는 혜수가 보인다. 다가가 혜수의 상태를 살피는 민혁.

민혁   혜수야, 혜수야! 어떻게 된 거야?

다행히 천천히 눈을 뜨는 혜수. 그런데 이때 갑자기 정전이 해제된 듯 비상계단 조명이 켜진다.

민혁   (통신 장비로) 왜 불을 켰어?

#앨리스 관제실

시영   우리가 한 게 아니야. 우선 거기에서 피하는 게 좋겠어.

#오피스텔 복도 to 비상계단

조명이 켜진 복도의 진겸. 총을 든 채 천천히 비상계단 쪽으로 향한 후, 비상계단을 내려가면. 민혁과 혜수의 모습은 보이지 않고, 대신 혜수가 흘린 핏자국만 남아 있다.

S# 42   **앨리스 관제실 | 밤**

모니터에 뜬 진겸 오피스텔 앞 CCTV 녹화 영상. 오피스텔에서 나오는 덩치 좋은 대진의 모습에서 화면이 정지되어 있다. 영상 속 대진을 바라보는 민혁과 시영.

민혁   처음 보는 녀석인데. 또 다른 브로컨가?

시영   모르겠어. 경찰에 신고 전화를 한 것도 저자였어.

민혁   그럼 브로커는 아니네. 일을 키워 좋을 게 없을 테니.

시영   대체 누굴까? 왜 박진겸을 구해줬을까?

고민스러운 표정으로 영상을 보는 민혁과 시영.

S# 43   **진겸 오피스텔 복도 | 밤**

핏자국이 남아 있는 비상계단 앞에 서 있는 진겸. 옆의 동호.

동호   그냥 동네 고삐리들이 싸우다가 흘린 거 아닐까요?

진겸   신고 전화 내용은 뭐였습니까?

동호   그게 좀 이상하긴 해요. 912호에 도둑이 들었다는 거였는데. 912호, 경위님 집이잖아요.

진겸, 핏자국을 보는데. 이때 누군가 계단을 내려다본다. 태이다. 무슨 일이 있나 싶어 살짝 겁먹은 표정으로 진겸을 보는 태이.

태이   무슨 일 있는 거예요?

진겸   아닙니다. 가시죠. 제가 집까지 모셔다드리겠습니다.

S#44　카이퍼 소장실 | 밤

석오원, 책상에 앉아 조용히 책상 위에 놓인 뫼비우스 띠를 응시하고 있다. 대진이 들어와 석오원에게 인사하면.

석오원　수고했어.
대진　놈들이 박진겸을 계속 노릴 겁니다.
석오원　박진겸이 스스로 자신의 운명을 깨달을 때까지는 우리가 계속 보호해줘야 해. 나가봐. 따로 명령이 있을 때까지 밀착해서 감시하고.
대진　네.
석오원　그날이 다가오고 있어. 앞으로 더 조심해.
대진　알겠습니다.

대진이 나가면, 복잡한 표정이 되는 석오원.

S#45　태이 아파트 단지 | 밤

공동현관 앞에 선 진겸과 태이.

태이　아까 왜 총을 겨눈 거예요?
진겸　교수님은 신경 안 쓰셔도 됩니다. 혹시 모르니까 카드 분석 도중 무슨 일 있으시면 바로 연락 주십시오. 그리고 카드에 대해선 절대 석오원 귀에 들어가지 않게 해주시고요.
태이　아직도 소장님을 의심해요?
진겸　그냥 조심하라는 말씀을 드리는 겁니다.

그런데 이때 누군가 진겸과 태이에게 다가온다. 보면, 퇴근길 태연이다.

태연   언니. (그러다 진겸 보고) 왜 변태랑 같이 있어?

아무렇지 않은 얼굴의 진겸. 그런데 오히려 태이가 당황한다.

태이   야, 너는 사람한테 변태가 뭐야?
태연   언니가 변태라며?
태이   (당황해 자기도 모르게 태연 등에 스파이크 날리며) 내가 언제!! (진겸에게) 죄송해요. 내 동생이 성격은 착한데 지능이 떨어져요.

태연, 황당한 표정으로 언니를 보면.

S# 46   태이 아파트 거실 to 태이 방 | 밤
         집으로 들어오는 태이와 태연. 태이, 곧바로 자기 방으로 향하는데.

태연   그 형사랑 무슨 관계야?
태이   (돌아보며) 그냥 아는 사이.
태연   그게 다야?
태이   그럼 뭐?
태연   아니, 언니가 남자랑 1분 이상 대화하는 게 신기해서.
태이   신기할 것도 많다. 세상에 신기한 게 차고 넘치는데 고작 그게 신기해? 이러니까 니가 발전이 없는 거야.

태이, 방으로 들어가려다가.

태이   근데 나 살쪘어?
태연   잘 모르겠는데.
태이   그치?

그러고는 방으로 들어가는 태이. 태이, 의자에 앉아 노트북으로 '무감정증'을 검색해본다.

S#47   언론사 사회부 | 낮

컴퓨터로 무언가를 보고 있는 도연. 바로 2010년 선영의 살인 사건 기사들이다. 그러다 도연, 무엇을 발견했는지 김 부장에게 소리친다.

도연   부장님. 부장님!
김 부장   (다가오며) 왜?
도연   이 기사 부장님이 쓰신 거죠?

김 부장, 모니터 보면 '가정주부 총기 살인 사건'이라는 헤드라인의 기사다.

김 부장   (가물가물) 글쎄. 내가 썼던가?
도연   기자 이름이 부장님이잖아요.
김 부장   (보고) 어, 내가 쓴 거네.
도연   직접 취재하셨던 거죠?

김 부장	당연하지. 난 받아쓰기 안 해.
도연	그럼 혹시 이 사건 취재 파일 아직도 갖고 계세요?
김 부장	그럼, 인마. 기자는 그게 재산인데 다 갖고 있지.
도연	저 그것 좀 보여주세요.
김 부장	왜?
도연	피해자가 제가 아는 분인데, 남편에 대한 정보가 있나 궁금해서요.

S#48 대학교 공동 연구실 | 낮

덮개가 벗겨진 타임카드가 책상 위에 보이고. 분리한 칩이 복잡하고 정교한 라인들에 의해 컴퓨터와 연결되어 있는 연구실. 태이가 모니터를 통해 카드를 분석 중이다.

S#49 경찰서 복도 | 낮

굳은 얼굴로 도연을 보는 진겸.

도연	진짜라니까. 우리 부장님이 그때 직접 취재했는데, 어머니 돌아가신 날 낮에 니네 집에 찾아온 사람이 있었대.
진겸	확실해?
도연	응. 왜?
진겸	팀장님한테 그런 얘기 못 들어서. 사건 파일에서도 못 봤고.
도연	우리 부장님이 아저씨한테 직접 알려줬다던데. 깜빡하셨나 보다.
진겸	찾아온 사람은 누구였대?
도연	누군지는 모르는데 니 아버지는 아니었나 봐. 20대 후반에서 30대 초반의 젊은 남자였대.

진겸, 혼란스러운.

도연 그리고 알아낸 게 하나 더 있어. 어머님이 돌아가시기 한 달 전
     쯤 교도소 면회를 간 적이 있대.
진겸 우리 엄마가? 누굴?

그러자 도연, 김 부장의 오래된 취재 수첩을 건네준다. 굳은 얼
굴로 수첩을 보는 진겸.

도연 이름 들어본 적 있어?
진겸 아니.
도연 어머님이랑 무슨 관계인지는 모르겠는데. 아무튼 이분, 아직도
     교도소에 수감되어 있어.
진겸 교도소 어디?

S#50 달리는 진겸 차 안 | 낮
      운전 중인 진겸. 도연은 조수석에 앉아 있다.

진겸 나 혼자 만날게.
도연 안 돼. 나도 같이 가.
진겸 개인적인 조사야. 니가 옆에 있으면 불편해.
도연 너 요즘 나한테 왜 이렇게 숨기는 게 많아?
진겸 너 걱정할까 봐 그래.
도연 너는 나 걱정해도 되고, 나는 너 걱정하면 안 돼?
진겸 조금만 시간을 줘. 모든 일이 해결되면 그때…

도연	(자르며) 너 사람들이 왜 산에서 조난당하는 줄 알아? 무조건 밑으로만 내려가면 길을 찾을 수 있다고 착각해서야. 그럴 때는 그냥 도와달라고 해야 돼. 혼자 헤매지 말고 도와달라고 외쳐야 한다고.
진겸	이건 나 혼자 해결해야 될 문제야. 여기서 내려줄게.

진겸, 비상등을 켜고 도로변에 차를 세우면, 서운한 듯 진겸을 보다가 문을 열고 내리는 도연. 하지만 문을 닫지 않고 잠시 진겸을 바라본다.

도연	오해하지 말고 들어. 지금 교도소에 계신 분, 나이도 어머님 연배시고 수감 연도도 니가 태어난 해야.
진겸	(보면)
도연	어쩌면 니 아버지일 수도 있어. 그래서 어머님이 아버님 얘기를 한 번도 안 하셨을 수도 있고. 그러니까 만나 뵈면 무례하게 행동하지 마.
진겸	내 아버지가 어떤 사람이든 난 관심 없어. 나한테 아버지는 아저씨야.

S#51	경찰서 형사과 | 낮
	고 형사 앞에 둘러선 형사들. 동호, 하 형사, 홍 형사.

고 형사	어떤 놈들이 동료 경찰을 죽이려고 했는데 일주일 넘게 아무것도 못 찾았다는 게 말이 돼? (동호 보며) 너 운동만 했지? 어제 몸이 더 두꺼워진 거 같냐?

동호	아닙니다. 진짜 저도 잡고 싶은데 단서는 안 나오고.
홍 형사	(불만) 솔직히 박 경위님이 협조를 안 해주세요.
고 형사	진겸이 이 자식은 어디 갔어?
하 형사	김 기자랑 교도소 갔어요. 대체 뭘 하고 다니는지.
고 형사	교도소?

S#52 　교도소 접견실 | 낮

접견실에서 앉아 면회를 기다리는 진겸. 아무런 표정 없는 얼굴
이다. 이때 접견실 안으로 교도관의 부축으로 받으며 들어오는
재소자. 한쪽 발목 아래가 없다. 바로 1회에서 민혁에게 발목이
잘렸던 이세훈이다.

S#53 　앨리스 복도 | 낮

굳은 얼굴로 복도에 멈춰 서는 민혁. 그 앞에 승표가 서 있다.

| 민혁 | 박진겸이? |
| 승표 | 네. 지금 교도소에서 이세훈을 면회하고 있습니다. |

민혁, 눈빛이 매서워지면.

#플래시백 | 1992년 고급 저택 | 밤

이세훈의 발목에 링을 채워 발목을 자르는 민혁. 비명을 지르는
젊은 이세훈의 모습에서.

S#54 교도소 접견실 | 낮

60대 초라한 노인이 된 이세훈, 자신을 찾아온 진겸을 빤히 본다.

이세훈   누구냐? 왜 찾아온 거야?

그러자 진겸, 지갑 속에서 엄마의 사진을 꺼내 이세훈 앞에 내
민다.

진겸   이분 아십니까?
이세훈   누구냐고?
진겸   이분 아들입니다.

그 순간, 눈빛이 사나워지는 이세훈.

이세훈   근데 니가 날 왜 찾아와?
진겸   저희 어머니와 어떤 관계이십니까?
이세훈   니 엄마한테 직접 물어봐.
진겸   10년 전에 돌아가셨습니다.

놀란 얼굴로 진겸을 보는 이세훈. 갑자기 너털웃음을 터트린다.
하지만 진겸은 여전히 아무런 동요 없는 눈빛으로 이세훈을 바
라본다.

진겸   왜 웃으십니까?
이세훈   신기해서. 예언서를 가지면 뒈지거나 내 꼴이 되니까.

그러면서 다시 웃는 이세훈.

진겸	예언서가 뭡니까?
이세훈	(피식) 아들이면서 그것도 몰라?
진겸	그것 때문에 어머니가 돌아가신 겁니까? 거기 뭐가 적혀 있습니까?
이세훈	(몸을 진겸 쪽으로 쭉 내밀며) 궁금해?
진겸	(빤히 보면)
이세훈	(다시 의자 등받이 기대앉고, 천천히) 종말.
진겸	종말?
이세훈	그래, 시간여행의 종말.

무표정하지만 눈동자가 흔들리는 진겸의 얼굴 클로즈업하며.

#화면 분할

연구실에서 심각한 표정으로 모니터를 보고 있는 태이. 그런데 카드의 비밀을 밝혀낸 듯 굳어지면. 각자의 상황에서 굳어지는 진겸과 태이의 얼굴이 한 화면에 모인다.

6

민혁 태이 만남
슈뢰딩거 고양이

S#1   교도소 접견실 | 낮

(5회 엔딩과 이어지는)

발목이 잘린 초라한 모습의 노인이 된 이세훈. 그 앞에 앉아 있
는 진겸.

진겸   예언서가 뭡니까?

이세훈   (피식) 아들이면서 그것도 몰라?

진겸   그것 때문에 어머니가 돌아가신 겁니까? 거기 뭐가 적혀 있습
         니까?

이세훈   (다시 의자 등받이 기대앉고. 천천히) 종말.

진겸   종말?

이세훈   그래. 시간여행의 종말.

무표정한 얼굴로 이세훈을 바라보는 진겸. 하지만 눈동자가 동
요한다.

진겸   알아듣게 말씀해주십시오.

이세훈   나도 자세히 본 게 아니라 더 이상은 몰라. 선생님이 보지 말라
           고 하셨거든.

그러면서 씨익 웃는 이세훈의 모습에서.

#플래시백 | 2010년 | 동

(화면 연결되듯) 앉아 있는 선영. 그 앞에 10년 전 이세훈이 앉아
사납게 선영을 노려보고 있다.

선영   선생님이 누구야?

이세훈   니가 선생님을 왜 찾아?

선영   누군지나 말해.

이세훈   내가 너한테 말해줄 거 같냐? 그리고 넌 못 찾아. 그분이 여자인
           지 남자인지 몇 살인지 아무도 모르거든. 하지만 난 알지. 직접
           만나봤으니까.

다시 씨익 웃는 이세훈의 모습에서.

#다시 현실

진겸   어머니가 왜 그분을 찾으셨는지 물어보셨습니까?

이세훈   (씨익) 아들 때문이라던데?

더욱 굳어지는 진겸의 모습에서.

| S#2 | 교도소 주차장 │ 낮 |

굳은 얼굴로 주차장으로 향하는 진겸. 그런데 진겸의 차 앞에 누군가 서 있다. 바로 도연이다.

진겸   그냥 가라니까.

도연   너 요새 자꾸 앞은 안 보고 백미러만 봐서 걱정돼서 온 거야. 언제 사고 날지 모르니까 내가 대신 운전이라도 해주려고.

진겸   그럴 필요 없어. 저 사람 내 아버지 아니야.

그 말에 경직되어 있던 표정이 일순간 풀리며 안도하는 도연.

도연   다행이다. 그럼 어머니가 왜 면회를 가셨는지는 알았어?

진겸   아니. (사이) 혹시 저 남자 사건 관할서가 어딘지 알아?

| S#3 | 송파서 자료 보관실 │ 낮 |

파일들이 담긴 박스가 쌓여 있는 자료 보관실 안으로 들어오는 진겸. 곧바로 1992년 박스에 담긴 사건 파일들을 들춰보기 시작한다. 뒤따라 들어온 도연, 걱정스러운 얼굴로 진겸을 보고 있다. 이때 이세훈 사건 파일을 찾아낸 진겸. 이세훈이 저지른 살인 사건 현장 사진부터 겁에 질린 장 박사의 어린 딸 사진까지 보인다.

도연   이 사건을 왜 조사하는 거야?

진겸   나도 잘 모르겠지만, 우리 엄마랑 관련 있는 거 같아.

그러면서 사건 파일을 읽는 진겸. 이때 파일 속에 첨부된 사진 한 장을 발견한다. 그런데 진겸, 사진을 보는 눈빛이 점점 사나워진다. 왜 그러나 싶어 사진을 보는 도연.

도연   아는 사람이야?

그제야 공개되는 사진. 1992년 호텔 엘리베이터 CCTV 캡처 사진이다. 그런데 사진 속에 선명하게 보이는 남자의 얼굴. 놀랍게도 민혁이다. 더욱 놀라운 건 사진 속 민혁의 모습이 2020년 현재의 모습과 크게 다르지 않다는 점이다.

S#4   앨리스 본부장실 | 낮
심각한 표정으로 서 있는 민혁. 시영 역시 고민스러운 표정으로 벽에 기대서 있다. 철암은 당황스러운 표정으로 앉아 있다.

시영   박진겸이 갑자기 92년 사건을 조사하는 이유를 모르겠어요.
철암   누가 박진겸한테 정보를 제공했을 가능성은?
민혁   92년 사건을 아는 사람은 몇 명 안 돼. 근데 누가 정보를 제공해?
철암   태이랑은 관련 없겠지?
민혁   (굳은)
철암   니 말대로 몇 안 되는데, 그중 하나가 태이야.
시영   태이가 우릴 배신할 리 없어요.
철암   (고민) 우선 박진겸을 감시하면서 누구랑 접촉하는지 알아봐.

S#5   납골당 | 낮

혼란스러운 표정으로 납골함 옆 엄마의 사진을 보는 진겸. 사진 속에서 환한 미소를 짓고 있는 젊은 선영의 모습에서.

S#6   대학교 공동 연구실 안 | 낮

덮개가 벗겨진 타임카드가 책상 위에 보이고. 분리한 칩이 복잡하고 정교한 라인들에 의해 컴퓨터와 연결되어 있는 연구실. 심각한 표정으로 모니터에 뜬 프로그램을 보고 있는 태이.

태이   이건 뭐지?

S#7   경찰서 회의실 | 낮

회의실 테이블에 걸터앉아 1992년 사건 파일을 보고 있는 동호. 진겸은 그 앞에 앉아 있다.

동호   새로울 거 없는 사건인데 왜 보라고 하신 거예요?
진겸   맨 아래 줄 보면 또 다른 용의자에 대한 기록이 있습니다.
동호   (서류에서 찾아보며) 네, 있네요. 근데요?
진겸   다음 장에 그 용의자 사진이 있습니다.

그 말에 파일을 넘기다 얼어붙는 동호. 1992년에 찍힌 민혁의 얼굴을 기억하고 있기 때문.

동호   그놈이잖아요? 그놈 맞죠? 근데 왜 92년 사진에 찍혀 있어요? (여전히 당혹) 이거 진짜 92년 사진 맞아요? 말이 안 되는데.

진겸	우리가 말이 되게 만들어야죠. 이자를 잡으면 그동안 해결 못한 양홍섭 살인 사건, 홍은수 유괴 사건, 정기훈 죽음까지 해결할 수 있을지 모릅니다. 그리고 제 어머니의 죽음까지도요.

동호, 그 말에 놀란 얼굴로 진겸을 보는데. 덤덤한 표정의 진겸, 자신의 휴대폰에 부재중 전화가 있는 것을 발견한다. 발신자가 윤태이 교수다.

S#8	대학교 공동 연구실 안 ㅣ 밤

타임카드와 연결된 컴퓨터 앞. 머리가 헝클어진 태이가 책상에 엎드려 자고 있다. 불편해 뒤척이다 깨는 태이. 그런데 그 앞에 진겸이 서 있다. 당황한 태이, 재빨리 머리 정리하며.

태이	피곤해서 깜빡 잠들었나 봐요. (시계 보고) 딱 10분 잤네. 언제 왔어요?
진겸	한 시간 29분 됐습니다. 뭘 찾으신 겁니까?
태이	(민망한) 네. 찾긴 찾았는데... (하다가) 빈손이에요? (섭섭) 연구실에서 밤새우는 거 뻔히 알면서 어떻게 아무것도 안 사 와요? 나 배고픈데. 커피도 마시고 싶고.
진겸	이따가 사다드릴 테니, 먼저 말씀해주십시오.
태이	(기운 없는 척) 그럼 이따 들으세요. 난 배고파서 설명할 힘이 없네요.
진겸	(한숨) 무슨 빵 사다드릴까요?
태이	대충 사 와요. 빵은 다 좋아해요. 안 좋아하는 빵만 빼고.

진겸, 나가려다 난감한 표정으로 보는.

S#9   제과점 | 밤

난감한 표정으로 빵집에 서 있는 진겸. 그러다 대충 빵들을 고르기 시작하는데, 무슨 생각이 들어선지 방금 고른 빵들을 내려놓고 새로운 빵들을 담기 시작한다.

S#10   대학교 공동 연구실 | 밤

깐깐한 표정으로 진겸이 사 온 다섯 종류의 빵을 보는 태이. 그러다 신기한 듯 진겸을 빤히 본다.

태이   신기하네. 어떻게 내가 좋아하는 것만 딱딱 골라왔어요? 잘 먹을게요.

그러면서 기분 좋은 얼굴로 빵과 커피를 마시는 태이.

진겸   이제 찾으신 것 좀 말씀해주십시오.

태이   그전에 이거 하나만 먼저 약속해줘요. 오늘 내가 얘기하는 거 누구한테도 말하지 않겠다고. 나 연구소 나올 때 비밀 유지 서약서 써서 이거 알려지면 매장당해요.

진겸, 고개를 끄덕이면. 모니터에 어떤 프로그램을 띄우는 태이.

태이   호킹은 〈Chronology Protection Conjecture(크로놀로지 프로텍션 컨젝처)〉라는 논문에서 시간여행이 불가능하다는 걸 증명했어요.

	근데 단서를 하나 붙였어요. 음의 에너지가 존재한다면 시간여행도 가능하다고요. 그래서 내가 연구를 한 게 바로 디랙의 바다였어요.
진겸	그게 뭔지 먼저 설명해주십시오.
태이	호킹의 논문요?
진겸	아니, 디랙의 바다요.
태이	(자기 상식으로 이해가 안 되는) 그걸 왜 몰라요? 그럼 혹시 디랙 방정식도 몰라요?
진겸	...
태이	(여전히 이해 안 되는) 어떻게 모를 수 있지? 그럼 최대한 쉽게 설명해볼게요. 모든 물체는 힘을 가한 방향으로 움직이는데, 음의 에너지만 힘이 가해진 반대 방향으로 움직이거든요. 내 연구가 바로 음의 에너지를 통해 웜홀을 여는 연구였어요. (모니터 가리키며) 이게 그 당시 Command Program(커맨드 프로그램)이고요. 근데 형사님이 주신 카드에 비슷한 프로그램이 들어 있었어요.
진겸	(굳은)
태이	물론 나도 이게 말이 안 되는 거 알고, 논리적으로도 설명할 수 없는데, 내가 연구했던 프로그램과 비슷한 프로그램이 이 카드 안에 있어요.
진겸	교수님 혼자 연구하신 겁니까?
태이	아니요. 다섯 명이 한 팀으로 연구했는데, 석 소장님이 팀장이셨어요. 그때는 수석 연구원이셨거든요.

혼란스러운 표정으로 태이를 보는 진겸.

진겸	그 팀에는 어떻게 들어가신 겁니까?
태이	소장님이 학교로 찾아와서 같이 연구해보자고 제안하셨어요.
진겸	언제요?
태이	혹시 2010년에 슈퍼 블러드 문이 떴던 거 알아요?
진겸	(심각한 표정) 네.
태이	그날 행사에서 처음 인사했어요.
진겸	(굳은)
태이	(이상한) 왜 그래요?
진겸	죄송합니다. 비밀로 하겠다는 약속 지키지 못할 거 같습니다.
태이	무슨 소리예요?

하지만 진겸, 대답 없이 곤두선 얼굴로 밖으로 나가면.

| 태이 | 형사님! |

S# 11   성당 예배당 | 밤

텅 빈 예배당에서 기도 드리고 있는 남자, 바로 석오원이다. 이때 두꺼운 성당 문이 열리며 한 남자가 사나운 기세로 들어온다. 바로 진겸이다. 석오원 앞에 서서 노려보는 진겸. 하지만 석오원, 진겸의 시선을 피하지 않고 여유롭게 미소 짓는다.

석오원	여긴 어떻게 오셨습니까?
진겸	윤 교수님한테 의도적으로 접근한 거 맞지? 당신이 교수님과 한 연구가 대체 뭐야!
석오원	죄송합니다. 아직은 말씀드릴 수 없습니다. 저에게 형사님은 무

척 중요한 분이지만, 제가 아무리 말해봐야 지금은 믿지 못하실 겁니다. 10년 전 저도 그랬으니까요.

그러면서 석오원, 진겸을 남겨놓고 떠나려는데.

진겸   예언서가 뭐야?

그 말에 멈칫하는 석오원, 굳은 얼굴로 진겸을 바라본다.

석오원   혹시 고양이를 좋아하십니까?
진겸   ??
석오원   슈뢰딩거의 고양이와 관련된 사건을 찾아보십시오. 그다음에 얘기하시죠.
진겸   (석오원 멱살 잡으며) 말장난 그만하고 묻는 말에나 대답해.

그런데 이때 누군가 예배당 안으로 뛰어 들어온다. 바로 태이다.

태이   (진겸 말리며) 이게 무슨 짓이에요!
진겸   (하지만 계속 멱살을 잡고 있는)
태이   형사님!
진겸   내 말 똑똑히 들어. 무슨 목적으로 이러는지 모르겠지만, 조금 이라도 수상한 점이 나오면 당신부터 체포할 거야.

그리고 진겸, 석오원을 밀치며 밖으로 나가면.

태이   (안도하며 석오원에게) 죄송해요. 소장님.

그러고는 진겸을 따라 예배당을 떠나는 태이. 혼자 예배당에 남아 쓸쓸한 미소를 짓는 석오원의 모습에서.

S# 12   술집 | 밤
그늘진 표정으로 앉아 있는 진겸. 태이는 그 앞에 앉아 못마땅한 얼굴로 진겸을 본다.

태이   아니 왜 소장님 얘기만 나오면 흥분해요? 내가 안 말렸으면 때리려고 했죠? 깡패예요? 형사님 형사잖아. 어머니 죽인 범인 잡고 싶은 거 이해하는데.

진겸   교수님은 이해 못 하십니다. 어머니 죽인 놈을 잡으려고 경찰이 됐고 10년 동안 매달렸습니다. 그런데 지금은 범인이 아니라 제 어머니가 어떤 분인지 모르겠습니다.

태이   (진겸을 안타깝게 보는)

진겸   어머니의 죽음을 파면 팔수록 어머니가 누군지... 정말 모르겠습니다. 그래서 두렵고, 그래서 더 알고 싶습니다.

태이   아니, 이런 얘기를 어떻게 환타 마시면서 해요? 지금 맨정신이 잖아?

진겸   .... (헛기침)

태이   한잔할래요?

진겸   아니, 괜찮습니다. 교수님도 모셔다드려야 하고요.

태이   내가 어떡하든 꼭 카드 작동법 알아낼게요. 기운 내요. 자.

태이가 잔을 들고 건배를 제안하지만 진겸이 가만히 있자, 안타까운 눈빛으로 진겸을 보는 태이.

S# 13　　달리는 진겸 차 안 | 밤
　　　　　운전 중인 진겸. 태이는 조수석에 앉아 카 오디오를 조작 중이다.

태이　　　(이상한) 오디오 고장 났어요? 왜 음악이 안 나와요?

진겸　　　음악이 없습니다. 안 들어서요.

태이　　　그럼 라디오 들어요?

진겸　　　라디오도 안 듣습니다.

태이　　　그럼 운전할 때 뭐해요?

진겸　　　운전요.

어이없지만 진겸이 귀여운 듯 피식 웃는 태이. 자신의 가방에서 무언가를 꺼내는데 USB다.

태이　　　우리 조교가 만들어준 건데 선물로 줄게요. 최신곡들로 꽉 차 있어요.

진겸　　　전 진짜 안 듣습니다. 교수님 들으십시오.

태이　　　음악조차 안 들으니까 감정이 이렇게 메마르는 거잖아요. 억지로라도 들어요.

Cut to

발라드 노래가 시작되고, 차는 멜로디와 함께 부드럽게 미끄러지며 달린다. 도시의 야경이 아름답다.

S# 14 　　　경찰서 복도 | 낮

분주해 보이는 경찰서 복도에서 나란히 걸으며 대화 중인 진겸과 동호.

동호　　　기록을 보면, 이세훈이 범행하기 직전까지는 두 발이 멀쩡했어요. 근데 체포됐을 때는 발목이 잘려 있었죠. 더 황당한 건, 잘린 발목이 아주 오래전에 잘린 것처럼 깔끔하게 아물어 있었다는 거예요. 이상하지 않아요?

진겸　　　우선, 당시 담당 형사를 만나보죠.

동호　　　살아나 있으려나?

S# 15 　　　노인정 | 낮

70대 노인과 대화 중인 진겸과 동호. 바로 1회에서 사건을 담당했던 형사 1이다.

형사 1　　아, 이세훈이? 기억하지 그럼.

동호　　　30년 전 사건인데도, 이름을 기억하시네요?

형사 1　　내가 잡은 놈 중에 제일 이상한 놈이었으니까. 신분증도 없고 지문도 안 나오고 거기다 끝까지 아무 말도 안 했어. 그래서 도망친 공범들이라도 잡으려고 했는데 끝내 못 잡았지.

진겸　　　(뭔가 이상한 듯) 공범들요?

진겸, 1992년에 찍힌 민혁의 사진을 보여주며.

진겸　　　이자 말고 범인이 또 있었습니까?

| 형사1 | (끄덕이며) 여자가 있었을 거야. |

진겸, 무언가 이상한 듯 미간을 찌푸리면.

S# 16   언론사 사회부 | 낮
자신의 자리로 향하는 도연. 그런데 도연의 자리에 누군가 서 있다. 바로 진겸이다.

| 도연 | (반색) 언제 왔어? |

대답 없이 자신이 사 온 커피를 건네주는 진겸.

도연	(미소) 우리 진겸이 드디어 효도하는구나. 철들었네.
진겸	부탁할 게 있어. 이세훈 살인 사건과 관련된 더 많은 자료가 필요해. 기사 좀 찾아줄 수 있어?
도연	그거야 어렵지 않지.
진겸	그리고 슈뢰딩거의 고양이라고 알지? 그와 비슷한 패턴의 살인 사건 기사가 있는지 좀 알아봐줘.
도연	그건 왜?
진겸	그냥 걸리는 게 있어서.
도연	맨입으론 안 되고, 점심 사.
진겸	나 먹었는데.
도연	그럼 내일 점심 미리 먹어. (팔짱 끼며) 뭐 사줄 거야?

S# 17   언론사 주차장 | 낮

주차된 진겸의 차에 타는 진겸과 도연. 진겸이 시동을 거는 순간,
최신 걸그룹 음악이 흘러나온다. 그런데 도연, 설마 진겸의 차에
서 소리가 날 것이라고는 상상도 하지 않은 듯 두리번거린다.

도연   음악 소리 어디서 나는 거지?

진겸   내 차에서 나는 거야.

도연   사건과 관련된 음악이야? 단서 같은 거?

진겸   아니.

도연   근데 니가 왜 음악을 들어?

진겸   누가 들으라고 줬어.

도연   (의심) 누가!

진겸   윤 교수님.

도연   (격양) 그 여자가 너한테 왜 이걸 줘? 아직도 만나?

진겸   내가 부탁한 게 있어서 만난 거야. 니가 신경 쓸 일 아니야.

도연   난 니가 지금 음악 듣는 거 자체가 신경 쓰여. 너 음악 듣지 마.
        (열 받아 USB를 뽑고) 이건 내가 돌려줄 테니까, 이것도 신경 쓰지
        말고.

S# 18   대학교 공동 연구실 | 낮

여전히 열 받은 얼굴로 태이를 보는 도연. 그에 반해 침착한 태이.

태이   나 바쁜데 무슨 일이에요?

도연   진겸이가 교수님한테 부탁한 게 뭐예요?

태이   그걸 왜 나한테 물어요? 형사님한테 직접 묻지.

도연	안 가르쳐주니까 왔죠.
태이	비밀인가 보네. 그럼 나도 말 못 해주지.

도연, 짜증 난 얼굴로 태이를 보다가 무언가를 책상에 내려놓는다. 태이가 진겸에게 선물로 준 음악 USB다.

도연	진겸이한테 이런 거 준 이유가 뭐예요?
태이	(어이없는) 지금 무슨 아침 드라마 찍어요?
도연	아하, 그래서 제가 교수님 볼 때마다 욕이 나오나 봐요.
태이	말조심해요. 나 형사님한테 아무 관심 없어요. 난 진짜 이해를 못 하겠어. 아니 그런 남자가 어디가 좋지?
도연	모르시나 보네요. 진겸이 나랑 단둘이 있을 때는 달라요. 얼마나 달달한지 당뇨병 걸릴까 봐 걱정될 정돈데. (전화가 온다) 어머 진겸이네. 여보세요.
(김 부장)	김 기자, 너 어디야!!
도연	(나근나근) 어디긴. 교수님께 USB 드리러 왔지. 나중에 전화할게. 그래~

전화를 끊으며 태이를 고소한 눈으로 보는 도연. 태이의 차가운 눈빛과 도연의 뜨거운 눈빛이 허공에서 부딪힌다. 그때, 책상 위에서 단조로운 신호를 반복적으로 보내던 모니터에 갑자기 색다른 신호와 파동을 일어나기 시작하면.

S# 19   앨리스 복도 to 관제실 | 낮

사납게 곤두선 얼굴로 빠르게 복도를 걷는 민혁, 곧바로 관제실 안으로 들어가면. 심각한 표정으로 모니터를 보고있는 시영이 보인다.

민혁   어떻게 된 거야?

시영   박진겸이 갖고 있던 카드가 신호를 보내왔어.

민혁   장소는?

시영   한국대 공동 연구실.

민혁   드론 띄워.

그러고는 밖으로 달려 나가는 민혁.

S# 20   교차 | 낮

#달리는 민혁 차 안

빠른 속도로 운전 중인 민혁.

#대학교 공동 연구실 앞 복도

짜증 난 얼굴로 연구실에서 나오는 도연.

#대학교 공동 연구실

짜증 나는 얼굴로 모니터 앞에 앉는 태이. 그제야 모니터의 신호를 보고 놀라면.

주차장으로 바쁘게 뛰어가는 도연, 곧바로 차에 타는데 타자마자 휴대폰이 울린다.

도연   (받자마자) 아, 간다니까요! 부장님 때문에 서두르다 사고 나면 책임지실 거예요!

이때 한 남자와 스쳐 지나간다. 바로 민혁이다. 그런데 도연, 1992년 민혁의 사진을 봤기에 놀란 표정으로 보면.

#경찰서 형사과

사건 기록들을 보고 있는 진겸. 이때 울리는 진겸의 휴대폰.

진겸   (받으며) 왜?

#달리는 도연 차 안

운전하며 진겸과 통화하는 도연.

도연   야, 나 방금 그 사람 봤어!
(진겸)   누구?
도연   92년 사진에 나온 남자!

#경찰서 형사과

진겸   거기 어디야?!!

듣고 굳어지는 진겸, 차 키를 들고 밖으로 달려가면.

S#21   대학교 공동 연구실 안 | 낮
        놀란 표정으로 모니터의 신호를 분석 중인 태이. 그런데 이때
        갑자기 전기가 차단되며 모니터가 꺼진다. 태이, 꺼져버린 모니
        터를 불길한 표정으로 보는데 이때 창문 쪽에서 무언가 아른거
        린다. 이상한 듯 다가가 창문을 열면. 연구실 앞에 드론이 떠 있
        다. 얼어붙는 태이.

        #인서트. 앨리스 관제실
        드론이 촬영하는 태이의 얼굴을 보고 얼어붙는 시영.

시영   (혼잣말) 윤태이....

        #대학교 공동 연구실 안
        당황스러운 표정으로 드론을 보는 태이. 본능적으로 도망쳐야
        한다는 것을 느낀 듯 타임카드에 연결된 라인들을 분리하고 카
        드를 조립한다. 조립되자마자 카드를 들고 밖으로 도망치기 위
        해 문을 여는데. 놀랍게도 문 앞에 한 남자가 서 있다. 바로 민혁
        이다. 총을 들고 있는 민혁을 보고 겁에 질려 뒷걸음질치는 태
        이. 민혁 역시 얼어붙은 표정으로 태이를 바라본다.

태이   누... 누구세요?

        아무 말도 하지 못한 채 여전히 얼어붙어 있는 민혁의 모습에서.

| S# 22 | 1992년 | 호텔 객실 | 밤 |

(1회 16신)

객실 문이 열리고 안으로 들어오는 민혁. 바로 욕실로 들어가
상의를 벗고 찢어진 피부를 수건으로 감싼다. 그런데 뭔가 이상
한 듯 객실을 살펴보는 민혁.

민혁   태이야? 윤태이?

그런데 태이는 보이지 않고, 금고가 활짝 열려 있다. 테이블 위
에는 편지 한 장이 놓여 있다. 편지를 읽고 바로 밖으로 달려 나
가는 민혁.

(태이)   나한테 심장이 하나 더 생겼어. 내 것보다 작고 약하지만, 느껴
져. 내 아이의 심장 소리가.

| S# 23 | 1992년 | 호텔 엘리베이터 | 밤 |

CCTV가 있는 엘리베이터 안에 선 민혁. 엘리베이터가 1층에
도착하기를 초조하게 기다리는 민혁의 모습에서.

(태이)   당신이 앨리스를 선택했듯, 난 내 아이의 미래를 선택한 거야...
그러니까 걱정할 필요 없어. 미안해할 필요도 없고... 잘 키울 거
야. 난 엄마니까.

민혁, 엘리베이터가 1층에 도착하자마자 내리려고 하는데 엘리
베이터 앞에 한 여자가 서 있다. 바로 시영이다.

시영	예언서는 어디 있어?
민혁	(시선을 외면하자)
시영	설마... 태이가 갖고 갔어?
민혁	아니야. 이세훈이 끝까지 안 내놨어.
시영	알았어. 복귀부터 해.
민혁	태이 찾은 다음에 복귀할 거야.
시영	앨리스 오픈 얼마 안 남았어. 가이드 팀장이 자리를 비울 순 없어.
민혁	...
시영	그렇게 이해가 안 돼? 둘 다 복귀 안 하면 문제가 커진다고. 민혁 씨라도 복귀해서 작은 사고로 태이가 낙오됐다고 보고해. 내가 여기 남아서 태이 찾아볼게. 태이, 내 친구이기도 해.

민혁이 고개를 끄덕이면. 방을 떠나는 시영. 결국 방 안에 혼자 남은 민혁. 1회 16신의 마지막처럼 태이가 남긴 편지를 깊어진 두 눈으로 다시 읽는다. 그러다 지갑에서 타임카드를 꺼내는 민혁, 잠시 망설이다 타임카드를 작동시키면.

S# 25   대학교 공동 연구실 안 | 낮

여전히 겁에 질린 표정으로 민혁을 보는 태이. 민혁 역시 여전히 당황스러운 표정으로 태이를 보는데. 태이, 도움을 요청하려는 듯 휴대폰을 찾다가 그만 손에 들고 있던 타임카드를 바닥에 떨어트린다. 하지만 두려움 때문에 바닥에 떨어진 타임카드를 줍지 못하는 태이. 이런 태이의 모습을 안타깝게 보는 민혁. 그러다 바닥에 떨어져 있는 카드를 줍는데. 그 순간 민혁, 등 뒤에서 느껴지는 인기척에 빠르게 뒤돌며 총을 겨누면, 진겸이 민혁을 향해 총을 겨누며 서 있다. 결국 또다시 서로를 향해 총을 겨누고 대치하게 된 두 남자. 하지만 둘 다 섣부르게 방아쇠를 당기지 못한 채 시선만 충돌하는데. 이때 진겸, 민혁이 손에 쥐고 있는 타임카드를 발견하고 눈빛이 사나워진다.

민혁   얌전히 갈 테니까 비켜.

진겸   카드 내놓기 전까지는 못 가.

다시 시선이 충돌하는 두 남자. 민혁, 진겸에게만 집중하지 못하고 태이의 상황을 살피는 순간, 이 기회를 놓치지 않고 민혁을 가격해 쓰러트린 후 타임카드를 빼앗고, 다시 민혁의 머리에 총을 겨누는 진겸.

진겸   교수님은 나가십시오.

태이   (머뭇거리자)

진겸   괜찮으니까 나가십시오.

태이, 진겸을 걱정스럽게 보다가 나가려고 하는데, 이때 한 남자가 태이에게 총을 겨누며 연구실 안으로 들어온다. 바로 승표다. 승표, 마치 인질로 잡듯 태이의 팔을 거칠게 잡은 채 태이의 머리에 총을 겨눈다.

승표   괜찮으십니까, 팀장님?

6   민혁 태이 만남 | 슈뢰딩거 고양이

그런데 민혁, 아무 대답 없이 인질로 잡힌 태이를 걱정스럽게 보면. 태이, 겁에 질려 금방이라도 울 것 같은 얼굴이다. 여전히 민혁을 향해 총을 겨누고 있던 진겸. 그런데 이때 놀랍게도 진겸이 자신이 들고 있던 총을 바닥에 던진다. 태이, 놀란 표정으로 진겸을 보면.

진겸   놔드려.

그 순간, 본능적으로 바닥에 떨어져 있던 자신의 총을 잡아 진겸의 머리에 겨누는 민혁. 승표 역시 진겸을 향해 총을 겨눈다. 하지만 진겸, 아무런 표정 변화 없이 태이만 바라볼 뿐이고. 태이는 그런 진겸을 걱정스럽게 바라본다. 이런 태이의 표정에 굳어지는 민혁.

진겸   아무 관련도 없는 분이야.

그러면서 진겸, 자신이 갖고 있던 타임카드도 바닥에 던진다.

진겸   교수님만 건들지 마.

이런 진겸의 행동에 또 한 번 놀라는 태이.

진겸   (태이에게) 먼저 가십시오.

하지만 태이, 차마 발걸음이 떨어지지 않는 듯 진겸만 바라보는데. 이런 태이를 안타깝게 보다가 천천히 카드를 주워 드는 민혁.

민혁   (승표에게) 가자.

승표, 당황한 얼굴로 민혁을 보는데. 아무 말 없이 먼저 떠나는 민혁. 그러자 승표, 진겸에게 총을 겨눈 채 뒷걸음질로 연구실을 떠난다. 그제야 안도하는 태이. 다리에 힘이 풀린 듯 주저앉으면, 다가오는 진겸.

진겸   괜찮으십니까?

이런 진겸을 빤히 보는 태이의 모습에서.

S# 26   달리는 민혁 차 안 | 밤
멍한 표정으로 운전 중인 민혁. 그러다 갑자기 도로 한가운데서 급브레이크로 차를 세운 후 핸들에 얼굴을 처박는다.

S# 27   태이 아파트 앞 | 밤
아파트 1층 공동현관 앞에 도착한 진겸과 태이.

진겸   카드만 갖고 순순히 떠난 걸 보면 더 이상 교수님께 위해를 가하진 않을 겁니다. 그래도 만약 또다시 드론을 목격하거나 이상한 일이 생기면 언제든 연락 주십시오.

자신을 걱정해주는 진겸을 미안한 표정으로 바라보는 태이.

태이	카드 어떡해요? 어머니 유품이잖아요. 미안해요.
진겸	저는 괜찮으니까 신경 쓰지 마십시오.
태이	어떻게 신경을 안 써요. 나 때문에 카드 뺏긴 건데.
진겸	(무심) 솔직히 그렇긴 한데, 그래도 전 괜찮으니까 부담 갖진 마십시오.
태이	(어이없는 얼굴로 보다가 피식) 형사님 참 불편한 사람 같은데 막상 같이 있으면 신기하게 편안해요.
진겸	제가요?
태이	네. 오늘 고마워요, 여러 가지로. 조심히 가세요.

이때 태이의 휴대폰에 문자가 도착한다. 그런데 문자를 보고 표정이 어두워지는 태이. 진겸, 또 무슨 일인가 싶어 보면.

| 태이 | 별일 아니에요. 동생 오늘 회식 있어서 늦는다고요. |

그러면서 바로 답장을 쓰는 태이. '혼자 있기 무서우니까 빨리 와.'

| 진겸 | 그럼 저는 가보겠습니다. |

그런데 태이, 떠나려는 진겸에게 할 말이 있는 듯 머뭇거린다. 진겸이 이상한 듯 보자.

| 태이 | (집에 혼자 있기 무서운 듯) 배 안 고파요? 저녁 먹고 갈래요? |
| 진겸 | (태이의 마음을 눈치챈 듯 걱정스럽게 보면) |

태이	아니에요. 가세요.

태이, 집으로 들어가려는데.

진겸	실례가 안 된다면 먹고 가도 될까요?

태이, 보다가 서서히 미소 지으며 고개를 끄덕이면.

S#28	태이 아파트 거실 | 밤

현관문이 열리고 들어오는 태이와 진겸. 태이가 조명을 켜자 소
개되는 거실. 바닥에 버려져 있는 과자, 빵 봉지를 비롯해 대충
벗어놓은 옷들까지 거실이 엉망이다. 당황한 태이, 우선 눈에
보이는 것들부터 눈에 안 보이는 구석으로 밀어 넣는다.

태이	아침에 늦잠을 자서. 집이 좀 더럽죠?
진겸	네. 더럽네요.

그러자 태이, 장난스럽게 진겸을 흘겨보면.

진겸	(눈치 보며) 그래도 많이 더럽지는 않습니다. 아주 조금.
태이	(웃고) 스파게티 좋아해요? 나 스파게티 잘하는데.

Cut to

식탁에 마주 앉아 있는 진겸과 태이. 태이가 만든 토마토 스파
게티를 빤히 보는 진겸. 아쉽게도 그리 먹음직스럽지 않은데.

진겸	라볶이입니까?
태이	(민망하지만 꾹 참으며) 딱 봐도 스파게티잖아요.
진겸	아까 잘한다고 하시지 않았습니까?
태이	먹어보고 얘기해요.

그 말에 스파게티를 먹기 시작하는 진겸. 하지만 아무런 표정 변화가 없다. 계속 진겸의 표정을 예의 주시하던 태이. 진겸의 표정만으로 괜히 자기 요리가 맛없다고 생각한 듯 실망스러워 한다.

태이	(뾰로통) 형사님 입맛 까다로운 편이죠? 왠지 반찬 투정도 심했을 거 같아. 어머니 진짜 힘드셨겠다.
진겸	저희 어머니는 요리 잘하시던 분이었습니다. 교수님처럼요.

그러면서 맛있게 먹는 진겸. 그 모습에 기분 좋은 미소를 짓는 태이.

진겸	혹시 아는 남자였습니까?
태이	누구요?
진겸	카드 갖고 간 남자요.
태이	아니요. 처음 보는 사람이었는데. 왜요?
진겸	꼭 교수님을 아는 것 같은 얼굴이었습니다.
태이	에이 설마요. 근데 그 사람들 진짜 누구예요?
진겸	이제는 신경 쓰지 마십시오.
태이	(이상한) 무슨 뜻이에요?

진겸	교수님이 계속 절 도우시면 어제 같은 일이 또 생길 겁니다.
태이	지금 나 걱정돼서 이러는 거예요?
진겸	네. 그러니까 전부 잊으십시오. 카드에 대한 것도, 시간여행에 관한 것도, 그리고 오늘 일도.
태이	(이상한 듯 진겸의 얼굴을 빤히 보다가) 왜 이렇게 날 걱정해요? 아까도 나 때문에 어머니 유품까지 포기하고.
진겸	... 모르겠습니다.
태이	그걸 모른다는 게 말이 돼요? 혹시 (조심스럽게) 무감정증이라서 그래요? (떠보듯) 내가 알아보니까 무감정증이면 자기가 누굴 좋아해도 모른다던데요. 진짜 그래요?
진겸	제 얘기는 그만하셨으면 좋겠습니다.
태이	그러면 만약에, 진짜 만약에, 어떤 분이 형사님을 좋아하면 그건 눈치챌 수 있어요?
진겸	제가 그 정도로 둔하진 않습니다. 근데 그건 왜 물어보시는 겁니까?
태이	그걸 묻는 거 자체가 둔한 거예요.

태이를 바라보는 진겸.

S# 29   술집 | 밤

| 태이 | 아, 답답해. 답답해. |

이런 태이 앞에 시큰둥한 얼굴로 앉아 있는 태이의 선배, 문서진이다.

문서진	뭐야? 너 진짜 그 사람 좋아하는 거야?
태이	(시선을 피하며) 아니야. 내가 무감정증을 왜 좋아해?
문서진	(놀란) 누가 무감정증이야? 그 형사?
태이	(아차 싶은) 아니야.
문서진	방금 그랬잖아. 무감정증이라고.
태이	내가 언제? (머뭇거리다) 무정자증이라고 했지.
문서진	무정자증이래? 아... (이상한) 아니 근데 그건 어떻게 알았어? (의심) 혹시 둘이 벌써...
태이	미쳤어!

그러면서 술잔을 드는 태이. 건배 후 소주를 마시는 두 여자. 둘
다 습관이 된 듯 소주를 마신 후 잔을 머리 위에 턴다.

문서진	그래도 널 계속 만나는 걸 보면 그 형사도 니가 싫진 않나 보다. 다른 남자들은 너 두 번 이상 안 만나잖아. 성격 더럽다고.
태이	(장난스럽게 흘기면)
문서진	아, 맞다. 그 형사님도 카드 때문에 참고 만나는 거지.
태이	(더 째려보며) 언니!
문서진	(웃으며) 카드에 대해서는 뭐 좀 알아냈어?
태이	말하면 복잡해. 근데 나 그 카드 안에 있던 프로그램, 박진겸 몰래 복사해놨거든. 걸리는 게 있어서. (다시 원샷하고) 언니도 한번 볼래?

그러면서 태이, 가방에서 외장하드를 꺼내 주면.

S# 30 경찰서 형사과 | 밤

형사과 안으로 들어오는 고 형사. 그런데 도연이 진겸의 자리에
앉아 어딘가에 계속 전화 연결을 시도 중이다. 하지만 전화가
연결되지 않는 듯 짜증 난 표정으로 휴대폰을 책상에 내려놓는
도연.

고 형사 감히 누가 우리 며느리를 이렇게 열 받게 했어?
도연 저 며느리 안 할래요.
고 형사 (피식) 왜? 또 싸웠어?
도연 진겸이 바람난 거 같아요.

크게 소리 내 웃는 고 형사.

도연 진짜예요!
고 형사 (다시 웃고) 그래, 들어나 보자. 진겸이가 누구랑 바람이 나?
도연 윤태이요.

그 말에 얼굴에서 웃음이 싹 가시는 고 형사의 모습에서.

S# 31 진겸 오피스텔 안 | 밤

지갑 속에 든 엄마의 사진을 보는 진겸. 그러다 서랍 속 엄마의
스카프를 꺼내 본다. 과거에서 가져온 온 스카프다. 혼란스러운
표정으로 생각에 잠기는 진겸.

민혁 태이 만남 | 슈뢰딩거 고양이

#플래시백

(5회 18신)

목에 스카프를 매며 선영이 진겸을 보고 웃는다. 웃는 얼굴이 매력적이다.

#다시 현재

생각에 잠겼던 진겸, 휴대폰 벨소리에 액정을 보면 고 형사로부터 온 전화다.

S#32   맥줏집 | 밤

맥주를 들이켜는 고 형사. 진겸은 그 앞에서 음료만 마신다.

진겸   천천히 드세요, 아저씨.

고 형사   (조심스레) 그 교수 왜 만나는 거냐?

진겸   …

고 형사   니 엄마랑 닮아서 만나는 거야?

진겸   그런 거 아니에요. 그리고 이제 안 만날 거예요. 안 만나는 게 저나 교수님한테나 맞는 거 같아요.

조용히 고 형사의 술잔을 채우는 진겸.

고 형사   … 너한테 미안하다.

진겸   무슨 말씀이세요?

고 형사   니 엄마 죽인 놈 말이야. 그때 내가 잡았어야 했는데.

진겸   아니에요. 아저씬 최선을 다하셨어요. 이젠 제가 잡을게요.

고 형사	그래도 너무 무리하지는 마라. (맥주 마시고) 너랑 이렇게 오랜만에 나오니까 좋네.
진겸	그러게요. 아저씨랑 맥주 마시러 나온 거 오랜만이네요.
고 형사	맥주는 나만 먹잖아. 안주나 축내는 놈이 입만 살아서.

하지만 미소 짓는 고 형사.

S# 33   도서관 | 아침

책들로 둘러싸인 도서관. 좁은 서고 통로에서 주해민(남, 40대)이 책을 찾고 있다. 양자역학에 관련된 전문 서적을 발견하고 빼는 순간, 한 남자와 부딪힌다. 책을 떨어뜨리는 주해민. 떨어진 책을 주워 주해민에게 건네주는 남자. 주해민이 책을 받고 남자에게 고맙단 말을 하려는데, 남자는 이미 통로를 빠져나가고 있다. 놀랍게도 남자의 얼굴이 주해민과 동일하다.

S# 34   앨리스 회의실 | 낮

굳은 표정으로 앉아 있는 민혁. 시영 역시 표정이 심각하다.

민혁	복사?
시영	(끄덕) 박진겸이랑 같이 있던 물리학과 교수가 타임카드 프로그램을 복사한 것 같아.
민혁	내가 확실하게 알아볼 테니 보고는 잠시 보류해.
시영	... 그 교수가 윤태이 과거인이라서?
민혁	쓸데없는 생각하지 마.
시영	민혁 씨야말로 이상한 생각하지 마. 그 여잔 민혁 씨 여자 친구

가 아니야. 우리랑 아무 상관없는 과거인이야.

민혁   말 안 해줘도 누구보다 내가 더 잘 알아.

시영   (보다가) 난 고객들이 시간여행 와서 과거인을 만날 때마다 좀 우스웠어. 물론 그런 식으로 대리만족하고 싶은 맘도 알겠는데, 고객들이 여기서 만나는 과거인은 진짜 가족도 아니고 진짜 연인도 아니잖아. 민혁 씨도 잊지 마. 우리 앨리스는 평행우주 속에 세워진 거야. 오늘 민혁 씨가 만난 그 여자는 그냥 다른 차원에 사는 다른 여자야. 나이도 다르고 환경도 달라서 성격도 다를 거야. 그러니까 잊어버려.

민혁   카드를 가져온 건 나야. 누군가 복사했다면 그것도 내 책임이야.

일어나는 민혁을 보는 시영.

시영   다시 학교로 가는 건 위험해.

민혁   (돌아보며) 조심할게. 고마워.

돌아서는 민혁을 안타깝게 바라보는 시영.

S#35   태이 아파트 거실 | 낮

태연과 점심 식사 중인 태이.

태이   너 왜 출근 안 해?

태연   휴가 냈어.

태이   왜?

태연   나 사실... 사표 낼까 고민 중이야. 적성에 안 맞는 거 같아. 특히

창구에서 사람 상대하는 거 너무 스트레스야.

그런데 태이. 별다른 반응 없이 휴대폰을 다시 빤히 본다.

태연   왜 아무 말 안 해?

태이   니 일인데 니가 판단하고 결정하는 거지 내가 무슨 말을 해. 대신 니 결정에 대한 책임만 회피하지 않으면 돼. 하지만 언니로서 내 생각을 말하자면, 적성에 안 맞으면 관두는 것도 나쁘지 않다고 생각해.

태연   (미소) 역시 우리 언니 멋있다. 그래서 말인데... 나 돈 조금만 빌려주라. 사표 내자마자 돈맥경화 올까 봐 걱정돼서.

태이   (태도 돌변) 요즘 누가 적성 따지면서 일해. 다 먹고살려고 참고 일하는 거지. 너 사표 내면 엄마한테 이른다.

태연   (짜증 난 듯 보면)

태이   뭘 봐? 동생한테 돈 빌려주기 싫은 언니, 처음 봐?

태이, 다시 밥을 먹는데.

태연   (얄밉게 보다가) 실연당했냐? 요즘 왜 이렇게 많이 먹어?

태이   (놀라) 왜? 나 살쪘어?

S#36   달리는 동호 차 안 | 낮

운전 중인 동호와 조수석에서 서류를 보는 진겸. 그러다 1992년에 살해된 장 박사와 어린 딸이 함께 찍은 사진을 본다.

진겸	피해자 가족은 딸이 전붑니까?
동호	네. 아내 분은 출산 중에 돌아가셨나 봐요.
진겸	딸은 지금 어디 있습니까?
동호	아버지가 죽고 친척이 데려갔다는데 누군지는 아직 못 찾았어요.

고민스러운 표정으로 사진을 보는 진겸. 이때 진겸의 휴대폰에 카톡이 도착한다. 확인하면.

(도연)	슈뢰딩거를 키워드로 찾아봤는데 살인 사건은 없습니다, 형사님.

진겸, 이상한 듯 카톡을 빤히 본다.

동호	누군데요?
진겸	도연인데, 저한테 화가 났나 봅니다.
동호	왜요?
진겸	모르겠습니다.

그러면서 답장을 작성하는 진겸.

(진겸)	고맙습니다, 기자님.

S#37   언론사 사회부 | 낮

진겸의 카톡을 보고 부들부들하는 도연. 이때 김 부장, 도연 옆을 지나는데.

| 도연 | (혼잣말) 재수 없어. |

김 부장, 의심의 눈초리로 보자.

도연	왜요?
김 부장	지금 혼잣말이지?
도연	아뇨.

그냥 부장 옆을 지나가는 도연과 눈이 커지는 김 부장.

| S#38 | 한강고수부지 | 낮 |
| | #한강변 트랙 |

한강이 흐르는 강변. 러닝복 차림으로 조깅 중인 태이. 그런데 갑자기 놀란 표정으로 멈춰 선다. 보면 멀리 민혁이 서서 태이를 바라보고 있다. 얼어붙은 태이, 재빨리 변태 형사로 저장된 진겸에게 전화를 거는데, 너무 긴장해서인 듯 실수로 휴대폰을 떨어트린다. 휴대폰을 집으려고 하는 태이. 하지만 민혁이 다가오자 집지 못한 채 두려운 표정으로 뒤로 물러선다. 이런 태이의 모습을 씁쓸하게 바라보던 민혁. 태이가 보는 앞에서 이미 조립된 자신의 총을 한강에 던져버린다. 총을 버리는 민혁의 모습을 보고 멈춰서는 태이.

| 민혁 | 잠깐 얘기 좀 할 수 있습니까? |

#달리는 동호 차 안

태이에게 걸려온 전화를 받을까 말까 고민하는 진겸.

진겸   (결국 받으며) 여보세요. (그런데 대답이 없자) 교수님?

#한강변 트랙

여전히 겁먹은 표정으로 민혁을 보는 태이.

민혁   (딱딱하게) 타임카드 프로그램을 복사하셨습니까?
태이   …
민혁   지우세요. 이게 마지막 경곱니다.
태이   그쪽 정체가 뭐예요?
민혁   알려고 하지 말고, 박진겸이랑도 더 이상 만나지 마십시오. 그 사람 때문에 교수님까지 위험해질 수 있습니다. 이 말씀 드리려고 온 겁니다.

#달리는 동호 차 안

불안한 표정으로 다시 전화를 거는 진겸. 하지만 태이는 여전히 전화를 받지 않는다.

진겸   (동호에게) 위치 추적 좀 해주십시오.

#한강변 트랙

땅에 떨어진 채 진동하는 태이의 휴대폰. 태이, 눈치채지 못하고 민혁의 얼굴을 빤히 바라본다.

태이	우리 혹시 어디서 본 적 있어요? 얼굴이 낯익은데.
민혁	(굳은) 그럴 리 없습니다. 제가 한 말 명심하십시오. 박진겸에게서 멀어지세요. 그리고... 혹시라도 제가 두렵게 해드렸다면 죄송합니다.

민혁이 돌아서면. 태이, 의아한 표정으로 민혁의 뒷모습을 본다.

#한강변 주차장

주차된 자신의 차로 향하는 민혁. 그런데 주차된 차들을 두리번거리며 태이를 찾고 있던 동호와 마주친다. 굳어진 민혁. 하지만 동호는 민혁을 보고 자신만만하게 씨익 웃는다.

동호	자주 봐서 정들겠다.

#한강변 트랙

다리에 힘이 풀린 듯 벤치에 앉아 있는 태이. 이때 진겸이 달려온다.

진겸	교수님 괜찮으십니까?
태이	나 그 사람 만났어요. 카드 갖고 간 남자.
진겸	(굳은) 지금 어디 있습니까?

S#39	한강변 주차장 | 낮

동호의 다리를 가격해 쓰러트리고 사정없이 동호의 얼굴을 걷어차는 민혁. 큰 타격을 입었지만, 민혁에게 달려드는 동호. 하

지만 이런 동호의 공격을 여유롭게 피하며 다시 동호를 가격해 쓰러트리는 민혁. 동호 어떻게든 다시 일어나 민혁을 잡으려고 하지만, 동호의 배를 걷어차 녹다운시키는 민혁. 다시 일어나고 싶지만 몸이 말을 듣지 않는 듯 일어서지 못하는 동호. 하지만 이를 악물며 일어나려고 하자 민혁, 동호의 머리를 잡아 일으키는데.

(진겸)   놔.

돌아보면 사납게 민혁을 노려보는 진겸. 그러자 동호를 놔두고 진겸을 노려보는 민혁. 그런데 민혁의 눈에 멀리서 이 상황을 지켜보고 있는 태이가 보인다.

민혁   그냥 갈게. 건들지 마라.
진겸   오늘은 총이 없나 보지?

민혁, 진겸을 사납게 노려보는데. 표정 없는 얼굴로 수갑을 꺼내는 진겸. 그 순간, 민혁이 진겸의 얼굴을 주먹을 날리면. 민혁의 공격을 방어하는 동시에 반격하는 진겸, 곧바로 민혁을 몰아붙이기 시작한다. 점점 밀리기 시작하는 민혁. 결국, 진겸이 민혁의 팔을 꺾으며 제압하는데 성공한다. 태이와 눈을 마주치는 민혁.

S#40   앨리스 로비 | 낮
곤두선 얼굴로 엘리베이터에서 내리는 철암. 시영이 그 앞에서 대기 중이다.

철암	어떻게 된 거야?
시영	유 팀장이 붙잡혔어요.
철암	총도 타임카드도 안 갖고 간 거야?
시영	… 그런 거 같아요.
철암	빨리 구출 계획을 세워.
시영	네.

S#41   경찰서 교차 | 낮

#취조실

진겸을 노려보고 있는 민혁. 진겸은 아무런 감정이 느껴지지 않는 표정으로 민혁을 바라볼 뿐이다.

#진술 녹화실

유리창 너머로 보이는 민혁. 고 형사와 형사들이 민혁을 노려보고 있다.

홍 형사	신분증도 없고, 지문도 안 나오고. 완전 깨끗한데요.
하 형사	이거 간첩 아냐? 국정원에 신고해야 하는 거 아니에요, 형님?
고 형사	시끄럽고. 니들은 신림동 빈집털이범이나 잡으러 가.

하 형사, 홍 형사, 인사하고 나가면.

고 형사	주변에서 아무것도 못 찾았다고? 혹시 카드 같은 건 없었냐?

민혁 태이 만남 | 슈뢰딩거 고양이

동호	카드요?
고 형사	없었으면 됐고.

#경찰서 복도

혼란스러운 표정으로 벽에 기대 서 있는 태이.

#취조실

먼저 입을 떼는 진겸.

진겸	이름. 주민번호.

대답 없는 민혁. 민혁을 빤히 바라보는 진겸.

진겸	카메라 꺼주십시오.

#진술 녹화실

진술 녹화실에서 취조실을 지켜보던 동호, 녹화 카메라를 끄면.

#취조실

1992년에 찍힌 민혁의 사진을 내미는 진겸. 민혁은 그걸 보고도 표정 변화가 없다.

진겸	분명 29년 전 사진인데, 너는 왜 그대로일까?
민혁	(여전히 대답 없는)
진겸	양홍섭이 널 가이드라고 불렀는데. 그게 니 직업이야?

미세하게 표정이 굳어지는 민혁. 사납게 진겸을 노려보는데. 진겸, 이세훈 사건의 피해자인 장동식 박사의 사진을 민혁에게 보인다.

진겸	92년에 살해된 장동식 박사야. 경찰이 용의자로 세 명을 지목했는데. 그중 하나만 체포됐고. 체포된 남자는 발목이 잘린 상태였어.
민혁	...
진겸	발목을 자른 게 너지?
민혁	...
진겸	장동식 박사도 니가 죽였고?
민혁	(그제야 입을 연) 이 사건을 조사하는 이유가 뭐야?
진겸	같이 있던 여자 누구야?

굳어진 민혁, 빤히 보다가.

민혁	... 사랑하는 사람을 잃어본 적 있어?
진겸	(표정 없이 보는)
민혁	죽을 만큼 고통스러운 경험이야. 시간의 문을 넘는다는 건 그 고통에서 해방된다는 뜻이고. 우리는 고통을 치유하는 길에 동행하는 사람들이야.
진겸	헛소리하지 마. 니들이 우리 엄마를 죽였어.
민혁	니 어머니가 누군지 모르겠지만. 우린 니가 생각하는 범죄자가 아니야.

시선이 충돌하는 두 남자의 모습에서.

S#42   경찰서 형사과 | 낮
        동호와 대화 중인 도연.

도연   취조실에 있는 사람, 92년 사진에 있던 사람 맞죠? 어떻게 된
        거예요? 대체 누구예요?
동호   아직 조사 중이에요.
도연   지문 검사 안 했어요?
동호   했는데 일치하는 지문이 없어요.

        도연, 놀란다. 그러다 도연, 상처 입은 동호의 얼굴을 걱정스럽
        게 본다.

도연   괜찮아요?
동호   (쑥스러운 미소) 그럼요. 저 아무렇지 않습니다.
도연   많이 맞았다던데?
동호   (당황) 맞은 게 아니라 싸운 거예요.
도연   (피식) 근데 진겸이는 어디 있어요?

S#43   경찰서 복도 | 낮
        형사과로 향하는 진겸. 이때 복도에 서 있던 태이가 진겸을 발
        견하고 달려온다.

태이   어떻게 됐어요? 누군지 알아냈어요?

진겸	저 사람이 다시 찾아온 이유가 뭡니까?
태이	복사본 때문인가 봐요.
진겸	무슨 복사본요?
태이	카드 프로그램요. 내가 복사본을 떴거든요.
진겸	지금 어디 있습니까?
태이	나한테 없어요. 아는 선배 언니한테 줬어요.
진겸	그 선배 분까지 위험해질 수 있습니다. 당장 연락해보십시오.

그 말에 놀란 태이, 바로 휴대폰을 꺼내 전화를 거는데 무슨 일
인지 바로 전화를 끊는 태이.

태이	전화기 꺼져 있어요. 원래 뭐 집중할 때 전화 잘 꺼놓은 언니예
요. 메시지 남길게요.

그러면서 태이, 카톡으로 문서진에게 메시지를 남기는데. 휴대
폰 화면을 보다가 굳어지는 진겸. 보면, 문서진의 아이디가 바
로 '슈뢰딩거 고양이'다.

S# 44   카이퍼 소장실 to 밀실 | 낮

심각한 표정으로 앉아 있는 석오원. 그러다 한쪽 벽을 가로막고
있는 책장을 옆으로 밀면, 밀실이 드러난다. 밀실 안으로 들어
와 금고 앞에 선 석오원, 다이얼을 몇 번 돌려 금고 문을 열면 금
고 안 중앙에 책 한 권이 보인다. 바로 예언서다. 예언서를 꺼내
보는 석오원의 근심 어린 표정에서. 예언서가 열린다. 잉크 펜
으로 그려진 삽화가 보이기 시작하지만, 고양이 한 마리가 걸어

가는 장면만 소개된다.

S# 45   어느 오피스텔 안 | 낮

잠겨 있는 현관문 도어록이 녹아내리며 곧 강렬한 레이저광선이 안으로 쏟아져 들어온다. 곧 도어록이 해제되고 누군가 오피스텔 안으로 들어온다. 바로 주해민이다. 심플하게 꾸며진 누군가의 집 안을 잠시 살펴보는 주해민. 그때, 가르릉거리며 주해민의 다리 사이를 지나가는 고양이 한 마리.

S# 46   달리는 진겸 차 안 | 밤

굳은 얼굴로 운전하는 진겸. 태이는 조수석에 앉아 누군가와 통화 중이다.

태이   알았어요. (전화 끊고 진겸에게) 한 시간 전에 퇴근했대요.
진겸   집을 아십니까?
태이   그럼요. 연구소 근처예요.

S# 47   문서진 오피스텔 복도 to 안 | 밤

엘리베이터에서 내려 문서진의 집으로 향하는 진겸과 태이. 태이, 문서진의 집 앞에 도착한 후 초인종을 누르려는데, 태이의 손을 막으며 도어록을 응시하는 진겸. 보면, 도어록이 무언가에 그을린 상태다. 그제야 불길한 표정으로 진겸을 보는 태이.

진겸   여기 계십시오.

그러고는 진겸, 문을 열고 안으로 들어가면, 처음 눈에 들어오는 것은 죽어 있는 고양이다. 벽의 스위치를 찾아 불을 켜면, 이전 신에서 주해민이 침입했던 바로 그 오피스텔이다. 오피스텔 거실 중앙에 무언가 놓여 있다. 바로 사람이 들어갈 만한 크기의 나무 상자다. 나무 상자를 주시하는 진겸. 입구가 작은 상자 안이 너무 어둡다. 휴대폰 플래시를 켜면.

#예언서 삽화

나무 상자 안에 작은 장치와 연결된 망치와 깨진 유리병이 있다. 그리고 죽은 고양이가 그려져 있다.

#다시 오피스텔 안

상자 안에 망치와 깨진 병, 그리고 고양이처럼 웅크리고 죽은 여자의 시신이 놓여 있다. 바로 문서진이다. 굳은 얼굴로 문서진의 시신을 보는 진겸. 진겸 뒤로 다가오는 태이가 문서진을 발견하기 직전. 진겸이 돌아서며 태이의 얼굴까지 감싸며 껴안아버린다.

진겸   보지 마십시오.
태이   (붙길) 뭐예요?
진겸   ...
태이   뭐냐고요?!!

태이, 진겸의 품 안에서 빠져나오려고 하지만, 진겸은 더 꽉 태이를 껴안는다. 태이는 문서진의 죽음을 짐작한 듯 점점 힘이 빠지며, 황망한 표정이 된다. 그때, 창밖에서 이쪽을 올려다보는 남자를 발견하는 진겸. 바로 주해민이다. 버스 한 대가 지나가며 진겸의 시야를 잠시 가리는 사이, 감쪽같이 사라져버린 주해민. 태이를 안은 상태로 주해민이 사라진 거리를 바라보는 진겸.

S#48 경찰서 형사과 | 낮

고 형사와 동호, 그리고 하 형사, 홍 형사까지 모두 모여 있는 회의실. 하지만 진겸이 보이지 않는다. 스크린에는 문서진 살인 사건에 관한 자료와 사진들이 펼쳐져 있고, 동호가 앞에 나와 있다.

고 형사   (인상 찡그리고) 사인은?
동호   시안화수소에 의한 질식사로 나왔습니다.
고 형사   시안화수소? 청산가리?
동호   네. 더 자세한 건 내일 안으로 분석표 넘긴답니다.
고 형사   신원 파악했어?
하 형사   머리카락이고 지문이고 남긴 게 하나도 없다네요.
홍 형사   골치 아프게 생겼어요.

S#49 경찰서 복도 | 낮

곤두선 얼굴로 빠르게 걷는 진겸.

S#50 경찰서 유치장 | 낮

철장 안에 갇혀 있는 민혁. 철장 앞에서 진겸, 민혁을 향해 분노를 삭이며 얘기한다.

진겸	사람을 독살하고도 너희가 범죄자가 아니라고?
민혁	알아듣게 말해.
진겸	어린 형을 죽인 양홍섭, 자신을 죽인 아이 엄마! 자, 다음엔 누구지?
민혁	(굳은) 니들이 할 수 있는 일이 아니야. 우리가 알아서 할 거니까 니넨 신경 쓰지 마.

그 순간 철장 속으로 손을 넣어 민혁의 멱살을 잡는 진겸.

진겸	니들이 법 위에 있다고 생각해?
민혁	내 말 들어. 너는 우리 못 이겨.
진겸	니들이 어디서 왔는지는 모르겠지만, 여기는 2020년이야.

다시 시선이 충돌하는 두 남자의 모습에서.

S#51	앨리스 본부장실 | 낮
	패드로 주해민의 모습이 담긴 CCTV 정지 화면을 보는 철암. 그 앞에 시영이 서 있다.

철암	누군데? 우리 고객이야?
시영	전혀 모르겠어요.
철암	(굳은) 어떻게 여기 온 거야?
시영	아직 조사 중이에요.
철암	(고민) 빨리 민혁이부터 꺼내. 이런 일은 민혁이가 전문이야.

S#52   경찰서 주차장 | 밤

곤두선 얼굴로 주차된 자신의 차로 향하는 진겸. 이때 자신의
차에서 내리는 도연과 마주친다.

도연   (자신의 휴대폰 보이며) 너 이거 뭐야?

보면, '슈뢰딩거 고양이 살인 사건'이라는 타이틀의 기사다.

진겸   나중에 얘기해.

도연   내가 얼마나 놀랐는지 알아? 처음에 기사 보고 니가 범인인 줄
        알았어. 어떻게 안 거야? 사건이 일어나기도 전에 어떻게 알고
        조사한 거냐고?

진겸   이번 사건 취재하고 다니지 마.

도연   ... 왜?

진겸   너까지 위험해질까 봐 그래.

도연   넌 위험해도 괜찮고?

진겸   난 괜찮아.

도연   내가 안 괜찮아! 니가 위험하면 내가 안 괜찮다고!

진겸   도연아.

도연   나 이번엔 정말 얼렁뚱땅 안 넘어갈 거야. 확실하게 설명 안 하
        면 아저씨한테도 말할 테니까 그렇게 알아.

그러고는 경찰서 안으로 들어가는 도연. 진겸, 걱정스럽게 보는.

S# 53   장례식장 복도 to 조문실 | 밤

사람들의 울음소리가 들려오는 복도를 걷는 진겸. 그러다 어느 조문실 앞에 멈춰 서면, 너무 많이 울어 퉁퉁 부은 얼굴로 앉아 있는 태이가 보인다. 선뜻 다가서지 못하는 진겸. 그런데 그 옆에서 태이를 위로하는 남자. 바로 석오원이다.

S# 54   장례식장 밖 | 밤

장례식장이 보이는 야외 주차장.

진겸   어떻게 알았어?

석오원   그런 얘기는 다음에 하시죠. 제가 아끼던 연구원이 죽었습니다.

진겸   근데 왜 안 막았어? 아꼈으면 막았어야지.

석오원   (슬픈) 알았으면 당연히 막았을 겁니다. 저도 누가 죽는지는 몰랐습니다.

석오원   저는 10년 전부터 이런 참사를 막아보려고 했습니다. 형사님 어머님과 함께요.

굳은 얼굴로 석오원을 보는 진겸.

석오원   범인 얼굴을 보셨습니까? 앞으로 그자가 네 명을 더 죽일 겁니다.

진겸   …

석오원   믿기 어렵다는 거 압니다. 저도 처음엔 형사님 어머님 말씀을 믿기 어려웠으니까요. 그때 어머님께서는 미래의 일을 들려주셨고, 그것들이 맞아 들어가는 것을 보며 어머님을 신뢰하게 됐습니다. 지금의 형사님처럼요.

진겸	어머니와 함께 미래를 알았다고? 그래서 앞으로 네 명이 더 죽는다는 것도 안다는 거야? 어떻게!
석오원	누군가의 미래가 누군가에게는 과거니까요.
진겸	... 예언서 얘기를 하는 거야? 예언서 당신이 갖고 있어?
석오원	어머니가 저한테 주셨습니다.
진겸	왜?
석오원	선생이라는 자가 오래전부터 예언서를 노렸으니까요.
진겸	선생이 누구야?
석오원	저도 모릅니다. 어머님도 모르셨습니다. 그자가 남자인지 여자인지 몇 살인지.

혼란스러운 표정으로 석오원을 보는 진겸. 그때, 슬픈 얼굴을 한 연구원 하나가 다가와 알린다.

연구원	소장님, 신부님께서 잠깐 보자고 하십니다.
석오원	알았어. 들어갈게. (진겸을 보며) 자세한 이야기는 나중에 들려드리겠습니다. 지금은 윤태이 교수를 돌봐주세요. 겉보기엔 강해 보이지만 속은 여린 사람입니다.

석오원이 장례식장으로 향한다. 주차장 건너 야외 휴게실에 태이가 홀로 벤치에 앉아 있다.

S#55   장례식장 야외 벤치 | 밤

태이 옆에 조용히 앉는 진겸. 태이, 평소와는 다르게 주저하다가 입을 연다.

태이   나 사실 친구가 한 명도 없어요. 계속 월반해서 주위에는 늘 날 이상하게 보는 언니 오빠들밖에 없었거든요. 그래서 속 편하게 내 고민을 털어놓을 사람 하나 없었어요. 연구소에서 언니를 만나기 전까지는요.

진겸   ...

태이   (슬프고 미안한) 나 때문인 거죠? 내가 복사본을 줘서...

진겸   원인을 찾는다면 제 잘못이 큽니다.

태이   유치장에 갇힌 그 남자와 관계된 자일까요?

진겸   아직은 모르겠습니다. (일어서며) 그럼 저는 가보겠습니다.

아무 반응 없이 멍하니 슬픔에 잠겨 있는 태이. 진겸, 이런 태이의 모습에 발이 떨어지지 않는 듯 다시 태이 옆에 앉는다. 그제야 진겸을 보는 태이.

태이   (힘없이) 왜 안 가요?

진겸   가면 안 될 거 같아서요.

그 말에 슬픈 미소를 짓는 태이.

태이   고마워요.

잠시 그 자리에 둘이 나란히 앉아 있다.

태이   (간신히 기운 내서) 난 괜찮으니까 그만 가보세요. 나도 집에 잠깐
             들러야 돼요.

진겸   제가 집까지 모셔다드리겠습니다.

S#56   달리는 진겸 차 안 | 밤

명한 표정으로 창문에 머리를 기댄 채 조수석에 앉아 있는 태
이. 진겸, 태이에게 아무런 위로의 말도 없이 정면만 보고 운전
중이다. 그런데 갑자기 자동차 블루투스 기능을 작동시키는 진
겸. 자신의 휴대폰으로 음악을 틀면. 잔잔한 음악이 흘러나온
다. 태이, 진겸이 음악을 틀자 신기한 듯 진겸을 보지만. 여전히
운전만 하는 진겸. 하지만 태이, 진겸이 자신을 위로하기 위해
음악을 틀었다는 걸 안 듯 미소 짓는다.

S#57   태이 아파트 앞 | 밤

아파트 1층 공동현관 앞에 도착한 진겸과 태이.

진겸   전 그럼 돌아가겠습니다.

태이   네, 고마워요.

태이, 공동현관을 통해 아파트 안으로 들어가면.

S#58   태이 아파트 현관 앞 to 안 | 밤

엘리베이터에서 내려 현관 앞에 서는 태이. 그런데 무언가를 보고 굳어진다. 보면. 태이 집 도어록에도 무언가에 그을린 자국이 선명하다. 심지어 도어록의 잠금장치가 해제된 듯 비밀번호를 누르지 않았는데도 문이 열린다. 태이, 긴장한 표정으로 문을 열고 거실을 보면 현관 앞에 죽은 고양이가 놓여 있고, 집의 벽 전체에 복잡한 수학 공식과 기호들이 붉은 피로 쓰여 있다. 비명조차 지르지 못하고 얼어붙는 태이, 뒷걸음질로 밖으로 도망치려는데. 누군가 태이의 등 뒤에 서 있다. 태이, 겁먹은 얼굴로 천천히 뒤돌아보면 섬뜩한 표정의 주해민이다.

S#59   태이 아파트 앞 | 밤

아직 떠나지 않고 태이의 아파트를 올려다보고 있는 진겸. 그런데 태이의 집 조명이 켜지지 않자 이상한 듯 태이에게 전화를 걸려고 하는데. 이때 울려 퍼지는 태이의 비명 소리. 곧바로 아파트 안으로 달려가는 진겸.

#화면 분할

다급한 진겸의 얼굴과 공포에 질린 태이의 얼굴이 한 화면이 모인다.

7

보육원
태이의 과거

S#1　　　달리는 진겸 차 안 | 밤

(6회 56신)

멍한 표정으로 창문에 머리를 기댄 채 조수석에 앉아 있는 태이. 하지만 진겸, 아무런 위로의 말도 없이 운전하다가 갑자기 블루투스 기능을 작동시키고 자신의 휴대폰으로 잔잔한 음악을 튼다. 태이, 진겸이 음악을 틀자 신기한 듯 진겸을 보지만, 여전히 운전만 하는 진겸. 하지만 태이, 진겸이 자신을 위로하기 위해 음악을 틀었다는 걸 안 듯 미소 짓는다.

S#2　　　태이 집 현관 앞 to 안 | 밤

(6회 엔딩과 이어지는)

엘리베이터에서 내려 현관 앞에 서는 태이. 그런데 무언가를 보고 굳어진다. 보면, 태이 집 도어록에 그을린 자국이 선명하다. 심지어 도어록의 잠금장치가 해제된 듯 비밀번호를 누르지 않았는데도 문이 열린다. 태이, 긴장한 표정으로 문을 열고 거실을 보면, 현관 앞에 죽은 고양이가 놓여 있다. 그리고 집의 벽 전체에 복잡한 수학 공식과 기호들이 붉은 피로 쓰여 있고, 거실 중앙에 커다란 무언가가 놓여 있다. 바로 살해된 문서진이 갇혀 있던 것과 동일한 박스다. 비명조차 지르지 못할 정도로 얼어붙은 태이, 뒷걸음질로 밖으로 나가려는데 누군가 태이의 등 뒤에 서 있다. 바로 섬뜩한 표정의 40대 주해민이다. 놀라 비명을 지르는 태이. 그 순간, 약품이 발라진 손수건으로 태이의 입을 막는 주해민. 태이가 의식을 잃고 쓰러지자 휴대폰을 꺼내 어딘가로 전화를 건다.

주해민　(연결되면) 준비됐습니다, 선생님. (듣고) 알겠습니다. 바로 마무리 하겠습니다.

전화를 끊는 주해민, 차가운 눈빛으로 의식 없이 쓰러져 있는 태이를 보는데.

(진겸)　선생님이 누구야?

등 뒤에서 들려오는 진겸의 목소리에 굳어진 주해민이 돌아보는 순간, 주해민의 얼굴을 강타하는 진겸. 주해민을 쓰러트린 후 걱정스럽게 태이를 보는데. 그 순간 진겸에게 달려드는 주해민. 하지만 주해민의 공격을 방어한 후 다시 한번 주해민을 쓰러트리는 진겸.

진겸　니들 대체 뭐야? 왜 이런 짓을 하는 거지?
주해민　이 여잔, 미래를 위해서 반드시 죽어야 돼.

그러면서 주해민, 주머니에서 무언가를 꺼내는데 바로 타임카드다. 타임카드를 보고 굳어지는 진겸. 주해민을 향해 총을 겨누는데. 그 순간, 타임카드 위에 자신의 손가락을 올리며 현관 밖으로 도망치는 주해민. 곧바로 주해민을 쫓아 현관 밖으로 나온 진겸. 그런데 놀랍게도 주해민의 모습이 감쪽같이 사라진 상태다. 진겸, 굳은 얼굴로 사라진 주해민을 찾다가 다시 태이에게 다가가 조심스럽게 머리를 받친다.

진겸   교수님, 교수님!

그러자 조금씩 의식을 되찾는 듯 희미하게 눈을 뜨는 태이. 태이를 걱정스럽게 바라보는 진겸, 그러다 태이 옆에 떨어진 휴대폰을 발견한다. 바로 주해민이 넘어질 때 떨어뜨린 휴대폰이다. 휴대폰 통화 기록에 저장되지 않은 번호 하나만 찍혀 있다. 그런데 번호를 본 진겸, 무엇 때문인지 표정이 굳는다. 이때 현관에서 들려오는 태연의 비명 소리. 보면, 귀가한 태연이 집 안 모습을 보고 비명을 지른 것.

S#3   **병원 응급실 | 아침**
링거를 맞으며 침대에 누워 있는 태이. 이때 태연이 다가와 물을 건네자 몸을 일으킨다.

태연   이제 좀 괜찮아?
태이   (끄덕) 난 경찰서 가서 뭐 써야 될 게 있다니까 너 먼저 가. 그리고 엄마아빠 걱정하니까 스토커라고 대충 둘러대고. 당분간 너도 식당에 있어.

태연   (걱정) 진짜 괜찮은 거지?

태이   무슨 일 있으면 전화할게. 엄마 걱정하니까 빨리 가.

그런데 태연이 떠나자마자 방금 전까지 괜찮았던 표정이 어두
워지는 태이. 물을 마시려고 하지만 어젯밤의 충격으로 손이 떨
려 물잔을 놓친다. 바닥에 떨어진 물잔을 멍하니 바라보는 태
이. 이때 태이에게 다가온 진겸, 떨고 있는 태이를 무심히 바라
본다.

S#4   경찰서 취조실 | 낮

평상시처럼 표정 없는 건조한 얼굴로 취조실 안으로 들어오는
진겸. 뒤따라 들어오는 태이, 조금 두려운 표정으로 취조실 안
을 살펴본다.

태이   (주변을 살피며) 여기 원래 이렇게 어두웠어요?

진겸   곧 적응되실 겁니다. 앉으시죠.

그러면서 먼저 자리에 앉는 진겸. 태이 역시 자리에 앉는데, 황
당하게도 진겸 앞자리가 아닌 옆자리에 앉는다. 진겸, 이상한
듯 태이를 보자.

태이   (민망한 듯 외면하며) 너무 어두워서 그래요. 형사님 아니었으면 나
죽을 뻔한 거죠? 고마워요.

진겸   (딱딱) 피해자 문서진 씨와는 어떤 관계셨습니까?

사무적인 진겸의 모습을 서운한 듯 보는 태이.

태이	전에 말했잖아요. 친한 선배 언니라고.
진겸	상세하게 말씀해주셨으면 좋겠습니다. 문서진 씨랑 어떻게 알게 되셨습니까? 같은 연구팀에 계셨습니까?
태이	(대답 없이 보자)
진겸	범인이 왜 두 분을 노리는지 알아야 합니다.
태이	(서운한 듯 진겸을 바라보며) 형사님이 보기에는 내가 괜찮아 보여요? 그냥 괜찮냐고, 이제는 괜찮다고 말해줄 수도 있잖아요.
진겸	... 죄송합니다. 빨리 잡아드리고 싶어서 그랬습니다.

하지만 여전히 서운한 표정의 태이. 미안한 듯 태이를 보는 진겸, 갑자기 자신의 휴대폰을 꺼내더니 잔잔한 음악을 튼다. 태이를 위로해주기 위한 것. 하지만 황당한 얼굴로 진겸을 보는 태이.

태이	형사님, 지금 뭐하시는 거예요?
진겸	음악 틀었는데요.
태이	이런 상황에 음악이 어울려요?
진겸	(당황) 저는 그냥 교수님을 위해...
태이	(답답하고 어이도 없는) 그것도 상황에 맞게 해야죠. 무슨 뮤직 이스 마이 라이프도 아니고...

음악을 슬그머니 끄는 진겸. 타박은 했지만, 그런 진겸의 순수한 행동을 보며 옅은 미소를 띠는 태이.

S#5   태이 집 거실 | 낮

베란다로 들어오는 햇빛 때문에 더욱 선명하게 보이는 벽에 적힌 수학 공식들과 기호들. 심각한 표정으로 벽을 바라보는 동호. 하 형사, 홍 형사 역시 그 옆에서 복잡한 수학 공식과 기호를 본다.

동호   지문 하나 남기지 않았습니다. 단서는 이거랑 박 경위님이 본 범인 얼굴이 전부예요.

하 형사   40대 남자랬지?

동호   네, 지금 몽타주 만들고 있어요.

하 형사   놈은 이걸 왜 남겼을까?

홍 형사   자기과시형 아니겠어요. 거창한 살해 방식도 그렇고, 자기 흔적을 남긴 것도 그렇고.

하 형사   그래서 이게 뭐 같냐?

홍 형사   저 문과 출신이에요.

하 형사   나돈데.

동호   저도요.

웃는 세 형사. 그런데 이때 인기척이 느껴져 뒤돌아보면, 고 형사가 부하들을 한심하게 보고 있다.

고 형사   즐거워 보인다? 여기 광 팔러 왔냐? 구경 왔어?

형사들   (눈치 보면)

고 형사   이번엔 누구야?

동호   윤태이라고, 팀장님도 아시죠? 박 경위님하고 친한 교수님.

고 형사	(표정 미묘하게 변하면)
동호	문서진 씨하고 같은 연구팀 소속이었답니다.

그 말에 고민스러운 표정으로 벽면에 적혀 있는 수학 공식과 기호들을 보는 고 형사.

고 형사	그 연구팀 총 몇 명이야?
하 형사	다섯요.
고 형사	그 사람들 전부 신변 확보하고, 무슨 연구를 했는지 조사해봐.
홍 형사	달랑 두 명 가지고...
고 형사	또 송장 치를래? 뭐든 해봐야 할 거 아냐. 다른 건 없어?
동호	박 경위님이 현장에서 용의자 휴대폰을 찾으셨습니다.
고 형사	휴대폰? 뭐 나왔어?
동호	통화한 전화번호가 딱 하나 있는데. 박 경위님 말씀으론 공범인 것 같답니다.
고 형사	진겸이 지금 어디 있어?

S#6   경찰서 취조실 | 낮

마치 꽁냥꽁냥하는 분위기처럼 서로 어깨를 붙인 채 나란히 앉아 있는 진겸과 태이. 이제 보니 두 사람, 사진들을 보고 있다. 바로 태이 집 거실 벽에 적혀 있던 수학 공식과 기호들이다.

태이	모르겠어요, 전혀. 이걸 왜 우리 집에 적어놓고 간 걸까요?

그러자 진겸, 주머니에서 무언가를 꺼내는데. 바로 주해민의 휴

대폰이다.

태이 뭐예요?

진겸 범인의 휴대폰입니다. 혹시 이 번호 아십니까?

그러면서 진겸, 주해민 휴대폰 통화 기록에 있는 번호를 보여주는데. 010-××××-××××. 바로 선생님이라고 불린 자의 번호다.

진겸 혹시 누구 번호인지 아십니까?

태이 (보고) 아니요. 직접 전화해서 확인하면 되잖아요?

진겸 없는 번호라고 뜹니다.

태이 (이상한) 근데 왜 나한테 이걸 물어요?

진겸, 아무 말 없이 태이를 보면.

S#7 2010년 | 경찰서 형사과 | 낮

대화 중인 10년 전 진겸과 고 형사. 고 형사, 진겸에게 어떤 서류를 보여준다.

고 형사 니 엄마 통화 기록 뽑은 건데 이상한 번호가 하나 있어. 니 엄마가 이 번호랑 통화했는데, 없는 번호야.

진겸 무슨 말씀인지 이해가 잘 안 돼요.

고 형사 그러니까 니 엄마가 존재하지 않는 번호랑 세 번이나 통화했다는 거야. 게다가 이 번호로 사건 당일 오전에 이상한 문자도 받

있어. 혹시 아는 번호인가 해서.

그러면서 증거 봉투에서 엄마의 휴대폰을 꺼내 보여주는 고 형
사. '니가 자초한 일이야'라는 문자가 보인다. 그러면서 공개되
는 휴대폰 번호. 바로 주해민의 휴대폰에 있던 선생님의 전화번
호다.

진겸   아니요. 처음 봐요.

그러면서 진겸, 휴대폰을 돌려주면.

S#8   경찰서 형사과 | 낮
            (이어지듯) 굳은 얼굴로 주해민의 휴대폰을 보고 있는 현재의 고
            형사. 휴대폰 통화 기록에 선생님의 번호만 찍혀 있을 뿐이다.

고형사   우연히 일치하는 것일 수도 있어.
진겸   ... 저는 교수님 모셔다드리고 오겠습니다.
고형사   그걸 왜 니가 직접해?
진겸   제가 해야 될 일입니다.

S#9   달리는 진겸 차 안 | 낮

진겸   순찰 강화를 요청해놨고, 관제센터에서 거주지 주변 CCTV를
         24시간 주시할 겁니다. 그리고 이건 위치추적기입니다.

하지만 조수석의 태이, 그늘진 표정으로 창문에 머리를 기대고 있을 뿐이다.

진겸   다시는 교수님 위험하게 만들지 않겠습니다.

태이   (보면)

진겸   제가 꼭 체포하겠습니다.

믿음직하고 멋있는 진겸의 모습. 그러나 태이, 자신감 넘치는 진겸에게 조목조목 묻는다.

태이   (걱정스러워서) 어떻게요? 어떻게 잡을 건지 좀 구체적으로 알려 줘요.

진겸   (당황)

태이   아직 계획 없죠? 만약 범인이 또 나타나면 어떻게 할 거예요?

진겸   제가 지켜드리겠습니다.

태이   그건 고마운데, 형사님 없는 데서 나타나면요?

진겸   ... 도망치셔야죠.

태이   (답답하다) 도망친다고 내가 안 잡히겠어요? 나 무근육자예요. 내 하체가 얼마나 의지박약한데.

진겸   ... 음악이라도 들으시겠습니까?

태이   (작은 한숨) 이 형사님 정말 어떡하지...

S# 10   백반집 | 낮

생각에 잠긴 얼굴로 혼자 식사 중인 고 형사. 이때 식당으로 들어오는 동호.

| 동호 | 휴대폰, 과수대에 맡겼습니다. |

고 형사가 고개를 끄덕이면. 배가 고픈 듯 서둘러 앉아 수저를 드는 동호. 그런데 이때 도연이 들어온다.

도연	여기 계셨구나. 한참 찾았어요.
고 형사	(동호에게 핀잔) 넌 또 뭘 달고 와?
도연	(고 형사 옆에 앉으며) 두 번째 피해자가 나올 뻔했다면서요? 누구예요?
고 형사	니들 장 선 거 아는데, 지금은 물건 함부로 팔 때 아니다.
도연	그냥 누군지만 알려주시면 안 돼요?
고 형사	(딱 잘라) 안 돼. (동호에게) 그만 먹고 일어나라.

그러자 아직 한 입도 먹지 못한 동호, 억울한 표정으로 고 형사를 본다.

동호	저 오늘 하루 종일 아무것도...
고 형사	하루 정도 굶어도 괜찮아.
동호	전 밥 굶기 싫어서 내시경도 안 하는데.
고 형사	너는 내시경 안 해도 괜찮아. 내장도 근육으로 되어 있을 거야.
동호	(부모님이 돌아가셨나 싶을 정도로 슬픈 얼굴을 하면)
고 형사	먹어라, 먹어.

고 형사, 못마땅한 얼굴로 떠나면. 떠나는 고 형사를 섭섭하게 보는 도연. 그러다 동호를 보면, 재빨리 식사하기 시작하는 동

호. 그러자 도연, 동호 옆에 다정한 얼굴로 앉는다.

도연   팔뚝 진짜 끝내준다. 이런 팔뚝 가진 남자한테 여자 친구가 없
       는 건 여자들만 손핸데. 그렇죠?

동호   (멋쩍게 웃는데)

도연   제가 소개팅해드릴까요?

동호   말씀은 고마운데 제가 요즘 바빠서.

도연   아쉽다. 제 주위에 어리고 예쁜데 남친 없는 애들 진짜 많은데.

동호   저는 진짜 괜...

도연   (말 앞서며) 사진이라도 보실래요?

동호   (넘어간) 그럼 사진만 보고 고민을 좀.

       그러자 도연, 자기 휴대폰을 테이블 위에 올려놓을 뿐 보여주진
       않는다. 동호, 왜 안 보여주지 싶어 도연을 보면.

도연   (도도) 가는 게 있으면 오는 게 있어야죠. 두 번째 피해자 누구예
       요?

동호   (당했다 싶은) 그건 진짜 안 됩니다, 기자님.

도연   남자가 근육만 무거우면 됐지 왜 입까지 무거워요? 기사 안 쓸
       게요. 아니면 힌트라도 주면 안 돼요?

동호   (고민하다) 대학 교숩니다. 더 이상은 진짜 안 됩니다.

도연   어떤 교수요?

동호   까칠하고 예민한 교수 있어요.

도연   윤태이요?!!

동호   (화들짝) 어떻게 아셨어요?

S# 11   수사반점 앞 | 낮

수사반점 앞에 도착한 진겸과 태이.

진겸   외출 시에는 저한테 먼저 연락 주십시오. 제가 동행해드리겠습니다. 그리고 전 괜찮으니까 제가 필요하면 언제든 연락하십시오.

태이   걱정 마세요. (애써 씩씩한 척 미소 짓는) 우리 아빠, 경찰이 꿈이었어요. 그래서 식당 이름도 수사반점이라고 지은 거예요.

진겸   (그냥 쳐다보고만 있으면)

태이   이럴 땐 웃는 거예요.

진겸   아, 네 알겠습니다. 그만 가보겠습니다.

인사하고 가려는데.

태이   시간여행자죠?

진겸   (돌아보면)

태이   범인 말이에요. 아무리 생각해도 그것밖에 없어. 나랑 서진 언니를 노리는 것도 우리가 시간여행을 연구해서 아닐까요?

진겸   아닐 겁니다. 아무 성과도 내지 못한 연구팀을 노릴 이유가 없습니다.

태이   혹시 우주상수라고 알아요? 아인슈타인 스스로 자신의 유일한 실수라고 인정한 물리상수예요. 90년대 초반까지 폐기된 거나 마찬가지였고요. 그런데 98년에 우주가 가속 팽창한다는 게 증명되면서 우주상수가 다시 주목받기 시작했고. 현재는 우주론 방정식을 기술할 때 반드시 들어가는 항이 됐어요.

진겸   ...

| 태이 | 과학이란 이런 거예요. 실현되고 증명되는데 시간이 필요해요. 그래서 석 소장님도 아직 포기하지 않으신 거고요. 난 석 소장님이 반드시 성공시킬 거라고 믿어요. 시간여행 연구에 자기 인생을 거신 분이니까. |

그런데 무언가 걸리는 듯 표정이 굳어지는 진겸.

#플래시백 | 장례식장 밖 | 낮
(6회 54신)

| 석오원 | 저는 10년 전부터 이런 참사를 막아보려고 했습니다. 형사님 어머님과 함께요. |

#다시 현실
표정이 굳은 진겸.

| 진겸 | 혹시 그 연구팀에 박선영이라는 분이 계셨습니까? |
| 태이 | (고개 흔들며) 박선영이 누군데요? |

| S# 12 | 2010년 | 카이퍼 회의실 | 낮 |

자막 '2010년'

회의실 안으로 들어오는 남자. 40대 석오원이다. 자신을 기다리고 있는 한 중년 여성에게 다가간다.

석오원   박선영 씨?

그 말에 고개를 돌리는 중년 여성, 바로 선영이다. 석오원을 보
자 자리에서 일어나 인사하는 선영.

석오원   절 찾으셨다고...?
선영   혹시 시간여행을 믿으세요?

석오원, 황당한 표정으로 보면. 예언서를 테이블 위에 올려놓는
선영.

석오원   이게 뭡니까?
선영   미래의 누군가가 쓴 과거 기록요. 우린 이걸 예언서라고 불러요.

당황스러운 표정으로 선영을 보는 석오원, 그러다 갑자기 웃음
을 터트린다. 하지만 선영, 여전히 진지한 표정으로 석오원을
바라본다. 그러자 웃음을 멈추고 예의 갖춰 사과하는 석오원.

석오원   죄송합니다. 제가 좀 바쁜데, 이제 그만 나가주시죠.
선영   예언서에 박사님 이름이 적혀 있어요.

선영, 예언서의 한 페이지를 펼치면. '시간의 문을 닫기 위해 싸
우는 사람들'이라는 소제목이 보인다. 하지만 석오원, 여전히
불신의 표정으로 선영을 바라본다.

석오원	보안팀 부르기 전에 나가주시죠.
선영	제가 음의 에너지를 만들어낼 수 있다면 절 믿어주시겠어요?

그 말에 놀란 표정으로 선영을 보는 석오원의 모습에서.

S# 13　　　교차 | 밤

#카이퍼 소장실

회상에 잠긴 석오원. 이때 노크와 함께 다급하게 들어오는 대진.

대진	다행히 윤 교수님은 무사하십니다.
석오원	(안도) 다행이네.
대진	이럴 시간 없으십니다. 빨리 피하시죠.

고민하는 석오원, 이때 휴대폰이 울리자.

석오원	잠깐 나가 있어. (대진이 나간 후 전화를 받으며) 기다리고 있었습니다.

#달리는 진겸 차 안

진겸	당신이 알고 있는 게 뭐야? 연구원들이 표적이 된 이유가 뭐냐고?

#이후 화자에 따라 교차

석오원	모든 것의 시작은 어머님이셨습니다.

진겸	(굳은)
석오원	10년 전 절 찾아오셔서 시간여행으로 인해 벌어질 끔찍한 일들을 함께 막자고 하셨습니다. 어머님이 돌아가신 후에도 저는 팀을 꾸려 시간여행을 막으려고 했고, 그래서 표적이 된 거 같습니다.
진겸	(부정하는) 우리 어머니는 평범한 가정주부셨어.
석오원	예언서가 제게 있습니다. 형사님이 알아야 될 것들이 그 안에 적혀 있습니다. 시간이 없습니다. 빨리 오십시오.

전화를 끊고 생각에 잠기는 석오원의 모습에서.

#플래시백 | 10년 전 대학교 강의실 | 낮

석오원과 박선영이 복도에서 강의실 안을 들여다보고 있다. 강의실에선 대학생 윤태이가 수업을 듣고 있다. 선영과 얼굴이 같은 태이를 보고 놀라는 석오원.

선영	저 학생이 시간여행을 막을 수 있을 거예요.

#카이퍼 소장실

밀실로 들어가 금고를 열고 예언서를 꺼내는 석오원. 그런데 그 순간 깜빡이며 전등이 점멸하기 시작한다.

#달리는 진겸 차 안

신호가 바뀌었는데도 정지선에 멈춰 서 생각에 잠겨 있는 진겸. 그러다 결심한 듯 빠르게 액셀을 밟으며 출발하면.

불안한 표정으로 조명을 보는 석오원의 등 뒤로 주해민이 나타난다. 얼어붙은 얼굴로 뒤돌아보는 석오원의 모습에서. 암전되면.

| S# 14 | 카이퍼 복도 | 밤 |

불이 켜진 복도를 뛰어오는 진겸. 복도 끝 소장실에서 대진이 들것에 실려 나온다.

| S# 15 | 카이퍼 소장실 | 밤 |

진겸이 소장실로 뛰어 들어오면, 엉망이 된 소장실에서 정복경찰이 조사 중이다. 경찰들이 진겸을 보고 경례하면.

진겸   어떻게 된 겁니까?

경찰   석오원 소장이 납치된 거 같습니다.

밀실 안의 텅 빈 금고를 보고 굳는 진겸.

| S# 16 | 앨리스 로비 | 밤 |

에스컬레이터에서 올라오는 시영. 스태프의 인사를 받으며 본부장실로 향하면.

| S# 17 | 앨리스 본부장실 | 밤 |

철암과 독대 중인 시영.

철암   우리 고객이 아닌데 어떻게 여기로 온 거지?

시영	공식 루트가 아니고 92년 이세훈이 온 경로와 동일해요.

시영이 태블릿으로 이세훈의 얼굴을 띄워 철암에게 보여준다.

시영	이번에도 그 사람이 배후에 있는 걸까요?
철암	누구?
시영	선생이라는 자요.
철암	(굳은) 쓸데없는 소리하지 마. 진짜 존재하는지도 확실하지 않은 놈이야.
시영	하지만 우리가 모르는 누군가가 있는 건 분명해요.
철암	(고민하는) 피해자는 누구야?
시영	총 세 명으로 모두 지난번에 말씀드린 카이퍼 연구원인데, 걸리는 게 하나 있어요. (사이) 피해자 중 한 명이 윤태이예요.
철암	(놀람) 태이?
시영	아니요, 이곳에도 윤태이가 있어요.
철암	(표정 굳는) 왜 보고를 안 했어?
시영	평범한 과거인일 뿐이라고 생각했어요.
철암	두 명의 윤태이가 모두 과학자인데 그게 평범해? 민혁이 빨리 꺼내고 윤태이가 연구한 내용 철저히 조사해.
시영	알겠습니다.

S# 18   경찰서 유치장 | 밤

민혁, 구석에 앉아 생각에 잠겨 있다.

| S# 19 | 카이퍼 주차장 \| 밤 |

카이퍼 건물이 보이는 야외 주차장에 진겸과 동호가 서 있다. 경찰차와 정복경찰들도 보인다.

동호	납치 추정 시간에 소장을 본 목격자가 없어요. 주변 CCTV도 정전으로 무용지물이 됐다고 하고.
진겸	집에는 가보셨습니까?
동호	누가 침입한 흔적은 없었어요. 최근에 연구소에서 살다시피 했답니다.
진겸	우선 추가 피해자가 발생하지 않도록 경호에 신경써주십시오.

| S# 20 | 수사반점 \| 밤 |

홀에서 혼자 식사 중인 태이. 그 앞에 앉은 태이 부모와 옆에 앉은 태연, 모두 태이만 보고 있다. 그런데 태이, 중국집에서 짜장컵라면을 먹고 있다.

태이 부	(못마땅) 너는 어떻게 중국집 와서 짜장라면을 먹냐?
태이 모	(편잔) 먹고 싶은 거 먹게 놔둬. (다시 태이 보며) 그 집 빼자. 그리고 엄마랑 같이 살아.
태이	당분간만 여기 있을 거라니까.
태이 모	여자들끼리 사니까 이런 일이 생기는 거 아냐.
태연	여기서 그런 얘기가 왜 나와?
태이 부	둘 다 엄마 말 들어. 아빠, 오늘부터 운동할 거다. 우리 딸들 아빠가 지켜줘야지. 아빠 꿈이 수사반장이었잖아.
태이	엄마도 못 이기면서 아빠가 누굴 지켜? (일어나며) 먼저 씻고 자

야겠다. (태연 보며) 너도 출근하려면 일어나야지?

태연　(당황) 아. 그치.

태이　(의심) 너 설마 아직도 사표 고민하는 거야?

그 말에 얼어붙는 태연. 태이 부모 역시 눈이 동그래져 일제히 태연을 본다.

태이 부　그게 무슨 소리야?

태이 모　왜 사표를 고민해?

태이　관둔대. 저거 또 일하기 싫어서 저런 거야. 분명해.

태연　(언니를 흘겨보다 부모에게) 그런 거 아니야.

그 순간 태이 모, 태연의 등짝을 때리려고 하자 후다닥 도망치는 태연.

태연　엄마! 언니 걱정해야지, 언니!

태이 모　니들 계주하니? 어떻게 사람을 릴레이로 괴롭혀, 아주!

그러면서 태연이 아닌 태이의 등짝을 때리는 태이 모.

태이　(황당) 아니 왜 불똥이 나한테 튀어?

태이 모　너도 문제야, 너도. 평소에 무슨 짓을 하고 다니길래 스토커가 쫓아와!

태이　왜 이러세요? 나 양녀예요. 친엄마도 아니면서 왜 때려요?

태이 모　친엄마가 아니니까 때리네요.

그러면서 태이 모, 다시 때리려고 하자 도망치는 태이의 모습.
이런 모습에 익숙한 듯 태연하게 앉아 태이가 남긴 짜장라면을
먹어보는 태이 부.

태이 부   (감탄) 맛있네, 이거.

S#21   교차 | 밤
             #수사반점 2층 작은방
             잠자는 태이, 식은땀을 흘리며 몸을 뒤척인다.

             #태이의 꿈
             어두운 복도를 다급하게 달리는 태이와 소년(어린 진겸). 그리고
             번뜩이는 칼을 들고 뒤쫓는 검은 후드의 남자. 긴 복도가 이어
             지고 그 끝에 문이 하나 보이면 태이, 아이를 문 안에 넣고.

태이   여기서 절대 나오면 안 돼!
소년   응.

             밖에서 문을 잠그고 돌아서는 태이. 이때 기다렸다는 듯이 칼날
             이 태이의 복부를 찌르고 들어온다. 태이를 찌른 검은 후드의
             남자. 쓰러지는 태이와 태이를 찌른 후 어둠 속으로 사라지는
             검은 후드. 잠긴 문 안에서 쿵쿵 문을 두드리는 소년. 태이, 피가
             흘러나오는 상처를 감싸며 힘겹게 일어나 문을 열어준다. 그런
             데 안에서 나오는 사람은 다름 아닌 그 검은 후드다. 얼어붙는
             태이.

헉, 하며 잠에서 깨는 태이.

#도로변. 진겸 차 안

주차된 차 안에서 시트를 젖힌 채 희미한 별빛을 보는 진겸.

#수사반점 2층 작은방

식은땀을 닦는 태이, 멍하니 앉아 있다. 잠들기 전까지 노트에 끄적이던 수학 공식들과 기호들에 시선이 간다. 태이, 잠시 고민하다가 진겸에게 전화를 걸면. 전화가 연결되자마자 들려오는 진겸의 목소리.

(진겸)   무슨 일 있으십니까?

태이   혹시 자고 있었어요?

(진겸)   아니요.

태이   걸리는 게 있는데 집에 잠깐 가도 돼요?

(진겸)   그럼 저랑 같이 가시죠. 지금 나오시면 됩니다.

태이   (이상한) 지금요? 형사님 지금 어딘데요?

#수사반점 앞

외투에 손을 꿰며 수사반점에서 나오는 태이. 진겸이 그 앞에서 기다리고 있다.

태이   이 시간에 어떻게 우리 집 앞에 있었어요?

진겸   (무덤덤하게 모른 척하며) 지나가던 길이었습니다.

S# 22   태이 집 거실 | 밤

집 안으로 들어오는 진겸과 태이. 태이, 불을 켜려고 하는데.

진겸   고장 났습니다. 범인이 손을 댄 거 같습니다.

그러면서 손전등을 켜는 진겸. 손전등으로 수학 공식과 기호들이
적힌 벽을 비추는데. 벽이 아닌 진겸의 얼굴을 빤히 보며 미소 짓
는 태이. 그러다 그만 진겸과 눈이 마주친다. 당황하는 태이, 아무
일도 없는 척 벽면에 적힌 수학 공식과 기호들을 보는데.

진겸   뭔지 아시겠습니까?
태이   (대답 없이 벽만 보는)
진겸   교수님?
태이   (시선은 벽) 역시 처음 보는 공식이에요.
진겸   (다른 쪽을 비추려고 하면)
태이   잠깐만요.
진겸   (보면)
태이   범인이 남긴 건 이거 하나잖아요. 좀 더 볼게요.

심각한 표정으로 벽면의 방정식을 보는 태이. 진겸은 그런 태이
를 바라보는데. 이때, 누군가 집 앞으로 다가오는 발소리가 들
린다. 긴장하는 태이. 그러자 진겸, 보호하듯 태이 앞에 서며 사
나운 눈빛으로 현관문을 응시한다. 이때 살짝 열려 있던 현관문
이 열리며 누군가 들어오는데, 바로 도연이다. 집 안에 아무도
없는 줄 알았던 듯 진겸과 태이를 보고 깜짝 놀라며 비명을 지

르는 도연. 도연의 비명 소리에 덩달아 비명을 지르는 태이. 진
겸만 아무런 표정 변화 없이 도연을 볼 뿐이다.

도연	놀랐잖아. 너 여기서 뭐해? 그것도 저 여자랑?
태이	그러는 그쪽은 왜 남의 집에 함부로 들어와요? 여기 내 집이에요.
도연	(손가락으로 태이 가리키며, 진겸에게) 저 여자랑 뭐하냐고!
태이	아니 사람한테 왜 손가락질이에요?
도연	그럼 주먹질을 할까요!
진겸	조사 중이었어. 그러는 너는 왜 왔어?

S#23   태이 집 현관 앞 | 밤

현관 앞에서 대화 중인 진겸과 도연.

진겸	내가 이 사건 취재하지 말라고 했잖아.
도연	니가 내 월급 줘? 니가 뭔데 나한테 이래라저래라야?
진겸	걱정돼서 그래.
도연	그럼 말해, 어떻게 된 일인지.
진겸	(난감)
도연	지금 니가 수사하는 사건들 전부 이상한 거 너도 알지? 근데 그 중에서 제일 이상한 게 뭔지 알아? 니 태도야. 난 진짜 니가 왜 이러는지 모르겠어. 뭘 숨기는지도 모르겠고.
진겸	나중에 다 말해준다고 했잖아. 별일 아니야. 신경 쓰지 마.
도연	별일이든 아니든 굴뚝에서 연기가 나는데 어떻게 시선이 안 가? 지금 유치장에 있는 그 사람이 어떻게 92년 사진에 찍혔는 지부터 슈뢰딩거 사건 일어나기도 전에 어떻게 먼저 알았는지

전부 말해.

진겸, 난감한 표정으로 도연을 보는데. 이때 등 뒤에서 느껴지는 인기척에 뒤돌아보면 태이가 서 있다.

태이   그게 무슨 소리예요?

S#24   태이 집 앞 공원 | 밤
         벤치에 나란히 앉아 있는 진겸과 태이.

태이   말해줘요. 92년 사건이 뭐고, 이번 일은 어떻게 알았는지?
진겸   (딱딱) 수사 기밀입니다.
태이   나랑도 관련 있는 거잖아요. 그럼 나도 알 권리가...
진겸   (자르며) 그만하시죠.
태이   (서운한 듯 보다가) 꼭 그렇게 차갑게 대답해야 돼요?
진겸   제가 언제요?
태이   지금도요.
진겸   죄송합니다. 차갑게 말한 거 아닙니다.

잠시 진겸을 바라보다 이해는 하지만 그냥 넘어가지는 못하겠다는 듯이.

태이   형사님만 그렇게 생각하면 뭐해요. 다른 사람들이 오해하는데.
         사람들이 문자 보낼 때 왜 물결을 찍는지 알아요? 오해 사기 싫어서예요. 제발 말투 좀 바꿔요, 네?

진겸	(잠시 고민하다가. 말 떠는) 네에에에∼
태이	(황당) 지금 뭐하는 거예요?
진겸	물결요.

어이없다는 얼굴로 보는 태이. 여전히 진지한 진겸을 보고 태이가 웃음을 터트린다.

태이	(계속 웃으며) 나 올해 안 웃어도 되겠다. 형사님 때문에 올해 웃을 거 다 웃은 거 같아요.

S# 25   대학교 강의실 | 낮

빔 프로젝트에서 나오는 동영상 교재를 보고 있는 학생들. 태이는 교단에서 휴대폰을 보고 있다. '변태 형사'로 저장된 진겸의 번호에서 '변태'를 지운 후 뭐라 쓸지 고민하는 태이. 그러다 '형사'까지 지운 후, '박진겸'이라고 쓰곤 이름 뒤에 물결 표시를 한다. 흡족한 미소를 짓는 태이. 그러다 다시 사진첩에 있는 수학 공식과 기호들 사진을 본다.

S# 26   대학교 강의실 앞 복도 | 낮

복도에서 강의실 안 태이를 보는 진겸.

S# 27   고 형사 아파트 거실 | 낮

잔뜩 짜증 난 얼굴로 고 형사 처와 식사 중인 도연.

고 형사 처	진겸이는 요즘 많이 바쁘대? 통 안 오네?

도연	몰라요. 저한테 진겸이 얘기하지 마세요.
고 형사 처	(피식) 진겸이 때문에 힘들지? 너도 참 오래 참았다.
도연	(침울) ...
고 형사 처	그러니까 아줌마가 시키는 대로 해. 그냥 진겸이 앞에 가서 벗어. 훌렁.
도연	아줌마!
고 형사 처	진겸이도 남자야.
도연	(웃고) 됐거든요.

S# 28   고 형사 아파트 화장실 | 낮

손을 씻고 얼굴을 보던 도연, 갑자기 티셔츠를 끌어내려 섹시하게 어깨를 노출시킨다. 하지만 곧 '이게 뭐하는 짓이야'라는 표정으로 옷을 원위치시키는 도연.

S# 29   고 형사 아파트 거실 | 낮

식탁을 치우는 고 형사 처. 이때 도어록이 열리고 집 안으로 들어오는 고 형사. 잠 한숨 못 잔 피곤한 얼굴이다.

고 형사 처	이 시간에 웬일이야?
고 형사	샤워도 하고 딱 한 시간만 자고 가려고.
고 형사 처	알았어. 이불 펴줄게.

그러면서 고 형사 처, 서둘러 안방으로 들어가려는데. 갑자기 등 뒤에서 아내를 안는 고 형사.

고 형사 처	왜 이래?
고 형사	힘들어서 그래. 잠깐만 이러고 있을게.
고 형사 처	도연이가 봐.
고 형사	도연이가 어떻게 봐?

하는데, 욕실에서 나온 도연이 고 형사 부부를 보고 있다. 화들짝 놀라 안고 있던 팔을 푸는 고 형사.

고 형사	너 왜 여깄어?!!
도연	와, 대박. 저도 아줌마가 시키는 대로 해야겠어요.

S#30	수사반점 앞 진겸 차 안 ㅣ 낮

수사반점 앞 도로에 멈춰 서는 진겸의 차. 안전벨트를 풀던 태이가 살짝 근심 어린 표정으로.

태이	고마워요. 근데 이렇게 내 옆에만 있으면 범인은 언제 잡아요?
진겸	제가 알아서 하겠습니다.
태이	좀 더 범인 잡는데 집중해야 하는 거 아니에요?
진겸	... 그러니까 좀 빨리 내리십시오. 수사하러 가야 합니다.

태이, 피식 웃으며 내리려고 하는데. 이때 무언가를 꺼내 태이에게 건네는 진겸. 바로 가스총이다.

진겸	혹시 몰라 갖고 왔습니다. 사용해보신 적 있으십니까?
태이	아니요.

진겸	이렇게 안전장치를 푼 후...

머리를 맞대고 설명을 듣는 태이. 그런데 이때 한 남자가 운전석 창문에 얼굴을 들이민다. 바로 태이 부다.

S#31   수사반점 | 낮
나란히 앉아 있는 진겸과 태이. 그 앞에 태이 부모가 앉아 있다.

태이 모	얘기 많이 들었어요.
태이	어디서? 누가 엄마한테 형사님 얘기했어? 난 안 했는데?
태이 모	(딸 흘기다. 진겸 보며) 고마워요. 우리 딸 구해줘서.
태이 부	아직 식전이죠?
진겸	아닙니다. 괜찮습니다.
태이 모	그래도 먹고 가요. 중국요리 좋아하죠?
진겸	아니요. 싫어합니다.

당황하는 태이 부모. 하지만 태이, 진겸이 거짓말 못 한다는 걸 알기에 작게 한숨을 푹 내쉰다.

진겸	싫어하지만 주신다면 잘 먹겠습니다.
태이	(뻘쭘한 상황을 정리하며) 짜장면 먹어요. (아빠에게) 짜장면 줘. 주면 잘 먹을 거야. 빈말 못 하는 사람이야.

태이 부, 이상한 놈이다 싶은 얼굴로 진겸을 보다 주방으로 들어가면.

태이 모	우리 딸 괴롭힌 스토커는 잡힌 거죠?
태이	(당황) 엄마 그게...
진겸	네. 체포됐으니까 걱정 안 하셔도 됩니다.
태이 모	감사해서 어째. 잠깐 기다려요. 탕수육도 내올게요.

그러면서 태이 모까지 주방으로 들어가면. 진겸은 평상시처럼 표정 없다. 부모님이 걱정하실까 봐 거짓말을 해주는 진겸의 모습을 보면서 고마운 미소를 짓는 태이. 이때 울리는 진겸의 휴대폰.

진겸	(받으며) 네, 경사님.

S#32   경찰서 형사과 | 낮

동호가 진겸에게 주해민 휴대폰을 보여주며.

동호	이 휴대폰은 대포폰이라 추적하기가 쉽지 않답니다. 근데 공범 번호가 황당해요. 분명히 통신사엔 등록되지 않은 번호인데, 통화 기록은 있더라고요. (서류 건네며) 이건 통화 위치고요.
진겸	제가 직접 가서 확인해보겠습니다.

S#33   수사반점 | 낮

태이 앞에 나란히 앉아 있는 태이 부모.

태이 모	그 사람 진짜 그냥 경찰이야?
태이	(의아) 그냥 경찰이 아니면?

태이 모	너랑 잘 어울리는 거 같아서.
태이	(이상한 듯 부모를 보면)
태이 부	그 나이에 경위면 경찰대 출신이겠네. 수사반점 사위 수사반장 이라... 멋진데!
태이	(어이없는) 지금 뭐하는 거야?
태이 부	너도 이제 나이가 있는데 남자 만나야지.
태이	싫은데. 난 엄마 아빠랑 평생 같이 살 건데.

그 말에 당황하는 태이 부모.

태이 모	무섭게 이러지 마.
태이 부	어우, 상상만으로 무섭다.
태이	무슨 부모가 딸을 마다하냐. 나 피곤해. 먼저 올라갈게.

태이, 일어서는데.

태이 모	참 수녀님한테 전화 왔었어.
태이	왜?

S#34	희망보육원 원장실 | 낮

태이	언제?

태이 앞에 당황스러운 표정으로 앉아 있는 원장수녀.

원장	이틀 전인가. 진짜 몰라? 그 형사가 너에 대해 묻고 갔는데.
태이	형사 누구? 박진겸?
원장	아니야, 그런 이름.
태이	뭘 물어봤는데?
원장	니가 92년에 여기 어떻게 왔는지, 소지품에 책은 없었는지 뭐 이런 거.
태이	책?
원장	너 별일 없는 거지?
태이	그 형사 명함 같은 거 안 받았어?
원장	난 형사라길래 그럴 생각도 못 했지.
태이	진짜 형사 맞아? 어떻게 생긴 사람이었어?
원장	그냥 평범해... 나이는 40대쯤?
태이	또 뭘 물어봤어?
원장	(머뭇거리다) 니가 92년에 돌아가신 친아버지를 기억하냐고...

그 말에 당황스러운 표정으로 원장수녀를 보는 태이. 그런데 이
때 노크 소리와 함께 원장실에 누군가 들어온다. 놀랍게도 진겸
이다. 서로를 보고 놀라는 태이와 진겸.

태이	여기 어떻게 왔어요?

S# 35   희망보육원 복도 | 낮

연도별 단체 사진이 걸려 있는 복도에서 대화 중인 태이와 진겸.

진겸	여기 왔었다는 그 남자, 공범인 것 같습니다.

태이	(놀라서 보면)
진겸	이 보육원에 어떻게 오셨는지 기억하십니까?
태이	아니요.
진겸	친부모님에 대해 기억하십니까?

태이가 벽에 걸린 단체 사진을 보며, 슬프지만 담담한 목소리로.

태이	그거 알아요? 보육원 애들 대부분 여기 어떻게 오는지? 길가에 버려져서 오는 게 아니라, 친부모 손에 이끌려 여기서 버려져요. 엄마 금방 올게. 그 말을 믿으면서. 나도 그랬어요. 여기까지 엄마 손 잡고 왔는데, 거기까지만 기억나요. 아버지가 92년에 죽었다는 건 오늘 처음 알았어요.
진겸	...
태이	그 사람들이 나한테 이러는 이유가 뭘까요?
진겸	(걱정하듯 보다가) 다음부터는 절대 혼자 외출하지 마십시오. 집까지 모셔다드리겠습니다.

그러면서 진겸, 먼저 주차장으로 향하는데.

태이	기자님이 말한 92년 사건이 뭐예요? 혹시 그것도 나랑 관련된 거예요?
진겸	아닙니다. 유치장에 있는 남자 애깁니다.
태이	만나게 해줘요. 그 사람도 시간여행잔데. 날 찾아왔었잖아요.

S# 36   경찰서 유치장 | 밤

여전히 유치장 구석에 앉아 있는 민혁. 그러다 인기척이 느껴져 고개를 들면. 사건 파일 수첩을 든 채 민혁을 바라보고 있는 진겸. 1992년 이세훈 사건 피해자인 장동식 박사의 사진을 민혁에게 보인다.

진겸   92년 장동식 박사가 살해당했어.
민혁   쓸데없는 말할 거면 꺼져.
진겸   (계속) 경찰이 용의자로 세 명을 지목했는데. 그중 하나만 체포됐고. 체포된 남자는 발목이 잘린 상태였어.
민혁   그래서 뭐?
진겸   (서류를 넘겨 1992년 민혁의 사진을 보여주며) 발목을 자른 게 너지? 장동식 박사도 니가 죽였고?

민혁, 무시하듯 시선을 거두는데.

진겸   예언서 때문이야?

그 말에 사납게 진겸을 노려보는 민혁.

민혁   이세훈한테 들은 거야?
진겸   니가 자른 게 맞구나.
민혁   (사납게 노려보고)
진겸   그럼 박선영도 알겠네?
민혁   내가 알아야 돼?

진겸	윤태이 교수는?

그 말에 눈빛이 흔들리는 민혁.

진겸	윤태이 교수, 왜 찾아간 거였어?
민혁	(그 말에 잠시 흔들리다) 그러는 너는 왜 그렇게 그 교수를 챙기지?

다시 시선이 충돌하는 진겸과 민혁. 그런데 유치장 문을 여는 진겸.

진겸	나와.

S#37	경찰서 취조실	밤

진겸에게 이끌려 취조실 안으로 들어오는 수갑을 찬 민혁. 취조실 안에 앉아 있는 여자를 보고 굳어진다. 바로 태이가 기다리고 있었던 것. 살짝 동요하지만 곧 태연하게 태이 맞은편에 앉는 민혁. 태이는 담담한 표정으로 민혁을 바라보고. 진겸은 둘 사이 벽면에 기대서면.

태이	날 알아요?
민혁	…
태이	고수부지엔 왜 왔어요?
민혁	…
태이	(진겸에게) 잠깐 비켜줄래요? 금방이면 돼요.

진겸, 잠시 고민하다가 취조실을 나가면.

민혁   교수님이 위험한 행동을 하시길래 경고해드리려고 간 거였습
             니다.

태이   (의아한) 내가 위험해지면 그쪽이 난처해요?

민혁   ...

태이, 민혁의 곤혹스러워하는 표정을 놓치지 않고 도발하듯.

태이   시간여행 재밌죠? 부럽다.

민혁   ...

태이   근데 왜 시간여행까지 와서 날 죽이려고 해요?

민혁   (놀라 자기도 모르게) 무슨 소리야? 누가 널?!!

태이   ... 혹시 나랑 친했어요?

민혁   (아차 싶은) 제가 알지도 못하는 교수님과 어떻게 친합니까?

태이   지금 말고요.

민혁   (굳은)

태이   난 그쪽 몰라요. 근데 그쪽은 날 아는 거 같고. 그럼 그 이유밖에
             없잖아요.

딱 부러진 표정으로 민혁을 바라보는 태이. 민혁, 당황한 표정
으로 시선을 피하면.

태이   혹시 미래에 내가 무슨 문제라도 일으켜요? 그래서 날 죽이려
             고 하는 건가?

민혁	...
태이	알면서도 대답 안 하는 건지, 몰라서 대답 못 하는 건지 모르겠지만 이거 하나만 알아둬요. 우리보다 발전한 곳에서 왔을 테니 경찰들은 당신들 못 잡을 수도 있어. 하지만 난 당신들 존재를 증명할 수 있어. 조금만 기다려.

그러고는 태이, 떠나려는 듯 일어나는데.

민혁	위험한 짓 하지 마. 니가 할 수 있는 일이 아니야.
태이	진짜 나랑 친했나 보네. 근데 나는 아직 아니야. 앞으로도 아닐 거고.

가슴 아픈 얼굴로 태이를 보는 민혁.

#취조실 앞 복도 | 낮

벽에 기대서서 1992년 사건 파일철을 보고 있는 진겸. 그런데 마지막 장에 겁에 질린 장 박사의 어린 딸 사진이 나온다.

#플래시백

(35신 희망보육원 복도)

태이와 얘기 중이던 진겸, 복도에 걸린 단체 사진 안의 아이들 얼굴에 시선이 머문다.

#현재

장 박사의 어린 딸 사진을 굳은 얼굴로 바라보는 진겸. 이때 취조실에서 나오는 태이. 진겸이 서류를 덮는다.

태이	저 사람 짜증 나는데 한 대 때려주시면 안 돼요?
진겸	직접 하시죠.
태이	(흑해서) 내가 때려도 돼요?
진겸	당연히 안 되죠. (취조실로 향하며) 여기서 잠시만 기다려주십시오.
태이	(실망) 둘 다 때리고 싶다.

#다시 취조실

진겸이 취조실 안으로 들어오면.

민혁	불법 시간여행자야.
진겸	??
민혁	방사선 피부 발진 때문에 온몸에 반점이 있을 거야. 주변 과거 인들까지 감염됐을 거고. (사이) 미래에서 온 자를 상대할 때는 보이는 것만 믿어선 안 돼.

갑작스러운 진술에 민혁을 이상히 보는 진겸. 하지만 민혁, 답 답한 얼굴로 테이블에 이마를 댄다.

S#38   과수대 회의실 | 밤

스크린에 투사되는 문서진의 상처와 부검 사진을 보고 있는 동호. 몸 이곳저곳에 얼룩진 붉은 반점들이 보이고. 맞은편에 앉은 부검의가 입을 연다.

부검의	반점에서 방사능 농도가 기준치보다 서른 배 이상 높게 나왔어. 대체 어떻게 안 거야?
동호	저도 모르겠습니다. 박 경위님이 확인해보라고 하셨어요.

S# 39   주해민 오피스텔 | 낮

과거인 주해민이 손발이 묶인 채 버둥거린다. 가까운 소파에 앉아 서류를 보고 있는 미래인 주해민이 보인다. 두 명의 주해민을 한 화면에 보여주는 카메라. 벽에는 희생자들의 사진과 정보들이 붙어 있다. 그중 태이의 사진에 칼을 박는 주해민. 주해민의 손에 반점이 선명하다.

S# 40   대학교 강의실 앞 복도 | 밤

전화를 받고 있는 진겸 뒤로 태이가 보인다.

(동호)	문서진 씨 몸에도 반점이 있었습니다.
진겸	수고하셨습니다.

곧 전화를 끊고 다가오는 진겸.

진겸	늦었습니다. 제가 모셔다드리겠습니다.

태이, 진겸에게 고맙지만 단호하게.

태이	좀 더 있을게요. 공식에 대해 알아보고 싶어서요.
진겸	(보면)

태이   (미소로) 내 걱정은 마세요. 건장한 경찰이 둘이나 있는데.

태이의 시선으로 복도 끝에 몽타주를 들고 서 있는 경찰 둘이
보인다. 진겸, 태이에게 인사하고 복도를 걷는다. 그러다 다시
한번 태이가 있는 곳을 쳐다보는 진겸. 계속 진겸을 보고 있던
태이가 작게 손을 들어주며 걱정하지 말라고 한다. 고개를 살짝
끄덕이며 답하는 진겸.

S#41   대학교 강의실 | 밤
           텅 빈 계단식 강의실. 벽 전면의 거대한 화이트보드에 수학 공
           식을 쓰기 시작하는 태이.

S#42   대학 강의실 1층 | 밤
           엘리베이터 문이 열리고 내리는 진겸. 70대 초반의 올드한 정장
           차림의 남자(이하 노교수)와 살짝 부딪친다. 진겸, 노교수가 떨어
           트린 책을 재빨리 주워준다.

노교수   (인자한) 고마워요.

S#43   달리는 진겸 차 안 | 밤
           운전하고 있는 진겸. 조수석에 놓여 있는 주해민의 몽타주에 슬
           쩍 눈길을 준다.

S#44   대학교 강의실 복도 | 밤
           엘리베이터가 열리고 노교수가 내린다. 그러자 경찰들은 대수

롭지 않게 노교수를 들여보낸다. 천천히 복도를 걸어 강의실로
향하는 노교수.

S# 45 　달리는 진겸 차 안 | 밤
신호에 걸려 있는 진겸. 주해민 얼굴에 여러 스타일의 머리 모
양, 안경을 씌워놓은 다양한 몽타주를 유심히 본다. 그러다가
문득 뭔가 떠올린다.

플래시백 | 엘리베이터 앞

진겸과 부딪히며 책을 떨어뜨린 노교수. 주름진 얼굴과는 다르
게 주름 하나 없는 매끄러운 목이 보인다.

플래시백 | 경찰서 유치장 | 밤

민혁　　미래에서 온 자를 상대할 때는 보이는 것만 믿어선 안 돼.

현재

갑자기 불법으로 유턴하는 진겸. 진겸의 차 앞 도로가 정체로
꽉 막혀 있다.

S# 46 　교차 | 밤
유치장
고요한 표정으로 앉아 있는 민혁.

#경찰서 정문

의경이 지키는 정문으로 들어온 경찰차. 수갑을 찬 잡범이 경찰차에서 끌려 나온다.

#경찰서 유치장

수갑 찬 잡범을 끌고 들어오는 정복경찰. 잡범을 민혁이 들어 있는 유치장에 들여보내고 문을 잠그고 책상 위의 서류를 들고 다시 와보면, 민혁이 있던 유치장이 텅 비어 있다. 자기 눈을 의심하듯 다시 보면, 역시 아무도 없다!

S#47   거리 | 강의실 교차 | 밤

#거리

전화하며 전속력으로 뛰는 진겸.

#대학교 강의실

테이블 위에서 휴대폰이 진동한다. 태이가 전화를 받으려는 순간, 문이 열리며 노교수가 들어온다.

노교수   윤태이 교수님?
태이   네, 전데요. 누구세요?
노교수   (대답 없이 보드를 보며) 흥미로운 방정식이네요.

#강의실 앞 복도

쓰러져 있는 두 경찰.

S# 48 앨리스 로비 | 밤

46신의 잡범과 시영이 걸어온다. 두 사람에게 다가가는 철암.

철암 민혁이는?

잡범 팀장님, 경찰서에서 나오자마자 갑자기 갈 곳이 있다며 가버리
셨습니다.

철암 도대체 무슨 생각이지?

시영 저도 잘 모르겠어요.

S# 49 대학교 강의실 | 밤

아무 말도 없이 화이트보드를 응시하는 노교수.

태이 (경계하듯이) 누구시냐고요?

노교수가 말없이 마커를 쥐더니 끊어진 공식에 이어 풀어 나가
기 시작한다. 거침없이 풀리는 공식을 보며 점점 놀라는 태이.
그때, 노교수의 손에 있는 반점을 발견하고 경직된다. 태이의
반응을 감지하고 씨익 웃는 노교수. 귀 속 홀로그램 칩을 빼자
40대 주해민으로 변한다. 태이, 놀라서 소리도 지르지 못한다.
주해민이 태이에게 위협적으로 다가온다. 태이, 무섭지만 용기
를 내 입을 연다.

태이 나한테 이러는 이유가 뭐예요?

주해민 니가 봐선 안 될 것을 봤기 때문이야.

태이 보다니... 뭘?

보육원 | 태이의 과거

주해민	(썩소를 날리며) 예언서.
태이	네?

얼어붙은 얼굴로 주해민을 보는 태이. 그런데 이때 누군가 강의실 안으로 달려들어 주해민을 덮친다. 바로 민혁이다. 주해민을 쓰러트린 후 걱정스러운 얼굴로 태이를 보는 민혁. 태이는 놀란 얼굴로 민혁을 바라본다.

민혁	나가십시오.

그 말에 태이, 굳은 얼굴로 민혁을 보다가 밖으로 도망치는데. 그 순간 칼로 민혁의 배를 찌르는 주해민. 고통스러워하며 쓰러지는 민혁.

민혁	과거인을 죽이는 이유가 뭐야?
주해민	다 너 때문이야. 너 때문에 과거인 손에 예언서가 들어갔잖아!

그 말에 굳은 얼굴로 주해민을 보는 민혁. 그런 민혁을 보며 비릿한 미소를 짓는 주해민. 민혁을 죽이려는 듯 있는 힘껏 칼로 민혁의 목을 찌르려고 하는 주해민. 그때, 타앙! 소리와 함께 가스총이 발사되고 주해민을 향해 가스가 분출된다. 태이가 도망치지 않고 주해민을 공격한 것. 주해민은 주춤하지만 곧 정신을 차리고 태이를 보고 달려든다. 태이, 다가오는 주해민을 향해 총구를 겨누지만, 주해민이 태이의 총과 손을 붙잡고 그 바람에 가스가 허공으로 분사된다. 씨익 웃는 주해민이 다른 손으로 태

이의 목을 잡고 벽으로 밀어붙이는데. 콰쾅 소리와 함께 문을 박살 내며 뛰쳐 들어오는 진겸. 주해민의 가슴을 어깨로 받으며 함께 나뒹굴고, 재빨리 일어나 공격 자세를 취한다. 곧바로 진겸을 노리는 주해민의 칼. 하지만 진겸, 주해민의 공격을 방어하며 칼을 빼앗은 후 주해민을 제압하려고 하는데. 진겸을 밀치며 주머니에서 무언가를 꺼내는 주해민. 바로 타임카드다. 보고 놀라는 진겸, 주해민이 도망치는 것을 막기 위해 붙잡으려고 하는데. 타임카드 위에 자신의 손가락을 올리며 창문으로 몸을 날리는 주해민. 진겸이 재빨리 창문으로 달려가 창문 아래를 확인하면, 감쪽같이 사라진 주해민. 굳은 얼굴로 사라진 주해민을 찾다가 민혁을 보면. 민혁 역시 사라진 상태다. 태이를 향해 돌아서는데, 진겸을 와락 껴안는 태이. 잠시 당황하는 진겸, 팔을 어쩌지 못하고 가만히 있으면. 태이, 진겸을 안은 채 몸을 부들부들 떤다.

진겸   (안타까운 눈빛으로) 걱정하지 마십시오. 이제 괜찮습니다.

그런데 강의실 밖에서 이 모습을 지켜보고 있는 민혁. 세 사람이 한꺼번에 잡히는 장면에서. (페이드아웃)

S#50   폐창고 | 밤

석오원이 간이침대에 의식 없이 쓰러져 있다. 그 옆 철제 의자에 앉은 50대 남자가 예언서를 읽고 있다. 그런데 비장한 표정으로 예언서를 보는 남자, 고 형사다. 마지막 장이 찢어진 것을 보고 굳는다.

(1회 6신)

장 박사, 양장본의 마지막 장을 찢어 몇 번 접은 후 아이 손에 쥐어준다.

장 박사   그리고 이거 절대 잃어버리면 안 돼.

신이 난 얼굴로 고개를 끄덕이는 딸.

S#51   경찰서 형사과 복도 | 아침

서류철을 들고 복도를 걷는 진겸. 유리창 너머로 태이가 보이는 취조실로 들어가려는 순간, 문자가 들어온다. 원장수녀가 보낸 사진 파일이다. '부탁하신 1992년 보육원생 단체 사진입니다.' 파일을 열어보는 진겸. 스무 명쯤 되는 아이들 가운데 한 아이를 줌인하고. 동시에 1992년 사건 서류를 펼쳐 장 박사의 딸 사진을 보면, 두 아이의 얼굴이 똑같다. 눈을 질끈 감는 진겸.

S#52   경찰서 유치장 | 아침

빈 유치장 앞에서 기가 찬 얼굴로 서 있는 서장. 그 앞에 하 형사, 홍 형사와 동호가 열중쉬어 자세로 서 있다.

서장   집구석 잘 돌아간다. 어떻게 안방이 털려? 고 팀장 이 새끼는 어디 갔어?

하 형사   그게...

홍 형사   오늘 출근 안 하셨는데요.

| 동호 | (홍 형사를 푹 찌르며) 그게 아니라. 형수님이 아프시답니다. |
| 서장 | 어이구, 사수라고 감싸기는. 이거 기사화됐다간 다 끝장이야.
단체로 옷 벗기 싫으면 무조건 막아. |

형사들, 계속 주눅 든 모습으로 눈치를 보면.

| 서장 | 내가 막을까! |

그러자 바로 달려 나가는 형사들.

S#53   언론사 사회부 | 아침

도연이 심각한 표정으로 기사를 쓰고 있다. '서울남부서 지붕 뚫리다.' 헤드카피를 쓰고 '이걸 쓰는 게 맞나', 심란한 표정이 되는 도연. 그때, 뒤에서.

(김 부장)	뭐하냐?
도연	(놀라서 노트북 닫고) 왜 남의 걸 훔쳐봐요? 상도도 몰라요?
김 부장	(어이없는) 뭐, 상도? 야, 나 니 상관이야.

그때 전화가 와서 보면, 동호다. 도연, 조금 난처한 얼굴로 전화 받으면.

#화자에 따라 교차

| 도연 | 네. |
| 동호 | (다짜고짜) 팀장님이 결근하셨습니다. |

도연	무슨 소리예요?
동호	22년 개근하셨는데, 지금은 연락도 안 되십니다.
도연	그래서요?
동호	나쁜 생각만 안 하셨으면 좋겠습니다.
도연	아저씨를 몰라도 너무 모르시네요. 근처 사우나 뒤져보세요. 바빠서 끊을게요.
동호	(다급한) 기자님! 얼굴만큼 마음도 짱 예쁘신 김 기자님!!
도연	진짜 끊어요.

도연이 전화를 끊자, 아직도 옆에 서 있던 김 부장.

김 부장	(한껏 궁금한) 왜? 무슨 일인데?
도연	제가 얼굴도 마음도 짱 이쁘대요. 다 아는 걸 새삼스럽게. (노트북 챙겨 나가며) 저 취재 가요.

S#54	**경찰서 취조실 | 아침**
	두 번이나 끔찍한 일을 당해선 듯 멍한 표정으로 취조실에 앉아 있는 태이. 진겸, 들어와서 잠깐 주저하다가 맞은편 의자를 끌고 와 태이 옆에 앉는다. 서로 어깨를 붙이고 나란히 앉은 두 사람.

진겸	괜찮으십니까?
태이	... 이해가 안 돼요. 내가 예언서를 읽었대요.
진겸	(예언서라는 단어를 듣고 굳은)
태이	그래서 죽어야 한다고... 난 예언서가 뭔지도 모르는데...

이세훈   예언서를 가지면 뒈지거나 내 꼴이 되니까.

          #현재

진겸   다른 말은 없었습니까?
태이   그게 다였어요.
진겸   내일부터 강의는 휴강하시고 당분간 임시거처에서 저랑 지내
         시죠.

         진겸의 돌발적인 제안에 그제야 진겸을 똑바로 바라보는 태이.

태이   무슨 뜻이에요?
진겸   현재로서는 24시간 저와 함께 있는 게 안전합니다.
태이   설마 같이 살자고요? 아무리 그래도 결혼도 안 한 남녀가 어떻
         게 한집에서 같이 살아요?
진겸   그런 거 따질 때가 아닙니다. 지금은 교수님 안전이 제일 중요
         합니다.
태이   (의아한 눈으로) 다른 사람한테도 이래요?
진겸   네?
태이   왜 이렇게 날 걱정해줘요?
진겸   (눈을 맞추며) 교수님이 특별해서 그렇습니다.

진겸의 눈을 바라보며 진심을 파악하려 노력하는 태이.

태이   (조심스레) 특별하다니 무슨 뜻이에요? 혹시 나 좋아해요?
진겸   아니요. 좋아하진 않습니다.
태이   (실망) 뭔 소리야? 좋아하진 않는데 특별하다니?
진겸   ...저도 제가 무슨 소릴 하는지 잘 모르겠습니다.

어이없는 듯 보다가 피식 미소를 짓는 태이.

태이   그래서 그 임시거처는 어딘데요?

S#55   진겸 옛집 | 낮

진겸의 옛집으로 들어가는 카메라. 엄마와의 추억이 묻어 있는
집 안. 살림살이는 빠졌지만 큰 가구는 그대로다. 낡은 소파 아
래로 내려가는 카메라가 틈 사이에 떨어져 있는 사진 한 장을
클로즈업한다. 어린 진겸(4세)과 태이(8세)가 놀이동산에서 함께
찍힌 사진이다.

S#56   1995년 | 놀이공원 | 낮

자막 '1995년'

놀이공원으로 한 무리의 아이들과 수녀님이 들어온다. 희망보
육원 원생들과 젊은 원장수녀님이다. 원장수녀님, 뒤에서 딴짓
하는 한 아이를 부르며.

원장   태이야.

그 소리에 고개를 드는 예쁘장한 여자아이, 바로 여덟 살 태이
다. 그리고 멀리서 이 모습을 바라보는 여인, 바로 선영(30대 중
반)이다. 그때, 색색의 풍선을 잔뜩 들고 나타난 곰돌이. 보육원
원생들이 곰돌이를 에워싸면, 곰돌이가 아이들에게 풍선을 하
나씩 나누어준다. 선영의 손을 쥐고 있던 어린 진겸(4세), 천천
히 그쪽으로 다가가면. 선영, 만류하려 하지만 이미 늦었다. 하
지만 진겸, 더 가지 않고 중간에 서서 무표정하게 풍선을 쳐다
본다. 그때, 진겸에게 풍선을 내미는 아이. 바로 태이다. 태이가
내미는 풍선을 받는 진겸. 그 장면을 선영이 사진 찍는다.

S#57   진겸 옛집 앞 | 낮
진겸과 태이가 진겸의 옛집을 올려다보며.

8

진겸 태이 동거

S# 1   2011년 | 삼겹살집 뒤편 골목길 | 밤

(4회 4신)

칼로 고 형사의 배를 찌르는 문신 남. 워낙 눈 깜짝할 사이에 벌어진 일이라서 속수무책으로 당하는 고 형사.

고 형사   너... 이 새끼... 미쳤어?

문신남   그럼 미쳤지, 안 미치냐? 너 때문에 빵에 갔는데.

문신 남, 고 형사를 진짜 죽이려고 하는지 다시 한번 칼을 치켜드는데, 누군가가 문신 남의 팔을 잡는다. 바로 진겸이다.

S# 2   2011년 | 병원 병실 | 낮

(4회 5신)

고 형사   이리로 와봐.

진겸   (다가가자)

고 형사   얼굴만 더 가까이.

진겸, 고 형사가 할 말이 있다고 생각한 듯 얼굴을 가까이 가져가는데. 그 순간 냅다 진겸의 뒤통수를 후려치는 고 형사. 진겸, 당황스러운 표정으로 보자.

고 형사　　이제부터 내가 너 인간 좀 만들어야겠다.

진겸을 보며 씨익 웃는 고 형사.

S#3　　　2011년 | 고 형사 아파트 거실 | 낮
고 형사 처가 준비한 먹음직스러운 음식들로 채워진 식탁. 그런데 진겸 혼자 덩그러니 앉아 있을 뿐. 고 형사 부부의 모습은 보이지 않는다. 이때 안방에서 들려오는 고 형사 부부의 다툼 소리.

(고 형사 처)　내가 지금 진정하게 생겼어? 어떻게 그런 생각을 해?
(고 형사)　　진겸이 아니었으면 당신 과부 될 뻔했어. 착한 애야.
(고 형사 처)　나도 소문 다 들었어. 저 학생 엄마도 저 학생이 그런 거라며?
(고 형사)　　그거 헛소문이라고 몇 번 말해. 내 담당 사건이야. 내가 설마...

(고 형사 처)　(자르며) 어쨌든 싫어. 나 쟤 무서워. 정신과 치료도 받은 애잖아.

이렇게 부부의 다툼 소리가 선명하게 들려오지만, 여전히 아무런 표정 변화 없이 앉아 있는 진겸. 이때 맞은편 자리에 놓여 있던 고 형사의 폴더폰이 울린다. 벨 소리를 듣고 거실로 나온 고 형사, 전화를 받고 한숨을 내쉰다.

고 형사	확실해? (듣고) 알았어. 바로 현장으로 출발할게.

그러고는 고민스러운 표정으로 전화를 끊는 고 형사. 이때 아내가 거실로 나오자.

고 형사	나 가봐야 할 거 같아.
고 형사 처	(당황) 지금?
고 형사	(진겸에게) 미안하다. 아저씨가 불러놓고. 그래도 다 먹고 가.

그러고는 고 형사, 다급히 차 키를 들고 밖으로 나가면. 난감한 표정으로 진겸을 보는 고 형사 처. 그런데 여전히 아무런 표정 없는 얼굴로 자리에서 일어서는 진겸.

진겸	저도 가볼게요.
고 형사 처	(예의상) 아니 왜... 먹고 가지.
진겸	걱정 안 하셔도 돼요. 전 이 집에 들어올 생각 없는데 아저씨가 억지 부리시는 거예요.
고 형사 처	(들었구나 싶어 당황) 아줌마는 그냥... 그러니까 그게...
진겸	신경 쓰지 마세요. 누가 저한테 뭐라든 상관 안 하니까.
고 형사 처	(미안한)
진겸	그래도 제가 어머니 죽였다는 소리만큼은 듣기 싫어요. 저같이 이상한 놈도... 그런 오해는 받기 싫어요. 오늘 초대해주셔서 감사합니다.

그러고는 공손하게 인사한 후 집을 떠나는 진겸. 안타까운 얼굴

로 진겸을 보는 고 형사 처.

S#4   2011년 | 진겸 집 거실 | 낮

혼자 라면을 먹고 있는 진겸, 이때 초인종 소리에 문을 열어주면. 양손에 장바구니를 든 고 형사 처가 들어온다.

진겸   무슨 일로 오셨어요?

고 형사 처   (식탁의 라면 보고) 아줌마가 밥 차려줄 테니까 기다려.

진겸   아니요. 괜찮아요.

고 형사 처   이럴 때는 그냥 고맙습니다, 하면 되는 거야. 주방 좀 쓸게. 집 좋네.

그러면서 고 형사 처, 장바구니를 싱크대에 올려놓고 냉장고 문을 여는데. 오래되어 곰팡이 핀 반찬통들이 줄줄이 나온다.

고 형사 처   (이상한) 이 반찬들 뭐야?

진겸   (머뭇거리자)

고 형사 처   (이유를 짐작한 듯 안타까운 시선으로 보며) 엄마가 만들어주신 거야?

진겸   ... 놔두세요.

하지만 선영이 만들어준 반찬들을 모두 싱크대에 버리는 고 형사 처.

진겸   (놀란) 아주머니!

고 형사 처   (계속 반찬들 버리며) 너 범인 잡으려고 경찰대 간 거라며. 나 형사

와이프 15년 차야. 사적인 감정에 얽매이기 시작하면 절대 못 잡아. 벌써 지고 들어가는 건데 어떻게 잡아? 형사가 냉정함을 유지해야지.

진겸   ...

고 형사 처   우리 집에 와 있어. 범인 잡을 때까지만. 나랑 살기 불편하면 빨리 잡아. 아줌마가 응원해줄게.

진겸   그래도...

고 형사 처   (농담조) 우리 남편 사람 좋고 착한데. 범인은 잘 못 잡아. 그러니까 니가 직접 잡아야 돼.

그러면서 진겸을 먹을 식사를 준비하는 고 형사 처. 그런 고 형사 처를 빠히 보는 진겸. 이때 집 안으로 들어오는 고 형사.

고 형사   여긴 차 댈 데가 왜 이렇게 없냐? (분위기가 이상하자) 왜 그래? 당신 또 진겸이한테 이상한 소리 했지!

고 형사 처   (진겸 보고 웃으며) 봤지? 형사라는 사람이 이렇게 감이 없다니까.

고 형사   뭔 소리야?

S#5   2011년 | 진겸 집 앞 골목 | 낮
              이삿날인 듯. 인부들과 함께 진겸의 침대와 책상을 용달차에 싣는 고 형사.

S#6   2011년 | 진겸 집 거실 | 낮
              텅 빈 자신의 방을 보는 진겸. 하지만 진겸의 방만 비워지고 거실의 소파를 비롯해 모든 가구들은 아직 그대로 놓여 있다. 그

런데 이때 진겸이 만들어낸 상상으로 안방에서 나오는 선영의 모습이 보인다. 마치 현실과 상상이 하나로 합쳐진 것처럼. 진겸 옆을 지나 주방으로 향하는 선영. 그런 선영의 모습을 깊어진 눈으로 바라보는 진겸. 그러다 진겸을 돌아보는 선영.

선영   어디 가는 거야?

진겸   응... 대신 꼭 돌아올게. 여기가 우리 집이니까.

아련한 스무 살 진겸의 모습에서.

S#7   진겸 옛집 거실 | 낮

(화면 이어지듯) 아련한 모습으로 서 있는 스물아홉의 진겸. 그런데 거실을 둘러보고 있는 젊은 여성, 바로 태이다. 이런 두 사람의 모습에서 소개되는 진겸의 옛집. 10년 동안 비어져 있던 집이라고 볼 수 없을 정도로 깨끗하게 유지된 상황. 당연히 처음 온 집인데, 알 수 없는 익숙함을 느끼는 태이.

태이   누가 살던 집이에요?

진겸   ... 저희 서에서 안전가옥으로 이용하는 곳입니다.

S#8   경찰서 복도 | 낮

정신없이 도망치는 동호. 하지만 뒤쫓아 온 누군가에게 붙잡히는데. 바로 도연이다.

도연   진짜 이럴 거예요? 형사님 때문에 특종까지 포기했는데.

동호	저도 진짜 박 경위님이 지금 어디 계신지 모른다니까요.
도연	(협박조) 형사님 기억 니은 디귿이 얼마나 무서운지 아직 모르죠? 나 진짜 간만에 세종대왕님 애민정신 쌩까고 살벌하게 경찰 저격 기사 써볼까요?
동호	(울상)
도연	지금 기사 소스가 막 떠오르니까 당장 진겸이 있는데 알아내요!

S#9   진겸 옛집 거실 to 안방 | 낮
동호와 통화 중인 진겸.

(동호)	김 기자님 어떻게 하실 거예요!!
진겸	진짜 기사 쓸 애 아니니까 걱정하실 필요 없습니다. 다른 연구원들은 어떻습니까?
(동호)	인원 추가 배치해서 보호 중이라 괜찮은 거 같습니다.
진겸	알겠습니다. 당분간 저는 교수님 보호에만 집중할 테니까 새로운 단서가 나오면 연락 주십시오.

그러고는 전화를 끊는 진겸, 태이를 보면. 아직 집을 둘러보고 있는 태이, 익숙한 곳에 있는 듯 자연스럽다.

| 진겸 | 안 어두우십니까? |

그러면서 진겸, 거실 조명을 켜주기 위해 스위치 쪽으로 향하는데. 그런데 먼저 스위치 앞으로 향한 태이. 붙어 있는 네 개의 조명 스위치 중 거실 조명 스위치를 한번에 찾아내 조명을 켠다.

마치 이 집에 와본 적 있는 사람처럼 자연스럽게 안방 문을 열고 안을 들여다보는 태이. 태이를 빤히 보는 진겸.

태이　왜요?

진겸　아무것도 아닙니다. 그 방을 쓰시면 됩니다.

태이　나보고 안방을 쓰라고요?

진겸　(놀란) 그 방이 안방인지 어떻게 아셨습니까?

태이　(너무 당연한 듯) 제일 커서요. 이게 놀랄 일이에요?

진겸　(민망) 네. 크죠. 그 방이.

태이, 다시 안방을 보면. 선영이 사용하던 화장대와 옷장, 그리고 침대까지 10년 전 그 모습 그대로 놓여 있다. 방으로 들어가 선영이 사용했던 물건들을 하나하나 만져도 보고 집어도 보는 태이. 그 모습을 애잔하게 바라보는 진겸. 돌아서는 태이와 눈을 마주치자 표정을 감춘다.

진겸　침구는 새로 교체해드리겠습니다.

태이　알았어요. 엄마한테 전화해서 필요한 것 같고 오라고 할게요.

그러면서 태이, 휴대폰으로 전화를 걸려고 하는데. 갑자기 태이의 휴대폰을 낚아채는 진겸. 태이의 휴대폰 전원을 꺼버린다. 태이, 당황스러운 표정으로 보자.

진겸　위치가 노출될 수 있기 때문에 여기 계신 동안 전화 통화는 물론 외출도 안 됩니다. 인터넷의 경우도 교수님 개인정보가 담겨 있는 사이트에는 접속하시면 안 됩니다.

태이　이럴 거면 왜 여기로 데려와요? 차라리 유치장이 편하겠다.

진겸　(진지) 제가 그 방법을 미처 생각 못 했네요.

태이　미처 생각 못 해서 천만다행이네요.

진겸　어차피 여기 오래 계시진 않을 겁니다. 필요한 물건 적어주시면
　　　제가 준비해드리겠습니다.

Cut to

심각한 얼굴로 무언가를 보고 있는 진겸. 보면, 어느 노트에 태
이가 필요한 물건들이 쭉쭉 적혀 있는데. 한 페이지로 끝나는
게 아니라 다섯 장이 넘어간다.

진겸　여기서 평생 사실 생각이십니까?

태이　(왜? 하는 표정) 필요한 거 말하라면서요?

진겸　(한숨) 알겠습니다. 최대한 준비해보겠습니다.

그러면서 다시 꼼꼼히 노트에 적힌 물품들을 확인하는 진겸. 태
이, 그런 진겸을 바라보다가 다시 한번 집을 둘러본다. 진겸의
잘생긴 얼굴을 힐끗 보며, 수줍음이 묻어나게.

태이　근데 이 집에 정말 우리 둘만 있는 거예요?

진겸　네. 많이 불편하시겠지만, 상황이 상황이니만큼 이해해주십시오.

태이　진짜 너무 불편하겠다.

하지만 말과 달리 진겸과 같이 있는 게 싫지 않은 듯 기분 좋은

미소 짓는 태이 모습에서.

S#10   수사반점 | 밤

태이 부   (잔뜩 흥분) 어떤 놈이야! 어떤 놈이 감히 내 딸을 건드려!

흥분한 태이 부 옆에 걱정스러운 얼굴로 앉아 있는 태이 모. 태
이 부모 앞에 하·홍이 앉아 있다.

하 형사   아버님 우선 흥분을 가라앉히고.
태이 부   내가 지금 흥분 안 하게 생겼어! 우리 딸이 죽을 뻔했다는데! 어
           떤 놈인지 말해. 내가 잡을 테니까. 니들 내가 누군지 모르지!
           우리 가게 이름이 왜 수사반점인지 알아!
홍 형사   최불암 팬이세요?
태이 부   이 자식들이 진짜.
태이 모   (버럭) 조용히 좀 해! 지금 그게 중요해!

태이 모의 한마디에 바로 얌전해지는 태이 부.

태이 모   (하·홍에게) 그래서 우리 태이는 괜찮은 거죠?
하 형사   (정중) 네. 걱정하실 필요 없습니다. 현재 안전한 곳에 계십니다.
           혹시라도 식당에 이상한 손님이 오거나 수상한 자가 보이면 저
           희한테 바로 연락 주십시오. 그리고 막내 따님한테도 몇 가지
           여쭤볼 게 있어 찾아뵈려고 했는데. 퇴사하시고 지금은 다른 일
           하십니까?

그 말에 황당한 표정으로 하·홍을 바라보는 태이 부모.

태이 모   무슨 소리예요? 우리 딸 지금 은행 잘 다니고 있는데?
홍 형사   (이상한) 저희가 은행까지 찾아갔었는데.

이때 수사반점으로 들어오는 여자, 바로 태연이다.

태연   나 왔어. (엄살) 진짜 남의 돈 버는 게 제일 힘든 거 같아. 나 잡
         채밥.

그런데 태연의 화려한 미모에 넋을 놓는 하·홍. 하지만 태연,
자기를 빤히 쳐다보는 하·홍의 시선을 무시하며 빈자리에 앉는
데. 사납게 태연을 노려보는 태이 부모.

태연   (이상한) 왜?
태이 부   너 사표 냈어?
태연   (천연덕스럽게) 무슨 소리야? 방금 퇴근한 사람한테.

그런데 태연, 말과 달리 밖으로 쌩 도망쳐버린다.

태이 모   저 가시나 진짜! (하·홍 보며) 뭘 보고 있어요!
하·홍   ??
태이 부   체포해! 당장!

황당한 표정으로 태이 부모를 보던 하·홍, 누가 먼저랄 거 없이

달려 나가면.

S# 11   수사반점 | 밤

무릎 꿇고 앉아 있는 태연. 그러다 구석에서 짜장면 먹고 있는 하·홍을 원망의 눈길로 노려보는데.

태이 부   아니 남들은 들어가지 못해서 안달인 은행을 왜 그만둬?

태연   진짜 나랑 안 맞아서 그래.

태이 모   그래 니가 나한테 안 맞아서 그런 거 같다.

그러면서 태연의 등짝을 때리는 태이 모.

태연   아파!! 가정폭력으로 신고할 거야!!

태이 모   신고해! 난 항소할 거야!!

태연   항소가 뭔지도 모르면서!

태이 모가 한 번 더 등짝을 때리면, 아파하는 태연. 다시 하·홍을 짜증 난 얼굴로 보는데. 이런 태연이 귀여운 듯 미소 짓는 하·홍.

하 형사   내가 찍었다. 건들지 마라.

홍 형사   후배로서 충고 드리는데 수사에 집중하시죠. 선배님은 이번 범인 잡아야 다음 생에 저런 여자 만날 수 있습니다.

하 형사   (노려보는) 너는 위아래도 없냐?

홍 형사   여자 앞에서 모든 남자는 수평적 관계를 유지하죠.

불꽃이 튀는 하·홍의 모습에서.

S# 12   진겸 옛집 거실 | 밤
새로 구입한 화이트보드를 비롯해 박스들이 산적해 있고. 무엇 때문인지 답답한 얼굴로 소파에 앉아 있는 태이. 그 앞에 진겸, 이케아 류의 복잡한 조립 가구 앞에 앉아 설명서만 열심히 보고 있다.

태이   (답답) 지금 공부해요?
진겸   이게 보기보다 복잡한 겁니다.
태이   아니 이 정도 갖고 설명서를 왜 봐? 딱 봐도 어떻게 조립하면 될지 그려지는데. 비켜봐요.

그러고는 태이, 전동 드라이버로 직접 가구들을 조립하기 시작하는데. 설명서 한 번 보지 않고 필요한 나사들만 쏙쏙 찾아 능수능란하게 조립하더니. 순식간에 가구들을 완성해버린다. 그러고는 별거 아니라는 듯 손을 탁탁 터는 태이.

진겸   제가 충분히 할 수 있었습니다.

민망해하는 진겸을 귀엽게 흘기다가.

태이   배고픈데 우리 밥이나 먹어요. 뭐 시켜 먹을래요?
진겸   배달 음식은 안 됩니다. 위치가 노출될 수도 있습니다. 식사는 제가 직접 만들어드리겠습니다.

태이   (의외) 형사님 음식 잘해요?

진겸   아니요. 한 번도 해본 적 없습니다.

태이   (뾰로통) 형사님 가만 보면 되게 하찮아. 할 줄 아는 것도 없고,
        범인도 못 잡고.

태이, 구시렁거리며 손을 걷어붙인다.

태이   김치는 있죠?

Cut to

가스레인지 위에서 지글지글 끓고 있는 김치찌개. 결국 태이가
요리하기로 한 듯 찌개를 끓이고 있는 태이.

진겸   죄송합니다. 요리까지 하시게 해서.

태이   됐으니까 맛 한번 봐요.

그러자 진겸, 다가와 찌개 맛을 보면. 태이, 맛 평가를 초조한 얼
굴로 기다리는데.

태이   어때요?

진겸   (무표정) 시켜 먹을까요?

무안함과 민망함이 밀려드는 태이.

태이   혀는 감정이 풍부한가 봐요?

| 진겸 | 오해하지 마십시오. 맛이 없다는 건 아닙니다. 생각해보니 음식 |
| | 배달 정도로 위치가 노출되진 않을 거 같습니다. |

인정하지 않고 자신의 찌개를 몇 번이나 떠먹는 태이.

진겸	(미안) 이삿날이니까, 짜장면 어떻습니까?
태이	(역시 맛이 없는지) 난 짬뽕요, 탕수육도 하나 시켜줘요.
진겸	그럼 찌개는 버려도 될까요?
태이	(발끈) 아니요!

S# 13   동 | 밤

빈 짜장면 그릇을 정리하는 진겸. 태이도 옆에서 상을 치운다.

태이	음식물쓰레기 봉투 어딨어요?
진겸	레인지 아래 서랍에 있습니다.
태이	(찾은 후) 키친타월은요?
진겸	맨 오른쪽 상부장에 있습니다.

키친타월을 찾아낸 태이, 그런데 천장 높이가 있어 발꿈치를 들
어도 꺼내기 어려운데. 그때 진겸이 뒤로 다가와 타월을 꺼내준
다. 그러면서 진겸과 태이의 몸이 가볍게 스친다. 짧은 순간이
지만 진겸의 숨결을 의식하는 태이. 하지만 진겸은 아무렇지도
않게 다시 돌아가 그릇을 마저 치우며.

| 진겸 | 제가 마무리할 테니 먼저 씻으시죠. |

태이	(화들짝 놀라며) 씻으라고요? 왜요?
진겸	(의아한) 잘 때 안 씻으십니까?
태이	(무안한) 아뇨. 지금 막 씻으려고 했어요.

민망해서 화장실로 들어가버리는 태이. 곧, 빼꼼히 문이 열리며.

| 태이 | 근데 소화제 있어요? |

| S# 14 | 동 | 밤 |

입에 실을 물고 진지한 얼굴로 태이를 보는 진겸. 일반적 상황
보다 과장되게 엄숙한 분위기에 조금 긴장한 태이.

| 진겸 | 시작하겠습니다. |

진겸이 태이의 한 손을 잡고 어깨에서부터 부드럽게 쓸어내리
기 시작한다. 부끄러워 시선을 못 마주치는 태이. 진겸이 입에
문 실을 빼내 태이의 엄지손가락에 단단히 묶는다. 엄지에 피가
몰리자 이내 눈을 질끈 감는 태이. 진겸이 바늘에 머릿기름을
바른 후, 바늘을 들고 찌르려다 망설인다. 눈을 꽉 감고 기다리
던 태이, 기다리다 못해 실눈을 뜨고.

태이	뭐해요?
진겸	(찌르려다 차마 찌르지 못하면)
태이	(덤덤하게) 그냥 찔러요.
진겸	이게 보기보다 어렵습니다.

태이	손가락 파래진 거 안 보여요?
진겸	(바늘을 내려놓고) 민간요법은 검증되지 않았습니다. 제가 약을 사 오겠습니다.
태이	으이구 진짜!

태이가 바늘을 빼앗아 찌른다.

진겸	수고하셨습니다.
태이	(흘기며) 총은 쏠 줄 알아요?

일어나 방으로 들어가는 태이.

진겸	그럼 안녕히 주무십시오.

거실 불을 끄고 돌아서는 진겸.

태이	저기요.

진겸, 돌아보면, 태이가 어둠 속에 겁먹은 표정으로 서 있다.

태이	거실 불만 켜놓으면 안 될까요? 좀 무서워서요.

불을 다시 켜는 진겸.

진겸	제가 거실에 있어드릴까요?

432 × 433

S# 15   진겸 옛집 안방 to 거실 | 밤

안방 침대에 누워 잠을 청하는 태이의 모습에서. 열린 방문 너머로 거실이 보이고. 거실 벽에 기대 앉아 있는 진겸의 모습까지 한 화면에 잡힌다.

진겸   궁금한 게 하나 있습니다.

태이   뭐요?

진겸   입양 과정요. 말씀하시기 어려우면 안 하셔도 됩니다.

태이   ... 별 스토리 없어요. 엄마가 임신이 잘 안 돼서 날 입양한 게 전부예요. 근데 신기하게 내가 입양되고 동생이 생긴 거예요.

진겸   여덟 살 때 입양되신 걸로 아는데, 보통 그 나이 애들은 입양이 힘든 거 아닙니까. 아무래도 나이가 있다 보니까.

태이   엄마도 원래 어린 아기를 입양할 생각이었는데. 내가 눈에 띄었대요. 보육원 애들도 다 알아요. 입양되기 위해서는 착한 척하고. 말 잘 듣는 척하고. 잘 웃는 척해야 한다는 거. 근데 나만 안 그랬나 봐요. 엄마가 그게 너무 눈에 밟혀 날 입양한 거고요.

진겸   입양되기 싫으셨던 겁니까?

태이   ... 네. 그때까지만 해도 진짜 엄마가 올 거라고 믿었으니까.

그러면서 잠을 청하듯 눈을 감는 태이.

태이   내 노트북 갖고 오면 안 돼요?

진겸   꼭 필요하면 제 노트북 쓰시면 됩니다.

태이   (힘없이) 네...

진겸   (맘에 걸려) 뭘 하려고 그러십니까?

태이	여기서 범인이 남긴 수학 공식이나 해석해보게요.
진겸	과수대에서 분석 중입니다. 교수님은 신경 쓰지 않으셔도 됩니다.
태이	하지만 나도 뭔가를 하고 싶어서...
진겸	(자르며) 저는 교수님이 여기 계신 동안만이라도 편안하셨으면 좋겠습니다.

태이가 고마워하는 표정으로 진겸을 바라본다.

Cut to

잠이 든 태이. 진겸이 태이를 물끄러미 바라본다. 머리카락이 얼굴에 흘러 내려와 있다. 진겸이 조심스럽게 머리카락을 치워 준다. 그때, 진겸의 눈에 태이의 엄지손가락에 생긴 바늘 상처 가 보인다.

S#16   진겸 옛집 거실 | 아침

거실로 들어오는 따사로운 햇살. 잠에서 깨 거실로 나오는 태 이. 엄지손가락에 밴드가 붙어 있는 것을 보고 의아해한다. 그 런데 진겸이 어젯밤 모습 그대로 거실 벽에 기대 잠들어 있다. 진겸과 밴드를 번갈아 보고 미소 짓는 태이. 그러다 냉장고 앞 에 잔뜩 붙어있는 메모지(포스트잇)들을 발견한다. 뭐지? 하며 다 가가면, 휴지나 주방 도구의 위치는 물론 상비약 같은 생활용 품들의 위치가 적혀 있는 메모지들이다. 미소 지으며 메모지에 '고마워요'라고 적어 냉장고에 붙이는 태이. 다시 진겸 앞에 앉 아 진겸의 얼굴을 찬찬히 들여다본다. 마치 좋아하는 남자의 얼

굴을 바라보듯 두 눈에 미소가 가득한 태이. 진겸의 얼굴을 좀
더 가까이서 보고 싶어 얼굴을 진겸에게 가져가는데, 이때 잠이
깨 눈을 뜨는 진겸. 당황하는 태이, 오해받기 싫어 진겸의 머리
를 쿵 때려버린다. 진겸, 황당한 얼굴로 보면 무안해서 오히려
화를 내는 태이.

태이　　내가 몇 번이나 불렀는데 왜 안 일어나요! 이렇게 잠귀가 어두
　　　　워서 나 지켜줄 수 있겠어요!

S# 17　　앨리스 전경 | 낮

S# 18　　앨리스 의무실 to 복도 | 낮
　　　　의무실 침대에 굳은 얼굴로 앉아 있는 민혁. 배에 붕대가 감겨
　　　　있다. 그 앞에 승표와 혜수가 서 있다.

승표　　현재 저희가 갖고 있는 정보만으로는 찾는 게 쉽지 않습니다.
혜수　　경찰들이 대대적인 수사를 펼치고 있어 접근도 어렵고요.

　　　　고민스러운 민혁. 이때 의무실 안으로 들어오는 시영. 그러자
　　　　승표와 혜수, 시영에게 인사하고 나가면.

시영　　몸은 어때?
민혁　　괜찮아.

　　　　그러면서 빠르게 와이셔츠를 입고 밖으로 나가려고 하는 민혁.

　　　　진겸 태이 동거

하지만 시영이 붙잡는다.

시영   또 어디 가게? 의사가 당분간 안정하랬어.

민혁   내 몸은 내가 알아.

시영   윤태이라서 그래?

민혁   다들 착각하는 거 같아.

시영   ??

민혁   내가 태이 버린 거 아니야. 태이가 날 버린 거지. 그런데 내가 왜 윤태이. 그것도 과거인 윤태이를 걱정하지?

민혁, 의무실을 떠나 복도를 앞서 걷는데, 통증 때문에 잠시 멈춘다. 뒤따라 걷던 시영이 부축하려 하지만, 곧 민혁이 다시 걷기 시작한다. 걱정스러운 표정이 되는 시영.

시영   이번에도 배후에 선생이 있는 거 같아. 차원 이동한 루트가 92년 이세훈과 동일해.

민혁   (굳은)

#플래시백

(7회 49신)

민혁   과거인을 죽이는 이유가 뭐야?

주해민   다 너 때문이야. 너 때문에 과거인의 손에 예언서가 들어갔잖아!

S# 19   앨리스 본부장실 | 낮

철암 맞은편에 민혁과 시영이 앉아 있다. 모두 심각한 표정이
다. 태블릿으로 70대 노교수의 얼굴을 보는 철암.

시영   새로운 피해자가 발생했는데 연구팀이 아니에요.
철암   그럼 과거인 윤태이의 연구와 직접적인 관련이 없다는 건가?

민혁, 굳은.

철암   (민혁 보며) 넌 뭐 짚이는 거 없어?
민혁   아직.
시영   어쩌면 이세훈이 알지도 몰라요. 선생을 본 유일한 사람이니까
       요.
철암   진짜 선생이 존재한다고 생각해?
시영   이세훈도 그렇고, 이번 불법 시간여행자도 그렇고. 혼자 움직이
       는 게 아니에요. 배후에 선생이 있다면 여전히 같은 목적일 수
       있어요.
철암   무슨 목적?
시영   예언서요. 제가 이세훈을 만나볼게요.
민혁   아니, 내가 만나볼게.

시영, 이상한 듯 민혁을 보면. 그 둘을 바라보는 철암.

S# 20   앨리스 복도 | 낮

굳은 얼굴로 복도를 걷는 민혁. 시영이 따라붙는다.

시영	예언서를 이세훈이 숨긴 건 확실하지?

그 말에 민혁, 멈춰서서 돌아보면.

민혁	왜, 나 못 믿어?
시영	... 아니야, 그런 건.
민혁	내가 알아서 할 테니까 걱정하지 마.

그러고는 민혁, 다시 떠나는데.

민혁	박진겸이 가지고 있던 타임카드 분석 결과는 나왔어?
시영	... 그게 훼손이 심해서 어려울 것 같아.
민혁	알았어.

떠나는 민혁을 바라보는 시영의 걱정스러운 표정에서.

S#21   진겸 옛집 진겸 방 | 낮

1992년 장 박사 살인 사건 사건 파일을 보며 생각에 잠겨 있는 진겸.

#플래시백 | 교도소 접견실 | 낮

(5회 54신)

진겸	종말?
이세훈	그래. 시간여행의 종말.

벽에 이세훈의 사진을 붙이는 진겸.

#플래시백 | 유치장 | 밤

(7회 36신)

진겸   발목을 자른 게 너지?

       굳은 표정의 민혁

       #다시 현실
       이번에는 민혁의 사진을 붙이는 진겸.

       #플래시백 | 노인정 | 낮

       (6회 15신)
       노인이 된 형사 1과 진겸의 대화.

진겸   범인이 또 있었습니까?
노인   (끄덕이며) 여자가 있었을 거야.

       #다시 현재
       이번에는 선영의 사진을 붙이는 진겸.

       #플래시백 | 장례식장 밖 | 낮

       (6회 54신)

석오원	저는 10년 전부터 이런 참사를 막아보려고 했습니다. 형사님 어머님과 함께요.

#다시 현실

이번에는 벽에 석오원의 사진을 붙이는 진겸. 그다음으로 주해민의 몽타주를 벽에 붙이면.

#플래시백 | 태이 집 거실 | 밤

(7회 2신)

주해민	이 여잔, 미래를 위해서 반드시 죽어야 돼.

#다시 현재

태이의 사진까지 벽에 붙이는 진겸. 마지막으로 그 옆에 선생님의 전화번호를 적고 '선생님?'이라고 적은 후 굵은 펜으로 벽에 붙은 사람들의 사진과 '선생님'이라는 글씨를 연결하는 진겸. 이세훈-민혁-선영-석오원-주해민-태이-선생님으로 이루어진 다각형 도형이 만들어진다. 주해민의 얼굴을 보는 진겸의 모습에서.

S#22	경찰서 형사과	낮

하 형사가 한 묶음의 서류를 책상에 던지듯 내려놓으면, 절로 한숨을 내쉬는 동호와 홍 형사.

하 형사	과수대가 강의실에서 수집한 지문 주인들이야. 이 안에 범인

있다.

동호   와, 돌겠다. 진짜.

하 형사   지금으로선 이 방법밖에 없어. 석오원 소장은 아직 못 찾은 거지?

홍 형사   있을 만한 곳은 전부 찾아봤는데 못 찾은 걸 보면 아무래도 이
              미 살해된 거 같습니다.

하 형사   (한숨) 팀장님은?

동호   아직 연락이 안 되십니다.

그런데 이때 형사과 안으로 들어오는 여자, 바로 태연이다. 보
고 놀라는 하·홍.

하 형사   여긴 어떻게?

홍 형사   언니 분이 걱정돼서 오신 겁니까?

그런데 여전히 쌀쌀맞은 표정으로 두 형사를 보는 태연. 무언가
를 꺼내 한 장씩 건네주는데. 바로 수사반점 광고 전단지다.

태연   수사반점 오늘부터 배달도 해요. 중국요리 시켜 먹을 때는 우리
              집에서 시키세요.

하 형사   매일 시켜 먹겠습니다.

홍 형사   저는 하루 세끼 시켜 먹을 겁니다.

태연   미쳤어요? 아저씨들 때문에 내가 배달까지 하게 생겼는데. 일
              주일에 딱 한 번만 시켜요.

하 형사   알겠습니다. 배달만 오십시오. 돌아가실 때는 제가 모셔다드리
              겠습니다.

홍 형사	저는 주문하고 직접 중국집 가서 여기까지 모셔온 후 다시 모셔 다드리겠습니다.
태연	(어이없는) 그럴 거면 그냥 와서 드세요.

그러고는 쌩 떠나는 태연. 아쉬워하는 하·홍을 황당한 표정으로 보는 동호. 형사과 문이 열리며 고 형사가 들어온다.

동호	팀장님!

다들 돌아보면,

Cut to

용의자 리스트를 보고 있는 고 형사. 그 앞에 동호, 하·홍 형사가 서 있다.

홍 형사	무슨 일 있으셨어요?
하 형사	형수님은 출근했다고 하시지, 형님은 전화도 안 받지...
고 형사	웬 호들갑이야. 밀린 서류 좀 보고 있을 테니까 밥들 먹고 와.
동호	식사 안 하세요?
고 형사	입맛이 없다.
하 형사	그럼 금방 먹고 올게요.

형사들이 우르르 나가면 다시 용의자 리스트를 들추는 고 형사. 리스트 안에서 주해민의 사진과 신상정보가 나온다. 얼굴이 굳는 고 형사. 주변을 한 번 둘러보고 슬며시 주해민의 서류를 빼

내 찢은 후 주머니에 넣는다.

S# 23   폐창고 앞 | 낮
폐창고 밖에서 쿵쿵거리는 소리가 들린다. 하지만 주위에 아무
도 없다.

S# 24   폐창고 | 낮
창고 안의 석오원이 문을 발로 찬다.

석오원   아무도 없어요!!

하지만 밖은 조용하기만 하다. 그 자리에 주저앉는 석오원. 뭔
가를 떠올린다.

#플래시백 | 10년 전 대학 강의실 | 낮
강의실에서 대학생 윤태이가 수업을 듣고 있다. 선영과 얼굴이
같은 태이를 보고 놀라는 석오원.

선영   만약 제게 무슨 일이 생기면 저 학생이 연구를 이어갈 수 있도
록 박사님께서 도와주셨으면 해요.

석오원   아직 어린데, 연구를 맡길 수 있을까요?

선영   (태이의 얼굴을 보며) 제가 할 수 있는 건 저 학생도 할 수 있어요.

석오원   (보면)

선영   저 학생이 시간여행을 막을 수 있을 거예요.

석오원   혼란스럽군요.

선영	알아요. 앞으로 박사님께 위험한 일이 일어날 수도 있고요. 그래도 도와주시겠어요?

#현재

성호를 긋고 기도하는 석오원.

S# 25 　재래시장 | 낮

비닐 봉지를 여러 개 들고 가는 고 형사 처. 고 형사가 나타나 비닐 봉지를 낚아채며.

고 형사 처	깜짝이야. 또 땡땡이야?
고 형사	(봉투 안을 보며) 뭐가 이렇게 무거워?
고 형사 처	곧 진겸이 엄마 기일이잖아.
고 형사	착하다, 우리 마누라.
고 형사 처	밥 먹고 다시 나갈 거야?
고 형사	아니, 오늘은 퇴근이야. 좋은 데서 한잔할까?
고 형사 처	시간 남으면 전이나 부쳐.
고 형사	에이. 그러지 말고 우리 놀자.
고 형사 처	왜 그래? 서장님한테 혼났어?
고 형사	내가 무슨 앤가? 혼나게. 우리 이번 사건 끝나면 해외여행 한번 갈까?
고 형사 처	형사가 무슨 해외여행이냐며?
고 형사	나도 이제 남편 노릇 한번 하려고 한다.

사이좋게 걸어가는 두 사람의 뒷모습.

| S# 26 | 진겸 옛집 진겸 방 to 거실 | 밤 |

벽에 붙어 있는 사진들을 보는 진겸. 그러다 혼란스러운 얼굴로 한숨을 내쉬며 거실로 나오는데. 태이가 보이지 않는다. 이때 거실 창으로 마당에 서 있는 태이가 보인다.

| S# 27 | 진겸 옛집 마당 to 창고 | 밤 |

밤하늘을 올려다보고 있는 태이. 쌀쌀한 듯 집으로 들어가려다 마당 옆 별채처럼 만들어져 있는 작은 창고를 발견한다. 신기한 듯 다가가 창고 문을 열고 전등을 켠 후 창고 안을 살피면. 그 안에 어린 시절 진겸이 타고 다니던 자전거를 비롯해 책들이 쌓여 있다. 대체 누구 건지 궁금해 창고 안으로 들어온 태이. 그런데 이때 창고 문이 바람에 의해 닫혀버린다. 태이, 다시 창고 문을 열려고 하는데 문에 문제가 있는 듯 열리지 않는다. 당황한 태이, 어떻게든 문을 열려고 하는데 꿈쩍도 하지 않는다.

태이   (문을 쿵쿵) 형사님!! 형사님!!!

#인서트 | 거실

자신을 부르는 태이의 목소리에 놀란 진겸, 밖으로 달려 나가면.

#다시 창고

계속 문을 두들기며 진겸을 애타게 부르는 태이. 창고가 너무 어두워 겁먹은 표정이다. 이때 창고 문이 열리며 들어온 진겸.

진겸   왜 그러십니까?

8   진겸 태이 동거

태이	(안도) 문이 안 열려서요.
진겸	문에 문제가 있어 안에서는 열리지 않습니다.

그렇기에 계속 문이 닫히지 않도록 한쪽 팔로 문을 열어두고 있는 진겸. 그런데 이때 바닥을 지나는 엄지손가락만한 바퀴벌레를 발견한 태이. 깜짝 놀라 진겸을 밀치는데. 그로 인해 진겸이 잡고 있던 문을 놓치며 문이 꽝 닫혀버린다. 굳어진 진겸이 재빨리 다시 문을 열려고 하지만 꿈쩍도 하지 않는다.

태이	(당황한) 전화기 갖고 왔죠?
진겸	아니요.
태이	아니, 왜 안 갖고 다녀요! 그럼 문이라도 부셔봐요!
진겸	철문이라서 안 될 겁니다.
태이	그럼 이웃집에 들리게 소리라도 질러봐요.
진겸	안 됩니다. 잘못하면 교수님의 위치가 노출될 수 있습니다.
태이	노출돼야 살죠! 시체로 발견되고 싶어요?!
진겸	걱정하지 마십시오. 제가 전화를 안 받으면 김 경위님이 찾아오실 겁니다.

그런데 이때 또다시 바퀴벌레를 발견하고 진겸의 팔에 매달리는 태이.

진겸	제가 잡아드릴 테니 안심하십시오.
태이	뭐로 잡게요?
진겸	발로 밟으면 됩니다.

진겸, 바퀴벌레를 찾아 발로 밟으려는데. 그 순간 바퀴벌레, 날개를 펼치더니 날아다니기 시작한다. 얼어붙는 태이.

태이   빨리 잡아요!

진겸   (꺼림칙한 듯) 제가 문을 부숴보겠습니다.

도망치듯 문을 향해 돌진하는 진겸. 태이, 어처구니없는데.

S#28   진겸 옛집 앞 골목 | 밤

운동 중인 듯 트레이닝복 차림으로 골목을 지나는 중년 부부. 바로 도연의 부모다. 그런데 이때 도연 모, 불이 켜진 진겸의 집을 응시한다.

도연 모   저기 진겸이네 아니야?

도연 부   맞네. 왜 불이 켜져 있지?

도연 모   아, 진겸이가 가끔 와서 청소하고 가나 보더라.

도연 부   진겸이 저놈은 여기까지 왔으면 우리 집에 들러 인사라도 하고 가면 좀 좋아. 하여간 저 자식 맘에 안 들어.

도연 모   당신 맘에 안 들면 뭐해? 당신 딸이 맘에 들어 하는데.

도연 부   도연이 고건 왜 저런 놈을 좋아해 가지고. (의심) 이것들 지금 같이 있는 거 아니야?

잔뜩 날이 선 표정으로 빠르게 기사를 작성한 후 프린트하는 도연. 그런데 프린트된 기사의 제목이 '무능력한 경찰 이대로 좋은가'다. 하지만 이번에도 맘이 약해진 듯 프린트된 기사를 휴지통에 버리고 한숨을 내쉬는데. 이때 울리는 도연의 휴대폰. 발신자가 '공 여사'다.

도연　　　(받으며) 왜 엄마?

#화자에 따라 장소 교차

도연 모　　어디야?
도연　　　어디긴 회사지.
도연 모　　아, 그래? 난 진겸이 집에 불이 켜져 있길래 너도 있는지 알았지.
도연　　　어느 집?

그런데 뭔가 직감한 듯 벌떡 일어서는 도연. 바로 가방과 차 키를 들고 밖으로 달려 나가면. 이를 이상하게 보는 김 부장.

김 부장　　(도연 책상으로 다가가며) 저건 또 왜 저래?

그런데 김 부장, 휴지통에 있던 도연의 경찰 저격 기사를 읽고 씨익 웃는다.

바퀴벌레 때문인지 예민한 눈빛으로 계속 주위를 두리번거리고 있는 태이. 진겸 역시 바퀴벌레를 잡기 위해 계속 창고를 뒤지는데. 아무리 찾아도 보이지 않는다.

진겸　　아무래도 밖으로 나간 거 같습니다.

그 말에 안도하며 책 위에 앉는 태이. 창고 안에 있던 남학생 물건들(태권도 도복이나 축구공 같은)을 발견한다.

태이　　문이 안에서 안 열리는 거 어떻게 알았어요?

진겸　　전에도 그런 적이 있었습니다.

태이　　전에 언제요? 형사님 어렸을 때?

진겸　　(보면)

태이　　여기 형사님 집이었죠?

진겸　　... 네.

태이　　왜 말 안 했어요?

진겸　　혹시나 교수님이 오해하실까 봐요.

태이　　근데 왜 안 팔고 비워놓았던 거예요?

진겸　　... 어머니랑 살던 집이라서요.

태이, 진겸을 조심스럽게 바라보며.

태이　　시간을 연구하면서 느낀 게 뭔지 알아요? 기억이나 감정은 시간이 지나면 잊히고 약해지는데, 신기하게 공간은 시간을 저장한다는 거예요. 그곳에서 웃고 울고 행복하고 상처받은 일들이 고스란히 남아 있어요. 형사님한테는 이 집이 그런 곳인가 봐요. 부럽다.

진겸 (무슨 말인지 몰라서 보면)

태이 한번은 연구원들이랑 시간여행으로 가보고 싶은 장소를 적어봤는데, 나는 기억이 없어서 그런지 가보고 싶은 곳이 별로 없더라고요. 92년 친엄마와 헤어졌던 보육원, 딱 한 곳뿐이었어요.

진겸 (안타깝게 보면)

태이 이제 이 집도 추가할래요. 내가 시간여행에 성공하면 이 시간 이곳으로 와서 문 열어줄 거예요.

그 말에 잠시 문을 응시하는 진겸과 태이.

진겸 (열리지 않자) 실패하셨나 보네요.

태이 (흘기다) 그래도 혹시 모르니까 계속 이 집 팔지 말고 놔두세요. 미래의 내가 형사님 보러 꼭 올 테니까.

진겸 ... 네. 꼭 기다리겠습니다. 교수님 오실 때까지.

미소 짓는 태이, 그런데 추운 듯 몸을 떨며 감싸 안는다. 그러자 진겸, 옷을 벗어주려는 듯 두꺼운 후드티를 들어 올리기 시작한다.

진겸 추우시죠?

태이 (손사래) 옷 벗어줄 필요 없어요. 나 괜찮아요.

진겸 (벌써 후드티를 머리 위로 빼내려고 하면)

| 태이 | 아니요. 그럴 필요 없는데. |

그 와중에 안에 입은 티셔츠가 같이 말려 올라가며 진겸의 멋진 식스팩이 드러난다. 태이가 얼굴을 붉히며 돌아선다. 진겸, 머리에서 걸려버린 후드티 때문에 낑낑대며.

진겸	좀 도와주십시오.
태이	아이, 괜찮다니까 정말... 어쩌라고요?
진겸	소매 좀 당겨주십시오.
태이	(소매 당기며) 이렇게요?

하지만 좀처럼 벗겨지지 않는 후드티. 태이와 진겸이 옷을 잡아당기며 낑낑대는데. 그때 갑자기 벌컥 열리는 창고 문. 바로 도연이 연 것. 태이는 놀라지만, 후드티에 얼굴이 가려버린 진겸은 사태를 알지 못한 채.

| 진겸 | 교수님 이제 다 벗었습니다. 조금만 힘내십시오. |

그때, 쑥 벗겨지는 후드티. 머리가 엉망이 된 진겸이 도연을 발견하면. 도연, 씩씩거리며 진겸을 노려본다.

| S#31 | 진겸 옛집 거실 | 밤 |

식탁에 마주 앉아 있는 진겸과 도연. 태이는 그 뒤에 서서 둘의 모습을 구경하듯 지켜보며 커피를 마시고 있다.

진겸	니가 충분히 오해할 수 있는 상황이라는 거 알아. 하지만 어쩔 수 없는 상황이었어.

그런데 도연, 예상과 달리 평온한 표정으로 진겸을 보고 있다.

도연	알아. 충분히 이해해.
태이	(뭔가 수상한)
진겸	고마워. 이해해줘서. (태이에게) 시간이 너무 늦어서 그런데 도연이 집까지 데려다주고 오겠습니다. 근처니까 오래 안 걸립니다.
태이	(끄덕이며) 알았어요.
도연	안 데려다줘도 돼. 안 갈 거니까.

그 말에 굳어진 진겸과 놀라는 태이.

도연	(매섭게 돌변) 나도 여기 있을 거야. 저 여자 여기 있는 동안.
태이	이봐요, 기자님. 여기 방 두 개뿐이에요.
도연	이 집 구조는 교수님보다 제가 더 잘 알아요.
태이	근데 어디서 자겠다는 거예요?
도연	교수님이랑 자면 돼죠. 같은 여자끼리. (도끼눈) 물론 아침에는 한 명만 살아 있겠지만.

그런데 이때 누군가 다급하게 집 안으로 들어오는데. 바로 동호다.

태이	아니 왜 하나둘씩 계속 와요? 여기가 만남의 광장이야?
진겸	무슨 일로 오신 겁니까?

| 동호 | 전화를 안 받으셔서요. |

그런데 도연, 동호를 사납게 노려본다.

도연	뭐야? 진겸이 어디 있는지 알면서 모른 척한 거였네?
동호	(당황) 기자님 그게 아니라...
태이	(툭 무심히 던지듯) 아주 싸움닭이네. 시비 안 거는 사람이 없어.
도연	교수님만 하겠어요?

그러면서 또다시 으르렁거리는 태이와 도연.

| S#32 | 동 | 밤 |

거실 테이블에 벌어진 술판. 진겸과 동호가 나란히 앉아 있고.
그 앞에 태이와 도연이 나란히 앉아 있다. 그런데 태이와 도연
은 자작하며 건배도 없이 술을 마시고. 진겸과 동호는 두 여자
의 눈치만 보고 있다.

동호	우리 이러지 말고 게임이라도 할까요?
태이	즐거운 자리도 아닌데 게임을 왜 해요?
도연	MT 왔어요?

그러면서 태이와 도연, 또다시 자작한 후 건배 없이 술을 마신
다. 이 와중에도 태연하게 혼자 선비처럼 음료만 마시고 있는
진겸. 이런 진겸을 얄밉게 보는 태이와 도연.

동호	그럼 뭐할까요? 차에 노래방 마이크 있는데 노래라도 부르실래요?
도연	노래를 왜 불러요!
태이	진짜 분위기 파악 못 해.

그러면서 다시 술을 마시는 태이와 도연의 모습에서.

Cut to

TV에 연결된 노래방 마이크를 들고 걸그룹 노래를 부르는 태이, 이미 잔뜩 취한 상태다. 그런데 도연 역시 잔뜩 취한 상태로 태이와 함께 마이크를 잡고 마치 걸그룹처럼 노래를 부르고. 심지어 동호는 그 옆에서 춤까지 추고 있다. 맨정신으로 절대 경험할 수 없는 텐션이 느껴지는 상황인데도 여전히 표정 없는 건조한 얼굴로 지켜보며 계속 음료만 마시고 있는 진겸. 이때 노래가 끝나자.

진겸	너무 늦었습니다. 경사님은 가시고 두 분은 주무시죠.

그러면서 진겸, 일어나 치우려는데. 마이크를 진겸에게 건네는 태이.

태이	(혀가 꼬였다) 너도 한 곡 불러.
진겸	너요?
도연	언니가 부르라고 하잖아. 불러.
진겸	언니?

태이 · 도연	빨리 부르라고!!
진겸	(자포자기) 그럼 부를 테니까 오늘은 여기까지만 하시는 겁니다.

진겸이 노래를 선곡하는 사이, 소파에 친자매처럼 눕는 태이와 도연. 동호 역시 앉아서 진겸이 무슨 노래를 부르나 지켜보면. 잔잔한 발라드를 부르는 진겸. 그런데 놀라울 정도로 잘 부른다. 이런 진겸의 노래에 감탄하는 태이, 도연, 동호. 그런데 진겸의 부드러운 노래에 잠이 쏟아지는 태이와 도연. 결국 둘 다 잠들어버린다.

S#33   진겸 옛집 안방 to 거실 | 아침

햇살에 눈을 뜬 침대 위 태이. 숙취, 두통에 괴로워하며 거실로 나가면. 진겸은 혼자서 요리 중이다.

진겸	일어나셨습니까?

태이, 진겸이 신경 쓰여 머리카락을 매만지는데. 이때 진겸 방에서 나오는 도연. 역시 두통에 시달리는 표정이다.

진겸	속 괜찮아?

태이와 도연, 서로를 보고 민망해하며 시선을 피하면. 진겸, 식탁에 자신이 직접 끓인 된장찌개를 비롯한 아침상을 차리며.

진겸	그래도 다행입니다. 두 분이 많이 친해지셔서.

진겸 태이 동거

태이   (발끈) 누가 친해져요?

도연   (발끈) 너도 어제 술 마셨니? 말도 안 되는 소리를 하고 있어.

그러면서 또다시 서로를 곱지 않은 시선으로 보는 두 여자.

태이   기자님 진짜 대단하시다. 어떻게 여기서 자냐.

도연   교수님은 모르겠지만. 저 여기서 잔 적 많아요. 10년 전부터 이 집에 자주 왔거든요.

태이   그래서 진짜 여기서 살 거예요?

도연   어제부터 살고 있는데요?

그렇게 또다시 으르렁거리며 식탁에 앉아 식사를 시작하는 두 여자. 진겸이 끓여준 된장찌개를 한입씩 먹는데. 한입 먹자마자 도저히 못 먹을 맛인 듯 동시에 헛구역질하는 태이와 도연.

태이   지금 이걸 먹으라고 만든 거예요?

도연   토해서 술 깨라고 만들어줬나 봐요. 그냥 해장국이나 시켜줘.

태이   저도요.

이때 화장실 문이 벌컥 열리며 잔뜩 열 받은 얼굴의 동호가 튀어나온다.

동호   (도연 보며) 이 배신자!!

도연   (놀라) 지금 나한테 하는 소리예요?

그러자 도연에게 자기 휴대폰을 보여주는 동호. 도연이 보면. 기사 제목이 '무능한 경찰 이대로 좋은가?'다. 놀란 도연. 하지만 이내 상황 파악하고 얼굴에 짜증이 차오르면.

S#34   언론사 사회부 | 아침

책상 위에 놓여 있는 김 부장의 휴대폰이 책상을 부술 기세로 진동 중이다. 하지만 김 부장, 전화 받을 생각 없이 여유롭게 자신의 외투를 걸치며.

김 부장   (기자 1에게) 김 기자가 나 찾으면, 특파원으로 출국했다고 해.

기자 1   어디로요?

김 부장   최대한 멀리.

(도연)   그럼 저승이나 가시죠.

김 부장, 도연의 목소리에 얼어붙은 얼굴로 돌아보면. 도연이 사납게 노려보고 있다.

도연   제가 직접 데려다드릴게요.

S#35   진겸 옛집 거실 | 낮

동호가 진겸에게 보고한다.

동호   석 소장 있을 만한 곳은 다 가봤는데, 소장은커녕 그 ...슈...뭐시기 박스도 찾을 수 없었어요.

진겸   집 벽에 수학 공식도 없었습니까?

동호	전혀요.
진겸	그럼, 윤 교수님 집에 있던 수학 공식 자문 결과는요?
동호	그게, 어려운 방정식이라 시간이 좀 걸린다네요.

S#36   진겸 옛집 안방 | 낮

침대에 누워 천장을 뚫어져라 바라보는 태이.

#플래시백 | 대학교 강의실 | 밤

(7회 49신)

노교수로 위장한 주해민이 화이트보드에 공식을 막힘없이 써 내려가기 시작한다.

#다시 현실

일어나는 태이, 화이트보드에 빽빽하게 적혀 있는 공식을 보고 진겸의 노트북으로 국회도서관 검색 사이트로 들어간다. 수학 공식이 들어간 논문을 검색하기 시작하는 태이.

S#37   교도소 복도 | 낮

다리를 질질 끌며 절룩이는 이세훈의 뒷모습.

S#38   교도소 면회실 | 낮

문이 열리고 늙은 이세훈이 들어온다. 민혁이 침착하게 앉아 있다. 민혁을 노려보는 이세훈.

민혁	30년이나 처박아두고, 누군지 몰라도 상당히 매정하네.

이세훈	(험악) 뭘 안다고 함부로 지껄여!
민혁	니가 팽 당했다는 것쯤은 알지.
이세훈	(노려보는)
민혁	(회유하듯) 내일모레면 출손데, 그 몸으로 괜찮겠어? 협조하면 우리가 도와줄게. 선생이 누구야?
이세훈	이제 와서 왜 선생님을 찾는 건데? 예언서는 니들이 가져갔잖아. 그래서 그년은 그 꼴이 된 거고.
민혁	그년?
이세훈	내 발모가지 자를 때 옆에 있던 여자.
민혁	(얼굴 굳은) 태이가 어떻게 됐는데?!
이세훈	(피식) 오시영이한테 직접 물어봐.
민혁	니가 시영이를 어떻게 알아?
이세훈	며칠 전에도 찾아왔었으니까.
민혁	!!

S# 39   앨리스 관제실 | 낮

넓은 관제실에 홀로 남은 시영. 모니터에는 주해민의 얼굴이 올라와 있고, 도심을 날아다니는 드론들이 사람들의 얼굴을 인식하면서 주해민을 찾고 있다. 하지만 시영은 다른 생각에 빠져 있다.

#플래시백 | 1992년 | 달리는 기차

(1회 16신)

예언서를 덮고 창밖을 보는 태이, 불안한 표정이다. 하지만 이내 자기 배를 내려다보고는 온화한 표정으로 바뀐다. 이번에는 신분증을 꺼내보는 태이. 신분증 속 사진은 태이지만, 이름은 '박선영'이다. 그때, 들려오는 목소리.

(시영)　　　태이야.

cut to

나란히 앉은 시영과 선영.

시영　　　이러는 이유가 뭐야?

선영　　　아기가 생겼어. 12주래. 축하해줘.

시영　　　(놀라서) 지우자. (선영의 손을 잡고) 지워야 돼.

선영　　　아니, 여기서 낳을 거야.

시영　　　너 미쳤어? 너 혼자 어떻게 애를 낳고 키워?

선영　　　(애써 미소 지으며) 할 수 있어. 나 알잖아.

시영　　　후회할 짓 하지 마. 나랑 같이 돌아가자.

선영　　　이건 내가 선택한 내 운명이야.

시영　　　민혁 씨가 널 안 찾을 것 같아?

선영　　　그러니까... 날 못 찾았다고 해줘.

시영　　　(굳은) 왜? 왜 그래야 해?

선영　　　(한참 보다가) ...너한테 모든 걸 얘기할 수 있으면 좋겠다.

시영　　　왜 못 하는데? 우리 친구잖아?

선영　　　...

시영　　　(마음이 상한) 니 맘이 정해졌다면, 그래 그렇게 해.

선영　　　(보면)

시영　　　대신, 민혁 씨를 위해서 다시는 돌아오지 마.

시영이 모니터를 본다.

S#40 진겸 옛집 안방 | 낮

모니터를 보던 태이, 무언가를 찾아낸 듯 눈이 커진다.

S#41 진겸 옛집 거실 to 안방 | 낮

진겸이 용의자 리스트를 보고 있다.

동호 강의실에서 찾은 지문과 DNA로 만든 용의자리스튼데 특별히 수상한 사람은 없었어요.

그때 방 안에서 다급한 태이의 목소리가 들린다.

(태이) 형사님!

진겸과 동호가 안방으로 급하게 들어간다.

진겸 무슨 일이십니까!!

태이, 놀란 표정으로 노트북을 보고 있다. 진겸과 동호, 이끌리 듯 노트북을 보면, 모니터에 주해민의 얼굴이 떠 있다! 놀라는 진겸과 동호.

달리는 진겸의 차 안 | 낮

진겸이 무서운 표정으로 어딘가로 달려간다.

(태이) 해답이 같아도 수학자마다 접근하는 방식은 다 다르거든요. 일
종의 시그니처 같은 건데. 범인이 쓴 방정식에서도 그런 게 보
였어요.

#플래시백

태이의 집 벽에 피로 적힌 공식 클로즈업.

S#43 주해민 오피스텔 | 낮

쾅!! 하는 소리와 함께 문이 열리고 진겸이 들어서면. 구석에 손
발이 묶이고 입은 테이프로 봉인된 한 남자가 의식 없이 쓰러져
있다.

(태이) 논문 사이트를 뒤지다가 동일한 방정식이 사용된 논문을 찾았
어요. 저자는 주해민이라는 남자예요.

진겸이 다가가 남자의 얼굴을 보면, 주해민이다! 벽에는 희생자
들과 관련된 사진들이 붙어 있는데, 태이 사진 옆에 진겸 옛집
위치가 표시된 지도와 사진이 붙어 있다. 굳은 표정으로 전화를
하는 진겸.

S#44 진겸 옛집 거실 | 낮

동호의 휴대폰이 울린다. 전화를 받으려는데 휴대폰 액정으로

주해민이 반사되어 보인다. 동시에 픽!! 하는 소리와 함께 쓰러지는 동호. 방에서 뛰어나온 태이, 주해민을 보고 얼어붙는다. 씨익 웃는 주해민.

S# 45   달리는 진겸의 차 안 | 낮

전속력으로 달려가는 진겸.

S# 46   교차 | 낮

#앨리스 복도

민혁이 상기된 표정으로 성큼성큼 걷는다.

#앨리스 관제실

시영이 드론들이 보내는 여러 곳의 영상을 보고 있다. 그때, 관제실 모니터 중 하나가 신호를 보낸다. 신호를 보내는 모니터를 주시하는 시영. 모니터에서 어느 빌딩 옥상 난간으로 내몰리는 태이를 발견한다. 시영의 눈이 커진다.

#어느 빌딩 옥상

주해민이 태이를 향해 천천히 다가오면, 뒷걸음치는 태이가 옥상 난간으로 몰린다.

#앨리스 관제실

난간으로 몰리는 태이를 비추는 모니터. 그때, 다른 모니터로 민혁이 잰걸음으로 복도를 걸어오는 게 보인다. 시영이 잠시 갈등하다 태이가 잡힌 모니터를 꺼버린다. 동시에 민혁이 들어온다.

진겸 태이 동거

| 민혁 | (상기된) 너 태이가 어떻게 됐는지 알지?! 말해! 숨기는 게 뭐야!! |

#어느 빌딩 옥상

주해민이 태이의 목을 잡고 난간 아래로 밀어붙인다.

#앨리스 관제실

시영	무슨 소리야?
민혁	(버럭) 이세훈 찾아갔잖아?!!
시영	(흔들리는 눈빛) ...민혁 씨...
민혁	태이한테 무슨 짓을 한 거야!!

#어느 빌딩 옥상

주해민에게 목을 졸려 괴로워하는 태이. 태이의 주머니에서 깜빡거리는 푸른 불빛이 새어 나온다. 위치추적기다. 주해민이 불빛을 보는 순간, 비상구가 벌컥 열리며 진겸이 뛰어 들어온다. 주해민을 겨누는 진겸. 탕!! 주저 없이 총을 발사한다.

#플래시백

(8회 41신)

진겸이 나가다 돌아와서 위치추적기를 태이에게 준다.

| 진겸 | 혹시 모르니 위치추적기는 꼭 가지고 계십시오. |

총알이 주해민의 다리에 관통한다. 태이와 주해민이 중심을 잃고 난간에서 떨어지려 한다. 진겸과 태이의 시선이 마주치고, 진겸이 전속력으로 태이에게 달려간다. 주해민이 주머니에서 타임카드를 꺼내 든다. 그때, 타앙! 두 번째 총알이 주해민의 손에 명중하며 타임카드가 공중에 떠오른다. 주해민과 태이가 아래로 떨어져버린다.

진겸   안 돼!!!

난간 쪽으로 달려가는 진겸. 그리고 곧 퍽! 소리와 함께 건물 아래에서 사람들의 비명 소리가 들린다. 진겸이 아래를 내려다보지만, 너무 멀어서 잘 보이지 않자, 계단으로 뛰어 내려가기 시작한다.

S#47   어느 빌딩 앞거리 | 낮

단숨에 내려온 진겸, 행인들이 둘러싼 곳을 헤치고 들어가면 추락한 주해민의 시신이 보인다. 그런데 어디에도 태이의 모습은 보이지 않는다. 믿을 수 없다는 표정으로 주위를 두리번거리는 진겸. 하지만 감쪽같이 사라진 듯 보이지 않는 태이. 갑자기 어딘가를 향해 달리기 시작하는 진겸. 인파를 뚫고 나가는 진겸의 모습.

S#48   도심 거리 | 낮

퇴근길 도심. 사람들은 모두 스마트폰을 보면서 바삐 걷는다.

그때, 잘 흐르던 인파의 흐름이 갑자기 엉킨다. 태이가 갑자기 나타났기 때문이다. 스마트폰에 정신이 팔린 남자가 태이와 부딪히고, 태이가 떨어뜨린 뭔가를 주워준다.

남자   저기, 이거 떨어뜨렸어요.
태이   (멍한) 네?

남자가 태이의 손에 뭔가를 쥐어주고 가던 길을 간다. 주해민의 타임카드다. 카드의 주위가 까맣게 그을려 있다. 태이의 눈에 멀리 서울남부경찰서가 보인다.

S#49   경찰서 형사과 | 낮
형사과에 달려온 태이, 곧바로 형사 2팀 자리로 향하는데. 지금껏 본 적 없는 낯선 형사들만 앉아 있다. 이상한 듯 주위를 두리번거리는 태이. 그런데 형사 2팀 형사 하나가 태이를 발견하고 다가온다.

형사 1   교수님이 어쩐 일이세요?
태이   (이상한) 누구세요? 저 아세요?

형사 1을 비롯해 형사 2팀 형사들 황당한 얼굴로 태이를 보는데.

태이   박진겸 형사님 지금 어디 계세요?
형사 1   (당황) 누구요? 박진겸 경위님요?
태이   네. 그 사람 지금 어디 있어요?

그런데 형사들 모두 안타까운 얼굴로 태이를 본다. 형사들의 시선을 이상히 보는 태이.

태이   왜요?

형사 1   박 경위님... 작년에 돌아가셨잖아요.

태이   돌아가다니요? 그게 무슨 소리예요?

그러자 태이를 안타깝게 보다가 시선을 피하는 형사들. 형사들의 표정에 어두워지는 태이.

태이   지금 박 형사님이 죽었다는 거예요?

형사 1   ...커피 한잔 드실래요.

태이   말 돌리지 말고 똑바로 말해봐요. 박 형사님이 왜 죽어요? 이상한 얘기 하지 말고 박 형사님 불러줘요. 아니 휴대폰 줘봐요. 내가 전화할 테니까.

하지만 형사들이 계속 시선을 피하자.

태이   고 형사님, 고 형사님은 어딨어요? 지금 박 형사님 고 형사님이랑 같이 있어요? (감정이 격해지며) 박 형사님 지금 어딨냐고요!

형사 1   그만하세요. 저희가 범인 꼭 잡아드릴게요.

태이   아니에요, 잡을 필요 없어요. 박 형사님 안 죽었는데 범인이 어디 있어?!! (눈가 그렁) 오늘 아침까지 나랑 한집에 있었고 방금 전엔 날 구해주러 왔었어요. 그런 사람이 왜 죽어? 그리고 그 사람 무감정증이에요. 얼마나 독한 사람인데... 절대 죽을 사람 아니에요. 박 형사님 불러줘요. 빨리 불러줘요, 빨리요!!

소리는 치는 태이의 두 눈에서 터지는 눈물과 함께. 떴다 사라지는.

자막 '2021년'

S#50   진겸 옛집 | 낮

자막 '2020년 어느 날'

카메라가 진겸 옛집 대문을 통과해 들어간다. 진겸 옛집 마당에 피가 떨어져 있다. 카메라가 피를 따라 거실로 들어가면, 거실에서 피를 흘리며 죽어가는 진겸과 진겸을 부둥켜안고 오열하는 태이가 보인다. 그 모습을 창문 밖에서 보고 있는 고 형사의 무표정한 모습에서.

용어 정리

S (Scene)   보통 신이라고 부른다.
                   같은 장소와 시간에 이루어지는 행동이나 대사가 한 신을 구성한다.

Flash cut   플래시 컷. 화면과 화면 사이에 삽입한 짧은 컷을 의미한다.

Flashback   플래시백. 회상을 나타내는 장면.
                   지금 일어나고 있는 사건의 인과를 설명할 때 쓰이기도 하고,
                   인물의 성격을 설명할 때 쓰이기도 한다.

E (Effect)   대사와 음악을 제외한 효과음으로, 인물은 보이지 않고
                   소리만 나는 경우에 사용한다.
                   플래시 컷 화면과 일반 화면 사이에 들어가는 짧은 장면을 가리킨다.

Insert   인서트. 화면의 특정 동작이나 상황을 강조하기 위해 삽입한 화면.
                   인서트 화면이 없어도 장면을 이해하는 데는 별다른 지장이 없으나
                   인서트를 삽입함으로써 상황이 명확해지고 스토리가 강조된다.
                   인서트 화면으로는 대개 클로즈업을 사용한다.

Cut to   컷 투. 장면 사이의 시간 경과를 말한다.

앨리스 1

2020년 09월 22일 1판 1쇄 인쇄
2020년 10월 10일 1판 1쇄 발행

지은이 | 김규원, 강철규, 김기영
펴낸이 | 이종춘
펴낸곳 | BM (주)도서출판 성안당
주소 | 04032 서울시 마포구 양화로 127 첨단빌딩 3층(출판기획 R&D 센터)
       10881 경기도 파주시 문발로 112 출판문화정보산업단지(제작 및 물류)
전화 | 02) 3142-0036
       031) 950-6300
팩스 | 031) 955-0510
등록 | 1973. 2. 1. 제406-2005-000046호
출판사 홈페이지 | www.cyber.co.kr
ISBN | 978-89-315-9023-4 04810
       978-89-315-9022-7 (세트)
정가 | 16,800원

이 책을 만든 사람들

기획 · 편집 | 백영희
교정 | 허지혜
표지 · 본문 디자인 | 이승욱 지노디자인
국제부 | 이선민, 조혜란, 김혜숙
마케팅 | 조광환
영업 | 구본철, 장상범, 차정욱, 나진호, 이동후, 강호묵
홍보 | 김계향, 유미나
제작 | 김유석

▪ 도서 A/S 안내

성안당에서 발행하는 모든 도서는 저자와 출판사, 그리고 독자가 함께 만들어 나갑니다.
좋은 책을 펴내기 위해 많은 노력을 기울이고 있습니다. 혹시라도 내용상의 오류나 오탈자 등이 발견되면 "좋은 책은 나라의 보배"로서 우리 모두가 함께 만들어 간다는 마음으로 연락주시기 바랍니다. 수정 보완하여 더 나은 책이 되도록 최선을 다하겠습니다.
성안당은 늘 독자 여러분들의 소중한 의견을 기다리고 있습니다. 좋은 의견을 보내주시는 분께는 성안당 쇼핑몰의 포인트(3,000포인트)를 적립해 드립니다.
잘못 만들어진 책이나 부록 등이 파손된 경우에는 교환해 드립니다.

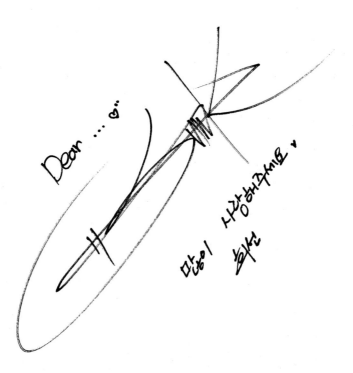

Dear … ♡

많이 사랑해주셔서 ♥

감사 드려요

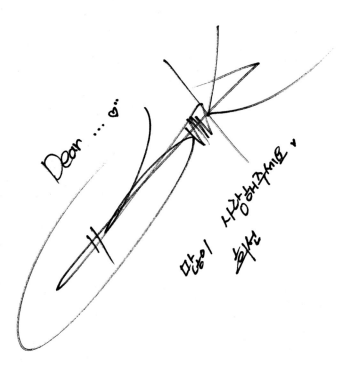

Dear … ♡

마음이 너그러워지세요 ♥
휘서니

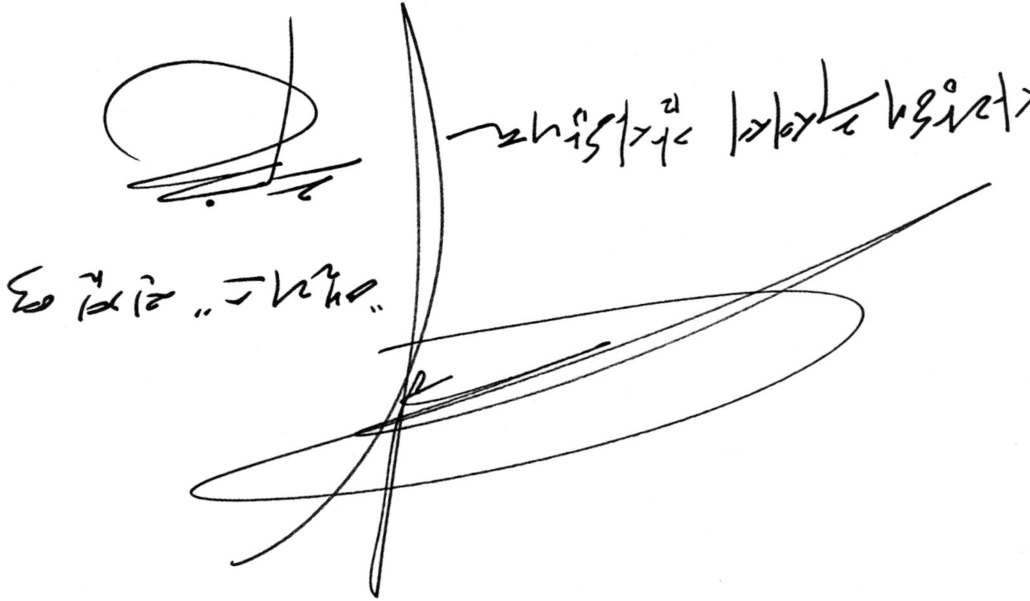

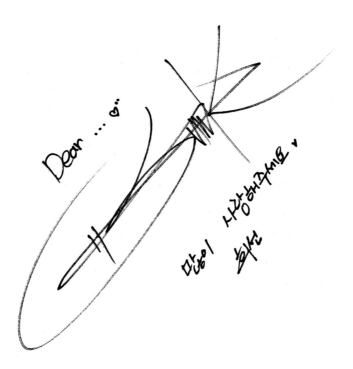